D1690886

Samsamoddin Rajaei
Parvak

Samsamoddin Rajaei

Parvak

(Roman)

Aus dem Persischen von
Cornelia Hagemann

Sturnus Verlag – München

Bibliografische Informationen der Deutschen Nationalbibliothek
Die Deutsche Nationalbibliothek verzeichnet diese Publikation in der
Deutschen Nationalbibliografie; detaillierte bibliografische Daten sind
im Internet über <http://dnb.d-nb.de> abrufbar.

Titel der persischen Originalausgabe

پروک، گلبرگ زندگی

ISBN: 978-3-946451-24-2

© 2018 Sturnus Verlag, München

www.sturnus-verlag.de

Dieses Werk, einschließlich aller seiner Teile, ist urheberrechtlich geschützt. Jede Verwertung außerhalb der engen Grenzen des Urheberrechtsgesetzes ist ohne Zustimmung des Verlages unzulässig und strafbar. Dies gilt insbesondere für Vervielfältigungen, Übersetzungen, Mikroverfilmungen und die Einspeicherung und Verarbeitung in elektronischen Systemen.

Übersetzung: Cornelia Hagemann
Umschlag: Mahsa Rajaei
Satz: TypoScript Text- und Satzsysteme GmbH

Wenn ich jetzt, nachdem etwas Zeit vergangen ist, über die Bekanntschaften und Erlebnisse nachdenke, die mit der Pflanze Parvak und den geheimnisvollen Maamatiri in Zusammenhang standen, kommt es mir vor, als hätte sich alles in einem Fantasy-Film oder einem Traum abgespielt und nichts mit der Realität zu tun gehabt.

Donnerstag

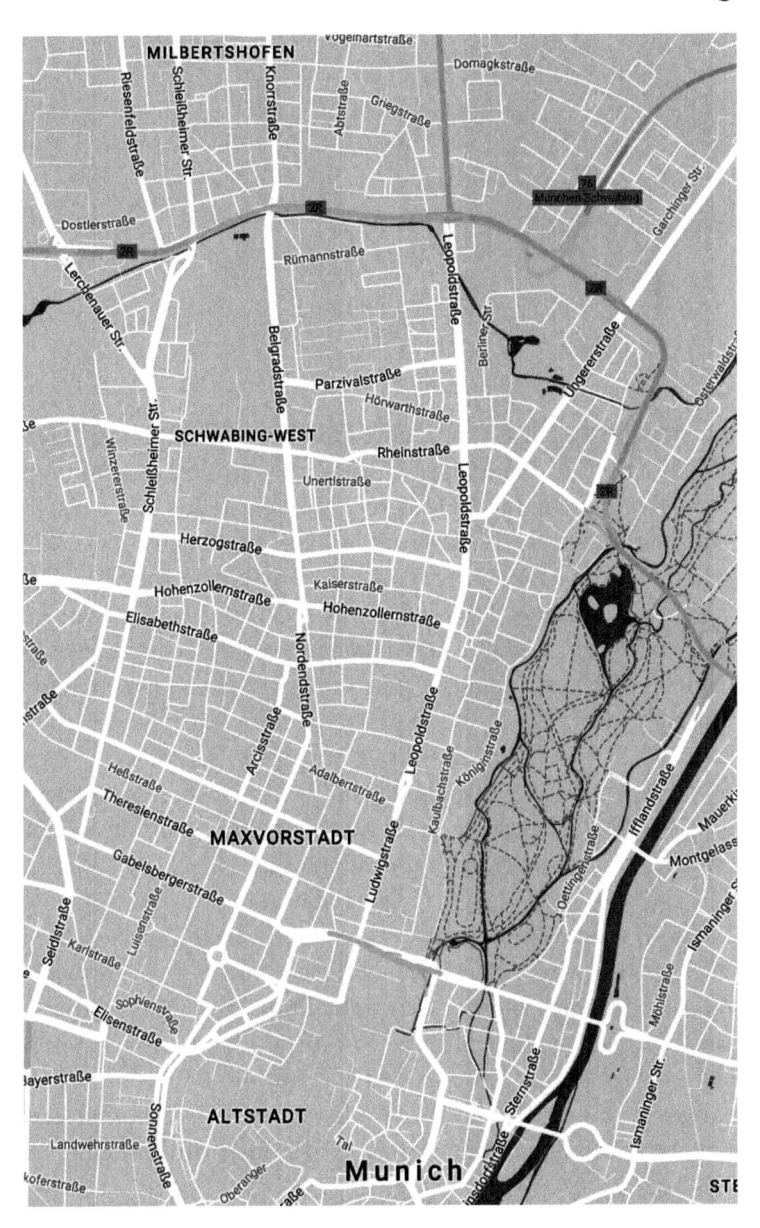

1

Ich stand aus dem Bett auf, ging zum Fenster und blickte eine Weile auf die Baumallee mitten im Münchner Stadtteil Schwabing. Es nieselte. Diese regnerischen Tage hatte ich satt. Wie Frühling fühlte es sich nicht an. Mir fehlte die Sonne. Wie schön es wäre, wenn ich ein paar Tage an einem sonnigen Ort verbringen könnte! Ich blickte auf die Uhr. Mir blieb keine Zeit mehr zum Frühstücken. Donnerstag war der einzige Tag in der Woche, an dem ich vormittags arbeitete. Seit einigen Monaten war ich in der Orientabteilung der Bayerischen Staatsbibliothek als Teilzeitkraft angestellt. Die letzten Tage und Wochen waren zwar sehr langweilig gewesen; trotzdem war ich froh, eine Stelle gefunden zu haben, die mit meiner früheren Arbeit in Iran vergleichbar war.

Schnell duschte ich und fuhr mit dem Bus zur Arbeit. Meine Kollegin Rebecca hatte bereits die Liste der bestellten Bücher ausgedruckt. Normalerweise suchten nicht viele Bibliotheksbenutzer die Orientabteilung auf. Entsprechend war die Liste auch an diesem Tag nicht allzu lang. Ich nahm sie und begab mich in das Magazin für alte Bücher und Zeitungen, um die bestellten Werke zu holen. Inmitten der Regale voller Bücher, Zeitungen und Zeitschriften suchte ich nach den bestellten Exemplaren, als Rebecca in den Raum kam und sagte: „Behrouz, da will dich jemand sprechen."

Selten kam mich jemand auf der Arbeit besuchen. Lediglich einer meiner Freunde war einige Male hierhergekommen. Aber ich wusste, dass er verreist war. „Wer?"

Rebecca zuckte mit den Achseln und versuchte, ein verlockendes Lächeln aufzusetzen: „Ein gut aussehender Mann mit Krawatte."

Die Wörter „Krawatte" und „gut aussehend" versetzten mich noch mehr in Erstaunen: „Ein Iraner?"

Rebecca zuckte erneut mit den Schultern und ging mit den Büchern, die sie in der Hand hielt, zu einem Regal: „Weiß nicht. Vielleicht."

Ich begab mich zur Tür und legte die Bücher auf dem Tisch neben der Tür ab. Die Liste schob ich unter das oberste Buch und ging in den Lesesaal, der für die Besucher frei zugänglich war. Der nicht sehr große Saal hatte nur wenige kleine Fenster oberhalb der Bücherregale gegenüber der Eingangstür. Das indirekte Licht, das in den Raum fiel, ließ ihn staubig wirken. Die Bücherregale standen auf ungewöhnliche Weise in der Mitte des Saals. In einem Teil des Lesesaals befanden sich zwei Tische, an denen man sich hinsetzen und lesen konnte. Zu dieser Tageszeit kamen nur sehr wenige Besucher. Der Mann mit der Krawatte, der neben einem Regal stand und die Bücher darin betrachtete, war der einzige Besucher im Saal. Er trug eine braune Ledertasche unter dem Arm, aus der eine Zeitung herausschaute und an der an beiden Seiten zwei schmale Riemen hingen. Die Szene erinnerte mich spontan an ein Bild aus meiner Kindheit. Als ich einmal mit meinem Vater außerhalb Teherans mit dem Auto unterwegs gewesen war, hatte ich am Straßenrand einen Schäfer mit einem Geißlein unterm Arm gesehen, der auf den Bus wartete. Ich glaube, nach diesem Tag hatte ich nie wieder an diese Szene gedacht. Die Tasche aber, die der Mann mit der Krawatte unter dem Arm hielt, rief diese Erinnerung unvermittelt in mir wach.

Donnerstag

Der Mann sah vom Gesicht her einem Iraner nicht unähnlich. Ich ging auf ihn zu und begrüßte ihn auf Persisch. Er nahm die Brille ab, steckte sie in seine Brusttasche, gab mir die Hand, lächelte und fragte auf Englisch: „Sind Sie Behrouz Raamtin?"

„Ja ..."

„Guten Tag. Ich bin Doktor Bastiani von der Universität Bologna."

Er war Italiener. Die Ähnlichkeit zwischen Iranern und Italienern ist manchmal verblüffend. Erst vor Kurzem war ich auf der Kaufingerstraße in München unterwegs gewesen, als ich in eine Gruppe Italiener geraten war, die mich für einen Landsmann gehalten und auf Italienisch nach dem Weg gefragt hatten.

Doktor Bastiani wirkte älter als vierzig, mochte aber höchstens fünfzig Jahre zählen. Er war etwas kleiner als ich und trug einen hochwertigen Anzug in glänzendem Grau sowie ein naturweißes Hemd. Seine Krawatte war weinrot und mit winzig kleinen weißen Blumen bedruckt. Das grau melierte Haar hatte er zur Seite gekämmt. Er lächelte sympathisch. Ich hatte ihn mit Sicherheit nie zuvor gesehen. Schließlich reichte ich ihm die Hand.

Er erklärte: „Gestern Abend bin ich aus Florenz gekommen, um Sie zu treffen. Ich freue mich sehr, Sie kennenzulernen."

Jemand, der weder Persisch noch Deutsch sprach, war aus einer Stadt in Italien, in der ich noch nie gewesen war, nach München gekommen, um mich zu treffen! Die einzigen Menschen, die ich fern der Heimat kannte, waren einige iranische Flüchtlinge in Köln und ein paar Studenten in München.

Doktor Bastiani merkte, wie überrascht ich war, und erklärte: „Kürzlich habe ich auf einer Iranistikkonferenz der Universität Bologna Professor Krüger kennengelernt. Er hat Sie mir empfohlen."

Professor Krüger lehrte Persisch an der Universität München und war mein Doktorvater. Ihm verdankte ich auch die Stelle in der Bayerischen Staatsbibliothek.

Doktor Bastiani sprach weiter: „Ich brauche in einer Angelegenheit Ihre Hilfe."

Da Professor Krüger mich empfohlen hatte, musste das Ganze etwas mit der persischen Sprache zu tun haben: „Bitte, wie kann ich Ihnen helfen?"

Doktor Bastiani steckte seine Tasche unter den anderen Arm, sodass der Papierkopf des Geißleins nun nach hinten zeigte: „Nein, nicht hier …" Mein Gast blickte zur Tür, durch die ich gekommen war: „Ich will Sie nicht bei der Arbeit stören. Wenn Sie Zeit haben, können wir uns heute Abend an einem angemesseneren Ort treffen."

Doktor Bastiani war im Hotel „Holiday Inn" abgestiegen. Ohne näher auf den Grund seiner Reise einzugehen, schlug er vor, sich abends um sieben Uhr im Hotelrestaurant zu treffen. Bevor ich zusagte, wollte ich wissen: „Darf ich fragen, worüber Sie mit mir sprechen wollen?"

Er hob seine freie Hand einige Male, als wollte er mich bitten zu schweigen und etwas Geduld zu haben. „Ich werde Ihnen heute Abend alles erklären. Ich bitte Sie!"

Ich konnte einem italienischen Wissenschaftler, der aus Florenz nach München gekommen war, um mich zu treffen, diese Bitte nicht abschlagen: „Selbstverständlich … Um sieben."

Doktor Bastiani gab mir erneut die Hand. Während er zur Tür ging und den Saal verließ, starrte mich sein Geißlein an.

Als ich wieder im Magazin mit den alten Büchern war, fragte Rebecca neugierig: „Wer war das?"

„Ein Italiener von der Universität Bologna." Rebecca schaute mich erstaunt an. Ich erklärte: „Professor Krüger hat mich ihm empfohlen."

Rebecca kannte Professor Krüger ebenfalls: „Hatte er Fragen zu Handschriften?"

„Ich weiß nicht. Wir haben vereinbart, uns heute Abend zu treffen und über das Thema zu sprechen. Wahrscheinlich ..."

Doktor Bastiani benötigte mit Sicherheit meine Hilfe für eine Handschrift, wie Rebecca vermutete. Bevor die Pahlavi-Dynastie gestürzt worden und das islamische Regime an die Macht gekommen war, hatte ich in Iran Linguistik studiert. Nach dem Studium hatte ich in der Bibliothek des iranischen Parlaments gearbeitet, einer der größten und wichtigsten Bibliotheken Irans mit Tausenden persischen und ausländischen Büchern. Ich war in der Abteilung für Handschriften angestellt gewesen. Diese Abteilung verfügte über eine Sammlung von mehreren Hundert Handschriften: Büchern, die vor Erfindung des Buchdrucks per Hand geschrieben worden und teilweise jahrhundertealt waren. Mit viel Mühe waren diese Bücher aus Originalmanuskripten abgeschrieben worden, also aus vom jeweiligen Autor selbst handschriftlich festgehaltenen Exemplaren. Diese Originalmanuskripte waren selten erhalten geblieben; und wenn doch, waren sie äußerst wertvoll.

In den Jahren, in denen ich in der Parlamentsbibliothek gearbeitet hatte, war der Bestand der Handschriften deutlich erweitert worden. Es pflegten immer wieder Handschriften in Dörfern und kleinen Städten aufzutauchen, oder kultivierte Menschen hinterließen nach ihrem Tod ihre alten Bücher. Früher oder später fanden diese Bücher gewöhnlich den Weg in die Handschriftenabteilung der Parlamentsbibliothek. Meine Aufgabe hatte damals darin bestanden, den Inhalt der Handschriften zu erfassen, diesen sowie Angaben zum Autor zusammenzufassen und schließlich das Buch in den Katalog der Bibliothek aufzunehmen. Es war bisweilen eine langweilige Arbeit, denn die neuen Bücher waren meist Abschriften großer Werken wie etwa des „Diwan" des Poeten Hāfez, des „Königsbuches" Schāhnāmes von Firdausī oder des Koran und anderer religiöser Schriften. Es gab aber auch Bücher mit gänzlich anderen Inhalten; von Mathematik, Geometrie, Astronomie, Alchemie und Zauberei über Medizin bis zu sexuellen Ratgebern und so weiter. Durch meine Arbeit in der Parlamentsbibliothek kannte ich mich mit Handschriften gut aus. Professor Krüger wusste von meiner Berufserfahrung in diesem Bereich, vermutlich hatte er mich deshalb Doktor Bastiani empfohlen.

Rebecca fragte: „Wo trefft ihr euch?"

„Im Restaurant des Hotels ‚Holiday Inn'."

Rebecca zog die Augenbrauen hoch und fragte scherzhaft: „Was hältst du davon, wenn ich heute Abend mitkomme?"

Anscheinend hatte Doktor Bastiani sie tatsächlich beeindruckt.

2

Ich war zum ersten Mal im Hotel ‚Holiday Inn' auf der Leopoldstraße in München, ging zur Rezeption und fragte nach Doktor Bastiani. Eine junge Dame zeigte mir das Hotelrestaurant. Die Wände desselben waren zum Teil im Stil der altbayerischen Häuser mit Holztafeln verkleidet. Eine Handvoll Nischen und Regale waren mit Stuckarbeit und altem bayerischen Geschirr dekoriert. Es waren nicht viele Gäste im Restaurant anwesend, daher herrschte eine sehr ruhige Atmosphäre. Doktor Bastiani saß an einem Fenster und hielt ein Buch in der Hand. Sein Geißlein lag neben ihm auf dem Boden. Als er mich sah, schlug er das Buch zu, steckte es in seine Tasche und bat mich, Platz zu nehmen.

Kaum hatte ich mich hingesetzt, erschien schon eine junge Kellnerin, um die Bestellung aufzunehmen. Doktor Bastiani hatte sich einen italienischen Rotwein bestellt und empfahl diesen auch mir. Ich bestellte den Wein. Er fragte, ob ich gleich auch etwas zu Essen bestellen wolle. Ich entgegnete: „Noch nicht." Einige Minuten später brachte mir die junge Kellnerin den Wein.

Doktor Bastiani nippte an seinem Glas, während ich ungeduldig darauf wartete, den Grund dieses Treffens zu erfahren. Er wollte jedoch anscheinend zunächst mehr über mich wissen. Auf eine Weise, die mich überlegen ließ, ob er beabsichtigen mochte, mir eine Stelle an seiner Universität anzubieten, befragte er mich zu meinem damaligen Beruf in Iran. Ich beschrieb ihm kurz die Aufgaben, die ich in der Parlamentsbibliothek übernommen hatte. Als ich mit meiner Schilderung fertig war, wollte er wissen: „Ihre Arbeit in der Bibliothek muss interessant gewesen sein. Warum haben Sie sie aufgegeben?"

Ich trank einen Schluck Wein. Er war trocken und köstlich. Die Erinnerungen an die Parlamentsbibliothek stimmten mich etwas traurig: „Nach der Machtübernahme durch das islamische Regime hat sich die Lage in Iran drastisch geändert. Aus dem ‚Nationalen' Parlament wurde das ‚Islamische' Parlament. Auch in der Bibliothek veränderte sich vieles. Hoch qualifizierte, kultivierte Direktoren verloren ihre Posten an Fanatiker und Religiöse. Einem Teil der Belegschaft wurde unter diversen Vorwänden gekündigt. Einige kamen mit der neuen Lage und den neuen Direktoren nicht zurecht. Sie verließen die Bibliothek und später das Land. Ich habe eine Zeit lang weitergearbeitet, dann kündigte auch ich und ging nach Europa."

Doktor Bastiani erzählte ebenfalls ein wenig von seiner Arbeit. Er sprach ein sehr klares Englisch. Während meines Studiums in Iran hatte ich Englisch und Arabisch gelernt. In Deutschland hatte ich meine Englischkenntnisse erweitert, sodass ich mich problemlos in dieser Sprache unterhalten konnte. Seiner Ausführung entnahm ich, dass wir auf irgendeine Weise Kollegen waren. Er hatte Sprachwissenschaft der antiken Sprachen studiert. Seit vielen Jahren forschte er zum Lateinischen und Altgriechischen an den Universitäten Florenz und Bologna und beschäftigte sich mit europäischen Handschriften. Allerdings bekleidete er trotz seines hohen Alters noch keinen Lehrstuhl. Daher war es unwahrscheinlich, dass er mir eine Stelle anbieten wollte. Seine Kenntnisse des Persischen entsprachen dem eines allgemeinen Sprachwissenschaftlers. Er wusste über die Herkunft der Sprache, ihre Verbindung und Gemeinsamkeiten mit anderen Sprachen und Ähnliches Bescheid. Seine Kenntnisse über Bestände iranischer Handschriftenbestände sowohl in iranischen Bibliotheken als auch weltweit waren mir allerdings zum Teil neu. Mich beeindruckte sein breites Wissen.

Ich trank einen Schluck Wein. Er schmeckte nun vollmundiger. Doktor Bastiani nahm sein Geißlein, holte einen Stapel Papiere aus dessen Bauch heraus und blätterte ihn durch. Kurz darauf zog er ein Blatt aus dem Stapel hervor und legte es wortlos vor mir auf den Tisch. Ich nahm das Blatt. Es handelte sich um die Farbkopie eines Teils einer Seite einer Handschrift. Sie war von glatter, hellbrauner Farbe. Möglicherweise war die Handschrift, von der die Kopie genommen worden war, auf dem berühmten Samarkand-Papier geschrieben worden, das im Mittelalter in Iran und ganz Asien weitverbreitet gewesen war. Zwei Zeilen in der Mitte des Blattes schienen auf Persisch geschrieben zu sein. Oberhalb und unterhalb dieser Zeilen waren weiße Flächen zu erkennen. Beim Kopieren hatte man diese Bereiche, warum auch immer, mit Papier abgedeckt.

Als ich keine Reaktion zeigte, fragte Doktor Bastiani ungeduldig: „Ist dieser Text auf Persisch verfasst?"

Bevor ich antworten konnte, bemerkte er, dass ich die Zeilen aufmerksam studierte, und wollte wissen: „Können Sie ihn lesen?"

Ich konnte zwar die Zeilen als einen persischen Text erkennen, die Schrift war jedoch völlig anders als alles, was ich bisher gesehen hatte. Sie waren weder in der in Handschriften verbreiteten Naschī- noch in der Nastaʿlīq-Schrift geschrieben, sondern in Schekaste. Nach genauer Betrachtung hegte ich die Vermutung, dass sie jemand geschrieben haben mochte, der entweder dieses Alphabet nicht kannte oder eine unleserliche Schrift hatte; als hätte jemand die Schriftzeichen abgemalt.

Die Schekaste-Schrift war sehr schwierig zu lesen; dennoch konnte ich einige Wörter entziffern. „Dieser Text ist persisch. Er ist sehr schwierig zu lesen, unmöglich ist es aber nicht."

Er lächelte leicht, als er meine Worte hörte, und sein Gesicht wirkte weniger ernst. Dann trank er einen Schluck Wein und sagte: „Diese beiden Zeilen sind Teil eines alten italienischen Manuskripts."

„Italienisch? Sehr interessant ..." Es war in der Tat interessant, dass jemand vor mehreren Hundert Jahren einen persischen Text in ein italienisches Manuskript hineinkopiert hatte. „Aus welcher Zeit stammt das Buch?"

Doktor Bastiani antwortete enthusiastisch: „Dieses Exemplar ist Ende des 14. Jahrhunderts geschrieben worden. Das Papier unterscheidet sich von den Sorten, die damals in Europa verwendet wurden."

Ich sah mir den Text genauer an. „Dieser Text ist aus einem in Schekaste verfassten Buch abgeschrieben worden. Selbst für Experten ist es schwierig, diese Schrift zu lesen. In diesem Schriftsystem, das sich nie weitverbreitet hat, wurde auf viele diakritische Zeichen, etwa Punkte oder Striche, verzichtet. Diese sind wichtiger Bestandteil des persischen Alphabets, und ohne sie lassen sich Texte nur sehr schwierig entziffern."

Doktor Bastiani hörte aufmerksam zu und wartete, ohne etwas zu sagen, darauf, dass ich fortfahren würde. Angesichts der geringen Textmenge konnte ich nicht viel hinzufügen und ergänzte lediglich: „Mit großer Wahrscheinlichkeit war der Schreiber dieser Zeilen weder der persischen Sprache noch des persischen Alphabets mächtig. Dies erschwert die Entzifferung des Textes zusätzlich." Einige Wörter konnte ich lesen: „Den wenigen lesbaren Wörtern nach zu urteilen, scheint es um Botanik oder Medizin zu gehen, ist das korrekt?"

Zufrieden stimmte Doktor Bastiani mir zu: „Absolut richtig. Ich war mir sicher, dass Sie diesen Text würden lesen können. Professor Krüger war sehr von Ihren Fähigkeiten überzeugt."

Donnerstag

In der Parlamentsbibliothek hatte ich Bücher über Botanik beziehungsweise über traditionelle Medizin gesehen, in denen der Nutzen von Pflanzen erläutert wurde, der ihnen damals zugeschrieben worden war. Es gab zahlreiche dieser Bücher. Sie hatten zu ihrer Zeit als medizinische Abhandlungen gegolten. Häufig mischte sich in ihnen Wissenschaft mit Aberglaube und Zauberei.

Doktor Bastiani hatte seinen Wein ausgetrunken und schien mit meinen wenigen Ausführungen sehr zufrieden zu sein. Später erfuhr ich, dass er diesen Text bereits einigen anderen Personen gezeigt hatte; einigen Iranern, die keinerlei Erfahrung im Umgang mit alten Handschriften hatten, und einigen nicht iranischen Experten. Keiner von ihnen hatte etwas entziffern können, was nachvollziehbar gewesen wäre. In der Parlamentsbibliothek hatten wir auch Bücher gehabt, die in Teilen niemand hatte entziffern können. Manchmal hatte dies an der Schekaste-Schrift gelegen, manchmal an der schlechten Handschrift der Verfasser oder an Altersschäden der Manuskripte, die Teile des Textes unlesbar machten. Natürlich war es einfacher, wenn der Gesamttext vorlag und sich der Leser nach und nach mit der Schrift vertraut machen und sie so besser entziffern konnte.

Dies war auch Doktor Bastiani bewusst. Deshalb sagte er: „Diese Kopie entstammt einem siebzigseitigen, auf Latein verfassten Manuskript, in dem wenige Passagen auf Persisch enthalten sind. Aber vielleicht können Sie alle persischen Stellen übersetzen, sobald Sie die übrigen Textstellen ebenfalls gesehen haben. Sie schaffen es mit Sicherheit!"

„Ich muss sagen, dass dieses Buch meine Neugier geweckt hat. Deshalb würde ich es sehr gerne versuchen. Bitte schicken Sie mir Kopien aller Seiten des Manuskripts. Ich werde nach und nach die persischen Passagen, soweit es mir möglich ist, übersetzen und an Sie zurücksenden."

Die Kellnerin sah, dass Doktor Bastianis Glas leer war, und kam an unseren Tisch. Er bestellte ein weiteres Glas Wein. Meines war noch halb voll.

Nachdem er Wein bestellt hatte, runzelte er die Stirn und wirkte ernst. Er nahm die Kopie, steckte sie in seine Tasche und erwiderte: „Nein, ich möchte niemandem eine Kopie des Manuskripts geben oder irgendwo veröffentlichen, bevor nicht der gesamte Inhalt entziffert wurde."

Dann schwieg er einen Augenblick. Ich war ob seiner Antwort etwas überrascht. Er fuhr fort: „Ich hoffe, Sie verstehen das."

Ohne es verstanden zu haben, erwiderte ich: „Selbstverständlich."

Ich wunderte mich über seine Antwort. Inhaltliche Aspekte von Handschriften waren doch für derartige Versteckspiele nicht wichtig genug. Vielleicht befand er sich im Wettbewerb mit einigen Kollegen. Ich trank einen Schluck Wein und wollte wissen: „Also, wie kann ich Ihnen dann behilflich sein?"

„Ich lade Sie ein, einige Tage mit mir nach Florenz zu kommen, um dort diese Arbeit zu erledigen."

Seit ich nach Deutschland gekommen war, hatte ich vor, mir die berühmten italienischen Städte – unter anderem Florenz – anzusehen. Ein Jahr zuvor hatte ich eine dreitägige Reise nach Venedig unternommen. Andere Orte in Italien hatte ich jedoch noch nicht besucht. Daher freute ich mich über die nette Einladung: „Gerne! Ich habe schon seit Langem vor, einmal nach Florenz zu reisen."

Doktor Bastiani freute sich sichtlich: „Gut, dann können wir morgen Vormittag zusammen nach Florenz aufbrechen. Um diese Jahreszeit ist Florenz sehr schön."

„Wie bitte?" Ich dachte, ich hätte mich verhört, dem war aber wohl nicht so.

Doktor Bastiani erklärte: „Ich bin mit meinem Auto aus Florenz gekommen. Die Fahrt dauert nicht länger als sechs bis sieben Stunden. Wenn wir morgen um zehn Uhr losfahren, dann sind wir vor Sonnenuntergang in Florenz."

Donnerstag

Sein Vorschlag war, ehrlich gesagt, nicht nur überraschend, sondern auch sonderbar. Handschriften verstaubten jahre-, sogar jahrhundertelang in Bibliotheken oder Magazinen, und kein Mensch kümmerte sich um sie. Ich verstand nicht, warum eine davon – wohlgemerkt: über traditionelle Medizin – derart überstürzt übersetzt werden sollte! Vielmehr hatte ich erwartet, dass Doktor Bastiani mich im nächsten Semester oder zumindest in den nächsten Ferien nach Florenz einladen würde. „Aber ... Vor den Ferien im Juli habe ich keine Zeit. Eigentlich habe ich in den Ferien auch keine Zeit, da ich vorhabe, meine Doktorarbeit fertigzuschreiben."

Sein Gesicht fiel plötzlich in sich zusammen. Die Ernsthaftigkeit, die bisher nur in seinen Augen zu erkennen gewesen war, breitete sich in seinem ganzen Gesicht aus und ließ ihn sogar ängstlich wirken.

Ich fuhr fort: „Ich verstehe Ihre Eile nicht."

Doktor Bastiani beugte sich mit dem ganzen Körper über den Tisch zu mir und legte seine Hand auf meinen Arm. Fast bettelnd sagte er: „Ich bitte Sie, ich werde sämtliche Kosten übernehmen. Es ist für mich sehr wichtig!"

Seine Eile steigerte einerseits meine Neugier, andererseits ließ sie mich jedoch an der Ernsthaftigkeit dieses Gespräches zweifeln. Seine Reaktion kam mir außerdem etwas verdächtig vor, sodass ich überlegte, dass es besser wäre, zu gehen und zunächst von Professor Krüger nähere Informationen über Doktor Bastiani einzuholen, bevor ich mich festlegte.

Ich blickte auf meine Uhr und wandte ein: „Ich würde wirklich gerne das Buch sehen und es übersetzen, aber ich kann nicht so plötzlich alles liegen lassen und aufbrechen. Außerdem ..."

Doktor Bastiani unterbrach mich: „Ich bitte Sie. Ich weiß, dass mein Anliegen merkwürdig erscheint. Glauben Sie mir jedoch, dass ich Sie nicht darum bitten würde, wenn es nicht wichtig und dringend wäre. Ich würde alle Kosten für Sie übernehmen. Ich bin sogar dazu bereit, Ihr Gehalt für den nächsten Monat zu bezahlen. Bitte!" Dann versuchte er, weniger ernst zu wirken. „Sie würden Italien sehen. Ich würde Ihnen persönlich alles zeigen, von Florenz bis Rom und Pisa …"

Ich war eigentlich kein emotionaler Mensch. Sein trauriges Gesicht und seine flehende Stimme brachten mich jedoch, bevor er weiterinsistieren würde, dazu, aus meiner krankhaft übertriebenen iranischen Hilfsbereitschaft heraus ihm Folgendes zu sagen: „Lassen Sie mich mindestens eine Nacht darüber schlafen und morgen mit meinen Vorgesetzten und der Universität sprechen. Dann werde ich Ihnen meine Entscheidung mitteilen."

Ich glaubte, Doktor Bastiani nahm meine Aussage als Zustimmung wahr, da er daraufhin gut gelaunt nach meiner Telefonnummer fragte. Wir vereinbarten, dass er mich am nächsten Tag anrufen würde.

Danach sprachen wir nicht weiter über die Handschrift. Nachdem ich meinen Wein ausgetrunken hatte, teilte ich Doktor Bastiani mit, ich hätte noch eine Verabredung und müsste gehen. Als ich die Kellnerin um die Rechnung bitten wollte, wandte Doktor Bastiani ein, dass ich sein Gast sei. Ich dankte ihm, verabschiedete mich und verließ das Restaurant.

Es war bereits dunkel, als ich das Hotel verließ. Ich dachte darüber nach, dass die Beendigung meiner Doktorarbeit von höchster Priorität war und ich die Reise ablehnen oder auf einen späteren Zeitpunkt verschieben sollte. Früher hatte ich oft unüberlegt gehandelt und mich in Abenteuer gestürzt. Dadurch war ich immer wieder vor unvorhersehbare Probleme gestellt worden. Inzwischen hatte ich mich jedoch geändert. In Deutschland hatte ich glücklicherweise gelernt, mir alles zunächst gut zu überlegen, alle Aspekte in Betracht zu ziehen und die Vor- und Nachteile abzuwägen. Erst wenn etwas logisch und realisierbar erschien, machte ich mich an die Umsetzung.

Freitag

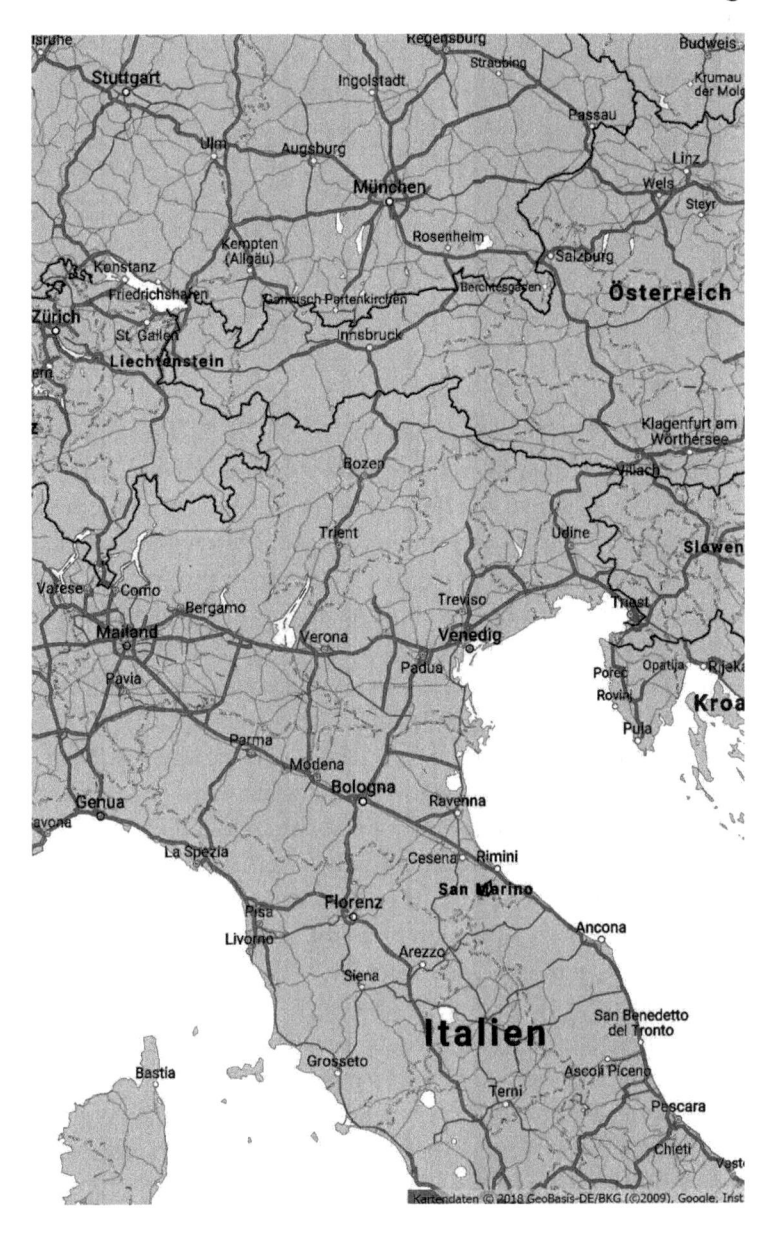

1

Ich wachte mit Kopfschmerzen auf. In der Nacht hatte ich sehr schlecht geschlafen. Denn die ganze Zeit über hatte ich mir verschiedene Szenarien der Reise nach Florenz ausgemalt. Einige davon waren wissenschaftlich und interessant, andere kriminell und gefährlich, zum Teil sogar pornografisch und furchterregend gewesen. Kurz nach acht rief ich Professor Krüger an, der in der Regel früh aufstand und vor acht Uhr in der Universität war. Ich erzählte ihm von meinem Treffen mit Doktor Bastiani und seiner Einladung nach Florenz.

Professor Krüger konnte sich daran erinnern, während der letzten Konferenz des Instituts für Linguistik der Universität Bologna kurz mit Doktor Bastiani über persische Handschriften gesprochen zu haben. Sie hätten sich über Bibliotheken und Museen, in denen derartige Bücher gesammelt wurden, unterhalten. Doktor Bastiani habe ihn nach Experten auf diesem Gebiet gefragt. Daraufhin habe Professor Krüger ihm zwei britische Koryphäen genannt, die Doktor Bastiani bereits bekannt gewesen seien. Kürzlich habe Letzterer ihn angerufen und weitere Fragen zu diesem Gebiet gestellt. Bei diesem Gespräch sei unter anderem mein Name gefallen, wobei Professor Krüger berichtet habe, dass ich über viel Erfahrung in diesem Bereich verfügte.

Freitag

Professor Krüger wusste nicht viel über Doktor Bastianis Forschungsarbeit und nichts über dessen Privatleben. Ihr Kontakt beschränke sich auf dieses eine Treffen sowie wenige Telefonate. Zum Schluss sagte Professor Krüger noch, er habe vor Kurzem Doktor Bastianis Namen unter einem Beitrag in den *Yale Classical Studies* gelesen. Anscheinend habe er eine weitere Abschrift einer berühmten Handschrift gefunden. Zwar kannte ich diese renommierte Zeitschrift der Yale-Universität, blätterte sie jedoch nur selten durch. Ich fragte Professor Krüger nach dem Inhalt des Artikels, woraufhin er mir sagte, dass es sich lediglich um eine kurze Meldung über die Entdeckung einer neuen Abschrift gehandelt habe. So nahm ich mir vor, nächste Woche diese Ausgabe in der Bibliothek ausfindig zu machen und die Meldung zu lesen.

Das Telefongespräch mit Professor Krüger war keine große Hilfe. Die Tatsache, dass er Doktor Bastiani – wenn auch nur flüchtig – kannte, erweckte allerdings mein Vertrauen. Ich wusste jedoch immer noch nicht, was ich machen sollte. Es erschien mir sinnlos, weitere Nachforschungen über Doktor Bastiani anzustellen. Als Einziges fiel mir ein, meine Kollegin Rebecca anzurufen und mit ihr darüber zu sprechen. Rebecca war eine sehr gute Kollegin und Freundin. Wir standen in enger Beziehung zueinander, und ich frage sie oft um Rat. So rief ich sie an und erzählte ihr kurz von dem gestrigen Treffen und der Einladung Doktor Bastianis.

Sie meinte: „Das klingt sehr merkwürdig. Wie hast du dich jetzt entschieden?"

„Ich weiß es auch noch nicht genau. Aber ich dachte, es wäre nicht schlecht, übers Wochenende nach Florenz zu fahren und ein wenig Sonne zu tanken."

„Vergiss aber unsere Verabredung am Montag nicht!"

Rebecca wollte mich seit Längerem zum Mittagessen einladen, aber jedes Mal hatte ich aus irgendeinem Grund keine Zeit gehabt. Dem Termin am nächsten Montag hatte ich zugestimmt, war jedoch nicht abgeneigt, ihn zu verschieben:

Freitag

„Nein, nein. Ich habe die Verabredung nicht vergessen. Auch wenn ich nach Florenz fahren sollte, werde ich Sonntagabend mit dem Zug zurückfahren."

Nachdem ich diesen Satz ausgesprochen hatte, wurde mir klar, dass ich damit Doktor Bastianis Einladung praktisch angenommen hatte. Ob der Grund dafür seine inständige Bitte war oder doch meine Neugier auf die einzigartige Handschrift auf Persisch und Latein, wusste ich nicht. Vielleicht nahm ich die Einladung auch nur an, um die schöne Stadt Florenz zu besichtigen und für eine kurze Zeit meinem monotonen Alltag zu entkommen.

Da Rebecca nicht reagierte, fügte ich hinzu: „Die persischen Textstellen in diesem Buch dürften nicht mehr als drei bis vier Seiten umfassen. Dafür brauche ich nicht mehr als einen Tag. Am Montag werde ich mit Sicherheit wieder in München sein!"

Rebecca erwiderte: „Warum denn nicht? Auf jeden Fall ist es eine neue Erfahrung. Ich würde auch gerne mal wieder nach Florenz fahren. Was ist schon ein Wochenende? Was kann da Schlimmes passieren?"

Sie hatte recht. Was könnte mir schon passieren? Ein Wochenende in Florenz ließ sich gut aushalten: „Du hast recht. Warum nicht?"

Bevor Rebecca auflegte, bat sie mich: „Ruf mich auf jeden Fall an, wenn du in Florenz angekommen bist."

2

Am späten Vormittag ließen wir München in Doktor Bastianis silberfarbenem 530er BMW hinter uns und begaben uns auf den Weg nach Florenz. Ich überlegte, bereits am Abend mit der Arbeit beginnen zu können, wenn wir tatsächlich – so, wie Doktor Bastiani gesagt hatte – in sechs bis sieben Stunden in Florenz ankämen.

In München war es noch bewölkt gewesen. Je näher wir jedoch den Alpen kamen, umso sonniger wurde es. Die Alpen waren auf der deutschen Seite mit Nadelbäumen wie Tanne und Kiefer bewaldet. Auf der Südseite kamen nach und nach weitere Bäume hinzu. Jenseits der Alpen schien eine angenehme Sonne, die mich an Iran erinnerte. Welch unterschiedliche Welten die Berge doch voneinander trennten!

Unterwegs unterhielten wir uns über alles Mögliche: über Sprachwissenschaften, über die persische und die italienische Sprache, über meine Doktorarbeit zum Thema „Spuren der östlichen Mythen in der westlichen Kultur", über die Beziehungen zwischen Iran und Italien sowie viele weitere Themen. Ich erzählte ihm auch von meiner Reise nach Venedig. Doktor Bastiani wusste viel über die Lagunenstadt. Während er mit einer Hand das Auto lenkte, gestikulierte er mit der anderen wild in der Luft und berichtete mir Interessantes

Freitag

über diese Stadt. Allein über das Buch, das ich untersuchen sollte, unterhielten wir uns nicht.

Einmal versuchte ich das Thema anzuschneiden. Doktor Bastiani antwortete kurz und wechselte dann das Thema: „In einigen Stunden werden Sie es selbst sehen. Leben Ihre Eltern in Iran?"

„Mein Vater ist vor vielen Jahren gestorben, und meine Mutter lebt in Teheran."

„Das tut mir leid. Meine Frau ist auch vor vielen Jahren gestorben." Nach einer kurzen Pause fuhr er fort: „Ich habe eine Tochter, die momentan bei mir lebt. Haben Sie Geschwister?"

Auf der Autobahn nahe Bologna hatte es einen Autounfall gegeben, und es bildete sich ein mehrere Kilometer langer Stau. Es dauerte lange, bis wir weiterfahren konnten. Als wir in Florenz ankamen, war es bereits sehr spät. Zweifellos würde ich mich an diesem Abend nicht mehr mit der Handschrift beschäftigen. Doktor Bastiani wohnte in der nördlich von Florenz gelegenen Gemeinde Sesto Fiorentino. Wir erreichten sein villenartiges Haus an einer recht breiten Straße, ohne durch Florenz fahren zu müssen. Es handelte sich um ein zweistöckiges Haus, dessen schmaler Vorgarten durch ein Metallgitter von der Straße abgetrennt war. Doktor Bastiani parkte sein Auto auf der Straße. Hinter dem großen Metalltor war ein anderes Auto geparkt. Wir betraten den Garten durch eine kleine Tür. Im Gegensatz zu den anderen Häusern in der Nachbarschaft waren alle Fenster des Doktor Bastiani gehörenden Hauses dunkel. Entlang des zum Haus führenden Weges standen einige Olivenbäume sowie ein Baum mit großen Blättern – vermutlich ein Feigenbaum. Sie verhinderten, dass das Licht der Straßenlaternen bis zur Eingangstür schien.

Doktor Bastiani öffnete die Tür und betrat leise und vorsichtig das Haus. Vermutlich schliefen andere Familienmitglieder bereits. Er bedeutete mir, ebenfalls einzutreten, und ich ging hinein. Im Innern des Hauses war es dunkel. Nur über der Treppe mit einem Holzgeländer auf der linken Seite des Eingangsbereichs brannte eine Lampe. Doktor Bastiani schaltete im Flur das Licht an. Als Erstes geriet eine schöne Wanduhr aus Holz in mein Blickfeld, die 23.30 Uhr anzeigte. Es war eine im alten Stil gebaute Pendeluhr, offensichtlich jedoch keine Antiquität. Auf der rechten Seite befand sich das Wohnzimmer, an dessen Ende eine Ledercouch zu erkennen war. Vor derselben erblickte ich die Ecke eines Tisches. Mir gegenüber, neben der Wand mit der Uhr, befand sich eine weitere Tür. Sie stand offen und führte offensichtlich zur Küche. Links der Eingangstür schloss der Flur an, der bis zur Treppe reichte.

Doktor Bastiani geleitete mich in die Küche und bat mich, einen Augenblick zu warten. Er selbst verließ sie wieder und stieg ins obere Stockwerk hinauf. In der Küche befanden sich auf beiden Seiten Küchenschränke mit weiß lackierten Türen. Die Küche wirkte sehr modern, und ihre Einrichtung schien neu zu sein. In der Mitte stand ein großer Esstisch mit ein paar Stühlen. Ich setzte mich hin und stellte meine kleine Reisetasche auf den Boden. Von oben hörte ich Doktor Bastiani mit einer Frau – vermutlich seiner Tochter – leise sprechen.

Nach kurzer Zeit kam Doktor Bastiani zurück und sagte, mein Zimmer sei bereit. Er führte mich nach oben, zeigte mir das Bad, die Toilette und den Raum, in dem ich schlafen sollte. Es war ein großes Zimmer, das jedoch spartanisch eingerichtet war: ein französisches Bett, ein großer, leerer Schrank, zwei Sessel und ein kleiner Tisch aus Kirschholz.

Samstag

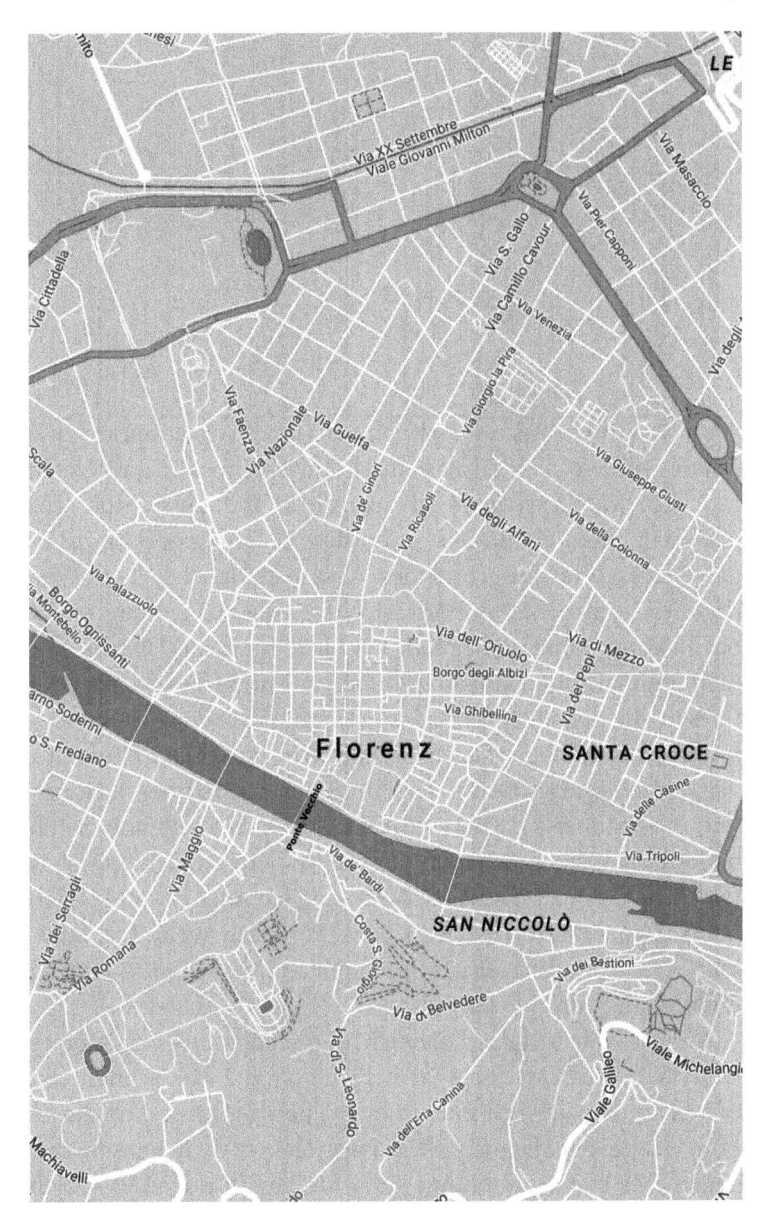

1

Als ich aufwachte, musste ich ein paar Augenblicke lang überlegen, wo ich mich befand. Im Gegensatz zur Nacht zuvor in München hatte ich in Doktor Bastianis Haus sehr gut geschlafen, ob nun aufgrund des Schlafmangels der vorigen Nacht oder aufgrund der Anstrengung der Fahrt. Von draußen war nichts zu hören. Doktor Bastiani wohnte offenbar in einer ruhigen Gegend. Ich blickte auf die Uhr. Es war nicht einmal acht. Danach stand ich auf und schaute aus dem Fenster. In der Nähe erblickte ich eine Villa und etwas entfernt mehrere Etagenhäuser sowie einen Hügel mit Bäumen – vermutlich waren es Olivenbäume. Ich verließ das Zimmer. Von unten hörte ich Stimmen. Das Gespräch klang angenehm melodisch. Sie sprachen bestimmt Italienisch. Ich ging ins Bad. Nachdem ich geduscht hatte, zog ich mich an und begab mich nach unten. Aus der Küche hörte ich weiterhin Stimmen. Die Tür stand einen Spaltbreit auf. Ich klopfte an und öffnete langsam die Tür.

Als die Tür aufging, sah ich die schönste Szene meines Lebens. Ich gehörte nicht zu denjenigen, die sich schnell von der Schönheit einer Frau beeindrucken ließen. Aber dieses Bild würde ich niemals vergessen. Neben dem Fenster mir gegenüber stand eine junge Frau, deren Anmut mich gleich auf den ersten Blick verzauberte. Ihr klarer, freundlicher Blick durchdrang augenblicklich die Tiefe meines Herzens, und ihre Augen strahlten in der gleichen Farbe wie die hellen Oliven Florenz'. Sie war etwas kleiner als ich, hatte eine schmale Taille und dazu passende kleine Brüste. Ich wurde so nervös, dass ich hörte, wie mein Herz klopfte. Zwar wollte ich etwas sagen, brachte aber kein Wort über die Lippen.

Zum Glück durchbrach Doktor Bastiani das Schweigen: „Guten Morgen. Haben Sie gut geschlafen?"

Ich atmete schwer: „Ja, sehr gut." War ich derjenige, der geantwortet hatte, oder ein anderer in meinem Körper? Denn ich hatte nur diese Frau im Kopf, obwohl ich meinen Blick sofort von ihr abgewandt hatte. Ich hatte in München einige Italienerinnen kennengelernt, und mir war klar, wie schön italienische Frauen waren. Aber die Schönheit dieser Frau schien geradezu überirdisch.

Doktor Bastiani stellte vor: „Das ist meine Tochter Elisa." Er wandte sich ihr zu: „Elisa, das ist Herr Raamtin."

Elisa lächelte und kam auf mich zu. Ich hatte das Gefühl, das Blut in meinen Adern begänne zu kochen. Sie reichte mir die Hand: „Freut mich."

Ich gab ihr die Hand und erwiderte die Freude. Elisa lächelte. In ihren Augen war jedoch eine leichte Melancholie zu erkennbar, die ihrem Gesicht etwas Spirituelles verlieh.

Doktor Bastiani deutete auf einen Stuhl: „Setzen Sie sich doch."

Ich setzte mich und versuchte, Elisa nicht allzu oft anzusehen. Sie stellte mir eine kleine Tasse hin und lächelte erneut. Alles in ihrem Gesicht war schön: die schmalen Lippen, die makellosen weißen Zähne und die kleine Nase. Sie nahm den Kaffeekocher vom Herd und schenkte mir Kaffee ein. Ich trank normalerweise Tee, wollte aber nicht ablehnen. Vielleicht hatten sie keinen Tee vorrätig. Ich ahnte, dass der Kaffee sehr bitter schmecken würde. Daher süßte ich ihn mit reichlich Zucker und nahm einen Schluck. Elisa stellte einen

Samstag

Teller und Besteck auf den Tisch. Dann holte sie sich aus einer Schublade eine kleine Dose, nahm eine rosa Kapsel daraus und steckte sie sich in den Mund. Sodann stellte sie die Dose zurück in die Schublade, schloss sie, kam zurück zum Tisch, setzte sich mir gegenüber, trank Wasser aus dem Glas und zog ihre Kaffeetasse zu sich heran. Doch diese war leer. Auf dem Tisch standen Butter, Organgenmarmelade, ein Teller mit Schinkenscheiben, eine kleine Schüssel mit grünen Oliven und ein Brotkorb mit Weißbrot.

Doktor Bastiani fragte erneut: „Haben Sie gut geschlafen? Haben Sie es bequem gehabt?"

„Ja, ich habe sehr gut geschlafen. Das ist eine sehr ruhige Gegend."

Doktor Bastiani schob den Teller mit den Schinkenscheiben näher an mich heran: „Das ist eine der besten Gegenden in Florenz."

Ich nahm etwas Brot und Schinken. Die Brotkrümel auf den anderen Tellern ließen darauf schließen, dass die beiden bereits gefrühstückt hatten.

Doktor Bastiani stand auf und erklärte, als er die Küche verließ: „Während Sie frühstücken, werde ich alles vorbereiten."

Dann sagte er zu seiner Tochter etwas auf Italienisch, woraufhin Elisa aufstand, meine leere Tasse nahm und fragte: „Noch einen Kaffee? Oder möchten Sie lieber einen Cappuccino?"

Sie sprach sehr fließend Englisch. Ich war etwas gehemmt und wollte reden, um die Stimmung zu entspannen. Daher fragte ich: „Haben Sie auch Tee?"

„Moment ..." Elisa öffnete den Schrank und holte einige Teeschachteln hervor: „Früchtetee und ..."

Sie überlegte einen Augenblick und sagte ein Wort auf Englisch, das ich nie gehört hatte, und zeigte mir die Teeschachtel, auf der eine Pflanze mit gelben Blüten abgebildet war. Auf Italienisch hieß sie Tiglio. Auch diese Pflanze kannte ich nicht.

„Ich nehme lieber Cappuccino."

Elisa machte mir einen Cappuccino und stellte ihn vor mich. Ich bedankte mich und wollte etwas sagen, mir fiel allerdings nichts ein. Es wäre sehr gekünstelt gewesen zu sagen, der Cappuccino schmecke sehr gut. Ich wusste nicht, was ich sonst sagen sollte, und war erleichtert, als das Telefon klingelte. Elisa entschuldigte sich und verließ die Küche.

Ich frühstückte und dachte an die Aufgabe, die auf mich wartete. Wie ein Kind freute ich mich darauf, nach langer Zeit wieder eine Handschrift zu lesen. Nach dem Frühstück ging ich auf mein Zimmer, zog mein Sakko an, nahm meine Tasche und machte mich fertig. Als ich die Treppe hinuntergehen wollte, sah ich Doktor Bastiani diese heraufkommen. Er schien überrascht zu sein, dass ich im Sakko und mit Tasche in der Hand die Treppen hinunterkommen wollte.

„Haben Sie gefrühstückt?", wollte er wissen.

„Ja, ich bin fertig, wir können gehen."

Doktor Bastiani erwiderte: „Wir gehen nirgendwohin, wir werden von hier aus arbeiten."

Er ging an mir vorbei, den Flur im ersten Stock entlang, und bedeutete mir, ihm zu folgen. Am Ende des Flurs betraten wir rechts ein Zimmer, das in Wirklichkeit eine große Bibliothek war. Aus irgendeinem Grund war ich davon ausgegangen, dass wir in der Universität, in einem Museum oder an einem anderen Ort arbeiten würden. An einer Wand der Bibliothek Doktor Bastianis befanden sich drei Fenster, die in den Garten hinter dem Haus hinausführten. Die restlichen Wände waren mit Bücherregalen vollgestellt. Der Boden war aus Parkett, und in der Mitte stand ein relativ großer Tisch mit vier Stühlen. In einer Ecke des Zimmers befanden sich zwei Ledersessel und ein Holztisch, der vermutlich antik war. Zwischen den Sesseln stand eine Stehlampe mit Messingständer. Die Gardinen vor den Fenstern waren zugezogen. Alles wirkte sehr sauber und ordentlich.

Doktor Bastiani zeigte zum Tisch in der Mitte: „Bitte schön, wir wollen zügig mit der Arbeit beginnen."

Samstag

Ich ging zum Tisch. Darauf lag ein Stapel Papier – Kopien der Handschrift –, daneben befanden sich ein Stapel weißer Blätter und einige Stifte. Ich stellte meine Tasche neben dem Tisch auf den Boden, zog mein Sakko aus und wollte es auf einen Stuhl legen, als Doktor Bastiani es mir abnahm: „Ich hänge es auf. Machen Sie es sich bequem."

Er rief laut nach Elisa. Meiner Gewohnheit entsprechend, wählte ich die Seite des Tisches so, dass sich die Fenster zu meiner rechten Seite befanden, setzte mich auf einen der Stühle und zog meine Tasche zu mir heran. Als Doktor Bastiani sich neben mich setzen wollte, betrat seine Tochter das Zimmer. Er gab ihr mein Sakko und sprach mit ihr Italienisch. Das Gespräch dauerte länger, als dass sie sich nur über mein Sakko unterhalten hätten.

Nachdem Elisa das Zimmer verlassen hatte, setzte er sich kurz hin, stand jedoch gleich wieder auf und teilte mir mit: „Ich kann Ihnen eigentlich nicht viel sagen und will Ihr persönliches Urteil nicht beeinflussen, indem ich Ihnen etwas über den Rest des Buches erzähle. Also schlage ich vor, dass Sie sich das Buch ansehen und mir sagen, was Sie davon halten. Bitte schreiben Sie die Übersetzung der persischen Zeilen auf, und vermerken Sie die Seitenzahl und eventuell auch die Zeile."

Er zeigte auf den Papierstapel auf dem Tisch. Ich blätterte in den Kopien: „Selbstverständlich, ich werde diese Aufgabe, soweit ich kann, erledigen."

„Gut, dann lasse ich Sie allein. Ich muss für einige Stunden wegfahren, um einige Antiquitätenhändler in Pisa aufzusuchen."

Er hatte mir am Vortag auf dem Weg nach Florenz erzählt, dass es seit zwanzig Jahren sein wichtigstes Hobby sei, Antiquitätenläden und Flohmärkte zu besuchen. Er pflegte auf alle Flohmärkte nicht nur in Florenz, sondern auch in den umliegenden Städten zu fahren, von Pisa bis Bologna, und hatte nach eigenen Angaben bisher bereits einiges an wertvollen Büchern und Gegenständen dort gefunden.

Doktor Bastiani ging zu einem der Fenster, schob die Gardinen beiseite, schaute kurz nach draußen und kam dann zurück: „Meine Abwesenheit wird ein paar Stunden dauern. Elisa bleibt zu Hause und wird ab und an nach Ihnen sehen. Rufen Sie sie, falls Sie etwas brauchen." Damit verließ er den Raum.

Als ich den Namen Elisa hörte, versank ich kurz in Gedanken, riss mich jedoch schnell wieder zusammen. Ich musste mich auf die Aufgabe konzentrieren, die auf mich wartete.

Doktor Bastiani kam noch einmal ins Zimmer und gab mir ein kleines Notizbuch mit schwarzem, dickem Einband: „Ein kleines Geschenk für Sie ..."

Ich nahm das Notizbuch entgegen. Es hatte ein Gummiband, um das Notizbuch verschlossen halten zu können. Ich zog an dem Gummiverschluss und öffnete es. Die Blätter waren naturweiß und nicht liniert.

Doktor Bastiani fuhr fort: „Ernest Hemingway benutze diese Art von Notizbüchern, um seine Gedanken niederzuschreiben. Er hatte immer eines bei sich. Deshalb nennt man sie auch Hemingway-Notizbücher."

Das Notizbuch war sehr schön. Ich bedankte mich. Doktor Bastiani verließ das Zimmer wieder und ließ mich mit den Kopien alleine.

Die Handschrift musste sehr wertvoll sein, da Doktor Bastiani mir lediglich Kopien davon zur Verfügung gestellt hatte. Ich hätte gerne gewusst, wo das Original aufbewahrt war. Also sah ich mir die Regale um mich herum an. Sie waren bis an den obersten Rand mit großen und kleinen Büchern gefüllt. Die Regale hinter mir waren Vitrinen mit Glastüren, in denen Bücher mit dicken Einbänden standen, die wertvoll zu sein schienen. In einer Reihe waren Handschriften mit Ledereinband aufgestellt. Wie gerne hätte ich die Türen geöffnet, in den Büchern geblättert und sie mir angesehen! Die Bücher in den anderen Regalen waren keine Handschriften.

Samstag

Ich nahm mir vor, mir zunächst einen Überblick über das Buch zu verschaffen, das zu entziffern war. Die Farbkopien auf dem Tisch waren von sehr hoher Qualität. Oben auf dem Stapel lag die Kopie des Buchdeckels, auf dem ausschließlich einige Zahlen und lateinische Buchstaben zu erkennen waren. Ich legte sie beiseite und entdeckte auf der zweiten Seite eine seltsame Schrift. Doktor Bastiani hatte gesagt, dass das Buch auf Latein verfasst worden sei. Das Alphabet sah jedoch dem lateinischen Alphabet keineswegs ähnlich. Diese Schrift ähnelte eigentlich keiner Schrift, die ich kannte oder je gesehen hatte. Es handelte sich eindeutig weder um eine lateinische noch eine griechische Schriftart. Ich war mir jedoch sicher, dass ich dieses Alphabet oder etwas Ähnliches zuvor irgendwo gesehen hatte. Zwar dachte ich lange darüber nach, fand aber nicht heraus, woran mich diese Schrift erinnerte. Auf einigen Seiten waren zwischen den merkwürdigen Buchstaben ein oder zwei Zeilen in Persisch geschrieben, die ich entziffern sollte.

Anhand des vermutlich verwendeten Papiers, des Layouts, des Abstands zwischen den Buchstaben, an den Wörtern und den Zeilen war zu erkennen, dass das Buch – wie Doktor Bastiani erwähnt hatte – aus dem 13. bis 15. Jahrhundert stammte. Als Sprachwissenschaftler wusste ich jedoch, dass es in diesem Zeitraum in Europa keine derartige Schrift gegeben hatte. Sie glich jedoch auch keiner asiatischen Schriftart. Der Text war mit Sicherheit in einer codierten Geheimschrift geschrieben worden. Ich hatte über diese Art von Geheimschriften gelesen, aber selbst noch keine zu Gesicht bekommen. Daher nahm ich an, dass Doktor Bastianis Geheimhaltung und übertriebene Eile daran lagen, dass er dieses Buch in Geheimschrift als Erster entschlüsseln wollte.

Ich sah alle Kopien durch. Sie stammten offensichtlich von zwei unterschiedlichen Manuskripten. Von dem einen, etwa zwei Zentimeter weniger breit und lang war als das andere, waren nur zwei Seiten kopiert worden. Der Rest der Kopien gehörte zu einem Manuskript, von dem alle Seiten kopiert worden waren. Die Seiten dieses Manuskripts waren nummeriert. Es war jedoch ersichtlich, dass die Seitenzahlen später vermerkt worden waren, was allerdings nichts Außergewöhnliches darstellte. Früher hatte man Handschriften nicht nummeriert. Bisweilen war auf jeder Seite unter der letzten Zeile das erste Wort der nächsten Seite vermerkt worden, damit man die Seiten besser sortieren konnte, falls das Buch auseinanderfallen sollte. Auf einigen der kopierten Seiten befanden sich Farbmalereien.

Aus dem Alphabet und dem nicht persischen Text des Manuskripts konnte ich nichts über den Inhalt des Dokuments schließen. Da ich gerne zumindest eine Vorstellung über das Thema des Buches gewinnen wollte, bevor ich mit dem persischen Text anfing, beschäftigte ich mich zunächst mit den Abbildungen. Diese ließen sich in zwei Kategorien einteilen. Es gab erstens eine ganze Reihe Abbildungen von Pflanzen und Blüten, die sehr sorgfältig in verschiedenen Farben gezeichnet worden waren. Diese Bilder umfassten zumeist eine halbe Seite und wiesen neben den Blättern, dem Stängel oder den Blüten kurze Anmerkungen auf, allerdings in der zuvor erwähnten Geheimschrift. Diese Art von Abbildungen hatte ich in iranischen Handschriften gesehen, wobei es um die Wirkung von Heilpflanzen ging. Zweitens fanden sich Abbildungen, die weniger sorgfältig und mit weniger Farben skizziert worden waren. Es bestand kein direkter Zusammenhang zwischen diesen Bildern und den Pflanzenabbildungen. Auf diesen Bildern waren meist Menschen bei bizarren Tätigkeiten abgebildet, Elemente aus der Natur, etwa Feuer, Bäume oder Wasser oder Elemente des menschlichen Lebens wie Kochutensilien sowie undefinierbare Gebäude und Gegenstände. Einige Bilder zeigten Frauen und Männer bei nicht näher bestimmbaren Tätigkeiten. Die Anordnung der Texte ließ darauf schließen, dass erst die Bilder gezeichnet und dann die Texte geschrieben worden waren.

Samstag

Nachdem ich alle Abbildungen studiert hatte, war mir nach einer kleinen Pause zumute. Ich ging zu den Regalen und sah mir die Bücher eine Weile an. Dann begab ich mich zum mittleren Fenster, schob die Gardinen beiseite und öffnete es. Eine frische, zarte Brise wehte ins Zimmer. Ein Teil des Gartens war mit Rasen bepflanzt, und rundherum befanden sich verschiedene Sträucher. Ein Strauch, dessen Namen ich nicht kannte, blühte mit großen gelben Blütenblättern. Der Garten war ungefähr fünfzehn Meter breit und vom Nachbarhaus durch eine niedrigen Mauer abgetrennt. Von wo ich stand, waren drei Nachbarhäuser zu erkennen. Zufällig bemerkte ich, dass in einem dieser Häuser ein Mann am Fenster stand und mich beobachtete. Als er sah, dass ich ihn wahrgenommen hatte, entfernte er sich sofort und verschwand aus meinem Blickfeld.

Ich schloss das Fenster und ging im Zimmer auf und ab. Die einzige Erklärung, die ich für die Bilder im Buch hatte, die keine Pflanzen abbildeten, war, dass sie eine Art Ritual darstellten, das mit Zauberei oder Ähnlichem zu tun hatte. Vielleicht waren die Pflanzen für diese Zauberrituale verwendet worden, und man hatte mit den seltsamen Gegenständen Zauberelixiere gebraut. Das war die einzig logische Theorie. Im Mittelalter und in der Zeit davor war die Grenze zwischen Medizin und Zauberei sehr fließend gewesen. Medizin, wie wir sie heute verstanden, hatte sich noch nicht als Wissenschaft etabliert gehabt. Ärzte hatten zu zaubern versucht und Magier sich als Mediziner betrachtet. Außerdem würde diese Hypothese erklären, warum das Buch in Geheimschrift verfasst worden war. Denn alle, die an Zauberei geglaubt hatten, hatten versucht, ihre Geheimnisse vor anderen zu verstecken – vor allem vor der Inquisition der Kirche, die sie erbarmungslos verfolgte. Wenn diese Menschen der Kirche in die Hände fielen, waren sie zunächst gefoltert und dann auf dem Scheiterhaufen verbrannt worden.

In diesem Buch war mit Sicherheit das geheime Alphabet wichtiger als der Inhalt des Textes. Es gab viele Bücher über Medizin und Zauberei. Bücher in Geheimschriften waren jedoch eher selten. Doktor Bastiani wollte sicherlich auf Basis meiner Übersetzungen das Alphabet des Buches entschlüsseln.

Ich ging zurück zum Tisch, öffnete mein Hemingway-Notizbuch, das ich gerade geschenkt bekommen hatte, und schrieb alles nieder, was ich bisher über das Manuskript in Erfahrung gebracht hatte. Dann fing ich an, die persischen Textstellen zu studieren.

Gerade hatte ich die erste Seite mit dem persischen Text aufgeschlagen, als Elisa klopfte und das Zimmer betrat. Sie hatte ein kleines Tablett in der Hand: „Ich habe Ihnen einen Cappuccino gebracht."

Als Elisa eintrat, erinnerte ich mich daran, dass ich Rebecca versprochen hatte, sie von Florenz aus anzurufen. Elisa stellte das Tablett auf den Tisch, ging zum Fenster und blickte kurz nach draußen. Dann ordnete sie die Gardine, die ich zurückgezogen hatte, und kam wieder zum Tisch. Auf dem Tablett befanden sich eine Tasse Cappuccino, ein Glas Wasser und etwas Cantuccini-Gebäck.

Ich bedankte mich. Elisa fragte: „Haben Sie keinen Hunger?"

„Nein, danke für den Kaffee."

„Sie trinken normalerweise Tee, oder?" Während Elisa dies sagte, setzte sie sich auf den Stuhl, den Doktor Bastiani näher an mich herangeschoben hatte, und nahm neben mir Platz. Ich hatte das Gefühl, dass sie sich ein wenig unterhalten wollte.

„Ja, das Hauptgetränk von uns Iranern ist schwarzer Tee."

„Ich kann zum Laden gehen und Ihnen Tee besorgen."

Ich nahm die Tasse in die Hand: „Nein, nein, für mich ist Kaffee genauso gut wie Tee."

Sie strahlte eine tiefe Ruhe aus, die Menschen aufzuweisen pflegten, die das Leben fest im Griff hatten und denen nichts – gar nichts – Angst einflößen konnte. Sie war anders,

Samstag

als es das gewöhnliche Klischee der lebhaften, temperamentvollen italienischen Frauen nahelegte. Mich beeindruckten diese spirituelle Ruhe, ihr ungekünsteltes Lächeln und ihr leicht melancholischer, aber freundlicher Blick. Allerdings hatte ich in Deutschland gelernt, Arbeit und Privatleben getrennt zu halten, und kannte meine Grenzen. Auch in Florenz musste ich mich nur auf meine Aufgabe konzentrieren, die darin bestand, die persischen Passagen der Handschrift zu übersetzen.

Elisa warf einen Blick auf meine Notizen und lächelte. „Ist das Persisch?"

„Ja, ich schreibe immer meine Notizen zunächst auf Persisch. Es ist für mich einfacher."

Elisa nickte und sagte mit Bewunderung: „Es muss sehr schwierig sein, Persisch zu lesen und zu schreiben!"

Ich schaute auf meine Notizen und dachte, dass es wirklich schwierig sein müsse, meine Handschrift zu lesen. Denn ich hatte keine sehr schöne Schrift und konnte manchmal meine eigenen Notizen nicht lesen.

„Nein, das persische Alphabet hat nur 32 Buchstaben. Wer sie lernt, kann Persisch lesen." Dann gab ich ehrlichkeitshalber zu: „Allerdings nicht meine Schrift!"

Elisa lachte und versetzte mich damit wieder in einen Zustand unvergleichlicher Freude und Zufriedenheit. In ihrem ruhigen Tonfall erzählte sie: „Diese Manuskripte sind für meinen Vater sehr wichtig. In den letzten Wochen hat er diesem Buch seine ganze Zeit gewidmet. Für die Übersetzung der persischen Texte war er bei vielen Fachleuten, bisher konnte ihm jedoch keiner helfen. Ich freue mich, dass Sie ihm helfen können."

Ihr Zuspruch machte mich etwas verlegen: „Ich hoffe, ich schaffe es. Ich habe viele Jahre lang lediglich Handschriften gelesen und katalogisiert. Es gibt Experten, die diese Aufgabe viel besser erledigen könnten. Sie sind allerdings alle in Iran oder in anderen persischsprachigen Ländern."

„Sie sind bescheiden. Ich habe großen Respekt vor bescheidenen Menschen."

Elisas Englisch war sehr eloquent. Ich bemerkte: „Sie sprechen sehr gut Englisch."

„Ich habe einige Jahre in London gelebt ..."

Die Traurigkeit in ihren Augen trat deutlicher hervor, als wären ihre Erinnerungen an die Zeit ihres Aufenthaltes in London nicht angenehm. „Ich habe in London an der Metropolitan-Universität Architektur studiert ... In diesem Sommer bin ich fertig geworden."

Als wollte sie ihre Rückkehr aus London rechtfertigen, fuhr sie fort: „Ich freue mich, dass ich zu meinem Vater zurückgekehrt bin. Denn ich habe das Gefühl, dass er mich braucht." Sie bewegte den Teller mit den Cantuccini hin und her und erzählte: „Der Tod meiner Mutter war sehr schwer für ihn. Er hat es noch nicht ..."

Elisa rang noch nach Worten, als ich fragte: „Wann ist Ihre Mutter gestorben?"

„Vor vielen Jahren. Ich war erst neun Jahre alt."

Für wenige Augenblicke herrschte Schweigen. Ich wollte fragen, warum ihre Mutter so jung gestorben sei, als Elisa aufstand: „Ich gehe jetzt. Denn ich will Sie nicht länger aufhalten."

2

Als Elisa gegangen war, überlegte ich, dass sie um die sechsundzwanzig oder siebenundzwanzig Jahre alt sein musste. Also fünf, sechs Jahre jünger als ich. Elisa war nicht nur schön, sondern es war offensichtlich, dass sie auch eine starke Persönlichkeit besaß. Sie war eine dieser intellektuellen, scharfsinnigen und willensstarken Frauen, die man selten kennenzulernen pflegte. Eine dieser Frauen, die immer nur andere Männer abbekamen. Aber jetzt war nicht die Zeit für solche Gedanken. Ich musste mit der Arbeit beginnen.

Noch einmal sah ich alle Seiten des ersten Manuskripts durch. Nur auf zwölf davon befand sich persischer Text. Die persisch verfassten Passagen standen allesamt in Teilen, die mit Pflanzen zu tun hatten. Insgesamt waren es fünfundzwanzig Zeilen, mindestens zwei Zeilen pro Seite. Zwei Blätter einer anderen Größe waren gänzlich auf Persisch. Die eine Seite war komplett vollgeschrieben, auf der anderen standen nur drei Zeilen. Zunächst vermutete ich, dass ich etwa drei oder höchstens vier Stunden benötigen würde, um diese Texte zu lesen. Aber als ich mit der ersten Seite begann, sah ich, dass die Arbeit schwieriger war, als ich zunächst angenommen hatte. Nirgends waren Punkte oder Striche gesetzt, zwischen den Wörtern gab es keine Abstände, nirgends stachen einem Häkchen ins Auge, und manche Wörter waren aufgrund der unsauberen Schrift unmöglich lesbar.

Ich bemühte mich, eine Methode anzuwenden, die ich auch in der Vergangenheit benutzt hatte. Zuerst musste ich feststellen, wo die Wörter anfingen und wo sie aufhörten, und dann die möglichen Lesarten jedes Wortes auf einem weißen Blatt Papier untereinanderschreiben. Auf diese Weise fand ich für manche Wörter über zwanzig verschiedene Lesarten. Für einige der Wörter ergab keine der möglichen Lesarten einen Sinn, und manchmal war ich gezwungen, neu zu beurteilen, wo ein Wort anfing und wo es endete. Nach dem Aufschreiben der verschiedenen möglichen Lesarten einer Zeile versuchte ich, durch die Kombination verschiedener Optionen der Wörter für jede Zeile einen sinnvollen Satz zu bilden. Auf diese Weise notierte ich für den ersten persischen Satz in meinen Hemingway:

Seite 11: *Nasseri lehret daz diez kroutes mennige pflenzelîn sprîezen an tümpfels saum in den Wüesten flûren, ein stunden reit ze ros von Charand* (Name eines Ortes?), *unde sie sprîezen blôz in lenzes zeyt unde an den maien. In summer man vindet ihrer nicht mehr.*

Unter dieser Notiz erklärte ich: „Keine der möglichen Lesarten für das Wort ‚charand' ist verständlich oder mir bekannt. Ich habe diese Lesart gewählt, da sie sich besser aussprechen lässt. Vermutlich könnte es der Name eines Ortes sein. Es ist deutlich, dass sich das Gespräch um eine Pflanze dreht, die in einem speziellen Gebiet wächst."

Die nächste persische Zeile las ich folgendermaßen:

Seite 13: *Nasseri lehret die gevilde erstrekket sich gâch hinab drei stunden reites von ein flekken Sarchaman* (Ortsname). *Unde in diezer flôren wuohern der pflenzeline gâr mannigvaltige unde die flôre ist ein guoter ort ze rasten ouch in winters zeyt.*

Darunter notierte ich: „Da auf dieser Seite ein anderes Gewächs gezeichnet ist, dreht sich das Gespräch hier um eine andere Pflanze, die nahe dem Ort ‚Sarchaman' wächst. Der

Autor des ursprünglichen persischen Textes – nicht der, der das vorliegenden Manuskript abgeschrieben hat – bezieht sich wieder auf eine Person namens ‚Nasseri'."

Auf diese Weise las ich ungefähr die Hälfte des auf Persisch Geschriebenen. Je weiter ich kam, desto einfacher wurde die Arbeit, da sich einige Wörter wiederholten. Ich stand auf, ging ein bisschen im Zimmer umher und dachte über das Geschriebene nach. Ich zog die Gardinen beiseite und blickte nach draußen. Da bemerkte ich, dass die Gardinen des Zimmers, in dem ich vorhin einen Mann gesehen hatte, zugezogen waren. In diesem Moment bewegten sich diese, und ich sah hinter der Gardine den dunklen Schatten einer Person, als ob jemand mich beobachten würde. Ich zog die Gardinen zu und ging zur Büchervitrine, in der die Manuskripte aufbewahrt wurden. Die gläserne Schranktür war abgeschlossen. Ich zog einige andere Bücher, die alt zu sein schienen, aus dem Regal und blätterte sie durch. Alle waren auf Latein oder Griechisch verfasst. Ich konnte einige Wörter lesen, aber da ich weder Latein noch Griechisch verstand, wusste ich nicht, wovon die Bücher handelten.

Ich dachte wieder an die persischen Textstellen. Alle Texte, die ich bisher gelesen hatte, verwiesen auf Orte, an denen Pflanzen wuchsen. Die Sprache der persischen Texte stammte aus dem 6. bis 8. Jahrhundert nach der Hidschra, also aus dem 14./15. Jahrhundert nach Christus. Ich hatte viele Bücher aus dieser Zeit gelesen. Aber die Namen der Personen und Gebiete (insgesamt fünf Gebiete) waren mir allesamt unbekannt; genauso die Namen der Pflanzen, die in wenigen Fällen genannt waren. Sicherlich war ich kein Spezialist für Pflanzenkunde und altiranische Geografie. Aber es hätten mir wenigstens ein paar der Namen bekannt vorkommen müssen, das war jedoch überhaupt nicht der Fall. Ich ging zum Tisch zurück und notierte meine Eindrücke in meinen Hemingway.

In diesem Moment öffnete sich die Tür, und Doktor Bastiani kam in die Bibliothek. „Ciao, haben Sie keinen Hunger?" Er kam zu mir und blickte auf meine Notizen: „Wie weit sind Sie gekommen?"

Ich zeigte ihm die Blätter, die ich übersetzt und zur Seite gelegt hatte: „Diese Blätter habe ich übersetzt."

Doktor Bastiani betrachtete sie und ging dann die Blätter durch, die ich noch nicht übersetzt hatte, bis er zu einer Seite mit dem Abbild einer himmelblauen Pflanze gelangte, und fragte: „Diese Seite haben Sie noch nicht übersetzt?"

„Noch nicht."

Er betrachtete weiter das Abbild der Pflanze.

Ich sagte: „Die Qualität der Kopien ist sehr gut."

„Ich habe sie bei meiner Schwester kopiert. Sie hat in ihrer Firma einen sehr guten Kopierer. Ich habe alle Bücher für meine Forschung abgelichtet. Denn ich wollte nicht mit den Originalwerken arbeiten."

Wie jeder, der um den Wert handgeschriebener Manuskripte weiß, ging er sorgfältig mit diesen um. Er ordnete die Blätter wieder, wie ich sie sortiert hatte, und sagte: „Gehen wir nach unten! Elisa hat gekocht. Entschuldigen Sie, dass ich mich etwas verspätet habe."

Ich schloss meinen Hemingway und sah auf die Uhr. Es war fast halb drei.

3

Elisa hatte sich umgezogen. Das T-Shirt, dass sie am Morgen getragen hatte, hatte jetzt seinen Platz an eine schwarz gefärbte Bluse abgetreten, die eng am Oberkörper anlag, sich am Rücken faltenschlagend leicht weitete und den oberen Teil der Jeanshose, die sie trug, verdeckte. Den Faltenschlag abschließend, war ein sehr feiner goldener Faden eingewebt. Auf einem der Hosenbeine ihrer Jeans war über dem Knie eine filigrane Lillie mit mattem Goldfaden eingearbeitet. Die Italienerinnen waren für ihr Modebewusstsein berühmt, und ich, der ich von Mode nichts verstand, zog es vor, nichts über die schöne Kleidung Elisas zu sagen. Da ich jedoch Lust hatte, ihr ein Kompliment zu machen, bemerkte ich: „Was für ein schön gedeckter Tisch. Es ist ewig her, dass ich an so einem herrlich gedeckten Tisch gegessen habe!"

Elisa schaute Doktor Bastiani an und lächelte kurz. Ich hatte den Eindruck, dass mein Kompliment etwas unpassend gewesen sei. Doktor Bastiani lud mich mit einer Geste ein, mich zu setzen: „Bitte sehr, setzen Sie sich."

Er setzte sich ebenfalls.

Ich nahm Platz und sah mir den Tisch genauer an. Für jeden von uns waren ein Teller, eine Serviette sowie Messer und Gabel gedeckt. Die einzige Zierde des Tisches bildeten einige Gläser, ein Brotkorb, eine Flasche Rotwein, einige Oliven in einem Glasschälchen und eine große Salatschüssel. Das Einzige, von dem man sagen konnte, dass es dem Tisch etwas Anmut verlieh, waren ein paar bunte Blumen in einer Glasvase mit Silberstreifen. Zum Essen gab es Risotto, ein italienisches Gericht mit Reis und Pilzen.

Doktor Bastiani fragte, während er unsere Gläser voll Wein füllte: „Wie geht es mit der Arbeit voran?"

„Ich muss sagen, die Aufgabe ist schwieriger, als ich sie mir vorgestellt hatte. Aber ich bin mit meinem Fortschritt zufrieden. Ich denke, ich konnte ein Drittel der persischen Textstellen lesen."

Während des Essens erzählte ich Doktor Bastiani, was ich bisher vom Lesen der persischen Textstellen über unbekannte Gebiete und Pflanzen gelernt hatte. Er hörte interessiert zu und fragte ab und an etwas. Elisa sah mich ab und an ebenfalls an und lächelte. Ohne eine Meinung zu äußern, hörte sie dem Gespräch ihres Vaters und mir zu.

Doktor Bastiani wollte wissen: „Wirklich? Sie kennen keines der Gebiete, deren Namen im Buch vorkommen?"

„Keines. Die Sprache im Buch ähnelt stark dem Persischen Zentralirans, das ich sehr gut kenne. Aber die Namen, die darin vorkommen, sind für mich alle unbekannt."

Doktor Bastiani mutmaßte: „Also hat die persischen Texte ein Iraner geschrieben, aber über Pflanzen, die an anderen Orten wachsen?"

„So scheint es. Vielleicht ist auch der Originaltext eine Übersetzung eines Buchs aus einer anderen Sprache."

Ich hatte den Eindruck, dass Elisa das Thema etwas langweilte, und wollte das Gesprächsthema wechseln: „Ich muss gestehen, dass die Thematik der persischen Textstellen etwas langweilig ist; eine sehr primitive Botanik. Ich denke nicht, dass diese Schriften aus inhaltlicher Sicht einen wissenschaftlichen Wert haben."

Doktor Bastiani fragte: „Sie hatten in München vermutet, dass jemand die persischen Schriften aus einem anderen Buch abgeschrieben habe. Denken Sie so denn immer noch?"

Ich antwortete kurz: „Ich bin mir dessen sicher."

Er lächelte: „Wenn das so ist, müsste das persische Buch, das kopiert wurde, noch irgendwo in der Gegend sein, und ich werde es eines Tages in einem der Antiquariate oder auf einem der Märkte in Pisa oder Florenz finden."

In der kurzen Stille darauf fragte Elisa: „Soll ich Ihnen noch einmal auftun?"

Ich sah meinen leeren Teller an und wusste selbst nicht, wie ich das ganze Essen, das auf meinem Teller gewesen war, aufgegessen hatte. „Nein, danke."

Doktor Bastiani hatte ebenfalls aufgegessen, stand auf und nahm sein Glas. „Wenn Sie gestatten, gehen wir ins Wohnzimmer."

Seinem Beispiel folgend, nahm ich ebenfalls mein Weinglas und folgte ihm in den angewiesenen Raum. Wir setzten uns auf die bequemen Sessel. Die Türen zum Hof standen offen und ließen kühle Luft ins Zimmer. Von dort, wo wir saßen, sah man nur die Bäume im Hof. Ich fragte Doktor Bastiani: „Was wissen Sie über den Verfasser des Buches?"

Er dachte eine Weile nach und sagte: „Nichts." Als er meine Verwunderung sah, fuhr er fort: „Sie haben sicherlich bemerkt, dass die Kopien von zwei Manuskripten stammen ..."

„Ja, die Größe zweier Kopien unterscheidet sich von den anderen."

„Das erste Manuskript habe ich in einem kleinen Antiquariat hier in Florenz gekauft. Der Verkäufer vermutete, dass es auf Arabisch oder auf Hindu verfasst sei. Als ich das Buch aufgeschlagen habe, habe ich es sofort erkannt." Doktor Bastiani zögerte einen Moment, trank etwas von seinem Wein und fragte: „Sie kennen das Voynich-Manuskript?"

Als ich den Namen Voynich hörte, erinnerte ich mich plötzlich, wo ich das Geheimalphabet der Manuskripte entdeckt hatte. Ich hatte gewusst, dass ich vorher schon einmal ein ähnliches Alphabet gesehen hatte. Vor langer Zeit hatte ich in einem sprachwissenschaftlichen Abonnement einen kurzen Aufsatz über ein Manuskript, dass unter dem Namen Voynich bekannt geworden war, gesehen. Es war auch das Foto einer Seite aus dem Manuskript abgedruckt gewesen. Das Alphabet des Voynich-Manuskripts und dasjenige des Manuskripts Doktor Bastianis waren dasselbe. Ich erinnerte mich jedoch nicht daran, ob im Voynich-Manuskript ebenfalls persische Textstellen enthalten waren. „Ja, ich glaube, ich habe einen Aufsatz über das Voynich-Manuskript gesehen. Aber ich erinnere mich nicht, wo."

„Voynich ist eine andere Abschrift desselben Buches. Die Voynich-Abschrift wurde vor Jahrzehnten entdeckt, aber bis heute konnte sie niemand entschlüsseln. Hochrangige Experten verschiedener Universitäten und sogar von Geheimdiensten haben sich bemüht, mit der Entschlüsselung des Manuskripts ihr Können unter Beweis zu stellen, hatten jedoch keinen Erfolg."

Aufgeregt fragte ich: „Und Sie wollen es auch entschlüsseln?"

„Ich habe mich zwei volle Monate bemüht, das Manuskript in meinem Besitz zu entschlüsseln. Aber mir ist es nicht einmal gelungen, eine einzige Zeile zu lesen, und ich konnte auch keinen einzigen Anhaltspunkt für die Fortsetzung meiner Bemühungen finden." Seiner Gewohnheit nach gestikulierte Doktor Bastiani bei seinen Ausführungen wild in der Luft.

„Sie denken, dass die Übersetzung der persischen Texte Ihnen bei der Entschlüsselung des Manuskripts helfen könnte?"

Ohne meine Frage zu beantworten, fuhr er fort: „Ungefähr zwei Monate nachdem ich das erste Manuskript gekauft hatte, bin ich, um einen Freund zu besuchen, nach Venedig

Samstag

gefahren. Als ich zurückfuhr, nahm ich statt der Autobahn lieber die Landstraße. Unterwegs hielt ich zum Mittagessen in einem kleinen Dorf an. Aus Zufall fand an diesem Tag neben dem Restaurant, in dem ich aß, ein Flohmarkt statt. Nach dem Essen entschloss ich mich, ein wenig auf dem Markt herumzulaufen. Es war ein sehr interessanter Markt. Einige ältere Dorfbewohner hatten neben dem Restaurant, das an der Hauptstraße lag, Gemüse aus dem eigenen Garten, hausgemachte Marmelade und dergleichen zum Verkauf auf kleinen Holztischchen oder auf dem Boden ausgelegt. Einige verkauften auch ihre alten und neuen Sachen, die sie nicht mehr brauchten. Auf dem Tisch einer alten Frau waren neben altem Geschirr, ein paar alten Kompassen und Messern auch einige handgeschriebene Bücher zum Verkauf ausgelegt. Als ich eines der Bücher aufnahm und durchblätterte, hätte ich vor Freude beinahe einen Herzinfarkt bekommen. Der Preis, den die alte Frau für dieses Manuskript wollte, war noch geringer als für ein normales Buch. Ich habe ihr ein Vielfaches davon gezahlt und das Buch gekauft. Als ich sie fragte, woher sie das Buch habe, sagte sie, alles, was auf dem Tisch liege, habe sie von ihrem Vater geerbt. Als ich sie zu ihrem Vater befragte, sagte sie, ihr Vater und alle ihre Ahnen seien Venezianer, Fischer und Seefahrer gewesen."

Ich verstand immer noch nicht, wie diese beiden Manuskripte zueinandergehörten: „Und dieses Manuskript war auch im Voynich-Alphabet geschrieben?"

„Nein, das war das Interessante. Dieses Manuskript war sozusagen der Schlüssel zum Code des ersten zuzüglich zweier persischer Seiten an seinem Ende. Die kleineren Kopien, über die wir sprachen, gehören zu diesen beiden Seiten. Das ist das Merkwürdigste, was mir im Leben passiert ist. Verstehen Sie das? Zufällig schlage ich einen ungewöhnlichen Weg ein und finde ein Buch, das mit einem Buch, das ich vor einiger Zeit kilometerweit weg gekauft habe, zusammengehört." Doktor Bastiani lächelte und fuhr fort: „Dank des Decodierungsbuchs konnte ich das erste Manuskript lesen." Dann hielt er kurz inne und fuhr fort: „ ... bis auf seine persischen Textstellen."

Ich merkte an: „Ich wusste nicht, dass die Voynich-Abschrift auch persische Text enthält."

„Die Voynich-Abschrift enthält keine persischen Textstellen. Den Grund dafür kenne ich nicht. Vielleicht hat derjenige, der es abgeschrieben hat, diese Teile nicht für wichtig gehalten und auf sie verzichtet." Er verstummte einen Moment. Dann sagte Doktor Bastiani, als ob er mich warnen wollte: „Sie sind der Erste, mit dem ich über den Schlüssel rede ... sicherlich, Elisa weiß auch von seiner Existenz."

Ich wollte wissen: „Ist im Manuskript ein Verfasser erwähnt?"

Doktor Bastiani antwortete: „Nein, er hat seinen Namen nirgends im Manuskript vermerkt. Vielleicht hat er befürchtet, dass trotz der Verschlüsselung jemand die Handschrift lesen und mit ihm in Verbindung bringen könnte."

Also war haltlos, was ich bisher als Grund für Doktor Bastianis Eile, den Text zu übersetzen, vermutet hatte, nämlich die Entschlüsselung des Manuskripts: „Demnach haben Sie den Großteil des Textes bereits gelesen. Ich verstehe nicht, warum das Lesen der persischen Textstellen, die nur in diesem Buch stehen, in solcher Eile vonstattengehen soll."

In diesem Moment kam Elisa mit einem Tablett mit drei Tassen Kaffee zu uns herein. Mir fiel wieder ein, dass ich Rebecca hätte anrufen sollen.

Elisa lächelte und sagte: „Lasst uns einen Kaffee trinken und dann ein wenig spazieren gehen." Sie stellte den Kaffee auf den Tisch und setzte sich neben ihren Vater.

Doktor Bastiani blickte auf die Uhr: „Ich würde vorschlagen, dass wir nach Sonnenuntergang zum Essen und Spazieren ausgehen." Er fuhr fort: „Ich muss mich kurz mit einem Freund treffen."

Samstag

Elisa sagte in einem Tonfall, der eher bittend klang, etwas auf Italienisch zu ihrem Vater. Ich kannte den Grund für Doktor Bastianis Eile nicht. Da ich jedoch wusste, wie eilig er es hatte, sagte ich: „Ich ziehe es ebenfalls vor, zuerst die Arbeit zu beenden, und freue mich darauf, wenn ich danach ein wenig Florenz besichtigen kann."

Elisa fragte: „Was in Florenz möchten Sie am liebsten sehen?"

Ich kannte Florenz bisher überhaupt nicht: „Ich freue mich, wenn Sie mich führen. Alles, was ich von Florenz kenne und gerne sehen würde, ist die David-Statue von Michelangelo."

„Ich denke, heute ist es zu spät für das Museum. Aber wir können den Piazza del Duomo und die Ponte Vecchio ansehen." Im Anschluss nannte Elisa mit Begeisterung die Namen einiger Sehenswürdigkeiten von Florenz, die ich unbedingt sehen musste, und wollte wissen: „Wie lange bleiben Sie in Florenz?"

„Ich muss morgen Abend nach München zurück."

„Florenz hat viele Sehenswürdigkeiten. In so kurzer Zeit können Sie nicht viel sehen." Nach kurzem Zögern lächelte sie und sagte: „Aber ich werde Ihnen in dieser kurzen Zeit die wichtigsten und schönsten Orte von Florenz zeigen."

4

Bevor ich in die Bibliothek zurückkehrte, bat ich Doktor Bastiani darum, in München anrufen zu dürfen. Meine Kollegin Rebecca war nicht zu Hause. Ich hinterließ nur eine Nachricht, dass alles in Ordnung sei und ich am Abend oder morgen noch einmal anrufen würde.

Ich war niemand, der sich schnell von Gefühlen beeinflussen ließ. Aber ich muss gestehen, dass die Aussicht darauf, mit Elisa auszugehen, meine gedankliche Konzentration etwas beeinträchtigte. Vielleicht lag es auch am Essen und am Wein, den ich getrunken hatte. Mit großer Mühe richtete ich meine Gedanken auf die Arbeit und versuchte, rasch voranzukommen.

Ich nahm meinen Hemingway in die Hand. Sein dicker, schwarzer Einband gab mir ein gutes Gefühl. Ich befreite ihn von seinem Gummiband, öffnete ihn und überflog meine Notizen. Dann setzte ich das Lesen der Textstellen des ersten Manuskripts genauso fort, wie ich es am Vormittag begonnen hatte. Im Vergleich zum Vormittag kam ich etwas schneller voran.

Leider war der Text der Seite 23 überhaupt nicht lesbar, als ob eine Hand oder etwas anderes, Nasses über ihn gezogen worden wäre und die Tinte verwischt hätte. Nur zwei Wörter konnte ich entziffern und notieren:

Seite 23: (unleserlich) *ist sëdel-hof (unleserlich)*
Den Text von Seite 25 konnte ich wie folgt entziffern:
Seite 25: *Abdus kundet daz man hat gesehen daz krout in Karvan* (Ortsname) *der wüestunge an der slangen hol unde di slangen wachent uber sie.*

Auf diese Weise setzte ich die Arbeit fort, bis ich zur letzten persischen Textstelle des ersten Manuskripts gelangte. Der Text bezog sich auf eben jene himmelblaue Blume, nach der Doktor Bastiani am Vormittag gefragt hatte. Als ich mir das Bild genauer ansah, kam sie mir etwas merkwürdig vor. Die Blume hatte einige wenige Blütenblätter, auf denen rosafarbene Samen in Form von Bohnen, aber kleiner, zu sehen waren. Der Strunk des Gewächses war sehr kurz und jedes seiner Blätter um ein Mehrfaches größer als seine Blüten. Am interessantesten waren die Wurzeln, die so gemalt waren, dass sie sich in einer Ecke beginnend über die untere Hälfte der Seite bis zu ihrer oberen Hälfte kringelten. Den dazugehörigen Text notierte ich folgendermaßen:

Seite 35: *Parvak, ein tzwieg vom boume Hoom Sepid* (Name?), *wachset in Rokaatek* (Ortsname) *unde muget stân al alleine. Nirgends in keyn veld siht man ihrer zweye mit eynand.*

Dies war die kürzeste persische Zeile des ersten Manuskripts, und sie wies einen entscheidenden Unterschied zu den anderen Zeilen auf, die ich bisher gelesen hatte, der sofort meine Aufmerksamkeit erregte. Im Gegensatz zu dem vorher Geschriebenen wurde sich hier nicht auf die Aussagen einer anderen Person bezogen. Anscheinend hatte der Verfasser des persischen Texts hier seine eigenen Worte wiedergegeben und selbst diese Pflanze gekannt.

Das Lesen der persischen Abschnitte des Manuskripts war zunächst mehr oder weniger rasch vorangegangen. Jeder gab eine kurze Auskunft über den Wuchsort einer Pflanze und die Aussage verschiedener Personen wieder – bis auf den einen Fall, der sich auf eine Pflanze namens „Parvak" bezog. Wenn diese Aussagen mit Pflanzen, Personen oder Orten zu tun gehabt hätten, die ich kannte, wäre das Manuskript für mich ohne Zweifel ansprechender gewesen. Aber so fiel es mir schwer, eine Verbindung zum Geschriebenen aufzubauen. Das Manuskript war für mich wie ein Buch außerhalb meines Fachgebiets. Ich hoffte, dass ich in den persischen Textstellen des zweiten Manuskripts Interessanteres entdecken würde.

Leider schien es so, als sei das zweite Manuskript Feuchtigkeit ausgesetzt gewesen. In vielen Zeilen war die Tinte etwas verwischt, sodass es schwierig oder gar unmöglich war, manche Teile zu entziffern. Als ich mich mehr mit ihnen beschäftigte, erkannte ich dennoch, dass die persischen Textstellen des zweiten Manuskripts sich sehr von denen des ersten Manuskripts unterschieden. Der zweite persische Text war feiner und mit einer besseren Schrift in einer Mischung aus Nastaʿlīq und Schekaste geschrieben. Es schien nicht so, als ob der Schreiber die Schriftzeichen von woanders kopiert hätte. Ich bezweifelte, dass es sich beim Schreiber des ersten und des zweiten Manuskripts um dieselbe Person handelte. Mit dem Lesen der ersten Zeilen wurde mir klar, dass mir ein Brief vorlag, dessen Verfasser die persische Schrift und Sprache ausreichend beherrschte, obwohl einige Formulierungen die Vermutung aufkommen ließen, dass Persisch nicht seine Muttersprache gewesen sei. Trotz der Feuchtigkeitsschäden an den Manuskriptseiten konnte ich die ersten Zeilen lesen und notierte sie folgendermaßen in meinen Hemingway:

Dem ehrwirdigen hochweyßen herren und kunstreychen meyster der schrifft Chaaje Nassir Maamatiri

Vnser williger dienst sey euwer weyßheit bereytt. Meyn Herze betrüebet jamervolle kunde von der ich euwer weyßheit melden muoz. Wann ich kehrte zerücke in meyn heymatlich gevilde ersah ich daz tumoult unde unvride sint kummen all üeber die lant. Des allerheyligsten bapstes Gregorivs heere unde seyne soldenaere haben belageret die starcken festung unde stratzen von Fiorenza unde sie haben gewunnen die macht ob ihnen allen. Gottes unde der welten macht unde gewalt stehen ym Gregorivs, bapste des heyligen stuo-

Samstag

les, zue seyn gebote unde starcke streyter gehorchent seyn: alle leut forchten seyne macht unde seyn grawesam heere die rouben unde brennen unde morden ohn mitleid. Wann also meyn hochweyßer lehrer Jacopo wolte reisen gen Venezia zu seynes herren diensten (ein paar unleserliche Buchstaben) *streyter von des bapstes heere habent yn gevangen unde geworfen in ketten. So hat man mir gesaget: ob hexen werkes unde ketzerey man yn hat beschuldiget unde dorten gehenket an eyn galgen als wie eynen ehrlosen tiufels-freuynt, oweh. Welh bitterlicher tod.*

Das Lesen des Texts hatte mich wirklich in Aufregung versetzt. Dies war der Brief einer Person, die auf Ereignisse, vielleicht historischer Art, verwies. Ich hatte zwar viele handschriftliche Bücher gelesen, aber einen solchen persönlichen Bericht sehr selten gesehen. Ich las den Text einige Male. Doch ich kannte mich nicht mit italienischer Geschichte aus, dachte aber, dass die Ereignisse in diesem Schriftstück für Doktor Bastiani, der sich damit auskannte, sehr interessant sein müssten. Der Brief war an jemanden namens Chaaje Nassir Maamatiri adressiert worden. Den Namen Maamatiri hatte ich schon mal irgendwo gelesen.

Ich konnte nicht mehr sitzen und stand auf, um etwas im Zimmer auf und ab zu gehen und mich zu lockern. So schritt ich zum Fenster und schob die Gardine beiseite. Die Dämmerung hatte eingesetzt. Unbewusst fiel mein Blick auf das Fenster, von dem aus ich mich beobachtet gefühlt hatte. Ich weiß nicht, warum dieses Gefühl wieder in mir aufkam.

In diesem Moment klopfte Elisa an die Tür und betrat die Bibliothek. Ich ließ die Gardine los und ging zu ihr. Sie fragte: „Sind Sie nicht erschöpft? Es ist fast acht Uhr."

Ich fühlte mich tatsächlich müde: „Doch, ich wollte eben ein bisschen im Zimmer auf und ab gehen."

Elisa sagte: „Mein Vater ist gerade zurückgekehrt. Ich denke, es ist besser, wenn Sie für heute die Arbeit sein lassen. Wenn Sie ausgehen möchten, müssen wir langsam los, sonst wird es zu spät."

In diesem Moment kam Doktor Bastiani ebenfalls in die Bibliothek und fragte: „Sind Sie fertig?"

Als Antwort erklärte ich, dass nur ein Abschnitt aus den Kopien des zweiten Manuskripts noch übrig sei, dessen Übersetzung nicht mehr als ein bis zwei Stunden in Anspruch nehmen sollte.

Er sagte fröhlich: „Sie haben wirklich einiges geschafft. Ich hätte nicht gedacht, dass das Lesen der persischen Textstellen so schnell vonstattengehen würde. Dafür danke ich Ihnen vielmals."

Er sah meine persischen Notizen im Hemingway an, die einige Seiten lang geworden waren.

Ich erklärte: „Ich habe meine persönlichen Eindrücke und Punkte, die für mich interessant waren, ebenfalls notiert. Die persischen Texte der Manuskripte machen insgesamt nicht mehr als zwei oder drei Seiten aus. Ich kann sie innerhalb einer halben Stunde ins Englische übersetzen."

Elisa sagte: „Wie schön, also können wir jetzt Essen gehen."

Doktor Bastiani sah Elisa an, wandte sich wieder mir zu und fragte: „Sie meinten, zum Lesen des restlichen Textes bräuchten Sie nur eine weitere Stunde?"

Elisa blickte ihn an, sagte einen Satz auf Italienisch und fügte dann auf Englisch hinzu: „Die restliche Arbeit können Sie auch erledigen, wenn wir zurückgekehrt sind, oder morgen." Dann sagte sie wieder einige Sätze auf Italienisch.

Italienisch hat eine so rasche Sprachmelodie, dass wenn sich zwei Personen miteinander unterhalten, es so scheint, als ob sie eine Auseinandersetzung miteinander hätten.

Doktor Bastiani verkündete: „Sehr schön! Dann räume ich, bis Sie sich fertig gemacht haben, hier ein wenig zusammen."

Elisa wartete weiter neben der Tür auf ihn, als ob sie befürchtete, wenn sie ginge, würde ihr Vater mich wieder zur Arbeit überreden. Doktor Bastiani ordnete die Kopien der Manuskripte und nahm sie an sich. Dann ordnete er separat

Samstag

auch meine Schmierzettel und den Hemingway. Elisa sagte wieder etwas auf Italienisch, worauf er antwortete: „Ja, ja ..."

Daraufhin bewegte er sich schneller. Er wollte meine Notizen ebenfalls an sich nehmen, sah mich dann jedoch an, legte sie wieder auf ihren Platz und ging mit den Kopien der Manuskripte in der Hand aus dem Zimmer. Elisa folgte ihm.

Als Doktor Bastiani das Zimmer verlassen hatte, bemerkte ich, dass die Kopien des zweiten Manuskripts unter dem Stapel meiner Schmierzettel zurückgeblieben waren. Also rief ich Doktor Bastiani, aber er hörte mich nicht. Ich hielt es nicht für wichtig, und da ich die beiden nicht warten lassen wollte, ging ich in das Zimmer, das sie für mich bereitgestellt hatten, und zog mich um.

5

Doktor Bastiani parkte sein Auto nahe der Altstadt bei einer Pizzeria. Wir stiegen aus und machten uns zu Fuß auf, die Stadt zu erkunden. Die Straßen und Gassen Florenz' mit ihren aus jahrhundertealten Steinen gebauten Gebäuden schenkten mir ein Gefühl der Geborgenheit. Obwohl ich zeitlich und örtlich Meilen von den Erbauern dieser Häuser entfernt war, fühlte ich mich ihnen auf merkwürdige Weise nahe.

Anscheinend kannte Elisa jedes einzelne Bauwerk der Stadt. Jedes Mal, wenn sie einen Augenblick vor einem Gebäude oder einer Statue anhielt, fragte sie darauf deutend: „Sehen Sie das ..."

Und wenn sie meine Aufmerksamkeit auf sich gerichtet sah, lächelte sie und erklärte etwas. Zuerst gingen wir zum Piazza del Duomo, wo die Kirche der heiligen Maria mit silbernen Wänden und kupferner Kuppel mit einzigartiger Größe prahlte. Aus den Erklärungen Elisas lernte ich, dass diese Kirche vor den berühmten Moscheen in Isfahan gebaut worden war. Auch wenn sie nicht die Eleganz der Isfahaner Moscheen besaß, so war sie doch viel größer als diese.

Das Wetter war sehr angenehm. Manchmal kam ein kühler Wind auf, flaute dann jedoch wieder ab. Elisa trug eine schwarze Hose, eine blaurote Satinbluse und hatte eine

Samstag

schwarze Strickjacke mit Knöpfen dabei, die sie manchmal anzog, dann wieder auszog und in die Hand nahm. Doktor Bastiani trug ebenfalls eine dunkle Hose und eine weite dunkelgrüne Jacke mit großen Taschen. Meiner Meinung nach wirkte seine Jacke etwas zu warm für diese Jahreszeit. Aber auch jetzt im Frühling konnte es nachts sogar in Florenz recht kühl werden. Ich sah mich in meinem schwarzblauen Samtmantel für diesen Abend passend gekleidet.

Es war noch viel auf den Straßen los. Anscheinend waren die meisten der Vorüberziehenden Touristen.

Doktor Bastiani fragte nach den Manuskripten. Während ich einen Schritt hinter Elisa ging, erzählte ich ihm zwischen ihren Erklärungen über Florenz, was mir von der Übersetzung des zweiten Manuskripts in Erinnerung geblieben war und dass es sich beim persischen Text des zweiten Manuskripts eigentlich um einen Brief handelte.

Doktor Bastiani war verwundert: „Ein Brief? Meinen Sie, dass jemand einen Brief in diesem Manuskript abgeschrieben habe?"

„Nein, diese Textstelle ist nirgends abgeschrieben worden, sondern ein Original. Derjenige, der den Brief geschrieben hat, ist nicht derjenige, der den persischen Text des ersten Buchs geschrieben hat. Die anderen Textstellen der beiden Manuskripte scheinen sich auch vom Schriftbild her zu unterscheiden. Es ist für mich noch ein Rätsel, warum die beiden Manuskripte unterschiedliche Verfasser haben."

Kopfschüttelnd setzte er als Antwort auf meine Erläuterungen fort: „Aber ein Brief in einem Buch? Diese Kopien stammen von den letzten Seiten des Manuskripts. Wie kann es sich bei ihnen um einen Brief handeln?"

Ich hatte auch keine überzeugende Erklärung: „Vielleicht hatte der Verfasser vor, sie vom Buch zu lösen und abzusenden. Oder vielleicht wollte er gleich das ganze Buch an jemanden schicken."

„Vielleicht ..."

Dann fragte Doktor Bastiani nach dem Absender und dem Empfänger des Briefes.

„Der Brief wurde an jemanden namens Chaaje Nassir ..." Der Rest des Namens fiel mir nicht ein. „... geschrieben. Aber der Name des Absenders taucht darin nicht auf. Allerdings habe ich den Brief noch nicht zu Ende gelesen. Vielleicht steht der Name am Ende des Briefes." Ich berichtete über den Inhalt des Briefes: „Der Verfasser schreibt etwas über die Erhängung einer Person, die wohl sein Professor oder Lehrer gewesen ist, an den Empfänger des Briefes."

Als ich das sagte, wurde auch Elisa auf unser Gespräch aufmerksam.

Ich fuhr fort: „Es scheint so, als hätte man diese Person aufgrund von Blasphemie oder Hexerei gehängt ... Zu Zeiten Papst Gregors."

Doktor Bastiani erläuterte: „Zahlreiche Personen, die im Mittelalter hier in Florenz und ganz Italien der Apostasie und Hexerei beschuldigt wurden, wurden aufgeknüpft oder lebendig verbrannt. Tausende Leute wurden verfolgt. Heiden zu verbrennen, hat sich die römische Kirche ausgedacht, dann hat sich diese Idee nach und nach in ganz Europa und weltweit Welt ausgebreitet. In manchen Ecken der Welt findet man noch immer die Überbleibsel dieses Brauchs."

Elisa wandte ein: „Aber Florenz war auch die Wiege der Renaissance und des Humanismus."

Doktor Bastiani fuhr, sich auf meine Ausführungen über den Brief beziehend, fort: „... im 14. Jahrhundert war ein heftiger Kampf zwischen Florenz und der Kirche im Gange. Papst Gregor XI. ernannte Florenz zur Ketzerstadt. Niemand durfte mehr Handel mit Florenz betreiben, Florentiner, die in anderen Städten wohnten, wurden von dort ausgewiesen und ihre Besitztümer überall beschlagnahmt. Der Papst schickte seine italienischen und französischen Verbündeten gegen Florenz in den Krieg. Viele wurden getötet ... Wie, sagten Sie, lautete der Name der Person, die erhängt wurde?"

Samstag

„Sein Name wurde in dem Brief nicht erwähnt. Aber wie ich sagte, den letzten Teil des Briefes habe ich noch nicht gelesen."

Wir gelangten zur Piazza della Signoria. Der Platz war voller Passanten und Touristen. Dennoch strahlte er eine gewisse Ruhe aus. Die schönen Statuen auf dem Platz waren mit Scheinwerfern beleuchtet. Wir hielten vor der David-Statue an. Elisa erklärte, dass es Michelangelo Jahre gekostet habe, die Statue Davids aus dem Stein zu hauen, und dass sich die Originalstatue im Museum befinde. Die auf dem Platz sei eine Kopie. Von dort aus gingen wir zur steinernen Ponte Vecchio. Die Leute flanierten auf der Brücke und blieben stehen, um die Schaufenstern der luxuriösen Juweliergeschäfte auf der Brücke zu betrachten. Elisa kannte in der Nähe der Brücke ein gutes Restaurant und schlug vor, zum Essen dorthin zu gehen.

6

Ich kenne mich nicht so gut mit italienischen Städten aus. Aber ich denke, dass man eher in kleinen, abgelegenen italienischen oder vielleicht auch französischen Dörfern und Städten erwarten würde, ein derartiges Restaurant zu finden. Die Wände des Restaurants waren zur Hälfte mit braun angestrichenem Holz ausgekleidet. Die Decke bestand ebenfalls aus dunklem Holz, und die dicken Balken, auf denen sie ruhte, glänzten, als wären sie frisch mit Politur eingerieben worden. An der Wand waren Bretter als Regale angebracht, auf denen Weingläser standen. Schwarz-Weiß-Fotografien in Holzrahmen zierten dicht an dicht die Wände. An der Decke war außerdem ein Gitter befestigt, von dem getrocknete Würste, Räucherschinken und Salami herabhingen. Das Gebäude schien sehr alt zu sein. Die verschiedenen Räume, in die das Restaurant unterteilt war, waren durch Rundbögen miteinander verbunden. Trotz einiger japanischer Touristen, die mit ihren modernen Fotoapparaten am Nachbartisch saßen, fühlte ich mich, als wäre ich im mittelalterlichen Florenz.

Elisas Essen hatte aus Mozzarella, einigen Scheiben Parmaschinken, Pilzen und Tomaten sowie grünem Salat bestanden, von dem noch einiges übrig geblieben war. Ich selbst hatte wie Doktor Bastiani Fisch bestellt, der auf getöpferten Tellern

Samstag

mit blaugrünem Muster serviert worden war. Die Flasche Wein, die er bestellt hatte, war von ihm, Elisa und mir geleert worden. Doktor Bastiani hatte aufgegessen und sah nun die Speisekarte durch, um ein Dessert zu bestellen.

Obwohl sich Elisa anscheinend für die Manuskripte interessierte, bemühte sie sich, beim Essen etwas persönlichere Themen anzusprechen und nicht nur über diese Schriftstücke zu reden. Sie fragte mich zum Beispiel, was ich bevor ich nach Deutschland gekommen sei, in Iran getan hätte. Ich erzählte ihr von meiner Universität und der Parlamentsbibliothek, in der ich gearbeitet hatte.

Sie fragte: „Ihnen gefiel also Ihre Arbeit ... Warum haben Sie dann gekündigt?"

„Nach der Machtübernahme des neuen Regimes bin ich eine Weile geblieben und versuchte weiterzuarbeiten, obwohl ich mit meinen neuen Kollegen einige Probleme hatte. Sie waren eher aufgrund ihrer Religiosität als aufgrund ihres Wissens eingestellt worden. Aber dann bekam ich mit, wie einige von ihnen wertvolle Bücher der Bibliothek stahlen und auf dem Schwarzmarkt verkauften. Andere versuchten, die Bibliothek von Büchern zu ‚säubern', wie sie es nannten, die ihrer Meinung nach gegen den Islam gerichtet waren. Da wollte und konnte ich nicht länger dort arbeiten. Ich habe lieber meine Stelle gekündigt und dann, wie so viele andere, Iran auf der Suche nach einer besseren Zukunft hinter mir gelassen ..."

Elisa sah mich aus ihren durchdringenden Augen an. Ich zuckte mit den Schultern: „Die Stelle, die ich jetzt in München habe, ähnelt in vielem dem, was ich in Iran getan habe."

Sie wollte wissen: „Haben Sie München wegen dieser Anstellung als Wohnort gewählt?"

„Nachdem ich nach Deutschland gekommen war, wohnte ich zunächst in Köln. Als ich Deutsch gelernt hatte, zog ich von Köln nach München, um in meinem Fach, also Persisch, weiterstudieren zu können. Die Münchner Universität gehört zu den wenigen in Deutschland, an denen man Persisch studieren kann. Mein Zeugnis wurde vom Iranistikinstitut der Universität München akzeptiert. Ich erhielt nach drei Semestern und einer Abschlussprüfung mein Diplom und konnte danach mit meiner Promotion beginnen."

Sie trank einen Schluck Wein, blickte in ihr Glas und fragte: „Sind Sie jetzt in Deutschland glücklich?"

Solch eine Frage hatte ich nicht erwartet. Elisa blickte mich an. Ich sah einen traurigen Glanz in ihren Augen.

So fragte ich zurück: „Sind Sie in Italien glücklich?" Sofort bereute ich, was ich gesagt hatte. Wahrscheinlich hatte ich zurückgefragt, da ich Zeit gewinnen wollte, über ihre schwierige Frage nachzudenken.

Elisa erwiderte: „Entschuldigen Sie bitte. Das war eine unangebrachte Frage ..." Sie warf ihrem Vater, der sie über die Speisekarte hinweg musterte, einen Blick zu und fuhr fort: „Ich weiß auch nicht, warum ich das in letzter Zeit von allen wissen will."

„Ich denke, ich bin in Deutschland glücklich. Ich habe eine Stelle, die mir gefällt, arbeite an einem schönen Ort in einem der besten Viertel Münchens. Beruflich habe ich mit geistreichen und kultivierten Menschen zu tun ..." Irgendwie hatte ich das Gefühl, nicht ganz die Wahrheit zu sagen: „Vielleicht bin ich ein wenig einsam ... aber das ... Wie soll ich sagen? Einsamkeit ist keine gefährliche Krankheit ..."

Eigentlich wollte ich noch hinzufügen, dass es auch nicht besonders schön sei, einsam zu sein, als Doktor Bastiani uns mitteilte: „Ich verzichte auf ein Dessert." Er schloss die Speisekarte und legte sie auf den Tisch: „Was essen Sie zum Nachtisch?"

Ich nahm die Speisekarte und warf einen Blick hinein. Unter den italienischen Namen der Speisen waren auch ihre englischen abgedruckt. Aber ich kannte keinen davon. Ich sagte, dass ich ebenfalls kein Dessert essen würde. Doktor Bastiani rief den Kellner und bestellte noch einmal Wein – diesmal nur ein Glas, meines war noch voll.

Samstag

Ich wollte Elisa nach ihrer Zeit in London fragen. Doktor Bastiani fiel jedoch wieder auf das Thema der Handschriften zurück: „Sie sagten, in den persischen Textstellen seien Namen diverser Pflanzen und ihrer Wuchsorte vermerkt? Nehmen wir mal an ...", er gestikulierte, um seine Worte zu bekräftigen, „... nehmen wir nur mal an, wir wollten eine der Pflanzen, die in diesem Buch erwähnt ist, finden. Wo könnten wir anfangen? Welche Anhaltspunkte hätten wir?"

Elisa, die über den Themenwechsel enttäuscht zu sein schien, machte sich daran, ihren Teller leer zu essen.

Ich antwortete: „In den persischen Zitaten scheint es, als hätten die Namen der Orte eine persische Wurzel. Manche von ihnen sind vielleicht auch arabisch. Aber keiner der Namen ist ein bekannter Name. Keinen von ihnen habe ich vorher irgendwo gehört oder gelesen. Allerdings bin ich mit der Geografie des alten Iran auch nicht vertraut. Werden in den anderen Teilen, die Sie entschlüsselt haben, keine Erläuterungen zu Wuchsorten gegeben?"

„Im geheimen Alphabet werden zu jeder Pflanze und ihren Besonderheiten ausführliche Erläuterungen gegeben. Aber nur für einige wenige wird auf einen Wuchsort verwiesen."

Doktor Bastiani dachte einen Moment nach und fuhr fort: „Warum sind Ihrer Meinung nach die Zitate nicht auf Latein übersetzt worden, sondern auf Persisch? Warum sind sie nicht wie die anderen Teile im Geheimalphabet geschrieben?"

„Diese Frage habe ich mir auch gestellt. Offenbar sind die persischen Textstellen nur dafür da, die Namen der Personen und Orte anzubringen. Vielleicht hat der Verfasser versucht, mit diesen Zitaten die Originalnamen zu schützen."

Ich blickte Elisa an. Sie schob sich ab und zu etwas Salat in den Mund und hörte uns gelangweilt zu.

An ihren Vater gewandt fuhr ich fort: „Vielleicht hat der Verfasser gedacht, falls irgendwann jemand wie Sie zum Beispiel mit Hilfe des Geschriebenen den Wuchsort einer Pflanze finden möchte ... Die Namen in Latein umzuwandeln und dann in einer Geheimschrift zu schreiben, würde sie dermaßen verändern, dass sie nicht mehr zu erkennen wären. Und deshalb hat er es vorgezogen, die Namen auf Persisch zu schreiben."

Doktor Bastiani dachte einige Augenblicke über meine Antwort nach und stimmte dann zu: „Das ist möglich. Was ist mit den Personennamen? Sie sagten, dass die persischen Textstellen allesamt Zitate seien. Nehmen wir mal ..." Er gestikulierte wieder wild in der Luft: „Nehmen wir mal an, wir könnten die Personen, die zitiert wurden, identifizieren. Könnten wir Ihrer Meinung nach auf diesem Weg mehr Informationen über die Wuchsorte der Pflanzen gewinnen?"

Elisa, die inzwischen aufgegessen hatte, fragte scherzhaft: „Gibt es denn hier so wenige Pflanzen, dass man nach einer suchen muss, über die vor Hunderten Jahren jemand, von dem wir nicht wissen, wer er war, etwas geschrieben hat, von dem wir nicht wissen, ob es wahr ist?"

Ich lachte ebenfalls und bemerkte: „Entschuldigung! Ich glaube, diese Diskussion und die Aufstellung von Hypothesen sind für Sie recht langweilig."

„Dagegen ist es für meinen Vater sehr spannend. Wussten Sie, dass er wegen dieses Buchs einen Botanikkurs an der Uni belegt hat?"

Doktor Bastiani reagierte nicht auf Elisas Einwürfe und blickte mich weiterhin ernst und eine Antwort erwartend an.

Mir fiel nicht viel ein: „Die Personen, die zitiert wurden, haben meist in Iran bzw. im Islam sehr verbreitete Namen; Namen, die von Nordafrika bis Indien geläufig waren. Keine der Personen ist mir bekannt. Dennoch ist es nicht unwahrscheinlich, dass man sie identifizieren könnte. Aber das wäre wie die Suche nach der Stecknadel im Heuhaufen."

Doktor Bastiani trank den letzten Schluck seines Weins. Elisas und mein Glas waren ebenfalls leer. Er rief den Kellner, bezahlte die Rechnung, und wir verließen das Restaurant.

7

Am Promenadenufer war noch viel los. Die Luft hatte sich etwas abgekühlt, aber anscheinend war Doktor Bastiani sein Mantel zu warm, und er nahm ihn in die Hand. Zwischen mir und Elisa gehend, fragte er, als ob ihm gerade etwas eingefallen wäre: „An wen, sagten Sie, ist dieser Brief geschrieben?"

Es schien so, als könnte er noch nicht einmal für einen Moment aufhören, an die Manuskripte zu denken. Ich verstand nicht, welches ungelöste Rätsel ihn beschäftigte und keinen Moment ruhen ließ. Vielleicht hatte er im entschlüsselten Teil des Manuskripts etwas Besonderes gefunden, wovon er mir nichts erzählte. Elisa gähnte.

Auf seine Frage antwortend, erwiderte ich: „An jemanden namens Chaaje Nassir ..." Ah, es fiel mir ein: „Chaaje Nassir Maamatiri."

Als Doktor Bastiani den Namen hörte, blieb er einen Moment stehen, griff meine Hand und sah mich erstaunt an: „An wen?"

Elisa und ich blieben ebenfalls stehen, und ich wiederholte: „Chaaje Nassir Maamatiri ..."

„Maamatiri? ... Wissen Sie, wer das war?"

„Nein, aber ich denke, dass Maamatir der Name einer Stadt war."

Ohne sich von der Stelle zu rühren, fragte Doktor Bastiani: „Denken Sie, man könnte herausfinden, wo Maamatiri lebte?"

„Es ist einfach herauszufinden, wo Maamatir lag. Sehr wahrscheinlich findet sich unter iranischen Wissenschaftlern auch jemand, der den Namen Chaaje Nassir Maamatiri gehört hat und etwas über ihn weiß."

Doktor Bastiani begann: „Nehmen wir mal an ..."

Aber bevor er seinen Satz beenden konnte, riss ihm plötzlich jemand von hinten seinen Mantel aus der Hand, rempelte mich an und lief davon. Mühsam bewahrte ich das Gleichgewicht und sah, dass Elisa, ohne einen Moment zu zögern, dem Mann hinterherrannte.

Doktor Bastiani rief empört „Hey!", fasste sich und rannte seinerseits Elisa nach. Ohne zu überlegen, vielleicht unwillkürlich, sprintete ich ebenfalls hinter ihnen her. Ich hatte noch keine zwanzig, dreißig Meter auf der Promenadenstraße hinter mich gebracht, als ich Doktor Bastiani, der etwas auf Italienisch rief, überholte und noch schneller lief. Wenige Momente später war ich nicht mehr weit von Elisa entfernt, als der Dieb in eine Gasse einbog. Sekunden später wollte Elisa, die nur einige Schritte vor mir war, ebenfalls in die Gasse einbiegen, als sie mit einem Mann, der aus dieser herauskam, zusammenstieß und hart zu Boden fiel. Der Mann fing an zu schimpfen. Ich erreichte die beiden. Da ich nicht verstand, was der Mann schrie, half ich lieber Elisa, anstatt den Dieb weiterzuverfolgen. Sie stand mühevoll auf und fuhr den Mann in gleichem Tonfall an. Sie diskutierten, bis der Mann schließlich in einer abwehrenden Geste die Hände hob und ging.

Elisa hockte sich auf den Boden, hob ihre Tasche auf und sammelte die aus ihr herausgefallene Gegenstände ein. Ich hockte mich ebenfalls hin, um ihr dabei zu helfen. Doktor

Samstag

Bastiani erreichte uns nach Luft ringend. Er blieb einen Moment stehen, blickte uns an und lief dann schwer atmend weiter. Elisa stand wieder mühevoll auf und rief ihrem sich entfernenden Vater laut etwas hinterher. Ihre Hose war am Knie aufgerissen. Sie schob den Ärmel ihrer Bluse hoch. Ihr rechter Unterarm und Ellenbogen waren ebenfalls verletzt worden. Sie sah in die Gasse. Ich folgte ihrem Blick. Doktor Bastiani stand am Ende der Gasse, blickte sich um und murmelte etwas. Einige Augenblicke später kehrte er langsam zu uns zurück. Er hatte die Spur des Diebes wohl verloren.

Ich sah wieder Elisas blutigen Arm an und sagte: „Er scheint schwer verletzt zu sein!"

Sie krempelte ihren Ärmel hinunter. „Nein, es ist nur eine kleine Schramme. Es ist nicht schlimm."

Ich war völlig vom Diebstahl des Mantels Doktor Bastianis überrumpelt worden. Am meisten erstaunten mich jedoch der Mut und die schnelle Reaktion Elisas. Das Mädchen, das für mich heute Morgen ein Sinnbild der Ruhe gewesen war, hatte nun eine andere Seite von sich gezeigt; eine Seite, in der das berühmte italienische Temperament zum Vorschein kam und die sie noch interessanter machte.

Doktor Bastiani erreichte uns, und die beiden sprachen kurz auf Italienisch miteinander. Es war ein merkwürdiger Diebstahl.

Ich fragte Doktor Bastiani: „Wollen Sie nicht bei der Polizei Bericht erstatten?"

Er erwiderte spottend: „Glauben Sie, die italienische Polizei mache für meinen Mantel einen Fall auf? Diese Kleinkriminellen bleiben immer straffrei. Der Mantel war nicht wertvoll, und ich hatte auch nichts in den Taschen ..." Als ob es ihm gerade einfiele, griff er in seine Hosentaschen und fügte hinzu: „... außer den Autoschlüsseln."

Er frage Elisa etwas. Sie suchte kurz in ihrer Tasche, zog einen Schlüssel heraus und zeigte ihn ihrem Vater. Offenbar hatte sie einen Ersatzschlüssel fürs Auto. Für einen Moment dachte ich, dass hoffentlich nicht der Dieb, der den Mantel gestohlen hatte, auch das Auto stehlen würde. Jedoch hielt ich es für unmöglich, dass er in dieser vollen Stadt Doktor Bastianis Auto finden könnte.

Dieser blickte auf Elisas zerrissene Hose und half ihr, ihre Kleidung auszuklopfen. Dann gingen wir durch die verwinkelten Gassen der Stadt zu dem Ort, an dem wir das Auto geparkt hatten.

Die Nacht war hereingebrochen. In den Gassen, durch die wir gingen, war kaum etwas los. Obwohl wir wussten, dass es hoffnungslos war, den Dieb zu finden, blickten wir uns an jeder Kreuzung in alle Richtungen um. Doktor Bastiani sagte ab und zu etwas auf Italienisch und klagte dann unvermittelt auf Englisch über die Ausbreitung von Diebstahl und Verbrechen in Italien.

Nach etwa einer Viertelstunde Fußweg erreichten wir den Ort, an dem wir geparkt hatten, und wurden von dem, was uns erwartete, wieder überrumpelt: Doktor Bastianis Auto stand nicht an seinem Platz.

Doktor Bastiani und Elisa sprachen wieder schnell auf Italienisch miteinander, zeigten sich diese und jene Stelle, liefen ratlos herum und ich immer hinter ihnen her. Doktor Bastiani fluchte und gestikulierte wild in der Luft. Elisa und er waren sich nicht einig, wo sie geparkt hatten. Ich fühlte mich, als würde ich in dieser schwierigen Situation stören. Schließlich blieben sie, kraft- und hoffnungslos, irgendwo stehen und wussten nicht, was sie anfangen sollten. Als sie sicher waren, dass das Auto gestohlen worden war, wurden sie aus Hilflosigkeit und Resignation ganz ruhig. Die Pizzeria, bei der Doktor Bastiani sein Auto geparkt hatte, war noch offen.

Er sagte: „Ich gehe von dort aus die Polizei anrufen", und betrat die Pizzeria.

Elisa und ich warteten davor. Sie lehnte sich am Straßenrand gegen ein Auto und bemerkte: „Wenn wir ein Mobiltelefon hätten, könnten wir leicht bei der Polizei anrufen."

Samstag

Ich blickte sie verwundert an und wusste nicht genau, was sie meinte.

Sie fuhr fort: „Wissen Sie, es gibt neue Telefone, schnurlos, mit denen man von überall telefonieren kann."

Es schien mir, als müsse Elisa, um sich zu beruhigen, über etwas Banales reden. Mir fiel ein, dass vor einiger Zeit ein Bibliotheksbesucher ein kleines, kofferartiges Gerät mit sich in die Bibliothek geschleppt und gesagt hatte, dass es sein Autotelefon sei.

„Meinen Sie ein Autotelefon?"

„Nein, ein Autotelefon ist sehr groß. Was ich meine, ist ein Telefon in der Größe eines gewöhnlichen Telefonhörers mit einer Antenne und ..." Sie zeigte auf ihre Handtasche: „... das auch in so eine Tasche passt."

„Wirklich?"

Doktor Bastiani kam aus der Pizzeria: „Ich habe die Polizei angerufen. Sie kommen in ein paar Minuten."

Dann dachte er einen Augenblick nach und sagte ruhig: „Mir scheint, das war kein gewöhnlicher Autodiebstahl. Mein Mantel wurde gestohlen, um an den Autoschlüssel zu kommen. Jemand ist uns den ganzen Abend gefolgt, seit wir das Auto hier geparkt haben."

Mir kam die Sache ebenfalls merkwürdig und wie ein abgekartetes Spiel vor – was eine beängstigende Vorstellung war. Daher erwiderte ich: „Vielleicht haben die beiden Dinge nichts miteinander zu tun. Das Auto hat irgendjemand geklaut und ihren Mantel irgendjemand anderes."

Elisa wandte ein: „Ach, wer klaut denn einen Mantel? Ich denke auch, dass es das Ziel war, das Auto zu stehlen." Sie zog die Augenbrauchen hoch und seufzte: „Ich weiß es nicht."

Einige Minuten später kam die Polizei und hielt vor der Pizzeria. Elisa und Doktor Bastiani gingen zum Polizeiwagen und sprachen lange mit zwei Polizeibeamten, die aus dem Auto gestiegen waren. Ich stand in einiger Entfernung an der Seite und versuchte, etwas von dem Gespräch zu verstehen, begriff jedoch nichts. Doktor Bastiani gestikulierte wild in der Luft, und Elisa sprach laut und temperamentvoll. Dann wurde das Gespräch etwas ruhiger. Einer der Polizeibeamten entfernte sich von den anderen und ging in die Pizzeria. Durch das Fenster sah man, wie er mit jemandem redete, zweifellos einem der Angestellten. Nach einigen Minuten kam er aus der Pizzeria und sprach mit dem anderen Beamten.

Elisa kam zu mir und berichtete: „Die Polizisten denken ebenfalls, dass der Manteldiebstahl und der Autodiebstahl nichts miteinander zu tun hätten. Aber mein Vater besteht darauf, dass die beiden Sachen zusammenhängen müssten."

„Und was denken die Polizisten dann?"

„Sie sagen, dass Autodiebe keinen Schlüssel bräuchten, um ein Auto zu stehlen, und sonst nie so vorgehen."

Doktor Bastianis Vermutung verteidigend, erwiderte ich: „Ich weiß nicht, wie Autodiebe sonst vorgehen. Aber es kommt mir auch nicht unmöglich vor, dass sie so etwas planen könnten ..."

Elisa zuckte die Schultern: „Vielleicht hat auch mein Vater recht, ich weiß es nicht ..."

„Auf jeden Fall weiß die Polizei mehr und hat mehr Erfahrung."

Die Polizeibeamten stellten noch einige Fragen, und schließlich verabredeten sie, wie Elisa mir übersetzte, dass sie und Doktor Bastiani am Montag aufs Polizeirevier kommen sollten, um die Sache zu klären. Einer der Beamten öffnete die Tür des Polizeiwagens und bedeutete uns einzusteigen.

Ich sah Elisa an, und sie erklärte: „Sie bringen uns nach Hause."

Auf dem Weg zum Haus betrachtete ich die ruhigen Straßen von Florenz. Ich wusste nicht, welche Geschichten sich hinter dem stillen Schleier, der Florenz einhüllte, verbargen und in welche von ihnen ich unfreiwillig hineingeraten war. Solche Dinge, wie sie sich heute zugetragen hatten, kamen in

Samstag

meinem sorglosen monotonen Leben sonst nicht vor. Sie regten in einem definitiv die so belebenden, doch vergessenen Urinstinkte und den Selbsterhaltungstrieb an. Jedoch war ich in dieser Geschichte lediglich ein außenstehender Beobachter, der für einen Moment in die Aufregung hineingezogen worden war. Bestimmt würde ich, wenn ich Florenz in Richtung München verlassen würde, das Ganze vergessen und nie die verborgenen Hintergründe der Ereignisse herausbekommen.

8

Als wir mit dem Auto, das uns zum Haus brachte, in die Straße des Wohnviertels einbogen, in dem Doktor Bastiani wohnte, bemerkten wir ein weiteres Polizeiauto, das mit blinkendem Blaulicht vor seinem Haus stand. Als sie dies sahen, blickten sich Doktor Bastiani und Elisa blickten verwundert und erschrocken an. Doktor Bastiani fragte etwas auf Italienisch. Es war nicht klar, wen er ansprach, und es antwortete auch niemand.

Sein Auto stand vor der Haustür geparkt. Ein Polizeibeamter wartete daneben. Wir fuhren näher heran und stiegen aus. Die Beamten, die uns gebracht hatten, stiegen ebenfalls aus. Wir gingen auf Doktor Bastianis Auto zu. Die Polizisten, die uns begleitet hatten, vertieften sich in ein Gespräch mit dem Polizeibeamten, der neben dem Auto stand. Doktor Bastiani öffnete die Autotür. Die Automatten waren zerrissen worden, alles, was sich im Handschuhfach befunden hatte, lag über die ebenfalls zerrissenen Sitze und vor dem Auto verstreut. Doktor Bastiani lamentierte laut auf Italienisch, und es war klar, dass es sich bei seinen Tiraden um Schimpfwörter und Flüche handelte. Einer der Polizeibeamten, der mit uns gekommen war, fragte etwas. Ich vermutete, er wollte wissen, ob es sich um das vermisste Auto handele, was Elisa bejahte.

Samstag

Dann gingen alle zum Haus. Zwei Polizisten untersuchten gerade das aufgebrochene Türschloss. Wie ich den kurzen Erklärungen Elisas entnahm, hatte der nächste Nachbar mitbekommen, wie zwei Unbekannte aus Doktor Bastianis Haus herausgekommen waren. Er sei auf sie zugegangen, um zu sehen, wer sie seien. Sie hätten ihn jedoch mit einer Waffe bedroht und seien dann vor ihm geflohen. Nachdem sie abgehauen seien, habe er bemerkt, dass die Haustür aufgebrochen worden sei. Er habe ein paar Mal nach Doktor Bastiani und Elisa gerufen. Als sie nicht geantwortet hätten, habe er die Polizei gerufen.

Die beiden Beamten, die gerade die Haustür untersuchten, waren anscheinend eben erst angekommen und wollten die Tür versiegeln, als wir auftauchten. Einer der Polizisten, die uns begleitet hatten, sagte etwas zu ihnen und sprach dann in das Funkgerät, das er dabeihatte.

Wir gingen ins Haus. Alles war chaotisch und durcheinander. Die Stühle waren verschoben worden und umgefallen. Die Küchenschubladen waren allesamt herausgezogen, und ihr Inhalt lag auf dem Boden verstreut. Alle Schranktüren standen offen. Im Wohnzimmer war es dasselbe. Ich sah Elisa und Doktor Bastiani an. Elisa war weiß im Gesicht, sah sich stumm alles an und stellte die Stühle wieder an ihren Platz. Doktor Bastiani blickte angestrengt auf die Wanduhr gegenüber der Eingangstür. Es war fast eins. Er wiederholte immer wieder einen Satz auf Italienisch, wirkte jedoch insgesamt ruhig und gefasst. Der Polizist, der bei uns war, ging nach oben. Wir folgten ihm. Im oberen Stockwerk waren alle Zimmertüren geöffnet und ebenfalls alles durcheinander. Als ich an der offenen Zimmertür Elisas vorbeiging sah ich darin das Gemälde „Dame mit Fächer" von Gustav Klimt über dem Bett hängen.

Der Polizist sagte etwas, und Elisa teilte mir mit: „Wir müssen nachsehen, ob etwas geklaut worden ist oder nicht." Sie ging in ihr Zimmer.

Ich begab mich ebenfalls in das Zimmer, in dem ich geschlafen hatte. Die Matratze war vom Bett gezogen worden. Mühevoll schob ich sie zurück auf das Bett. Die Tür des Schranks, in dem ich meine Sachen verstaut hatte, stand offen. Die beiden Kleidungsstücke, die ich darin aufgehängt hatte, waren noch da, aber meine Tasche war nicht dort. Ich suchte überall im Zimmer – hinter dem Bett und hinter dem einzigen Möbelstück, einem Sessel. Keine Spur von meiner Tasche. Es war wirklich merkwürdig. In ihr befand sich nichts Besonderes. Dann fiel mir ein, dass ich sie mit in die Bibliothek genommen hatte. Ich verließ das Zimmer und ging in Richtung der Bibliothek. Dort war ebenfalls alles durcheinander. Die Bücher aus den meisten Regalen lagen über den Boden verstreut. Die Scheiben der Vitrinen mit den alten Handschriften waren zerbrochen worden, und die Bücher lagen auf dem Boden. Es schmerzte mich, die handgeschriebenen Manuskripte auf dem Boden verstreut zu sehen.

Doktor Bastiani, der inmitten der Bücher nach etwas suchte, kam auf mich zu, als er mich sah, und fragte aufgeregt: „Wo sind Ihre Notizen?"

„Sie lagen auf dem Tisch."

Ich sah auf dem Tisch nach. Meine Notizen und mein schöner Hemingway waren nicht mehr dort.

Doktor Bastiani stellte fest: „Aber jetzt sind sie nicht mehr dort."

Ich muss gestehen, dass ich traurig über den Verlust meines Hemingways war. Dann sah ich mich um. Von meiner Tasche war ebenfalls keine Spur zu entdecken. „Meine Tasche war auch hier."

Doktor Bastiani zuckte mit den Schultern und setzte seine Suche inmitten der Bücher, die über den Boden verteilt waren, fort. Die, die auf dem Boden lagen, hob er hoch und sortierte sie zurück in die Regale. Ich wollte ihm dabei helfen, die handgeschriebenen Bücher einzusammeln, und zurückstellen, aber er hielt mich mit einer Geste davon ab: „Lassen

Samstag

Sie nur, ich räume die Bücher schon auf ..." Nach kurzem Zögern fügte er hinzu: „So kann ich sehen, ob etwas gestohlen wurde oder nicht."

Ich dachte, dass ich vielleicht Elisa helfen könnte, und verließ die Bibliothek. Elisas Zimmertür war geschlossen. Also begab ich mich nach unten. Elisa räumte gerade das Wohnzimmer auf. Ich half ihr, so gut es ging, dabei.

Wenige Minuten später tauchte ein Mann in Zivil in der Haustür auf und machte sich rufend bemerkbar. Elisa ging zu ihm hin und sprach eine Weile mit ihm. Der Mann begutachtete das aufgebrochene Haustürschloss und kam dann herein. Sie kamen ins Wohnzimmer, und Elisa stellte ihn mir als Kommissar Lorenzo vor. Er war ein großer und schlanker Mann mit schmalem Gesicht, vollen Lippen und einer großen Nase, auf der eine randlose Brille saß. Er hatte lange Haare, die über einen Mittelscheitel gekämmt auf die Schultern hinabhingen. Ein Polizist in Uniform erschien ebenfalls in seiner Begleitung, ging jedoch auf sein Zeichen hin nach draußen.

Kommissar Lorenzo sagte etwas zu Elisa, und sie rief Doktor Bastiani. Kommissar Lorenzo hatte eine tiefe Stimme, die meiner Meinung nach nicht zu seiner schlaksigen Statur passte. Elisa bedeutete Kommissar Lorenzo mit einer Geste in Richtung der Esszimmerstühle, sich zu setzen. Er kam dieser Aufforderung nach. Ich nahm ihm gegenüber Platz. Wenige Augenblicke später kam Doktor Bastiani die Treppe herunter und setzte sich zu uns. Lorenzo, der Doktor Bastianis Auto gesehen hatte und auch über den Manteldiebstahl Bescheid wusste, wollte zunächst wissen, was in den Manteltaschen gewesen sei und welche Dinge aus Auto und Haus gestohlen worden seien. Nach einigen Fragen und Antworten wurde klar, dass im Haus allein meine Tasche und meine Notizen fehlten.

Kommissar Lorenzo sprach mit Doktor Bastiani. Elisa übersetzte hier und da einige Teile ihres Gesprächs für mich. Doktor Bastiani erzählte erneut die ganze Geschichte vom Manteldiebstahl über den Autodiebstahl bis zu unserer Ankunft am Haus. Dann fragte Kommissar Lorenzo nach dem Aussehen und der Kleidung des Diebes, der Doktor Bastianis Mantel gestohlen hatte. Aus den Beschreibungen von uns drei zog er lediglich die Erkenntnis, dass der Dieb durchschnittlich groß mit kurzem, dunklem Haar gewesen war, eine Jeans und eine Lederjacke getragen hatte. Er sagte, dass man auf jeder Straße zwei, drei Personen dieser Beschreibung finden könne, und stellte dann Doktor Bastiani viele Fragen, zum Beispiel, ob er Feinde habe, welche Wertgegenstände sich im Haus befänden, was sich normalerweise Wertvolles im Auto befinde usw. Auf jeden Fall war die ganze Geschichte etwas merkwürdig.

Kommissar Lorenzo stellte fest: „Ihrer und der Aussage Ihres Nachbarn nach fanden der Diebstahl ihres Mantels und der Einbruch ins Haus ungefähr zur selben Zeit statt und wurden von unterschiedlichen Personen durchgeführt. Sehr wahrscheinlich haben sich die Diebe anschließend irgendwo in der Nähe getroffen. Aller Wahrscheinlichkeit nach suchen sie nach etwas, was man sogar in einer Manteltasche oder in einem Handschuhfach verstecken könnte – wie Schmuck, Ausweispapiere oder dergleichen."

Dann fragte er noch, ob wir vorgehabt hätten, auf der Ponte Vecchio Schmuck zu kaufen, was wir verneinten. Außerdem verneinte Doktor Bastiani, soweit ich verstand, etwas Wertvolles zu besitzen. Obwohl ich kein Italienisch verstand, bemerkte ich, dass er nichts über die Manuskripte sagte. Ich zog es vor, mich da nicht einzumischen.

Kommissar Lorenzo versuchte herauszufinden, worauf es die Diebe abgesehen hatten. Vielleicht hegte er den Verdacht, dass Doktor Bastiani in irgendwelche Verbrechen verstrickt sei, etwas mit dem Schmuggel besonderer Gegenstände zu tun habe oder irgendwie mit der Mafia in Verbindung stehe. Zweifellos vermutete er, dass Doktor Bastiani etwas vor ihm verbarg. Dann sprach er mit Elisa. Ich verstand nicht viel von diesem Gespräch. Es schien, als ginge es um ihre Lebensumstände und letzten Aktivitäten, da ich den Namen der London Metropolitan University, des Studienortes Elisas, heraushörte.

Nach Elisa war ich dran. Kommissar Lorenzo verhörte mich mit Elisas Unterstützung, die als Übersetzerin fungierte. Er selbst sprach kein Englisch. Ab und an versuchte er, sich mir in gebrochenem Englisch verständlich zu machen. Ich begriff nur mühevoll, was er meinte. Angesichts dessen, dass aus dem Haus nur Dinge gestohlen worden waren, die mir gehörten, wollte er wissen, worum es in meinen Notizen gehe. Ich erklärte, dass es sich um die Übersetzung persischer Textstellen eines Manuskripts handele. Er fragte, worum es in diesem Buch gehe und wo es sich befinde. Doktor Bastiani antwortete an meiner Stelle. Ich verstand die Wörter „Kopie" und „Bibliothek" in seiner Antwort. Danach fragte Kommissar Lorenzo, wer ich sei, warum ich nach Florenz gekommen sei und wie lange ich bleiben wolle. Nachdem ich darauf geantwortet hatte, wollte er wissen: „Kennen Sie sonst noch jemanden in Florenz?"

„Nein. Das ist das erste Mal, dass ich in Florenz bin, ich kenne hier niemanden."

„Was war in Ihrer Tasche, die gestohlen wurde?"

„Es war nichts Wichtiges darin. Zwei persischsprachige Bücher, einige Mitschriften und Notizen meiner Doktorarbeit, ein paar dienstliche Briefe, ein kleiner Fotoapparat und einige Kleidungsstücke."

Den Fotoapparat hatte ich ganz vergessen. Ich bedauerte, dass ich ihn heute nicht mitgenommen hatte. Denn ich hätte tolle Fotos machen können.

„Worum geht es in Ihrer Doktorarbeit?"

Ich erklärte ihm: „Um die Spuren östlicher Mythen in alten westlichen Kulturen."

Er sah Doktor Bastiani an, und dieser erläuterte Weiteres zu meiner Arbeit.

Kommissar Lorenzo wollte wissen: „Sie hatten kein Geld oder wertvolle Gegenstände in Ihrer Tasche?"

„Nein, mein Geld und meinen Ausweis hatte ich heute Abend mit dabei. Es war nichts Wertvolles in meiner Tasche."

Er befragte mich zu meinen Lebensumständen und meiner Arbeit in München und wollte wissen, wer darüber Bescheid wisse, dass ich nach Italien gereist sei. Ich gab ihm, soweit ich konnte, zufriedenstellende Antworten. Er stellte mir mehr Fragen als meinen Gastgebern, was mich etwas nervös machte. Ich war kein ängstlicher Mensch. Aber war es wirklich möglich, dass ich Ziel dieser merkwürdigen Vorgänge gewesen war? Kommissar Lorenzo fragte mich, ob ich kürzlich den Eindruck gehabt hätte, verfolgt zu werden.

Ich verneinte, als mir einfiel, dass ich heute in der Bibliothek das Gefühl gehabt hatte, beobachtet zu werden. „Ich weiß nicht, ob das wichtig ist oder nicht, aber heute in der Bibliothek hatte ich das Gefühl, dass jemand aus dem gegenüberliegenden Haus die Bibliothek beobachtete."

Doktor Bastiani und Elisa waren sehr erstaunt über meine Aussage. Die Sache war über die Maßen merkwürdig geworden, und ich wusste nicht, was vor sich ging. Als ich eingehend darüber nachdachte, fiel mir auf, dass Doktor Bastiani sich von Anfang an etwas ungewöhnlich verhalten hatte. Ich beschloss, morgen bei erster Gelegenheit nach München zurückzukehren. Sicherlich hatte die ganze Sache nichts mit mir zu tun. Warum sollte ich mich in Schwierigkeiten begeben, die mich nichts angingen?

Lorenzo wollte, dass ich mit ihm in die Bibliothek ging und ihm das Haus zeigte, aus dem ich das Gefühl gehabt hatte, beobachtet zu werden. Wir begaben uns zusammen nach oben. Als wir die Bibliothek betreten wollten, bedeutete er mir zu warten. Dann löschte er das Oberlicht. Er wies mich außerdem an, das Licht in der Bibliothek nicht anzuschalten. Dann gingen wir hinein und im Dunkeln auf das Fenster zu. Er fragte auf Englisch: „Welches?"

Samstag

Ich zeigte ihm das fragliche Haus. Er sah sich selbiges und die Umgebung eine Weile an. Dann zog er die Gardinen wieder zu und bedeutete mir zu gehen. Wir stiegen wieder nach unten. Es schien, als wäre Kommissar Lorenzo mit seinen Fragen fertig. Er sprach eine Weile mit Doktor Bastiani und sagte einiges, während er mich ansah.

Elisa übersetzte: „Kommissar Lorenzo bittet Sie darum, bis zu den nächsten Neuigkeiten Florenz nicht zu verlassen."

Ich, der ich von den Vorgängen sehr beunruhigt war, wollte wissen: „Warum? Was will er von mir? Ich muss Montag auf jeden Fall in München sein."

Kommissar Lorenzo erklärte: „Damit ich Ihre Sachen finden kann. Vielleicht muss ich noch weitere Fragen stellen."

Es war klar, dass er mich verdächtigte. Wenn nicht, hätte sich die Polizei nicht damit befasst, meine unwichtigen Sachen zu suchen. Er gab Elisa seine Visitenkarte und ging zur Tür. Doktor Bastiani begleitete ihn. An der Tür unterhielten sie sich noch kurz. Kommissar Lorenzo zeigte auf das Türschloss, und die beiden gingen zusammen in die Küche. Nach einigen Augenblicken kamen sie von dort wieder heraus. Doktor Bastiani hatte ein Kabel in der Hand. Kommissar Lorenzo verabschiedete sich und ging nach draußen. Doktor Bastiani band die Klinken der beiden Türflügel mit dem Kabel in seiner Hand zusammen und kam zurück ins Zimmer. Vermutlich, um mich zu beruhigen, übersetzte er mir, was Kommissar Lorenzo als Letztes gesagt hatte: „Zwei Polizeibeamte werden heute Nacht vor unserem Haus bleiben."

9

Als Kommissar Lorenzo gegangen war, breitete sich für einen Moment eine tiefe Stille im Haus aus. Es war fast zwei Uhr nachts, und wir waren alle müde.

Elisa sagte: „Ich glaube, heute war der ereignisreichste Tag, den ich je erlebt habe. Ich bin müde. Es ist besser, wenn ich schlafen gehe." Sie stand auf und blickte sich im durcheinandergebrachten Zimmer um. „Ich kann das Zimmer morgen aufräumen." Dann wünschte sie uns gute Nacht und begab sich ins obere Stockwerk.

Nachdem er ins Zimmer zurückgekehrt war, ging Doktor Bastiani zum Fenster, das auf die Straße hinausging, blickte eine Weile durch die Gardinen nach draußen und ordnete den Vorhangsaum, als ob er sichergehen wollte, dass man von draußen nicht hineinsehen konnte. Er wirkte überhaupt nicht müde, und seine Trunkenheit des abendlichen Weins war ebenfalls verschwunden. Vielmehr schien er hellwach und aufmerksam zu sein. Er ging in die Küche, holte von dort einen Stuhl und klemmte ihn unter die Klinken der Eingangstür. Dann schloss er die Küchentür. Voller Erstaunen wurde ich Zeuge, wie er die Wanduhr gegenüber dem Eingang wie eine Schranktür zurückschlug. Dahinter kam ein Tresor zum Vorschein. Ich dachte bei mir, was für ein guter

Samstag

Platz das doch sei, da niemand einen Tresor direkt gegenüber der Eingangstür vermuten würde. Doktor Bastiani öffnete den Tresor und holte zunächst das Geißlein, das ich bereits in München bei ihm gesehen hatte, heraus und dann einen Ordner. Das Geißlein legte er zurück und schloss die Tresortür. Dann brachte er die Wanduhr in ihren ursprünglichen Zustand und kehrte ins Zimmer zurück. Er legte den Ordner, den er in der Hand hatte, auf den großen Esstisch und öffnete ihn behutsam. Darin waren Kopien der Manuskripte und einige Aufzeichnungen Doktor Bastianis. Es war merkwürdig, dass er diese Unterlagen in einem Tresor aufbewahrte.

Ich stellte fest: „Sie haben Kommissar Lorenzo nichts über die Manuskripte erzählt."

„Das sind ein paar Ignoranten, für die zwischen einer 600 Jahre alten Handschrift und Toilettenpapier kein Unterschied besteht. Was könnten sie denn mit diesen Niederschriften anfangen.? Wenn ich ihm davon erzählt hätte, hätte er die Kopien und Originale sehen und zur Akte hinzufügen wollen." Dann lächelte er, als hätte er eben erst bemerkt, dass er diesen Teil des Gesprächs mit Lorenzo gar nicht für mich übersetzt hatte: „Es scheint mir, Ihr Italienisch habe sich innerhalb eines Tages sehr verbessert!"

Er begann, die Blätter durchzusehen. Plötzlich durchsuchte er den Stapel wie von der Tarantel gestochen und sagte etwas auf Italienisch. Dann stieß er an mich gewandt hervor: „Einige der Kopien sind nicht da ... die Kopien des zweiten Manuskripts!"

Ich erinnerte mich an die Blätter, die zwischen meinen Notizen zurückgeblieben waren, und überlegte laut „Vielleicht sind sie bei meinen Notizen geblieben."

Doktor Bastiani sagte einiges auf Italienisch. Offenbar fluchte er. Es wurde klar, dass die Kopien der zweiten Handschrift zusammen mit meinen Notizen gestohlen worden waren: die letzten Seiten, die ich zu übersetzen hatte.

Doktor Bastiani zuckte schließlich die Schultern und sagte, als ob er mit sich selbst spräche: „Aber sie können überhaupt nichts damit anfangen."

Bevor ich fragen konnte: „Wer kann damit nichts anfangen?", fügte er hinzu: „Es war nichts Wichtiges darauf." Und dann, als ob ihm eben unser Gespräch über das zweite Manuskript eingefallen wäre, wollte er wissen: „Worum ging es in dem Brief?"

Wieder fuhr er, bevor ich etwas erwidern konnte, fort: „Der Brief ging an Maamatiri, oder?"

Meiner Meinung nach war sein Verhalten äußerst unnormal. Ich hielt es außerdem nicht für sinnvoll, solch ein Gespräch mitten in der Nacht zu führen, bemühte mich jedoch trotzdem, eine gute, vernünftige Antwort zu geben: „Ja, der Brief war an Maamatiri gerichtet, es ging um die Tötung jemandes ..."

Doktor Bastiani nickte geistesabwesend. Bevor er wieder etwas sagen konnte, stellte ich die Frage, die mir bereits den ganzen Tag durch den Kopf gegangen war: „Wo befinden sich überhaupt die Originalmanuskripte?"

Er blickte mich einen Augenblick an. Es ging mir plötzlich durch den Kopf, dass mich Elisa und Doktor Bastiani ebenso wie Kommissar Lorenzo verdächtigen könnten. Bevor ich diesem Gedanken länger nachhängen konnte, antwortete er kurz und gelassen: „In Rom."

Doktor Bastiani warf einen Blick auf seine Armbanduhr und fuhr fort: „Wir sind beide müde und brauchen Schlaf. Lassen Sie uns ins Bett gehen. Heute Nacht können wir nichts mehr tun."

Erst jetzt sah ich einige Anzeichen von Müdigkeit in seinem Gesicht. Ich war ebenfalls sehr müde: „Das ist eine gute Idee!"

Ich stand auf und sagte Gute Nacht. Als ich an der Wanduhr vorbeiging, dachte ich, dass meine Aufgabe in Italien nun erledigt sei. Morgen würde ich mit Kommissar Lorenzo spre-

Samstag

chen und ihm irgendwie begreiflich machen, dass ich nach München zurückkehren musste. Morgen Nachmittag würde ich Florenz verlassen.

Sonntag

1

Am Morgen erwachte ich mit den gleichen Gedanken, mit denen ich zu Bett gegangen war. Ich stand auf, ging zum Fenster und schlug die Vorhänge zurück. Es wurde hell im Zimmer, und mir wurde es so klar wie der helle Morgen, dass die Einbrecher auf der Suche nach den Manuskripten gewesen waren. Ohne Zweifel waren Letztere sehr wertvoll. Ich wusste auch von anderen Handschriften, die zu Preisen von mehreren Millionen gehandelt wurden. Dennoch verstand ich nicht, aus welchem Grund die Manuskripte in Doktor Bastianis Besitz so wertvoll sein sollten. Der oder die Verfasser waren unbekannt, die Schrift, die Darstellung und die Verzierungen waren ebenfalls nichts Besonderes. Ich kannte Handschriften, deren Texte mit Gold geschrieben waren, die fantastische farbige Zeichnungen enthielten, von denen jede einzelne ihren eigenen künstlerischen Wert besaß. Von der Thematik her, Medizin und Zauberei, hatten Doktor Bastianis Manuskripte heutzutage kaum Käufer, denn es existierten zahlreiche Bücher dieser Art. Allerdings hatte ich ja lediglich die persischen Textstellen der Manuskripte gelesen. Vielleicht befanden sich in den Teilen, die in Geheimschrift geschrieben waren, sehr wichtige Geheimnisse, von denen ich nichts wusste. Vielleicht wusste Doktor Bastiani ja sogar über große Rätsel Bescheid, die der Welt verborgen blieben ...

Ich öffnete das Fenster. Kühl-feuchte Luft strömte ins Zimmer. Nein ... Der Gedanke, dass die Manuskripte große Geheimnisse enthielten, war lächerlich. Außerdem hatte Doktor Bastiani noch nichts über den Inhalt des Buchs veröffentlicht, sodass niemand außer ihm etwas darüber wissen konnte. In dem Beitrag in der Zeitschrift Yale Classical Studies war lediglich die Entdeckung einer neuen Abschrift verkündet worden. Nach Doktor Bastianis Aussage war die unter dem Namen Voynich bekannte Abschrift bisher noch nicht entschlüsselt worden. Auf jeden Fall war es völlig unverständlich, warum jemand darauf aus sein sollte, die Manuskripte zu stehlen. Vielleicht könnte ich hinter das Geheimnis der Geschichte und der Lösung des Rätsels nahe kommen, wenn ich die Originalmanuskripte sehen würde.

Ich blickte auf die Uhr, es war fast zehn. Im Nachbargarten spielten zwei kleine Jungen miteinander. Wie ruhig und schön die Welt schien! Ich ging zum Schrank, sah hinein und ärgerte mich. Warum hatte ich gestern nicht alle meine Klamotten ausgepackt? Lediglich die beiden Hemden, die ich dabeihatte und die ich vor dem Zerknittern hatte bewahren wollen, hatte ich aus der Tasche genommen und aufgehängt. Meine Unterwäsche war in der Tasche geblieben und mit ihr gestohlen worden. Ich nahm ein sauberes Hemd heraus, ging ins Bad, um zu duschen und mir dieselbe Unterwäsche wieder anzuziehen, dazu das saubere Hemd. So ging ich nach unten.

Elisa saß im Wohnzimmer auf dem Sofa und durchblätterte eine Zeitschrift. Vor ihr auf dem Tisch standen eine kleine Tasse Kaffee und eine Zuckerdose. Sie trug eine kurzärmelige Bluse. Ihr rechter Arm war am Unterarm bis zum Ellenbogen verbunden.

Das Wohnzimmer war wieder ordentlich. Stühle und Möbelstücke standen an ihrem Platz. Nur vor den Schränken und Vitrinen lagen noch lauter Gegenstände, die noch nicht an ihren Platz zurückgestellt worden waren. Die Vorhänge waren zurückgezogen und die Fenster und Türen zum Garten geöffnet. Als sie mich sah, stahl sich ein Lächeln auf ihre Lippen. Nachdem Elisa auf mein Guten Morgen geantwortet hatte, fragte sie: „Möchten Sie einen Kaffee?"

Ohne meine Antwort abzuwarten, legte sie die Zeitschrift auf dem Tisch ab und stand auf. Ich bedankte mich und ging mit ihr in die Küche. Die Küche war noch genauso durcheinander wie in der letzten Nacht. Die Sachen, die aus den Schränken genommen und über den Boden und die Anrichte verteilt worden waren, lagen noch herum. Dennoch zeigte Elisa keinerlei Ärger über die Ereignisse des Vortags. Sie schien gelassen und gut aufgelegt. Dann nahm sie eine Kaffeedose aus dem Schrank, füllte etwas Kaffee in den kleinen Kaffeekocher und stellte ihn auf den Gasherd: „Mein Vater räumt seine Bücher in der Bibliothek auf." Sie zündete die Flamme an und fuhr fort: „Wir gehen zum Frühstücken in ein Café."

Ich wollte eigentlich nicht über die Ereignisse des Vortags sprechen. In Elisas Gegenwart konnte ich allerdings nicht klar denken und wusste nicht, worüber ich sonst reden sollte. Einige Augenblicke vergingen in Schweigen. Schließlich fragte ich: „Sind die Geschäfte hier sonntags geöffnet?" Elisa löschte die Flamme unter dem Kaffee, und ich erklärte: „Ich würde gerne etwas Unterwäsche kaufen."

Sie leerte den Inhalt des Kaffeekochers in eine Tasse und gab mir diese. „Gehen wir ins Wohnzimmer. Hier ist es sehr chaotisch." Wir verließen die Küche, und Elisa versicherte: „Wir finden bestimmt irgendwas, wo Sie einkaufen können."

Bevor wir uns vom Flur ins Zimmer begaben, sah sie die Wanduhr an und rief etwas in Richtung ihres Vaters im oberen Stockwerk. Dann wandte sie sich mir zu: „Ich hoffe, diese Reise nach Italien wird Ihnen nicht schlecht in Erinnerung bleiben."

Ich weiß nicht, warum, aber ich war traurig, als ich diesen Satz hörte. Erinnerung? Also erwartete auch Elisa, dass ich Florenz bald verlassen würde? Also war meine Reise wirklich zu Ende, und die Geheimnisse der Manuskripte würden mir für immer verborgen bleiben? Und was war mit meiner Bekanntschaft mit Elisa? Nein, darüber wollte ich nicht nachdenken. Ich erwiderte: „Nein, es wird keine schlechte Erinnerung sein. Man erlebt selten solche Reisen ..."

Elisa lachte laut und bekräftigte meine Worte kopfnickend. Vielleicht dachte sie, ich meinte das ironisch. Ich musste ebenfalls lachen. Sie setzte sich auf das Sofa. Ich ging zum Fenster, das zur Straße hinausführte.

Elisa erzählte: „Als wir aufgewacht sind, waren die Polizisten bereits weg."

Ich warf einen Blick aus dem Fenster. Dann kehrte ich zurück und setzte mich ihr gegenüber. Von der Treppe her hörte ich die Schritte Doktor Bastianis, der zu uns herunterkam. Er wünschte uns lächelnd Guten Morgen und setzte sich neben mich. Doktor Bastiani war ebenfalls sehr gut aufgelegt, sodass klar war, dass ich der Einzige war, der sich noch Sorgen über die Vorfälle letzter Nacht machte.

Doktor Bastiani fragte: „Haben Sie gut geschlafen? Sind Sie bereit, weiterzuarbeiten?"

Ich begriff nicht, was er meinte, und sah Elisa an. Sie schien auch nicht verstanden zu haben, was er meinte.

Doktor Bastiani, der unsere Verwunderung bemerkte, erklärte: „Ihre Aufgabe ist noch nicht abgeschlossen. Sie haben die Texte noch nicht zu Ende gelesen."

Ich erwiderte: „Aber die Kopien des zweiten Manuskripts sind gestohlen worden."

Elisa, die davon anscheinend noch nichts wusste, sah ihren Vater an: „Sind die denn auch verschwunden?"

Doktor Bastiani setzte sich neben Elisa und erzählte ihr: „Zwei Seiten davon hatte ich in der Bibliothek liegen lassen. Sie sind zusammen mit den Notizen von Herrn Raamtin gestohlen worden." Dann wandte er sich mir zu: „Die Kopien des ersten Manuskripts sind ja nicht entwendet worden. Und außerdem sind die Originalmanuskripte auch noch da."

Sonntag

„Aber Sie sagten doch, dass die Manuskripte in Rom seien."

Doktor Bastiani gestikulierte vor Begeisterung wild in der Luft: „Von hier bis Rom dauert es drei Stunden. Wenn wir jetzt aufbrechen, können wir dort zu Mittag essen."

Elisa fragte lachend: „Heute?"

„Warum nicht? Wir schauen auch kurz bei deiner Tante vorbei."

Elisa zog die Augenbrauen hoch und zuckte mit den Schultern, was „Warum nicht" bedeutete. Anscheinend waren derartige Reisen für sie normal. Ich muss gestehen, dass der Enthusiasmus der beiden ansteckend war. Vielleicht lag es auch am Kaffee, dass ich mich wieder gut fühlte. Trotzdem kam der Vorschlag für mich sehr unerwartet, und ich war nicht bereit, mich ohne vorherige Planung auf eine derartige Unternehmung einzulassen.

Elisa und Doktor Bastiani sahen mich an, und ich erklärte: „Ich weiß nicht, ob es eine gute Idee ist, nach Rom zu fahren. Ich denke, je eher ich nach München zurückkehre umso besser ... Allerdings muss ich vorher noch mit Kommissar Lorenzo sprechen."

Bastiani sagte, als ob er meine Absicht, nach München zurückzukehren, nicht ernst nehmen würde: „Nehmen Sie Lorenzo nicht so wichtig. Solche Leute tun nach einem Vorfall alle ganz eifrig, aber wenn man sie wirklich braucht, ist nicht mit ihnen zu rechnen. Außerdem ist es nicht weit von Rom nach Florenz. Wenn nötig, kehren wir schnell wieder zurück. Vielleicht sind wir in Rom auch sicherer."

„Was meinen Sie mit ‚sicherer'? Wollen Sie mir Angst machen?"

Doktor Bastiani beantwortete vollkommen ernst meine beiden Fragen: „Die waren gestern bewaffnet und haben den Nachbarn bedroht. Glauben Sie, dass sie so schnell von dem, was sie wollen, ablassen und uns in Ruhe lassen würden?"

Ich nahm seine Worte nicht wirklich ernst. Meiner Meinung nach bildete er sich etwas ein. Allerdings wollte ich sehen, wohin diese Diskussion führen würde, und antwortete: „Warum *uns*? Die Geschichte hat nicht viel mit mir zu tun. Die sind hinter *Ihren* Manuskripten her, und wenn ich heute von hier abreise, kommen sie nicht mehr an mich ran."

Doktor Bastiani grinste: „Die sind hinter dem her, was in den Manuskripten steht. Ansonsten hätten sie keinen Grund gehabt, *Ihre* Notizen und *Ihre* Tasche mitzunehmen."

Ich war zu dem Schluss gekommen, dass die Diebe meine Notizen und meine Tasche gestohlen hatten, da sie die persische Schrift nicht lesen konnten und vermutet hatten, dass die Aufzeichnungen wichtig seien und irgendwie mit den Manuskripten zusammenhingen. Über die persischen Bücher und die Notizen, die ich in meiner Tasche gehabt hatte, dachte ich dasselbe. Obwohl ich nicht wusste, von wem Doktor Bastiani redete, erwiderte ich: „Nun, da *die* meine Notizen haben, brauchen sie mich ja nicht mehr."

Doktor Bastiani machte mir tatsächlich etwas Angst: „Aber die wissen nicht, wie viel Sie über das, was in den Manuskripten steht, wissen!" Dann hielt er inne. Ich vermutete, dass er dies tat, um mich noch mehr zu verunsichern: „Leider habe ich Sie unbeabsichtigt in eine Geschichte hineingezogen, deren Ausgang ungewiss ist. Vielleicht lassen die Sie bis zum Ende der Sache nicht in Ruhe ..."

Elisa mischte sich in unser Gespräch ein und fragte nachdrücklich nach dem Wörtchen „die": „Wer sind *die*? Von wem sprecht ihr? ... Babbo, du sprichst schon wieder sehr rätselhaft. Welche Geschichte? Weißt du denn, wer *die* sind?"

Doktor Bastiani sah zunächst mich, dann Elisa an: „Ja, ich weiß, wer hinter den Manuskripten her ist."

Elisa und ich fragten gleichzeitig verwundert: „Wer?"

Doktor Bastiani wiederholte: „Wer?" Nach ein paar Augenblicken der Stille heftete er seinen Blick auf Elisa: „Die Inquisition!"

Wieder fragten Elisa und ich gleichzeitig: „Die Inquisition?"

Doktor Bastiani starrte auf einen unbestimmten Punkt auf dem Tisch und nickte: „Die Inquisition der katholischen Kirche."

Als ob sie mit einem Kranken sprechen würde, sagte Elisa: „Babbo, was redest du da?", und blickte mich an.

Ich wandte ein: „Die Inquisition gibt es schon seit dreihundert Jahren nicht mehr."

Doktor Bastiani lachte auf: „Nein, die Inquisition wird niemals sterben. Solange es die Kirche gibt, wird es die Inquisition ebenfalls geben. Solange der Mensch glaubt, wird es die Inquisition geben. Die Inquisition der Kirche hat sich nie aufgelöst. Sie hat nur ihren Namen geändert."

Elisa wollte wissen: „Babbo, wieso denkst du, dass die Diebe gestern von der Inquisition waren?" Ihr Ton war wie der einer Mutter, die ihr Kind davon überzeugen möchte, dass im Schrank im Kinderzimmer kein Monster wohnt.

Doktor Bastiani antwortete: „Sie waren vor einigen Tagen bei mir und wollten mir die Manuskripte abkaufen."

Diese Antwort erstaunte mich sehr. Auch Elisa hatte eine solche Antwort nicht erwartet und fragte: „Wer ist zu dir gekommen, Babbo? Wann?"

Danach erzählte Doktor Bastiani die Geschichte ausführlich: „Dienstag ..." Er dachte einen Moment nach: „... nein, es war am Mittwoch vor zwei Wochen. Ich saß in meinem Büro an der Universität, als jemand an die Tür klopfte und hereinkam. Es war ein Priester in geistlicher Kleidung, etwa einen Kopf größer als ich. Er stellte sich als Vater Marconi vor und erzählte, dass er wie ich an handgeschriebenen Büchern interessiert sei, dass er Zugang zu vielen der seltenen Manuskripte habe, die der Kirche gehörten und manchmal jemanden mit Erfahrung gebrauchen könnte, um diese zu lesen. Dann fragte er mich, ob ich nicht Lust hätte, ihm ab und an auf diesem Gebiet zu helfen. Natürlich habe ich mein Interesse bekundet. Er sagte nicht genau, im Dienste welcher Kirche er stehe oder zu welcher Einrichtung er gehöre. Wir sprachen ein wenig über verschiedene Versionen von Handschriften. Er kannte sich gut aus und nannte einige berühmte Manuskripte, zu denen er Zugang hatte. Allmählich bekam ich den Eindruck, dass er auf der Suche nach etwas anderem sei. Ich fragte ihn, was die wahre Absicht seines Besuchs bei mir sei. Er sagte, er habe meine Mitteilung über die Entdeckung einer neuen Handschrift gelesen, und bat mich, ihm kurz zusammenzufassen, wovon das Manuskript handele. Ich wiederholte ihm, was auch in der Veröffentlichung der Yale-Universität stand, und erklärte, dass es mir noch nicht gelungen sei, die Geheimschrift zu entschlüsseln."

Doktor Bastiani zögerte einen Augenblick und wandte sich mir zu: „Wie ich Ihnen sagte, weiß außer uns noch niemand von der Existenz des Decodierungsmanuskripts."

Dann fuhr er mit seinem Bericht über sein Treffen mit dem Priester fort: „Vater Marconi erzählte, es gebe Leute, die befähigt seien, dieses Werk zu entziffern. Ich fragte ihn erstaunt, ob er denn jemanden kenne, der das könne. Als ob er wüsste, worum es in dem Manuskript geht, sagte er, dass in dem Buch inhaltlich nichts Wichtiges stehe. Nach einigem Herumreden um den heißen Brei meinte er dann, dass es aber Leute gebe, die auf der Suche nach derlei Handschriften seien, und dass er jemanden kenne, der bereit sei, das Manuskript zu kaufen und jeden Preis zu zahlen, den ich dafür verlangen würde."

Elisa unterbrach ihren Vater: „Und, was hast du gesagt?"

Doktor Bastiani antwortete: „Ich sagte, dass ich die Handschrift entschlüsseln wolle, und bevor mir das nicht gelungen sei, nicht bereit sei, das Manuskript zu verkaufen. Vater Marconi betonte daraufhin erneut, dass die Person, die er kenne, bereit sei, einen sehr guten Preis zu zahlen. Er sagte, er würde noch mal bei mir anrufen, vielleicht würde sich meine Meinung ja ändern." Er setzte sich auf dem Sofa zurecht und fuhr fort: „Als er sich verabschiedete, riet er mir, das Manuskript an einem sicheren Ort aufzubewahren, da diese Art von Handschriften viele Interessenten habe und einige, die hinter derlei Dingen her seien, bereit seien, alles zu tun, um sie in die Finger zu bekommen." Er dachte einen Augenblick nach: „Jetzt wird mir bewusst, dass seine Worte eine Drohung waren."

Die Erzählung Doktor Bastianis rückte den Diebstahl letzter Nacht in ein anderes Licht. Da er mehr als ich gewusst hatte, hatte er an Dinge gedacht, die mir gar nicht in den Sinn gekommen waren.

Elisa fragte: „Hat er noch mal mit dir Kontakt aufgenommen?"

Doktor Bastiani antwortete: „Ja! Letzte Woche hat er mich angerufen, um nachzufragen, ob sich meine Meinung geändert habe oder nicht. Als ich sagte, meine Meinung habe sich nicht geändert, meinte er, er bedaure dies, da es gefährlich sei, ein solches Werk in seiner Nähe aufzubewahren."

Elisa wollte wissen: „Warum hast du mir nichts davon erzählt?"

„Ich wollte dich nicht beunruhigen. Aber nach seinem Anruf habe ich die Manuskripte vorsichtshalber nach Rom gebracht ..." Doktor Bastiani sah mich an: „... und dann habe ich mich auf die Suche nach Ihnen begeben."

Ich fragte: „Warum haben Sie Kommissar Lorenzo nicht die Geschichte von Vater Marconi erzählt?"

„Wenn ich von Marconi erzählt hätte, hätte ich Lorenzo auch von den Manuskripten berichten müssen."

Ich hatte den Eindruck, als würde ich allmählich den Sinn für die Wahrheit verlieren. Was von der Erzählung Doktor Bastianis entsprach der Wahrheit oder ließ sich logisch erklären? Und was davon konnte nur Einbildung sein? War das Manuskript Doktor Bastianis tatsächlich so wertvoll, dass jemand bereit war, dafür jeden Preis zu zahlen und sogar Verbrechen zu begehen? Wenn Doktor Bastiani die Wahrheit sagte und Vater Marconi wirklich darüber Bescheid wusste, was in dem Manuskript stand, was für einen Wert sollte dieses dann an sich für ihn haben? Und welche Rolle in der ganzen Geschichte spielte ich wirklich? War es tatsächlich möglich, dass jemand hinter mir her war?

2

Ich bin eigentlich niemand, der sich leicht von einer einmal getroffenen Entscheidung abbringen lässt. Aber Doktor Bastiani und Elisa waren sehr hartnäckig.

Doktor Bastiani argumentierte: „Sie haben die Aufgabe, wegen derer Sie aus München hierhergekommen sind, noch nicht erledigt."

Er hatte recht. Denn außer meinen mündlichen Erläuterungen dazu, was in den persischen Textstellen stand, hatte er nichts in der Hand.

Außerdem wies er darauf hin: „Ich muss auf jeden Fall nach Rom fahren und die Manuskripte an einen sichereren Ort bringen. Dabei kann ich auch neue Kopien von den verloren gegangenen Seiten anfertigen. Sie können dann heute Abend und Morgen den ganzen Text lesen. Dann können Sie, wann immer Sie wollen, nach München zurückkehren."

Ich erwiderte: „Aber Kommissar Lorenzo ..."

Doktor Bastiani unterbrach mich: „Wir können ihn morgen von Rom aus anrufen und, falls es nötig ist, nach Florenz zurückkommen." Dann zuckte er die Schultern: „... aber ich denke nicht, dass das notwendig sein wird. Wenn ich an Ihrer Stelle wäre, würde ich ein paar Tage in Rom bleiben und von dort aus nach München zurückfahren."

Elisa, die dem Vorschlag ihres Vaters, nach Rom zu fahren, ziemlich schnell zugestimmt hatte, äußerte: „Wenn Sie Rom bisher noch nicht kennen, müssen Sie es sich unbedingt ansehen!"

Vielleicht trog mich mein Gefühl, aber ich hatte den Eindruck, dass Elisa aufrichtig daran interessiert war, dass ich mit ihnen nach Rom kam. Außerdem war ich, obwohl mir die ganze Geschichte etwas bedrohlich vorkam, sehr neugierig, worum es in den Manuskripten gehen mochte. Die Sache mit Vater Marconi hatte meine Neugier nur noch gesteigert. Letztendlich gab ich also Doktor Bastianis Hartnäckigkeit, Elisas Beharrlichkeit und meiner Neugier nach: „Ich habe morgen eigentlich einen Termin. Kann ich in München anrufen?"

„Bitte sehr!" Doktor Bastiani zeigte mir das Telefon.

Elisa lächelte und stand auf: „Dann mach ich mich mal fertig."

Doktor Bastiani folgte ihr aus dem Zimmer.

Ich rief Rebecca an und erzählte ihr von den Vorkommnissen des gestrigen Abends und erklärte, dass die Polizei wollte, dass ich in Italien bliebe und erreichbar sei: „Es tut mir sehr leid, dass wir uns am Montag nicht sehen können."

Rebecca machte sich etwas Sorgen: „Wenn ich an deiner Stelle wäre, würde ich schnell nach München zurückkehren. Es ist für dich nirgends sicherer als hier."

„Jetzt, da die Polizei eingeschaltet ist, besteht sicherlich keine Gefahr. Ich muss zumindest bis Montag in Italien bleiben. Wir fahren heute Abend nach Rom. Wahrscheinlich breche ich Montagabend mit dem Zug nach München auf und bin Dienstagmorgen dort."

Dann bat ich Rebecca darum, zur Sicherheit für die ganze kommende Woche Urlaub für mich zu beantragen. Obwohl Rebecca nicht damit einverstanden war, versprach sie, sich um meine Bitte zu kümmern. Sie bläute mir ein, auf mich aufzupassen und sie auf jeden Fall von Rom aus anzurufen und ihr zu sagen, in welchem Hotel ich abgestiegen sei.

Sonntag

Bevor wir mit Elisas rotem Fiat Punto nach Rom aufbrachen, fuhren wir zum Frühstücken ins Stadtzentrum. Allerdings war es bereits fast Mittag, und stattdessen aßen wir in einer Pizzeria. Es war schon nach zwölf, als wir Florenz auf dem Weg nach Rom hinter uns ließen. Die meisten Geschäfte Florenz' waren geschlossen, und wir verschoben es auf Rom, mir neue Kleidung zu besorgen.

Die Strecke zwischen Florenz und Rom lief glatt dahin. Die Sonne schien, und das Wetter war sehr angenehm. Elisa fuhr, ihr Vater saß neben ihr. Ich saß auf der Rückbank und hielt die Kopien des ersten Manuskripts in der Hand.

Doktor Bastiani hatte sein Geißlein unter seinen Füßen verstaut, einen dicken Ordner und seinen Hemingway auf dem Schoß, der ein bisschen größer als mein verloren gegangener war. Wie sich herausstellte, hatte er für jede Pflanze, die im Manuskript vorkam, einen eigenen Eintrag angefertigt. Jeder dieser Einträge bestand aus der entschlüsselten Übersetzung der entsprechenden Textabschnitte sowie weiteren Erkenntnissen, die Doktor Bastiani aus seinem Botanikstudium gewonnen hatte.

Ich war nun mit der Handschrift bereits vertraut, las die persischen Textstellen ohne Probleme eine nach der anderen und übersetzte sie ins Englische. Jeden Text und seine Übersetzung schrieb ich mit beigefügten Seitenzahlen auf ein kleines Blatt, las sie laut vor und reichte sie Doktor Bastiani. Er fand dann die genannte Pflanze in seinem Ordner, verglich meine Niederschrift mit seinen Notizen und änderte oder ergänzte manchmal etwas in seinen Aufzeichnungen. Dann steckte er die Blätter in seinen Hemingway.

Als ich die Übersetzung, die sich um die Pflanze namens Parvak drehte, vorlas: *„Parvak, ein tzwieg vom boume Hoom Sepid, wachset in Rokaatek unde muget stân al alleine. Nirgends in keyn veld siht man ihrer zweye mit eynand"*, fragte er nach: „Welche Pflanze?", und sah mich an. Ich zeigte ihm die

Kopie, auf der sich die entsprechende Textstelle befand, und er erwiderte: „Aha, die Paravak!"

Anscheinend war in der Geheimschrift der Name der Pflanze in dieser Lesart vermerkt worden, und Doktor Bastiani kannte ihn gut. Er nahm mir meine Niederschrift aus der Hand und fragte: „Bloß dies?"

Ich stellte fest: „Dies ist die einzige Textstelle, bei der niemand zitiert wird. Es scheint, als ob der Verfasser der persischen Textstellen dies mit seinen eigenen Worten aufgeschrieben hätte und selbst diese Pflanze kannte."

Elisa fragte: „Babbo, ist das dieselbe Pflanze, von der du ein Bild hast?" Sie sah mich im Rückspiegel an und erklärte: „Auf Wunsch meines Vaters und anhand seiner Beschreibungen hat ein Künstler eine Zeichnung dieser Pflanze angefertigt, die sehr echt wirkt und einem Foto ähnelt. Mein Vater zeigt dieses Bild Botanikern und fragt sie, ob sie die Pflanze kennen oder nicht."

Ich wollte wissen: „Was hat denn diese Pflanze für eine Bedeutung?"

Da Doktor Bastiani nicht antwortete, erklärte nach einer Weile Elisa: „Mein Vater glaubt, dass man früher unter Verwendung dieser Pflanze viele Beschwerden behandelt habe."

Doktor Bastiani zog ein Blatt aus seinem Ordner und gab es mir. Es war eine schöne und detaillierte Zeichnung einer Pflanze, die dem Bild im Manuskript ähnelte. Doch da sie sehr realistisch war, erschien sie etwas befremdlich.

Doktor Bastiani erklärte: „Das ist die Übersetzung des lateinischen Abschnitts über die Paravak ... oder die Parvak ..." Er las mir aus seinen Notizen vor: „Die Parvak besitzt einen kurzen und dicken Stumpf. Ihre Blätter sind rund, handflächengroß und von sehr frischem Grün. Ihre Wurzeln sind sehr lang und erreichen teilweise bis zu zwanzig Zar ..." Er blickte von dem Blatt, von dem er vorlas, auf, erläuterte: „ungefähr zehn Meter", und fuhr dann fort zu lesen: „in der Tiefe der Erde. Die Parvak wächst in großen Höhen und blüht zur Frühlingsmitte. Jede Pflanze hat ein bis zwei Blüten. Die Blüten haben eine himmelblaue Farbe und sind etwa halb so groß wie die Blätter der Pflanze."

Doktor Bastiani las das Geschriebene mit einer solchen Begeisterung und Bewunderung vor, dass man hätte meinen können, es handele sich um die größte Entdeckung der Geschichte. Ich gab ihm die Zeichnung zurück, die vollkommen mit dem, was er vorgelesen hatte, übereinstimmte.

Er zog meine letzten Notizen aus seinem Hemingway hervor und wiederholte murmelnd: „Rokaatek ..." Dann wandte er sich an mich und fragte: „Haben Sie diesen Namen vorher schon einmal irgendwo gelesen oder gehört?"

„Nein, ich habe ihn in diesem Manuskript zum ersten Mal gelesen. Vielleicht handelt es sich um einen lokalen Dialekt, oder es ist auf Pahlavi." Ich erklärte Elisa: „Pahlavi ist der Vorgänger der persischen Sprache."

Doktor Bastiani überlegte: „Wenn wir Maamatiris Geburtsort ausfindig machen, dann könnten wir die Parvak ...", er sah auf die Blätter, die er in den Händen hielt, „und Rokaatek ebenfalls finden?"

Maamatiri war die Person, an die der Brief des zweiten Manuskripts gerichtet war.

Ich wollte wissen: „Welchen Zusammenhang gibt es zwischen der Parvak, Rokaatek und Maamatiri?" Wieder dachte ich, dass ich den Namen Maamatiri vorher schon mal irgendwo gelesen hätte.

Doktor Bastiani blickte von seinem Hemingway auf und erwiderte: „Einen sehr wichtigen Zusammenhang! In der Übersetzung der in Geheimschrift verfassten Teile des Manuskripts wird Maamatiri an einigen Stellen erwähnt."

„Was steht dort über Maamatiri?"

Doktor Bastiani durchblätterte wieder seinen Hemingway und antwortete nach einer kurzen Stille: „Unter anderem, dass Maamatiri diese Pflanze gezüchtet habe. Außerdem geht aus dem Geschriebenen hervor, dass der Verfasser Maamatiri persönlich kannte. Ich denke, dass Maamatiri den originalen persischen Text verfasste."

Elisa fragte: „Welche Bedeutung hat es, dass diese Personen sich kannten?"

Ich wollte sagen, dass man so vielleicht den unbekannten Verfasser des Manuskripts finden könnte, aber Doktor Bastiani kam mir zuvor und gab eine andere Antwort: „Das zeigt, dass es Maamatiri tatsächlich gab und man über ihn die Pflanze Parvak finden kann." Sodann deutete Doktor Bastiani auf eine am Weg liegende Tankstelle und schlug vor: „Lasst uns ein paar Minuten hier anhalten!"

3

Bis Rom machten wir nur einen kleinen Zwischenstopp. Auf der gesamten Fahrt waren Doktor Bastiani und ich mit dem Lesen und Übersetzen der Kopien beschäftigt. Bis wir in Rom ankamen, hatten wir einen Großteil der Arbeit erledigt. Es blieb allein noch die Übersetzung des Briefes des zweiten Manuskripts, von dem Doktor Bastiani erst noch eine neue Kopie aus dem Originalmanuskript anfertigen musste.

Am späten Nachmittag erreichten wir Rom. Die Straßen waren sehr voll, vor allem, als wir uns dem Stadtzentrum näherten. Es war offensichtlich, dass es sich bei vielen der Leute, die im Stadtzentrum unterwegs waren, um ausländische Touristen handelte. Als wir in die Stadt hineinfuhren, wies Doktor Bastiani Elisa an, wo sie langfahren, wo sie abbiegen, wo sie anhalten sollte. Es schien, als kenne er Rom sehr gut und wähle für mich eine Route aus, auf der wir auch am Kolosseum vorbeikommen würden. In der Nähe des Stadtzentrums waren Elisa die Straßen ebenfalls bekannt. Nachdem wir einige Straßen hinter dem Kolosseum passiert hatten, wies Doktor Bastiani Elisa eine Richtung. Schließlich gelangten wir bei dem Hotel an, in dem wir übernachten sollten.

Bevor wir von Florenz aufgebrochen waren, hatten Elisa und Doktor Bastiani nach einigen Anrufen bei Elisas Tante beschlossen, ein Hotel zu nehmen, da Elisas Tante an diesem Abend Gäste hatte. Außerdem befürchtete Doktor Bastiani, dass unsere Anwesenheit in ihrem Haus seiner Schwester Ärger bereiten könnte.

Elisa parkte das Auto in der zum Hotel gehörenden Tiefgarage. Diese war sehr sauber und hell. Wir fuhren mit dem Aufzug hoch in die Lobby des Hotels. Es war nicht sehr groß. Elisa hatte drei Zimmer reserviert. Wir nahmen unsere Schlüssel in Empfang und stiegen in den dritten Stock hinauf. Unsere Zimmer lagen nebeneinander.

Als ich im Zimmer war, rief ich als Erstes erneut bei Rebecca an. Wie ich es erwartet hatte, war sie nicht zu Hause, ich hinterließ jedoch eine Nachricht auf dem Anrufbeantworter und erzählte ihr, wie gewünscht, in welchem Hotel ich sei.

Nachdem ich den Hörer aufgelegt hatte, sah ich mich im Zimmer um. Es war sauber und ordentlich. Ich begab mich zum Fenster. Es ging auf eine Sackgasse hinaus. Ich holte meine Sachen, also meine Zahnbürste, mein Rasierzeug und meine beiden Hemden, aus dem grünen Segeltuchrucksack heraus, den Elisa mir ausgeliehen hatte, und legte sie in den Schrank. Auch den Rucksack legte ich hinein. In meiner Kleidung streckte ich mich ein paar Minuten auf dem Bett aus. Nun, da ich alleine war, befielen mich etliche Gedanken über Doktor Bastianis Verhalten, das, was er gesagt hatte, und die Manuskripte. Ich erinnerte mich an meine erste Begegnung mit ihm im Holiday Inn in München zurück und daran, wie hilflos er gewirkt hatte und wie sehr er gefleht hatte, ich möge nach Italien kommen, um die Manuskripte zu lesen. Ob er wirklich glaubte, dass Vater Marconi zur Inquisition gehörte, und sich vor ihm gefürchtet hatte? Ob er ein Geheimnis in den Manuskripten entdeckt hatte, dessen Aufdeckung gefährlich für die Kirche war? Warum wollte er

Sonntag

seine Manuskripte nicht für einen angemessenen Preis verkaufen? Ich konnte sein Verhalten nicht verstehen.

Ich erhob mich und ging in die Hotellobby hinunter. Dort standen drei Sofas in drei verschiedenen Farben. Etwas von der Rezeption und dem Aufzug entfernt setzte ich mich ans Fenster. Dieses ging auf dieselbe Sackgasse hinaus, die man auch von meinem Zimmer aus sehen konnte. Wenig später kam Doktor Bastiani ebenfalls in die Lobby und setzte sich neben mich. Er blickte auf seine Uhr und erklärte: „Elisa kommt gleich."

Die sich bietende Gelegenheit nutzend, fragte ich: „Herr Bastiani, warum sind Sie nicht bereit, die Manuskripte zu verkaufen? Sicherlich verstehe ich das Interesse und die Liebe zur wissenschaftlichen Forschung und weiß um ihre Bedeutung. Aber vielleicht wäre es vernünftiger, die Manuskripte zu verkaufen, wenn Sie so möglichen Gefahren entgehen und dabei auch noch gutes Geld verdienen können."

Doktor Bastiani dachte einen Moment nach. Plötzlich schien mir sein Gesicht sehr müde und bedrückt. Er ließ den Kopf hängen und faltete die Hände im Schoß. Dann hob er langsam den Kopf und antwortete: „Elisas wegen ..."

Ich verstand nicht, was er meinte, aber sein Blick und sein Tonfall hatten etwas an sich, das mich besorgt machte. Ich fragte nach: „Elisas wegen?"

Nun wurden die Trauer und Verzweiflung, die ich schon im Holiday Inn in seinem Gesicht gesehen hatten wieder sichtbar. Doktor Bastiani holte einmal tief Luft und fuhr fort: „Haben Sie schon mal von der Krankheit ALS gehört?"

Ich erinnerte mich nicht, von dieser Krankheit gehört zu haben: „Nein!"

Doktor Bastiani fuhr fort: „Es ist eine sehr gefährliche und grausame Krankheit ..." Er seufzte tief: „Eine Krankheit, die immer tödlich endet. Im ersten Stadium bemerkt man die Anzeichen gar nicht. Aber im weiteren Verlauf steigern sich die von ihr verursachten furchtbaren Schmerzen. Im fortgeschrittenen Stadium der Krankheit ist man körperlich vollkommen gelähmt, und schließlich stirbt man am Versagen der inneren Organe, etwa des Magen-Darm-Trakts oder der Lunge."

Er stützte die Ellenbogen auf den Knien ab und verstummte. Zum ersten Mal erschien er mir alt und müde. Die Vorstellung, was diese Krankheit bedeutete, ängstigte mich. Obwohl ich Elisa erst seit zwei Tagen kannte, erschauderte ich bei dem Gedanken daran, sie könnte solchen Schmerzen ausgesetzt sein.

Doktor Bastiani seufzte erneut tief und fuhr fort: „Elisas Mutter ist an dieser Krankheit gestorben. Sie war damals ungefähr so alt wie Elisa heute ..." Es war klar, dass es ihm schwerfiel, dies zu sagen. Er presste die zusammengefalteten Hände ineinander und brachte mit erstickter Stimme hervor: „Elisa ..."

Er konnte seinen Satz nicht beenden. Es war auch nicht nötig. Ich hatte verstanden, worum es ging. Langsam lösten sich Tränen aus seinem Auge. Ich bin eigentlich kein emotionaler Mensch. Aber in diesem Moment spürte ich die Verzweiflung der ganzen Welt in mir, in meinem ganzen Körper. Mir war, als flösse kalter Schweiß aus allen Poren meiner Haut. Meine Kehle war wie zugeschnürt. Doktor Bastiani holte ein Taschentuch aus der Hosentasche und wischte seine Tränen ab. Dann heftete er den Blick aufs Fenster.

Mühevoll brachte ich hervor: „Aber die Ärzte ..."

Doktor Bastiani bemühte sich, sich zu beherrschen: „Diese nutzlosen Ärzte können noch nicht mal eine Erkältung heilen." Wenn es mich schon so sehr betroffen machte, von Elisas Schicksal zu hören, obwohl ich sie gerade einmal zwei Tage lang kannte, wie musste es dann erst ihrem Vater gehen? Wir saßen einige Minuten schweigend nebeneinander. Ich wollte ihn fragen, was Elisas Krankheit mit den Manuskripten zu tun habe. Aber Doktor Bastiani hatte den Blick fest auf das Fenster gerichtet und vermied es, mich anzusehen. Es vergingen einige Minuten. Schließlich beruhigte er sich wieder und beherrschte sich: „Herr Raamtin, ich brauche Ihre Hilfe."

„Sicherlich ..., aber was kann ich schon tun?"

Doktor Bastiani verstummte einen Augenblick, als ob er nach den passenden Worten suchte, um seine Bitte auszudrücken. Ich dachte, die einzige Hilfe, die ich anbieten könne und um die mich Doktor Bastiani vermutlich bitten würde, wäre, für eine Weile mit Elisa irgendwohin zu fahren, wo sie vor der Aufregung der letzten Tage geschützt wäre. In der Tat hätte ich dies sehr gerne getan. Aber was er mir dann unterbreitete, konnte ich nur aus seiner Verzweiflung heraus, Elisa helfen zu wollen, verstehen: „Helfen Sie mir, die Parvak zu finden."

Ich sah ihn ungläubig an.

Er fuhr fort: „Mit der Parvak könnte man viele Leben retten." Doktor Bastiani bemerkte meine Verwunderung und Skepsis und fügte sofort hinzu: „Aus den Erläuterungen im Manuskript bin ich mir sicher, dass man mit der Parvak viele Krankheiten heilen kann, unter anderem ALS." Sein Zustand wandelte sich von dem eines leidenden Vaters zu dem eines nervösen Wissenschaftlers.

„Aber ..." Ich wusste nicht, was ich sagen sollte.

Er ließ mich auch gar nicht zu Wort kommen: „Es gibt einige klare Aussagen zur Wirksamkeit der Pflanze im Manuskript. An einer Stelle wird sogar eine Krankheit beschrieben, bei der es sich sicherlich um ALS handelt ..."

Ich wusste nicht, wie ich mit Doktor Bastiani reden sollte. Er war ein intellektueller, gelehrter Mensch. Dennoch erwiderte ich: „Aber Herr Bastiani, die alte Medizin war immer auch mit Aberglauben und Zauberei verknüpft, und Sie haben selbst ..."

Er unterbrach mich: „Sie dürfen diese Medizin nicht einfach beiseiteschieben, nur weil sie alt ist. Kennen Sie denn jemanden, der an den Erkenntnissen des Archimedes und des

Pythagoras, die vor zweitausend Jahren gelebt haben, zweifelt? Dass wir einige der alten Wissenschaften nicht verstehen oder sie nicht nachweisen können, ist kein Argument dafür, dass sie hinfällig geworden wären."

Ich versuchte, respektvoll und vernünftig mit ihm zu diskutieren: „Ich möchte Ihre Meinung ja gar nicht widerlegen, aber ich denke, wenn eine solche Pflanze da draußen existieren sollte, dann hätte die Medizin sie doch längst entdeckt."

„Können Sie sich denn nicht vorstellen, dass sehr seltene Pflanzen, die nur unter besonderen klimatischen Bedingungen wachsen, außerhalb der Reichweite von Botanikern und Biologen geblieben sind und noch nicht von der Medizin entdeckt wurden? Wissen Sie, wie viele neue Pflanzen und Lebewesen jedes Jahr entdeckt werden?"

Tatsächlich ist es viel schwieriger, einen Irrtum zu widerlegen, als eine Tatsache zu bekräftigen. Doktor Bastiani stützte sich, um seine Annahmen zu bekräftigen auf offenkundige Tatbestände, die man nicht ignorieren konnte.

Ich wandte ein: „Nehmen wir mal an, es gäbe die Pflanze Parvak tatsächlich. Wenn sie aber so selten ist, wie Sie sagen, wie wollen Sie sie dann finden? Nur anhand eines Bildes, das vor einigen Hundert Jahren gemalt wurde? Das vielleicht auch noch von jemandem, der die Pflanze selbst überhaupt nie gesehen hat?"

Glaubte Doktor Bastiani denn wirklich, dass es dafür genügte, einen sechsmonatigen Kurs in Botanik belegt zu haben?

Er versuchte mich zu überzeugen: „Wie Sie selbst gelesen haben, wächst diese Pflanze in einem Gebiet des heutigen Iran, in dem Maamatiri lebte. Daher brauche ich auch Ihre Hilfe. Sie müssen mit mir nach Iran kommen und mir helfen, diese Pflanze zu finden."

In den Manuskripten, von denen nicht sicher war, wie authentisch sie waren, hatte lediglich gestanden, dass die Parvak an einem unbekannten Ort namens Rokaatek wachse, lediglich das. Aber ich wusste, dass es in dieser Situation keinen Zweck hatte, mit Doktor Bastiani zu diskutieren. Die Ereignisse von gestern Abend und die heutige Reise hatten ihn ermüdet, und er war ratlos, wie er Elisa helfen könne. Aberglaube entsprang seit jeher Ratlosigkeit und Verzweiflung dem Schicksal gegenüber. Dahingehend bildeten auch Intellektuelle keine Ausnahme.

Doktor Bastiani war von dem, was er sagte, felsenfest überzeugt: „Ich habe auf diesem Gebiet ausführliche Nachforschungen betrieben und viele wertvolle Informationen gesammelt. Außerdem können wir, wenn nötig, einen Botaniker anheuern, uns zu helfen. Zweifellos kann man in Iran fähige Biologen finden."

Er verstummte einen Moment und wartete darauf, dass ich etwas sagte. Aber ich wollte nicht mit ihm diskutieren und hatte keine Lust, jetzt eine Entscheidung über die Reise nach Iran zu treffen.

Doktor Bastiani fuhr fort: „Bitte ... Sie haben nichts zu verlieren. Sie besuchen Ihre Heimat ...", er lächelte, „... auf meine Kosten. Denken Sie sich einfach, Sie würden in den Urlaub fahren. Elisa wollte auch schon immer mal Iran besuchen. Sie freut sich bestimmt, uns dorthin zu begleiten."

Er war in erwartungsvoller Haltung auf dem Sofa nach vorne gerutscht und wartete auf eine Antwort oder Reaktion meinerseits. Ich konnte seine Verzweiflung nachvollziehen. Jedoch hielt ich es für dumm, mich mit jemandem auf die Suche nach etwas zu machen, an dessen Existenz ich nicht glaubte. Dennoch fiel es mir schwer, die flehende Bitte Doktor Bastianis abzulehnen: „Falls ich zustimmen sollte, mit Ihnen zu kommen – wann haben Sie vor, nach Iran zu fliegen?"

„Ich gehe gleich morgen zur iranischen Botschaft, um Einreisepapiere zu beantragen."

Ich ahnte den Grund für seine Eile. Vielleicht war die Krankheit Elisas bereits fortgeschritten, und daher hatte er es so eilig. Dennoch fragte ich nach, um mir Gewissheit zu verschaffen: „Warum mit dieser Eile, Herr Bastiani?"

„Weil die Parvak nur in dieser Jahreszeit blüht und das Heilmittel, das man aus ihr machen kann, aus den Samen, die sich in der Blüte befinden ..."

In diesem Moment kam Elisa aus dem Aufzug uns gegenüber heraus, und Doktor Bastiani beendete seinen Satz nicht. Als sie erschien, war ihre Schönheit grenzenlos. Sie trug die Jeans mit der eingestickten Lilie und eine cremefarbene Satin-Bluse. Darüber hatte sie ein blaues Jäckchen gezogen, die Knöpfe offen gelassen und die Ärmel hochgekrempelt. Ein Stückchen ihres Armverbands war zu sehen, aber diese Kleinigkeit tat ihrer Schönheit keinen Abbruch. Ich hatte das Gefühl, die gesamte Hotellobby verschwimme vor dem Anblick ihrer Schönheit. Der ganze Raum war von der Trauer über den drohenden Verlust Elisas erfüllt. Ich war kein sehr traditionsbewusster Iraner. Aber wenn es etwas gab, mit dem wir Iraner nie umgehen konnten, dann waren es die Trauer und der Kummer anderer. Wir verziehen Trauernden alles und waren bereit, ihren irrationalen Wünschen nachzugeben. Ich hatte mich bereits dem Kummer Doktor Bastianis ergeben; einem Kummer, der nun auch zu meinem geworden war: der Kummer über das Vergehen dieser Schönheit. Vielleicht würde es zu einer tröstenden Erinnerung für Doktor Bastiani und mich und zu einer willkommenen Abwechslung für Elisa, die selbst Architektur studiert hatte, werden, ihr die wunderschöne orientalische Architektur Isfahans und Yazds gezeigt zu haben sowie die außergewöhnliche Natur Irans. Ich würde es sogar einrichten können, diese Reise noch vor Abgabe meiner Doktorarbeit zu unternehmen. Zwei Wochen hin oder her würden mein Schicksal nicht verändern.

Elisa setzte sich auf das uns gegenüberlegende Sofa. Sie legte ihre Handtasche auf den Knien ab und fragte: „Was sollen wir unternehmen?"

Sonntag

Doktor Bastiani blickte auf seine Uhr und antwortete ihr: „Ich bin sehr müde. Ich würde mich gerne ein bisschen hinlegen und danach meine heutigen Notizen durchgehen. Warum zeigst du nicht Herrn Raamtin ein bisschen Rom? Wir können uns dann im Hotel wiedertreffen."

Lächelnd stimmte Elisa dem Vorschlag ihres Vaters zu. Doktor Bastiani begleitete uns noch bis vor das Hotel. Als er sich von uns verabschiedete, bat er uns, auf uns aufzupassen. Ich hatte einen Augenblick wie in einer anderen Welt verbracht, nun fielen mir die Ereignisse von letzter Nacht wieder ein.

4

Rom! Was für eine traumhaft tolle Stadt! Hinter jeder Ecke verbarg sich ein Geheimnis, und überall fanden sich Zeichen von Geschichte und Ewigkeit. Da ich Elisas Krankheit und die Vorstellung ihres viel zu frühen Todes nicht aus dem Kopf bekam, nahm ich alles auf eine spirituelle Weise wahr. Ich betrachtete die Ziegel des Kolosseums und sinnierte über Hände, die wie meine gewesen waren und einst diese Ziegel aufeinandergesetzt hatten. Heute, über zweitausend Jahre nachdem diese Hände zu Staub zerfallen waren, standen die Mauern noch. Was für ein ungerechtes Schicksal! Staub und Stein, die weder fühlten noch liebten, die der Sonnenschein nicht lächeln ließ und der Regen nicht erfrischte, sie blieben immer Staub und Stein, immer und immer. Aber die Hände, die sie zu Lehm gemacht und geformt hatten, die Hände, die sie gefühlt, die Hände, die geliebt hatten, die waren gestorben, lange bevor ihre Werke zerfielen. Der Besitz eines Denkmals, das ein Menschenleben oder sogar die gesamte Menschheit überdauerte, schmälerte das Leid des Menschen um keinen Deut und verlieh niemandem ein ewiges Leben. Wenn es nach mir gegangen wäre, hätte ich Elisa die Lebenszeit des Kolosseums verliehen.

Obwohl sie in diesem Moment nur so voller Leben sprühte. Ohne mir gegenüber irgendeine Schwäche zu zeigen, lächelte sie den Leuten, die sie ansahen, den Steinen des Kolosseums und dem Leben zu. Als sie ihren Fotoapparat einem deutschen Touristen gab, damit er ein Foto von uns machen sollte, und sich vertraulich neben mir an eine Säule lehnte, sodass unsere Schultern sich berührten, ergriff mich ein seltsames Gefühl; eine Mischung aus Freude und Schmerz, Glück und Frust, Hoffnung und Verzweiflung. Nein, ich sollte Abstand zu ihr halten. Der Gedanke daran, eines Tages dieses Foto von mir mit einer schönen Frau jemandem zu zeigen und zu wissen, dass es diese Frau nicht mehr gab, versetzte mir einen Stich ins Herz und drückte mir auf die Kehle. Ich war nicht sehr rührselig, aber wenn ich mich in dem Moment nicht gezwungen hätte, an etwas anderes zu denken, hätte ich nicht gewusst, was ich angestellt hätte. Daher merkte ich an: „Doktor Bastiani ist voller Energie."

Elisa nahm ihren Fotoapparat vom deutschen Touristen entgegen, bedankte sich bei diesem und sagte zu mir: „Sie müssen meinen Vater entschuldigen. Ich denke, er hat Ihnen über die Maßen Umstände bereitet."

„Nein! Absolut nicht. Ich bin wirklich froh, jetzt hier zu sein."

„Ich weiß, dass das Verhalten und die Gedankengänge meines Vaters manchmal merkwürdig erscheinen. Aber ich habe die Erfahrung gesammelt, dass das, was er sagt, so irrational und merkwürdig es zunächst auch sein mag, sich am Ende doch meistens als richtig herausstellt."

Das Kolosseum leuchtete in den letzten Lichtstrahlen der warmen, angenehmen Sonne. Wir lösten uns von den Touristenmassen vor dem Amphitheater und gingen in Richtung eines kleinen Parks auf der anderen Straßenseite.

Elisa erzählte: „Wissen Sie, mein Vater glaubt, dass im Mittelalter wertvolles Wissen, das die Leute damals hatten, verloren gegangen sei, da es noch keine brauchbaren Kommunikationswege gab. Er glaubt, dass die Menschen damals Dinge gewusst hätten, von denen wir keine Ahnung haben."

„Ja, bis dahin habe ich die Annahmen Ihres Vaters verstanden." Ich wollte nicht mit Elisa darüber diskutieren, dass ich die Suche nach der Pflanze Parvak für sinnlos hielt.

Elisa versank einen Moment in Gedanken. Dann sah sie mich an: „Wissen Sie, meine Mutter ist an einer schweren Krankheit gestorben, und mein Vater kann noch nicht akzeptieren, dass er nichts dagegen hätte tun können. Manchmal muss man das Schicksal eben so akzeptieren, wie es ist. Denn gegen es anzukämpfen, macht ein Scheitern nur unerträglicher."

Wieder verstummte sie für einen Moment. Schweigend gingen wir nebeneinanderher. Ich befürchtete, dass sie jetzt auch über ihre eigene Krankheit sprechen würde. Denn ich hätte nicht gewusst, wie ich darauf reagieren sollte.

„Der Tod Ihrer Mutter muss auch für Sie sehr schlimm gewesen sein."

Elisa blickte auf das Ende des Weges, den wir entlanggingen: „Die Zeit, in der sie krank war, war sehr schlimm ..." Sie war einen Moment still, dann fuhr sie fort: „Ich war gerade erst neun. Aber allmählich gewöhnte ich mich daran ..."

Eine Taube flog dicht über unseren Köpfen hinweg.

„Für meinen Vater war auch die Zeit nach dem Tod meiner Mutter schwer. Er musste für mich sowohl die Rolle des Vaters als auch die der Mutter übernehmen ..." Sie warf mir einen Blick zu: „Mein Vater hat mir viel Zeit gewidmet. Er konnte meinetwegen beruflich nie so weit kommen, wie er gewollt hätte. Leute, die nach ihm mit ihrer Arbeit begonnen haben, konnten zum großen Teil Lehrstühle ergattern oder andere noch wichtigere Positionen. Aber er hat sein Leben mir gewidmet." Elisa schwieg einen Moment. Dann lächelte sie und wechselte das Thema unseres Gesprächs: „Wann waren Sie das letzte Mal in Iran?"

Sonntag

Ich war ebenfalls froh darüber, dass wir von diesem traurigen Thema abkamen, und erwiderte: „Ungefähr vor einem Jahr. Ich bin zum iranischen Neujahr hingefahren, das zum Frühlingsanfang gefeiert wird."

„Zu Ihren Eltern?"

„Zu meiner Mutter und meiner Schwester. Mein Vater ist vor sechs Jahren gestorben."

„Das tut mir leid."

„Meine Mutter wohnt alleine. Meine Schwester, das älteste Kind der Familie, hat bereits vor Jahren geheiratet. Sie wohnt mit ihrem Mann und ihren Kindern in der Nähe meiner Mutter. Ich habe auch noch einen Bruder, der in Köln lebt."

Dann gingen wir lange auf den Straßen und in den Parks Roms spazieren. Rom war sehr schön und viel grüner, als ich es mir vorgestellt hatte. Im lieblichen Sonnenuntergang erinnerte es mich an das Teheran von früher, als die Luft dort noch nicht von Qualm, Politik und Fundamentalismus verpestet gewesen war. Elisa wirkte so fröhlich und gut aufgelegt, dass auch ich ihre Krankheit vergaß, mich glücklich fühlte und meinen Aufenthalt in Rom genoss.

In ihrer besonderen ruhigen Art erzählte sie alles Mögliche; von der Baugeschichte und Architektur Roms, von ihren Kindheitserinnerungen aus Rom mit ihren Cousinen, von den Eigenheiten der Italiener, von ihren eigenen Erfahrungen in England und den Unterschieden zwischen Italienern und Engländern sowie vieles Weitere mehr. Ich erzählte auch meinerseits viel: von den schwierigen Lebensumständen in Iran, der Auswanderung und von meinem Leben in Deutschland. Unser Gespräch lief so einfach und leicht, dass ich schnell spürte, dass wir zu einer tiefen Vertrautheit zwischen uns gefunden hatten.

Auf Elisas Vorschlag hin gingen wir, bevor wir ins Hotel zurückkehrten, zum Abendessen in ein kleines Restaurant, das sich an der Ecke eines kleinen Ladens befand und etwa zwanzig bis dreißig Gästen Platz bot. Auf der Straße vor dem Restaurant parkten einige Mofas. Als wir hineingehen wollten, kam eine Person, von der wir später mitbekamen, dass es der einzige Kellner des Restaurants war, heraus, um die Markise des Restaurants einzuholen. Die Tische im Restaurant füllten den ganzen Raum aus. Bis auf zwei waren sie alle besetzt. Es war schwierig, zwischen den Tischen hindurchzukommen.

Wir setzten unser Gespräch fort, während wir auf zwei verschiedene Spaghetti-Gerichte warteten, die wir bestellt hatten. Dabei unterhielten wir uns wieder über meine Migration nach Deutschland und danach über Elisas Zeit in London.

Ich wollte von ihr wissen: „Hattest du denn nie Lust, in England zu bleiben?"

Elisa antwortete: „Doch, aber eines Nachmittags ..."

Sie versank in Gedanken, und ihr Gesicht nahm einen traurigen Zug an. Ich nahm einen Schluck von meinem Getränk und wartete. Nach einigen Augenblicken fuhr sie fort: „Dieser Nachmittag war der schönste und der schlimmste Nachmittag meines Lebens ..."

Zuvor hatte ich bereits einmal das Gefühl gehabt, dass London Elisa schlecht in Erinnerung geblieben sei.

Sie fuhr fort: „Ich hatte meinen Vater schon eine Weile nicht gesehen. Es war abgemacht, dass ich abends nach Florenz fliegen und eine Woche bei ihm bleiben würde. Zu der Zeit war ich bereits seit zwei Jahren mit Riccardo zusammen. Seit einigen Monaten lebten wir zusammen. Riccardo ist Italiener, aber als er noch ein Kind war, zog seine Familie nach Cambridge. Er arbeitete in London in einer Anwaltskanzlei. Seit wir zusammenwohnten, benahm er sich seltsam, und ich hatte ein komisches Gefühl. Auch an diesem Tag war ich etwas traurig. Riccardo bemerkte, dass ich bedrückt war ..." Elisa zögerte und fügte dann schnell hinzu: „Es fällt mir immer sehr schwer, meinen Kummer zu verbergen ..." Dann fuhr sie in ihrer Erzählung fort: „Riccardo sagte mir, er könne mich abends nicht begleiten, lud mich jedoch stattdessen zum Mittagessen ein – in ein schickes, luxuriöses Restaurant ..."

Sonntag

Der Kellner brachte unser Essen. Elisa wartete einen Moment, bis er unser Essen serviert hatte, und setzte dann fort: „Riccardo machte mir im Restaurant unerwartet einen Heiratsantrag ..." Es fiel ihr schwer, die Geschichte zu erzählen; gleichwohl wollte sie selbst darüber sprechen.

„Ich freute mich dermaßen über diesen unerwarteten Antrag, dass ich all meinen Kummer vergas. Nie war ich so glücklich gewesen wie in diesem Moment. Das Glücksgefühl hielt den ganzen Nachmittag bis nach dem Abschied von Riccardo an, wurde immer tiefer und heftiger. Ich war so froh, dass ich abends am Flughafen kurz vor Abflug mein Vorhaben änderte. Denn ich dachte, Riccardo und ich sollten an solch einem Abend, dem wichtigsten in unserem gemeinsamen Leben, zusammen sein und feiern. Also schrieb ich mein Ticket auf den nächsten Tag um und nahm ein Taxi nach Hause ..."

Sie spielte lange mit der Gabel in ihrer Hand. Ein paar Mal hub sie an, etwas zu sagen, verstummte dann aber wieder. Sie trank ein paar Schlucke Wasser und überwand sich schließlich: „Riccardo war zu Hause ... mit einer der Sekretärinnen von seiner Arbeit! ... In einer Pose, die keinen Platz für Missverständnisse ließ."

Elisa trank noch etwas Wasser. Ich wollte sie gerne ein wenig trösten, es fiel mir jedoch schwer, über ihr Privatleben zu urteilen: „Das tut mir sehr leid! Das war eine schreckliche Erfahrung." Vielleicht wäre es besser gewesen, wenn ich gesagt hätte, dass ein Mann, der so mit ihr umsprang, ein völliger Idiot sein musste.

Elisa zog die Augenbrauen zusammen: „Später fand ich heraus, dass die beiden schon seit einer Weile eine Affäre hatten. Sie war jedoch verheiratet und nicht bereit, ihren Mann zu verlassen."

Sie starrte ihr Wasserglas an und drehte es auf dem Tisch um seine eigene Achse.

„So etwas ist unvorstellbar, unglaublich ..." Vielleicht wäre es besser gewesen, wenn ich gesagt hätte, dass Riccardo geisteskrank gewesen sein musste. „Meiner Meinung nach wird es besser, je schneller man solch schlechte Erfahrungen vergisst."

Elisa nahm ihre Gabel, drehte einige Spaghetti auf, ließ die Gabel dann jedoch auf ihrem Teller liegen und antwortete: „Ich weiß. Das Leben ist zu kurz, um es damit zu verbringen, vergangene Fehler zu bedauern und andere Menschen zu hassen ..." Sie nahm ihre Gabel wieder auf. „Aber den Hass kriegt man nicht aus dem Herzen. Nicht, bevor einem etwas anderes das Herz so füllt, dass kein Platz mehr für Hass ist."

Ich verstand sehr gut, was sie meinte, und sagte: „Die Zeit heilt alle Wunden." Aber sofort wurde mir bewusst, wie unangebracht diese Worte waren, und ich fuhr fort: „Vielleicht erfüllt schon morgen etwas Schönes dein Herz."

Das war auch nicht viel besser. Aber Elisa bemühte sich darum zu lächeln: „Entschuldige, dass ich dir das erzählt habe. Ich wollte dich nicht belasten."

Wir fingen schließlich beide appetitlos an zu essen und versuchten, über andere Dinge zu reden. Elisas Schicksal war noch trauriger, als ich gedacht hatte.

5

Bevor wir ins Hotel zurückkehrten, kauften wir in einem Geschäft ein paar Kleidungsstücke für mich. Zurück im Hotel, fühlte ich mich, nachdem ich geduscht und mir frische Kleidung angezogen hatte, etwas besser. Obwohl ich an diesem Tag von Elisas Krankheit erfahren hatte, hatte mein nachmittäglicher Spaziergang mit ihr den Tag für mich zu einem schönen und zweifellos unvergesslichen Tag gemacht. Es schien, als sei es auch für Elisa ein schöner Tag gewesen.

Ich setzte mich in einen der Sessel in meinem Zimmer und wollte den Fernseher einschalten, als jemand an die Tür klopfte. Es war Doktor Bastiani. Er kam herein und nahm in dem anderen Sessel Platz. Wie sich herausstellte, war er gekommen, um von mir eine Antwort auf seinen Vorschlag zu hören.

„Wie haben Sie sich entschieden? Kommen Sie mit uns nach Iran ...?" Im Tonfall des Gewinners teilte er mir mit: „Ich habe Elisa gesagt, dass ich zum Abschluss meiner Forschung nach Iran reisen muss. Sie hat große Lust mitzukommen ..." Dann wurde sein Ton ernster und entschiedener: „Wir fahren auf jeden Fall nach Iran. Ich denke, unser Vorhaben würde sehr viel leichter, wenn Sie mit uns kämen."

Ich hatte mich bereits entschieden und äußerte meine Zustimmung. Doktor Bastiani freute sich sehr über meine positive Antwort: „Ich wusste, dass Sie zustimmen würden. Ich danke Ihnen sehr. Vielleicht wird sich eines Tages herausstellen, welchen großen Wert die Reise und die Wiederentdeckung der Parvak für die Wissenschaft haben wird."

Es fiel mir schwer zu akzeptieren, dass jemand wie Doktor Bastiani derlei Gedanken hegte. Die Leidenschaft, wenn er von der Parvak sprach, ähnelte eher einer kindlichen Fantasie als dem aus Hoffnungslosigkeit geborenen Versuch, eine Heilung für seine kranke Tochter zu entdecken. Aber ich muss gestehen, dass ich ihn auch um seine aufrichtige Begeisterung beneidete. Es war sicherlich aufregend und reizvoll, in vergessenen Sphären der Geschichte auf unbekannten, verschlungenen Pfaden in einem weit entfernten Land einem Traum hinterherzujagen. So etwas war ein beliebter Zeitvertreib von Intellektuellen und wahren Wissenschaftlern. Wenn es diese außergewöhnliche Begeisterungsfähigkeit und Neugier nicht gäbe, hätte es viele große Entdeckungen und Erfindungen sicherlich nicht gegeben. Jedoch musste man sich auf Tatsachen stützen, um auf diesen verschlungenen Pfaden nicht verloren zu gehen: „Sie wissen aber, dass Ihre Kenntnisse nicht ausreichen, um die Parvak zu finden."

Es schien, als habe Doktor Bastiani zum Abendessen etwas Wein getrunken. Er war gut aufgelegt und erwiderte zuversichtlich: „Wir haben nicht viele Hinweise in der Hand. Aber vielleicht gewinnen wir aus dem Brief des zweiten Manuskripts noch weitere Erkenntnisse. Ich bin mir sicher, dass die persischen Zitate von Maamatiri stammen. Wenn es uns gelingt, den Ort zu finden, an dem er lebt ..."

Ich wies ihn auf seinen Versprecher hin: „Sie meinen, wo er leb*te* ..."

Doktor Bastiani dachte einen Augenblick nach: „Der Verfasser des Manuskripts schreibt ..." Er beließ seinen Satz

Sonntag

jedoch unvollendet und ergänzte stattdessen: „Ich bin mir sicher, dass die Parvak dort wächst, wo Maamatiri lebte ..."
„Aber wir wissen nicht, wo das war. Vielleicht wäre es einfacher, nach Rokaatek zu suchen." Als ich das sagte, wunderte ich mich über mich selbst, dass ich auf eine Weise sprach, als würde ich tatsächlich eine wissenschaftliche Diskussion führen.

Doktor Bastiani versank ein bisschen mehr in seinem Sessel. Nach einer kurzen Stille fuhr er fort: „Die Manuskripte sind im Büro meiner Schwester. Im Büro in ihrer Firma, einem Designunternehmen ... Es befindet sich in einem Gebäude, in dem sich noch andere wichtige Firmen eingemietet haben und das gut bewacht ist. Trotzdem denke ich angesichts der letzten Vorfälle, dass es dort auch nicht sicher genug ist. Ich werde die Manuskripte lieber in einen Tresor einer Bank einschließen lassen. Morgen hole ich sie. Bevor ich die Manuskripte zur Bank bringe, können Sie sie sich ansehen."

Nachdem ich meine Zustimmung, mit nach Iran zu kommen, ausgedrückt hatte, zeigte Doktor Bastiani mehr Vertrauen mir gegenüber. Ich hatte große Lust darauf, die Originalmanuskripte zu begutachten. Insgesamt hatte ich jedoch kein gutes Gefühl. Meiner Meinung nach hing Doktor Bastiani zu stark Illusionen nach. Ich musste die Illusionen ignorieren und meine eigene, besondere Rolle auf der Suche nach der Parvak spielen. Falls es diese Pflanze wirklich geben sollte, unabhängig von ihren Besonderheiten, gab es die Möglichkeit, sie zu finden. Diese Chance war jedoch sehr gering.

Wie dem auch war, hatte ich der Reise bereits zugestimmt. Die Reise war eine gute Möglichkeit für Elisa, neue Orte zu sehen. Unabhängig vom Ziel und Erfolg unseres Vorhabens bot dieses Vorhaben die Chance, viel Neues zu entdecken und neue Menschen zu treffen, wovon man viel lernen konnte. Bisher hatte ich leider noch nie Gelegenheit dazu gehabt, eine solche Reise zu unternehmen.

Als Doktor Bastiani das Zimmer verließ, merkte er an: „Morgen haben wir viel zu tun. Elisa und ich müssen zur iranischen Botschaft, um unsere Visa zu beantragen."

Ich hatte noch nicht ernsthaft darüber nachgedacht gehabt. Bei der Islamischen Republik Visa zu beantragen, war ein nicht immer erfolgreiches Unterfangen. Allerdings würden sie bei einem Vater mit seiner Tochter, der einen Doktortitel hatte und für wissenschaftliche Zwecke reisen wollte, vielleicht weniger streng sein. Ich äußerte: „Wissen Sie, dass es sein könnte, dass die iranische Botschaft Ihnen keine Visa ausstellt?"

Doktor Bastiani gestikulierte mit der ihm eigenen Zuversicht wild in der Luft: „Lassen Sie das meine Sorge sein." Dann lächelte er und sagte: „Elisa freut sich sehr, dass Sie mit uns nach Iran kommen."

Ich wusste nicht, wie ich dieses Lächeln und seine Worte deuten sollte. Wollte er sagen, dass er sich bereits zuvor meiner Zustimmung sicher gewesen sei, oder hatte Elisa etwas über mich zu ihm gesagt?

Als Doktor Bastiani gegangen und ich alleine im Zimmer war, ging ich in Gedanken den schönen Abend mit Elisa durch. Mir fiel auf, dass ich in ihrer Gegenwart gar nicht mehr an die Diebe vom Vortag gedacht hatte oder daran, dass diese vielleicht noch hinter uns beziehungsweise den Manuskripten her sein könnten. Ich stand auf und ging zur Tür. Dann öffnete ich sie und warf einen Blick auf den Flur. Dort war niemand. Ich machte die Tür wieder zu, schloss ab und legte auch die Kette vor. Mir erschien es unmöglich, dass jemand die Tür von außen öffnen könnte. Ich kehrte ins Zimmer zurück und sah aus dem Fenster nach draußen. Mein Zimmer befand sich im dritten Stock, die Entfernung zur Straße davor erschien jedoch noch viel größer – vielleicht, da das Erdgeschoss sehr hohe Decken besaß. In der Sackgasse war so gut wie nichts los. Einige Ecken des Gehwegs lagen unter dem Schatten massiver Bäume völlig im Dunkeln.

Sonntag

Ich legte mich hin. Es gab keinen Grund zur Sorge. Die Diebe von Florenz hatten mit großer Wahrscheinlichkeit unsere Spur verloren. In Rom drohte uns keine Gefahr. Ich versank wieder in Gedanken an die schönen Momente des Tages.

Montag

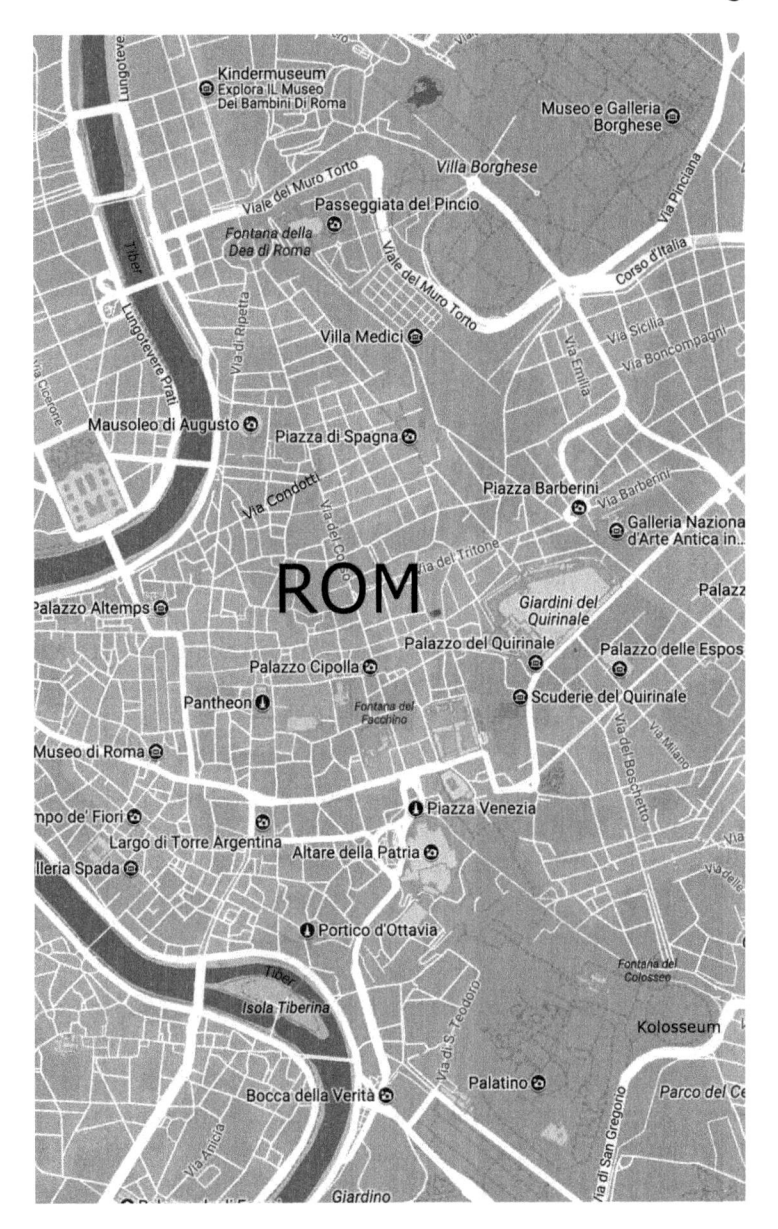

1

Es war schon nach acht Uhr, als ich aufwachte. Ich stand auf, ging zum Fenster und sah eine Weile nach draußen. In der Straße unter dem Fenster war es immer noch ruhig, aber etwas weiter ließ sich eine belebte Straßenecke ausmachen. Es war sonnig, und das Wetter glich eher einem Sommer- als einem Frühlingstag. Ich fühlte mich sehr wohl in meiner Haut. Ohne Eile rasierte ich mich und duschte. Dann zog ich mein letztes sauberes Hemd an und dachte, dass ich mir jetzt, da ich einmal in Rom war, ein paar gute Hemden kaufen sollte. Bevor Doktor Bastiani die Manuskripte brächte oder nachdem ich den Brief an Mamaatiri gelesen hätte, wollte ich mit Elisa noch den Vatikan besichtigen. Ich hatte mich eben angezogen, als das Telefon in meinem Zimmer klingelte. Es war Elisa, die sagte, ich solle ihr Bescheid geben, wenn ich zum Frühstücken hinunterginge.

Ich antwortete ihr: „Ich wollte eben hinuntergehen."

Sie bat mich, einen Moment zu warten, bis sie ebenfalls mitkäme.

Als ich aus dem Zimmer trat, betrachtete ich mich noch einmal im großen Spiegel neben der Tür. Ich sah italienischen Männern nicht unähnlich. Meine Art, mich zu kleiden, war nicht so modern wie die der Italiener. Aber das ließ sich heute ändern. In den Sachen, die ich trug, konnte vielleicht auch so schon niemand ahnen, dass ich kein Italiener war. Ich ging aus dem Zimmer und lief ein wenig auf dem Flur auf und ab, bis Elisa aus ihrem Zimmer kam. Sie trug eine hellblaue Jeans und eine weiße ärmellose Bluse. In der Hand hielt sie eine dünne, dunkellila Lederjacke.

„Kommt dein Vater auch?"

„Er ist heute Morgen schon früh aufgebrochen, um etwas zu erledigen. Er hat gesagt, wir sollen im Frühstücksraum des Hotels auf ihn warten."

Wir gingen zum Aufzug. Als wir davorstanden, teilte ich ihr mit: „Ich würde heute bei Gelegenheit gerne ein paar Hemden kaufen."

Wir stiegen in den Fahrstuhl. Ein älteres Ehepaar stand bereits darin. Kurz bevor sich die Türen schlossen, schlüpfte ein junger Mann schnell zu uns herein. Er trug eine braune Cordhose, ein weißes Poloshirt und einen dunkelbraunen Dreitagebart. Mir kam sein Gesicht bekannt vor. Er sah ein bisschen wie ein Iraner aus. Elisa machte ihm Platz und sagte zu mir: „Wir können nach dem Frühstück einkaufen gehen. Ich kenne ein paar gute Geschäfte." Dann fügte sie mit einem Lächeln hinzu: „Ich freue mich sehr, dass wir nach Iran fahren wollen."

Um in den Frühstücksraum zu gelangen, musste man an der Rezeption vorbei. Als wir davor angekommen waren, sagte eine der Frauen, die dort arbeiteten, als sie uns sah, etwas in den Telefonhörer, den sie ans Ohr hielt, und winkte Elisa: „Signora Bastiani, Signora Bastiani!"

Wir gingen zu ihr hin. Sie sagte etwas und drückte Elisa den Telefonhörer in die Hand. Elisa sprach eine Weile hinein, bedankte sich dann und gab ihn zurück. Mir teilte sie mit: „Das war meine Tante. Sie sagte, mein Vater sei auf dem Weg zum Hotel und solle sie anrufen, wenn er da sei."

Als wir uns ein Stück von der Rezeption entfernt hatten, blickte Elisa sich um und fügte etwas leiser hinzu: „Es scheint, als habe die florentinische Polizei bei ihr angerufen und nach uns gefragt. Sie hat ihnen unseren Aufenthaltsort mitgeteilt, wollte uns aber auch auf dem Laufenden halten."

„Das war bestimmt Kommissar Lorenzo, der sich darüber beschweren wollte, dass wir Rom verlassen haben." Ich dachte bei mir, dass diese Reise mir letztlich Probleme bereiten würde.

Wir begaben uns in den Frühstücksraum.

Elisa erwiderte unbeschwert: „Das glaube ich nicht. Kommissar Lorenzo wollte, dass wir erreichbar sind ..." Sie zuckte mit den Schultern: „... was wir sind. Er kann uns hier anrufen." Sie lachte. Elisa wirkte heute viel erleichterter und gelöster. Sie hatte auch nicht unrecht: Wir waren die Opfer und nicht die Schuldigen. Dann wählten wir einen Tisch für drei Personen an der Wand, setzten uns und warteten darauf, dass man uns Kaffee brächte.

Elisa wiederholte noch einmal: „Ich freue mich sehr, dass wir vorhaben, nach Iran zu fahren. Meine Reisen außerhalb Italiens gingen bisher immer nur nach Westen oder Norden."

„Iran ist ein schönes Land. Doch leider macht es das herrschende Regime den Iranern unmöglich, es dort auszuhalten. Und den Ausländern erst ..."

Ich wusste nicht, ob es ihr bekannt war oder nicht. Es war aber nötig, sie darauf hinzuweisen: „Weißt du, dass Frauen in Iran Kopftuch und lange Kleidung tragen müssen?"

„Sogar ausländische Frauen?"

Beschämt antwortete ich: „Ja, auch ausländische Frauen."

„In der Uni kannte ich einige muslimische Mädchen und habe gesehen, wie sie sich anziehen. Ich denke, das kann ich eine Weile lang aushalten."

Der Kellner kam, um die Bestellung unserer Getränke aufzunehmen. Elisa bestellte einen Kaffee und einen Cappuccino. Ich bestellte einen schwarzen Tee und freute mich sehr, dass es diesen im Hotel gab. Als der Kellner gegangen war, gingen wir zum Frühstücksbüfett und kehrten beide mit zwei beladenen Tellern an den Tisch zurück. Kaffee und Tee waren bereits serviert worden.

Als wir uns hinsetzten, berichtete Elisa: „Mein Vater ist sehr zuversichtlich, was die Reise nach Iran angeht. Er denkt, dass er mit deiner Hilfe und den Kontakten, die du in Iran hast, zu einem sehr guten Ergebnis in seiner Forschung kommen kann."

„Ich hoffe, dass es wirklich so sein wird." Ich wusste nicht, ob es besser wäre, die Parvak nicht zu finden, als sie zu finden, zu untersuchen und dann festzustellen, dass sie nur eine nutzlose Pflanze war.

Elisa versank einen Moment in Gedanken. Dann sagte sie: „Ich bin dir sehr dankbar. Du hast wichtige eigene Angelegenheiten in München hinter dir gelassen, Freunde, die dort auf dich warten, und hilfst uns hier in einer Situation, die eventuell sogar gefährlich sein könnte."

Ich spürte keinerlei Gefahr und wollte in diesem Moment an keinem andern Ort als Rom sein: „Meine Arbeit wird mir nicht davonlaufen und wohl auf mich warten ... sie vermisst mich nicht. Es gibt auch niemanden, der in München auf mich wartet."

Elisa lächelte mich an und wollte wissen: „Und in Iran?"

„Ich glaube, in Iran haben sie mich schon seit einer Weile alle vergessen. Wenn ich nach Iran fahre, freuen sich einige, mich zu sehen. Aber es wartet auch niemand darauf, dass ich zurückkomme."

Nachdem ich diese Sätze gesagt hatte, überlegte ich, ob Elisa vielleicht wissen wollte, ob irgendwo eine Frau auf mich wartete. Auf diesen Fall traf meine Antwort ebenfalls zu. Seit meiner ersten und letzten Liebe Mahsaa hatte keine Frau mehr auf mich gewartet. Die Erinnerung an Mahsaa betrübte mich etwas. Auch jetzt, Jahre später, war die Erinnerung an sie für mich noch schmerzlich.

„Habe ich etwas Falsches gefragt?"

„Wie bitte?"
„Du bist auf einmal so traurig geworden."
„Nein, es ist nichts ..."
Ich versuchte, das Thema zu wechseln: „Ich würde sehr gerne den Vatikan besuchen ..." Dann setzte sich unser Gespräch über die Sehenswürdigkeiten Roms fort.

Ich trank gerade meinen zweiten Tee, als Doktor Bastiani mit seinem Geißlein den Frühstückraum des Hotels betrat. Er lächelte, als er uns sah, und setzte sich zu uns. Das Geißlein legte er auf seine Knie und holte ohne Umschweife einen Ordner daraus hervor, den er mir entgegenstreckte: „Dies sind die Kopien der persischen Textstellen des zweiten Manuskripts."

Ich nahm den Ordner entgegen. Er hob das Geißlein etwas von seinen Knien an und teilte uns mit: „Die Manuskripte sind ebenfalls hier. Wenn Sie sie sehen wollen, lassen Sie uns auf mein Zimmer gehen."

Er wartete darauf, dass ich meinen Tee austrank, und schwieg einen Augenblick. Dann sah er sich um, deutete auf den Ordner und fragte: „Meinen Sie, Sie können die Seiten bis Mittag fertig übersetzen?"

Als Elisa das hörte, sagte sie protestierend zu ihrem Vater: „Behrouz wollte mit mir ein paar Hemden kaufen gehen."

Doktor Bastiani versuchte scherzend, Elisas Ernsthaftigkeit etwas zu entkräften: „Geht doch am Nachmittag einkaufen. Herr Raamtin will sich bis zum Nachmittag bestimmt nicht umziehen." Er sah mich an.

Elisa sprach mit ihm ein paar Worte Italienisch. Ich vermutete, sie untersagte ihm, mich so unter Druck zu setzen. Doktor Bastiani, der den Schalk in seinen Augen nicht ablegte, entgegnete: „Aber ich habe doch für heute Vormittag einen Termin für uns bei der iranischen Botschaft wegen der Beantragung der Visa vereinbart."

Sie runzelte die Stirn und starrte ihn an.

Doktor Bastiani bemerkte ihr Stirnrunzeln und fuhr fort: „Ich wollte für morgen einen Termin. Da hieß es, dass morgen aufgrund einer politischen Konferenz die Botschaft für Besucher geschlossen sei."

Seine Tochter sah ihn weiterhin verdrossen an.

Doktor Bastiani zeichnete einen kleinen Kreis in die Luft: „Sie sagten, dass die Visumsangelegenheiten nicht länger als eine Stunde dauern würden."

Elisa warf mir einen verzweifelten Blick zu und fragte: „Behrouz, bist du traurig, wenn wir erst am Nachmittag einkaufen gehen?"

Ich trank meinen letzten Schluck Tee und antwortete: „Nein, das ist kein Problem. Ob ein paar Stunden früher oder später, ist unwichtig. Falls ich früher mit meiner Arbeit fertig sein sollte, gehe ich eben alleine einkaufen."

Doktor Bastiani freute sich sehr über meine Antwort und wechselte, um die Diskussion zu beenden, das Thema: „Haben Sie Stift und Papier?" Bevor ich eine Antwort geben konnte, zog er einen Stapel Blätter, zwei Kugelschreiber und einen neuen Hemingway aus seiner Tasche und gab sie mir: „Um das gestohlene Notizheft zu ersetzen."

Der Hemingway lag gut in der Hand. Wir verließen den Frühstücksraum und begaben uns in Richtung des Aufzugs. Elisa sagte mir, wenn ich einkaufen wolle, solle ich in die Via Condotti gehen. Als wir an der Rezeption vorbeigingen, erzählte Elisa ihrem Vater von dem Anruf ihrer Tante und der versuchten Kontaktaufnahme Kommissar Lorenzos. Ich hatte den Namen „Lorenzo" in ihrem Gespräch erkannt.

Als wir in den Fahrstuhl stiegen, schlug Doktor Bastiani vor: „Wenn wir von der Botschaft zurück sind, rufen wir Lorenzo an."

Es war klar, dass er dies nur äußerte, um mich zu beruhigen. Sonst wäre es nicht nötig gewesen, Englisch zu sprechen. Als wir oben angekommen waren, ging Elisa in ihr Zimmer, um sich fertig zu machen und ihre Tasche zu holen. Doktor

Montag

Bastiani und ich begaben uns in sein Zimmer, um uns die Manuskripte anzusehen.

Sein Zimmer war wie meines eingerichtet: Zwei Sessel mit einem kleinen Tischchen dazwischen, ein großes Bett und ein Schreibtisch in einer Ecke des Zimmers, auf dem ein Fernseher, eine Schale mit Obst und einige Wassergläser standen. Doktor Bastiani schloss die Tür hinter uns ab und legte den Riegel vor. Er bot mir an, mich zu setzen. Ich nahm in einem der Sessel Platz und legte den Ordner, den ich in der Hand hielt, auf dem Tischchen ab. Doktor Bastiani ging zum Fenster und blickte nach draußen, um sicherzustellen, dass man nicht von draußen hereinsehen konnte. Dann setzte er sich mir gegenüber in den anderen Sessel. Er legte das Geißlein auf seine Knie und holte ein großes, rot glänzendes Etui aus hartem Leder daraus hervor. Dann schloss er die Tasche und legte das Etui darauf ab. Anschließend zog er zwei handgeschriebene Bücher heraus und legte sie auf den Tisch. Das Etui war wie eine kleine Tasche, die extra für die beiden Bücher gemacht worden war.

Ich nahm die Manuskripte zur Hand. Ein altbekanntes Gefühl machte sich in mir breit: das Gefühl, mit der Vergangenheit in Verbindung zu stehen, den entferntesten Momenten der Geschichte nahe zu sein; das Gefühl, selbst in einer Zeit zu leben, die mit keiner bestimmten Epoche im Zusammenhang stand; das Gefühl zu beobachten, wie die Jahrhunderte vorbeizogen. Dieses Gefühl hatte ich bereits seit einer Weile vermisst. Am Vortag war ich ihm nahe gekommen, als ich die Steine des Kolosseums berührt hatte. Aber ich hatte das Gefühl nicht zu greifen bekommen. Ich legte die Manuskripte sorgsam nebeneinander auf den Tisch. Wie ich bereits anhand der Kopien bemerkt hatte, hatten sie zwei unterschiedliche Formate. Aber die Einbände waren aus demselben roten Leder. Ich nahm eines der Manuskripte hoch und roch daran. Was für ein bekannter, angenehmer Geruch! „Die Einbände sind auf eine besondere Art aus Schafshaut hergestellt und haben einen angenehmen Geruch", bemerkte ich.

Doktor Bastiani sah mich verwundert an. Er nahm das andere Manuskript hoch, roch ebenfalls daran und legte es wieder auf den Tisch. Eines der Manuskripte war im Oktav-, das kleinere im Quart-Format, was ungefähr der Größe heutiger Bücher entsprach. Ich schlug die Manuskripte auf und bemerkte: „Sie sind beide auf Papier aus Samarkand geschrieben. Dieses Papier war damals in ganz Iran verbreitet und galt als das beste Papier der Welt."

Doktor Bastiani erkundigte sich: „Soweit ich das verstanden habe, ist dieses Papier wertvoller als jenes, das zu dieser Zeit in Europa verwendet wurde. Ich meine ..."

„Die Bindung der beiden Bücher ist ebenfalls gleich. Ich kann mit Sicherheit sagen, dass diese Bücher in Iran gebunden wurden."

Er schluckte schwer: „Wollen Sie sagen, dass diese Bücher aus Persien ... Heißt das, die Verfasser der Bücher waren Perser ... beziehungsweise sie befanden sich in ...?"

„Wie ich bereits vorher sagte: Da in der ersten Handschrift die persische Schrift sehr schlecht geschrieben wurde und sich in der zweiten Handschrift sprachliche Fehler finden, bezweifle ich, dass es sich bei den Verfassern um Iraner handelte."

„Also hielten sich der oder die Verfasser in Persien auf. Denn zu dieser Zeit wurde in Italien bereits eigenes Papier produziert und Papier nicht mehr von woandersher importiert."

Ich blätterte die Manuskripte durch und urteilte: „Es ist offensichtlich, dass die beiden Manuskripte von unterschiedlichen Schreibern stammen." Ein genauer Blick auf die Schrift der beiden Manuskripte genügte, um zu dieser Erkenntnis zu gelangen.

Doktor Bastiani vermutete: „Also hat eine Person den Geheimcode entwickelt und eine andere Person diesen benutzt, um ein Buch zu verschlüsseln?"

„Vielleicht ..."

Montag

Ich blätterte das dickere Manuskript durch. Ich hatte Kopien aller seiner Seiten gesehen. Das zweite Manuskript, die Decodierungsschrift, umfasste weniger Seiten. Auf jeder dieser Seiten befanden sich zwei, drei oder vier Tabellen. In den Spalten der Tabellen standen Buchstaben in der Geheimschrift, im lateinischen Alphabet und Ziffern.

Doktor Bastiani beobachtete mich. Es schien, als ob meine Freude und Begeisterung ihn ebenfalls angesteckt hätte, und so berichtete er: „Für jede Seite des Originalmanuskripts gibt es eine eigene Tabelle zur Verschlüsselung der Buchstaben. Ich habe ganze Nächte mit diesem Buch dagesessen, bis ich es vollständig entschlüsseln konnte."

Die Tabellen verstand ich nicht. Ich blätterte zum Ende des Buchs und fand den Brief, der an Chajee Nassir geschrieben worden war. Als Doktor Bastiani sah, dass ich zum Ende des Buches gelangt war, steckte er das erste wieder in das rote Lederetui und erklärte: „Eine Kopie des Briefes befindet sich in dem Ordner, den ich Ihnen gegeben habe."

Er wartete darauf, dass ich ihm das andere Manuskript, die Decodierungsschrift, ebenfalls gab. Ich klappte das Buch zu, warf noch einen letzten Blick darauf und gab es ihm zurück. Doktor Bastiani steckte auch dieses Manuskript mit großer Vorsicht und Präzession in das Etui und verstaute es dann in seiner Tasche. Er erklärte: „Nach dem Termin bei der Botschaft bringe ich die Manuskripte auf die Bank. Dort sind sie sicher." Sodann erhob er sich.

2

Wir verließen Doktor Bastianis Zimmer. Elisa und er brachen vom Hotel aus in Richtung Botschaft auf. Ich begab mich in mein Zimmer, schloss die Tür ab und legte, wie Doktor Bastiani es auch getan hatte, die Kette vor. Dann ging ich zum Fenster und warf einen Blick nach draußen. Unter meinem Fenster standen einige Taxis. Die Sonne war etwas höher gestiegen und hatte die Luft draußen erwärmt. Ich zog die Vorhänge beiseite, damit ich mehr Licht im Zimmer hätte, nahm Vase, Aschenbecher, Wassergläser und einige Infobroschüren des Hotels vom großen Tisch und legte sie auf das Fernsehtischchen. Papier, Stifte und den Ordner, den Doktor Bastiani mir gegeben hatte, legte ich stattdessen darauf.

Ich hatte mich noch nicht hingesetzt, als das Telefon klingelte. Es war die Rezeption, die mir einen Anruf ankündigte. Ich dachte, es müssten Elisa oder Doktor Bastiani sein, da sonst niemand wusste, dass ich mich in diesem Hotel befand. Aber ich irrte mich. Den tiefen Bass des Kommissars Lorenzo erkannte ich sofort. Mit seinem Englisch war es nicht weit her. Dennoch versuchte er sich mir mit den paar Brocken, die er konnte, verständlich zu machen. Er wollte Doktor Bastiani sprechen, und ich teilte ihm mit, dass dieser nicht da sei. Dann erklärte er mir mühsam, dass wir Florenz nicht hätten

Montag

verlassen sollen. Das sei gefährlich gewesen, und wir müssten sehr vorsichtig sein, da die Diebe Doktor Bastianis Haus beobachtet hätten. Kommissar Lorenzo meinte, dass er selbst oder einer seiner Mitarbeiter oder sie beide nach Rom fahren wollen. Ich versuchte wiederum, ihm begreiflich zu machen, dass es mir leidgetan habe, Florenz verlassen zu haben, dass ich aber dringende Angelegenheiten zu erledigen gehabt hätte. Auch teilte ich ihm mit, dass ich ja erreichbar sei und, wenn nötig, jederzeit nach Florenz zurückkehren würde.

Als ich den Hörer aufgelegt hatte, wusste ich nicht, wie viel Kommissar Lorenzo vom Gesprochenen verstanden hatte. Aber ich sagte mir, dass das nicht so schlimm sei. Die Hälfte meines Lebens habe ich ähnlich verbracht. Ständig hatte ich mit Menschen oder Büchern zu tun, die ich nicht komplett verstand. Ich habe immer nur die Hälfte der Welt begriffen und die Welt nur die Hälfte von mir. Manchmal denke ich, dass ich bisher neben der Welt hergelebt habe; dass ich immer nur an den Ereignissen und Menschen vorbeigegangen bin und mich nie wirklich auf sie eingelassen habe. Aber dies hatte auch sein Gutes für sich gehabt. Ich hatte bisher immer halb in Märchen und Fantasien gelebt, was auf seine Weise schön und noch dazu schmerzfreier als die wirkliche Welt war.

Ich ging wieder ans Fenster und blickte nach draußen. Auf der Straße liefen alle Bewegungen sehr träge ab. Ein erstaunliches Gefühl der Ruhe und Sicherheit breitete sich in mir aus. Ich wunderte mich über mich selbst, dass ich so sorglos war, die Warnungen Kommissar Lorenzos einfach ignorierte und überhaupt keine Befürchtungen hegte.

Dann kehrte ich zum Tisch zurück, öffnete den Ordner und holte die zwei Kopien aus der Decodierungsschrift daraus hervor. Die Qualität der Kopien war ebenso gut wie die der vorigen. Ich begann mit meiner Arbeit. Zuerst las ich noch einmal den Abschnitt, den ich bereits vorher übersetzt hatte:

Montag

Dem ehrwirdigen hochweyßen herren und kunstreychen meyster der schrifft Chaaje Nassir Maamatiri

Vnser williger dienst sey euwer weyßheit bereytt. Meyn Herze betrüebet jamervolle kunde von der ich euwer weyßheit melden muoz. Wann ich kehrte zerücke in meyn heymatlich gevilde ersah ich daz tumoult unde unvride sint kummen all üeber die lant. Des allerheyligsten bapstes Gregorivs heere unde seyne soldenaere haben belageret die starcken festung unde strazen von Fiorenza unde sie haben gewunnen die macht ob ihnen allen. Gottes unde der welten macht unde gewalt stehen ym Gregorivs, bapste des heyligen stuoles, zue seyn gebote unde starcke streyter gehorchent seyn: alle leut forchten seyne macht unde seyn grawesam heere die rouben unde brennen unde morden ohn mitleid. Wann also meyn hochweyßer lehrer Jacopo wolte reisen gen Venezia zu seynes herren diensten (ein paar unleserliche Buchstaben) *streyter von des Bapstes heere haben yn gevangen unde geworfen in ketten. So hat man mir gesaget: ob hexen werkes unde ketzerey man yn hat beschuldiget unde dorten gehenket an eyn galgen als wie eynen ehrlosen tiufelsfreuynt, oweh. Welch bitterlicher tod.*

Mich packte wieder dieselbe Erregung wie zuvor. Ich hatte fast das Gefühl, als habe jemand den Brief an mich geschrieben und teile mit mir versteckte Geheimnisse aus einer weit zurückliegenden Zeit. Jetzt wusste ich durch Doktor Bastiani, dass der Konflikt zwischen Gregor XI. und der Stadt *Firenze*, also Florenz, viele Opfer gefordert hatte. Der Brief war von jemandem geschrieben worden, dessen „Lehrer" eines dieser Opfer gewesen war, das wegen des Verbrechens der Zauberei und Blasphemie getötet worden war. Wegen des Verbrechens der Zauberei und Blasphemie? War er ein Hexer gewesen? Ein der Zauberei beschuldigter Arzt? Jemand, der sich von der Kirche und dem Christentum abgewandt hatte? Wer war sein Schutzherr in Florenz gewesen? Was hatte er mit Iran zu tun gehabt? Warum hatte Chaaje Maamatiri von seinem Tod erfahren sollen? Ich setzte das Lesen des Manuskripts fort. Dies wurde durch dieselben Umstände wie im vorigen Teil erschwert. Die Tinte war an manchen Stellen verwischt. Das, was ich las, notierte ich unverzüglich mit weiteren Kommentaren in meinen Hemingway und übersetzte es auf den weißen Blättern, die mir Doktor Bastiani gegeben hatte:

Wann ich also war ouf der strazen nach Fiorenza als ich gesaget hielt ich rast in eyn dorf bey eyn getreuen man welcher war wohl bekant bey vile burgaere fiorenzi – unde dizer man küendete von Jacopo seym jamerlichen lose: wie die schergen des bapstes dem Jacapo Giuliani seyn hende unde seyn füeze banten unde yn so gebunden zogen in piazza. Unde si nahmen yme seyn gaben, seyne buoche und all seyne sachen, was er mit sich gebracht von Persia: eyn teyle nahmen si füer roube, ein ander teyl brannten si im füewer alldie weyle si forchten daz der gelouben ze gotte kommt davon (unleserlich, vielleicht schaden) *leyden* (unleserlich ...) *Also war seyn rede, unde der getreue man bedrengte mich daz ich moege abstan von meyner fart in die stat alldieweyle ouch ich sunst wyrde bezichtiget derer ketzereye. Also kehret ich halben wegs zerüke nach Neapel allwo ich schreybe disen brieff in myn zuflucht* (einige unleserliche Zeilen)

Schließlich fand ich den Namen, den ich gesucht hatte: Jacopo Guiliani. Er war derjenige, der gehängt worden war; derjenige, der Raritäten und Bücher aus dem Gebiet des heutigen Iran mitgebracht hatte. Warum war er dorthin gereist? Ob er ein Abenteurer wie Marco Polo gewesen war? Oder ein Wissenschaftler, der auf der Suche nach neuen Erkenntnissen den beschwerlichen Weg nach Persien auf sich genommen hatte? Ob Chaaje Nassir einer seiner Schüler gewesen war? Einer seiner Lehrer? Warum sollte einer seiner Schüler, der Briefeschreiber, selbst auch verfolgt worden sein? Ich war in diesem Moment so von der Geschichte gefesselt, dass ich meine Umgebung völlig vergessen hatte. Ich wusste gar nicht mehr, ob ich mich in einem Hotel in Rom befand oder in einem kleinen Zimmer der Teheraner Parlamentsbibliothek.

Montag

Die letzten Zeilen der ersten Seite des Briefes waren so verwischt, dass sie unmöglich zu entziffern waren. Der Inhalt der zweiten Seite lautete folgendermaßen:

Dank hylfe des getreuen freundes und manniges golt unde silber habe ich gedungen eynen man, selbiger bringet diezen brieff unde diez buoch nach Venezia unde gebet beide einem koufman der rechten sinnes ist unde mir ein freuynt von meyner lezten fart – unde derselbe wil in baelde fahren nach Konstantinopel. Unde dorten sol er geben diez buoch dem Benli Moraad zu seynen handen, der ist eyn der getreuen freunt unde willigen diener Euwer Eminenz als ich wohl weyß. Unde selbiger wil üebergeben diez kostebare buoch getreuwelich unt ohn schaden aldieweyl ez mir nicht rechte erscheynet daz all die weyßheit in dem buoche beleybe hier in diezer zeyt vol unruowe. All diez schreybet ich Euch als Euwer diemüetiger diener Cosimo Bentonini ouf daz meyn füersichtiger hochweyser herre unde kunstreyche Meyster Chajee kenne die kunde waz alhier geschiht und waz ist widerfahrn dem ehrwirdigen Jacopo Giuliani. Oweh unde Klage umbe ihn der nicht wolte ein langez leben als wie der weyse Chajee.

Als ich den Brief zu Ende gelesen hatte, wusste ich vor Freude nicht mehr, wo mir der Sinn stand. Ich erhob mich und begann, meine Aufzeichnungen im Notizbuch lesend, im Zimmer umherzugehen. Ich hätte vor Freude lachen können. Mehrmals las ich den Brief Cosimo Bentoninis. Ich hatte viele alte Handschriften gelesen, bei denen man nur schwierig herausfinden konnte, wann und von wem sie geschrieben worden waren. Aber in diesem Brief waren ausnahmsweise viele Hinweise enthalten, die man für historische Nachforschungen nutzen konnte. Zuallererst die Namen der Personen: Jacopo Guiliani, der Lehrer; Cosmio Bentonini, der Schüler, und Chaaje Nassir, jemand aus Persien. Außerdem Benli Moraad, einer seiner Getreuen, der in Konstantinopel gelebt hatte. Auch wann diese Personen gelebt hatten, stand so gut wie fest: zur Zeit des Konflikts zwischen Papst Gregor XI. und der Stadt Florenz. Die Personen konnten jede für sich

Montag

genommen Ausgangspunkt einer geschichtlichen Untersuchung sein; einer Untersuchung darüber, wer sie wirklich gewesen waren und in welcher Beziehung sie zueinander gestanden hatten. Einige Tatsachen waren klar geworden: Der Verfasser des Briefes, Cosimo Bentonini, musste anscheinend die Decodierungsschrift Guiliani überbracht haben, der auch das erste Manuskript besessen hatte. Als Jacopo Guiliani getötet worden war, hatte Cosimo Bentonini nicht gewollt, dass die Decodierungsschrift im chaotischen Italien zurückblieb. Daher hatte er versucht, das Manuskript mit einem Brief über einen venezianischen Händler an Chaaje Nassir Mamaatiri zu schicken. Es war jedoch offensichtlich, dass ihm dies nicht gelungen war. Die Decodierungsschrift war bis nach Venedig gebracht worden, dann aber in Italien verblieben und Generationen später von einer alten Frau aus einer Familie von Seefahrern an Doktor Bastiani verkauft worden. Vielleicht hatte Chaaje Nassir Mamaatiri nie vom Tod Guilianis erfahren.

Ich setzte mich in einen der Sessel. Plötzlich flaute mein Glücks- und Triumphgefühl ab, und ich fragte mich, was ich denn jetzt eigentlich machen sollte. Was hatten diese Personen und Ereignisse denn mit mir zu tun? Was für ein Bedürfnis hatte ich denn danach, zu ihnen zu forschen? Geschichtliche Bücher waren voller Ansammlungen von Biografien und Ereignissen, die allein für ihre Verfasser von Bedeutung waren und selten von jemandem gelesen werden. Und wenn sie dann mal jemand las, dann waren sie ebenso aufregend, wie es auch ein gewöhnlicher Roman war. Ich durfte mich nicht so sehr von der Geschichte in den Bann ziehen lassen, dass ich anfing, wie Doktor Bastiani Illusionen nachzuhängen.

Außerdem: Woher konnte man sich denn sicher sein, dass es sich bei dem Geschriebenen nicht einfach um einen Scherz handelte oder um die Versuche einer Person, eine fiktive Geschichte zu verfassen? Was meinte Cosimo denn mit

"...nicht wolte ein langez leben als wie der weyse Chajee"? Nein! Dieser Brief war nur ein Hirngespinst.

Ich sah auf meine Uhr. Es war kurz vor eins. Doktor Bastiani und Elisa waren noch nicht zurück. Es war klar, dass ihre Angelegenheit doch länger als die halbe Stunde, die man Doktor Bastiani angekündigt hatte, dauerte. Ich hatte das Bedürfnis nach frischer Luft. Auch musste ich etwas Abstand zu diesem Brief gewinnen. Daher beschloss ich, ein bisschen spazieren zu gehen und in den Geschäften zu stöbern. Vielleicht würde ich etwas essen oder meine Gedanken mit dem Kauf einiger Kleidungsstücke ablenken.

Ich steckte die Kopien wieder in den Ordner, den Doktor Bastiani mir gegeben hatte. Die Blätter mit der englischen Übersetzung faltete ich zusammen und steckte sie zusammen mit dem Hemingway in die Brusttasche meines Mantels. Ich nahm den Ordner und meinen Mantel und ging aus dem Zimmer. Aufgrund der Erfahrungen aus Florenz wollte ich nichts, was mit den Manuskripten zu tun hatte, im Zimmer zurücklassen. Als ich mein Zimmer verlassen hatte, klopfte ich zur Sicherheit an Elisas und Doktor Bastianis Zimmertür. Aber die beiden waren noch nicht zurückgekehrt.

Also fuhr ich mit dem Fahrstuhl nach unten. Zuerst begab ich mich zur Rezeption. Von den Hotelangestellten war nur ein junges Mädchen da, das gerade einem Gast etwas erklärte. Ich wartete, bis sie ihr Gespräch beendet hatten. Der Mann mit dem dunkelbraunen Bart, den ich am Morgen im Fahrstuhl gesehen hatte, saß in der Lobby und hielt eine Zeitung in den Händen. Es schien allerdings nicht so, als würde er sie lesen. Als die Rezeptionsangestellte ihr Gespräch mit dem anderen Gast beendet hatte, lächelte sie mir zu und fragte, wie sie mir helfen könne. Sie war wahrscheinlich knapp über zwanzig Jahre alt. Ihr Haar war goldfarben, allerdings offensichtlich gefärbt. Ich gab ihr meinen Schlüssel. Da Elisa und ihr Vater eventuell vor mir zurückkehren würden, sagte ich ihr außerdem, dass, falls jemand nach mir fragen

Montag

sollte, ich bis drei Uhr zurückkehren würde. Dann bat ich um etwas Klebeband. Es dauerte eine Weile, bis das Mädchen in einem Schrank hinter sich eine Rolle Klebeband fand und mir reichte. Ich bemerkte, dass sie rot geworden war. Ich verklebte den Ordner rundherum mit Klebeband, gab ihn ihr und bat sie, ihn Doktor Bastiani zu geben, sobald dieser zurückkäme.

3

Die Via Condotti sowie die engen Straßen in ihrer Umgebung strahlten mit ihren alten Gebäuden und kleinen, schicken Boutiquen Luxus und Wohlstand aus. Ich lief dort ein wenig umher und sah mir die Auslage einiger Boutiquen an. Die Kleidungsstücke waren alle schön, stammten von berühmten Designern und waren sehr kostspielig. Elisa hatte mir eine teure Straße für den Einkauf empfohlen. Ich kaufte nichts. Da ich hungrig war, suchte ich nach einem passenden Restaurant, um etwas zu essen. Die Straßen waren mir unbekannt. Nachdem ich ein wenig hier und dort entlanggegangen war, kam ich wieder bei der Via del Corso heraus, wo ich anfangs aus dem Taxi gestiegen war. Ich entdeckte eine kleine Pizzeria, die einige Tische und Stühle draußen aufgestellt hatte, setzte mich und bestellte ein Getränk und eine Pizza. Der Sonnenschein war angenehm warm. Im Restaurant war nicht viel los, und nach wenigen Minuten wurde meine Pizza gebracht. Meine Gedanken waren konfus: Die Geschehnisse in Florenz, die Krankheit ALS, der gestrige Spaziergang mit Elisa, der Brief von Cosimo Bentonini, die anstehende Reise nach Iran ... das alles schwirrte durcheinander in meinem Kopf herum.

Montag

Die Ereignisse hatten ein merkwürdiges Tempo. Sie trieben mich regelrecht vor sich her. Ich hatte das Gefühl, keinerlei Kontrolle über das Geschehen zu haben, was mir Sorgen bereitete. Früher hatte ich auch manchmal dieses Gefühl gehabt. Aber in den letzten Jahren in Deutschland hatte ich langsam gelernt, mein Leben in selbst gewählte Bahnen zu lenken. Nun aber hatte ich wieder die Macht über mein Leben verloren.

Ich sah mich um. Die Gebäude waren alle zwischen drei und vier Stockwerken hoch und wirkten sehr alt. Wenn Elisa bei mir gewesen wäre, hätte sie mir sicherlich einiges über deren Architektur erzählen können. Mitten auf der Straße mir gegenüber stand ein Häuschen, in dessen Fenster ein Plakat „Touristeninformation" ins Auge fiel. Ich war gerade dabei, den Laden zu mustern, als ich völlig erstaunt den dunkelbärtigen Mann bemerkte, den ich heute im Hotel gesehen hatte. Er stand hinter dem Häuschen und lugte um es herum. Plötzlich traf es mich wie der Blitz. Mir fiel eine Szene von gestern vor dem Kolosseum ein, und die Haare standen mir zu Berge: Ich hatte am Kolosseum genau denselben Mann gesehen, wie er hinter einer Säule gestanden und Elisa und mich beobachtet hatte. Hundertprozentig verfolgte er mich. Instinktiv wie ein Fuchs, der auf einmal den Jäger gewittert hatte, wandte ich den Blick von ihm ab, damit er nicht bemerkte, dass ich ihn entdeckt hatte. Ich winkte dem Kellner, der neben der Tür stand, bezahlte meine Rechnung und stand auf.

Langsam ging ich den Fußweg entlang und tat so, als würde ich mir die Schaufenster ansehen. Mein Bewusstsein war völlig darauf konzentriert, die Lage zu analysieren. Ich überlegte, ob er vielleicht auch einfach ein Tourist sei, der sich die Stadt Rom ansah. Touristen sahen sich immer dieselben Sehenswürdigkeiten an. Jeder Tourist würde früher oder später das Kolosseum oder diese Straße im Zentrum der Stadt besuchen. Er lief auf der anderen Straßenseite jedoch in dieselbe Richtung wie ich. Angestrengt machte ich seine

Reflexion in den Schaufenstern aus und beobachtete ihn. Es schien so, als würde er seine Geschwindigkeit der meinen anpassen. Er war ohne Zweifel hinter mir her! Was wollte er von mir? Wenn er mir etwas hätte antun wollen, wäre im Hotel Gelegenheit dazu gewesen. Also warum verfolgte er mich? Vielleicht hatte er sein Vorhaben auch nach draußen verschoben, da das Hotel besser überwacht war? Vielleicht hatte er gestern am Kolosseum keine Gelegenheit gesehen, da viel los und auch Elisa dabei gewesen war?

Vor einer kleinen Boutique blieb ich stehen. Ich betrachtete einen Augenblick die Auslage im Schaufenster und betrat dann das Geschäft. Er begann sich auf der anderen Straßenseite ebenfalls die Auslagen in den Schaufenstern anzusehen. Vielleicht beobachtete er mich nun ebenfalls in der Spiegelung der Schaufenster und wartete, bis ich wieder herauskäme.

Was konnte ich tun? Es wäre sinnlos, die Polizei zu verständigen. Was hätte ich der schon erzählen sollen? Ich konnte auch nicht Lorenzo kontaktieren, denn ich hatte keine Nummer von ihm. Außerdem war er in Florenz. Einen Moment lang überlegte ich, direkt zum Bahnhof zu fahren und von dort aus nach München aufzubrechen. Im Hotel hatte ich nichts gelassen, weswegen es sich gelohnt hätte, dorthin zurückzukehren. Aber wenn wirklich jemand hinter mir her wäre, würde ein Zug für mich zur Falle ohne Ausweg werden. Außerdem musste ich, bevor ich nach München zurückkehrte, herausfinden, was er von mir wollte. Am besten war es, ihm zu entwischen und so schnell wie möglich ins Hotel zurückzugehen. Dort würde ich in der Lobby auf Doktor Bastiani warten. Wenn dieser eingetroffen wäre, würden wir zusammen auf sein Zimmer gehen und vielleicht Kommissar Lorenzo verständigen und ihn fragen, was zu tun sei. Auf jeden Fall hatte die ganze Sache ja auch mit Doktor Bastiani zu tun.

Montag

Ich bemerkte, dass der Verkäufer in der Boutique, ein junger Mann von vielleicht siebzehn oder achtzehn Jahren, auf mich einredete. Es dauerte ein paar Minuten, bis ich ein paar Schuhe in einem Regal wahrnahm. Hinter der Kasse stand ein junges Mädchen und sah mich an. Auf Englisch und mit Gesten bedeutete ich, dass ich die Schuhe anprobieren wollte. Der Verkäufer fragte nach meiner Schuhgröße, verschwand in einem Hinterzimmer, um die passenden Schuhe zu holen, und kehrte mit einem Schuhkarton zurück. Als ich die Schuhe anprobierte, bat ich den Verkäufer, mir ein Taxi zu rufen. Der Verkäufer sah das Mädchen an. Dieses hatte anscheinend besser verstanden, was ich wollte, sagte „Natürlich", nahm den Telefonhörer in die Hand und wählte eine Nummer.

Die Schuhe waren mir zu eng. Der Verkäufer brachte mir ein Paar eine Nummer größer, das ich ebenfalls anprobierte. Von dort, wo ich saß, konnte ich die andere Straßenseite nicht sehen. Ich probierte einige Schuhpaare an, bis ich bemerkte, wie ein Taxi vor der Boutique hielt. Dann bedankte ich mich und verließ die Boutique. Ich blickte mich um. Von dem bärtigen Mann war keine Spur. Vielleicht hatte er meine Unterhaltung und den Anruf der Verkäuferin beobachtet, befürchtet, ich hätte die Polizei verständigt, und es vorgezogen, sich zu verziehen. Auf jeden Fall atmete ich auf und stieg in das Taxi. Es war nicht weit bis zum Hotel. Einige Minuten später stieg ich dort aus dem Wagen. Als ich hineinging, sah ich, dass Doktor Bastiani und Elisa in der Lobby auf mich warteten.

Als Elisa mich sah, kam sie auf mich zu und erzählte mir nach der Begrüßung aufgeregt, dass man in der Botschaft Bilder von ihr in Kopftuch gewollt habe. Da ich nicht mit Elisa über den bärtigen Mann sprechen und sie beunruhigen wollte, fragte ich: „Warum habe ich bloß vergessen, euch das zu sagen?"

Wir gingen zu Doktor Bastiani und setzten uns. Sein Geißlein sowie eine offene Zeitung lagen auf seinen Knien.

Elisa erzählte: „Eine der Frauen, die dort waren, hat mir ein Kopftuch geliehen, und ich habe damit Fotos in einem Fotoautomaten vor der Botschaft machen können."

Doktor Bastiani schlug die Zeitung zu und wollte wissen: „Sind Sie mit der Übersetzung fertig?"

Bevor ich antworten konnte, berichtete Elisa: „Wir haben unsere Visa bekommen! Bei allem, was ich gehört habe, hätte ich nicht gedacht, dass es so schnell gehen würde."

Darum bemüht, natürlich und entspannt zu wirken, erwiderte ich: „Das ist kaum zu glauben! Ich dachte, dass es mindestens ein paar Tage dauern würde. Aber wie ich hörte, möchte der neue iranische Präsident ein besseres Bild von Iran im Ausland vermitteln und hat die Botschaften angewiesen, die Anliegen der Bittsteller schneller zu bearbeiten."

Ich suchte nach einer Gelegenheit, Doktor Bastiani mitzuteilen, dass ich verfolgt worden war.

Elisa bemerkte: „Behrouz, du siehst etwas blass aus."

Ich sah mich um: „Vielleicht wirkt das in diesem Licht so ..."

An Doktor Bastiani gewandt, wollte ich wissen: „Haben Sie eigentlich Ihren Ordner bekommen?"

„Den Ordner?"

„Ja, ich wollte die Kopien nicht auf dem Zimmer lassen. Daher habe ich sie in den Ordner gepackt und diesen an der Rezeption für Sie hinterlegt."

Doktor Bastiani legte sofort die Zeitung auf den Tisch, nahm sein Geißlein und begab sich an die Rezeption.

Ich erklärte Elisa: „Entschuldigung, ich komme sofort zurück", und folgte Doktor Bastiani zur Rezeption. Bevor wir dort anlangten, hielt ich ihn an und erzählte ihm von dem Bärtigen, der mich verfolgt hatte.

„Ich wusste, dass die uns nicht so leicht in Ruhe lassen würden. Wir müssen uns etwas überlegen. Warten Sie einen Augenblick."

Montag

Er wandte sich an das junge Mädchen an der Rezeption, sagte etwas und nickte in meine Richtung. Das junge Mädchen antwortete: „Uno momento", und begann in den Schränken und Regalen hinter sich sowie unter dem Tisch zu suchen. Da sie den Ordner nicht finden konnte, rief sie eine ihrer Kolleginnen, die sich im Hinterzimmer der Rezeption aufhielt, sagte etwas zu ihr, und die beiden begannen gemeinsam zu suchen. Mir fiel auf, dass das junge Mädchen, dem ich den Ordner gegeben hatte, blass geworden war und sich große Sorgen machte. Es wirkte, als könnte sie jeden Moment in Tränen ausbrechen.

Zwischen Doktor Bastiani und den beiden Hotelangestellten entbrannte schließlich eine heftige Diskussion. Doktor Bastiani wurde laut, und die beiden versuchten, ihn zu beruhigen. Elisa, die auf das Gespräch aufmerksam geworden war, kam zu uns herüber, und ihr Vater erklärte ihr die Situation. Die Rezeptionsangestellten gaben Elisa ihrerseits eine Erklärung ab. Dann griff eine der beiden zum Telefonhörer und rief jemanden an. Doktor Bastiani teilte mir mit: „Sie haben den Ordner verschlampt. Diese nutzlosen …! Ich habe ihnen gesagt, sie sollen beim Geschäftsführer des Hotels anrufen."

Und dann, als sei ihm etwas eingefallen, fragte er: „War die Übersetzung der Textstellen auch in dem Ordner?"

Ich legte eine Hand auf meine Manteltasche und sagte: „Nein, die ist bei mir."

Ich holte die Übersetzung heraus und gab sie ihm. „Die Kopien wollte ich nicht knicken, deswegen hatte ich sie hier hinterlegt."

Doktor Bastiani nahm die Übersetzung und faltete sie auseinander. Bevor er sie lesen konnte, tauchte jedoch der Geschäftsführer auf, ein etwas dicklicher Mann im mittleren Alter und in dunklem Anzug. Doktor Bastiani wiederholte ihm die Geschichte. Der Geschäftsführer debattierte mit den beiden Rezeptionsangestellten. Letztere suchten noch einmal überall, ihre Suche blieb jedoch auch diesmal erfolgslos.

Elisa sagte zu ihrem Vater: „Vater, das ist egal. Das waren doch nur die Kopien."

Doktor Bastiani erwiderte: „Wenn nur jeder seinen Job machen würde, dann wäre unser Land jetzt nicht in diesem Zustand, dann hätte die Mafia unser Leben nicht so im Griff."

Er beschwerte sich noch eine Weile auf Italienisch. Wie würde er die Zustände in Iran nur ertragen können? Schließlich sah er ein, dass er nichts ausrichten konnte.

„Jetzt haben sie eben zwei Kopien dieser beiden Seiten."

Zunächst kapierte ich nicht, was er meinte. Dann begriff ich, dass er damit eigentlich sagte, dass die Kopien gestohlen worden seien, und zwar von denselben Personen, die in sein Haus eingebrochen waren und meine Notizen sowie die ersten Kopien der Decodierungsschrift entwendet hatten. Ich wusste nicht, was ich denken sollte. Es konnte genau so geschehen sein, aber auch völlig anders. Vielleicht hatten die Reinigungskräfte den Ordner aus Versehen weggeworfen oder so ähnlich. Wenn man allerdings meine Verfolgungsjagd und Flucht heute mitbedachte, wurde die Annahme, dass eine Verschwörung im Gange sei, allmählich glaubwürdig.

4

Wir kehrten wieder in die Lobby zurück und setzten uns hin. Doktor Bastiani faltete die Blätter mit der Übersetzung auseinander und begann zu lesen. Ich war besorgt und wusste nicht, was ich wegen des bärtigen Mannes tun sollte. Doktor Bastiani war jedoch in die Notizen vertieft, und Elisa fragte sorglos: „Hast du zu Mittag gegessen?"

„Ja, ich war auf der Via Condotti und habe dort auch eine Pizza gegessen."

„Anscheinend hast du nichts gekauft."

Ich beobachtete Doktor Bastiani und antwortete gedehnt: „Nein ... ich habe es nicht geschafft. Ich dachte, ihr wartet vielleicht bereits im Hotel auf mich, und bin früh zurückgekommen."

„Wir haben noch nicht zu Mittag gegessen. Mein Vater war auch noch nicht auf der Bank."

Sie sah ihn an. Ich bemerkte, wie er beim Lesen der Übersetzung zu lächeln begann. Er sah mich an und sagte: „Das ist großartig. Das ist wirklich großartig."

Elisa blickte ihn verständnislos an. Als er dies bemerkte, reagierte er darauf, was sie vorher gesagt hatte: „Nein, jetzt ist keine Zeit zu essen ..." Da Elisa ihn weiterhin anblickte, klärte er sie kurz darüber auf, dass ich verfolgt worden war.

Ich erzählte Elisa, dass mein Verfolger der junge Mann gewesen sei, der morgens in den Fahrstuhl gestiegen war.

Auf Elisas Gesicht zeichnete sich Angst ab: „Ja, ich weiß, wen du meinst." Sie wandte sich an ihren Vater: „Was machen wir jetzt?"

Um sie zu trösten, wandte ich ein: „Sicherlich kann es auch sein, dass wir nur zufällig an den gleichen Orten waren."

Doktor Bastiani erwiderte: „Nein, das glaube ich nicht. Ich hatte auch den ganzen Tag das Gefühl, unter Beobachtung zu stehen. Wartet ..."

Er faltete die Übersetzung zusammen und steckte sie in seine Tasche. Dann stand er auf: „Kommt."

Elisa und ich erhoben uns, und wir gingen zu dritt zur Rezeption. Das blasse Mädchen erblasste noch mehr, als sie uns auf sich zukommen sah. Doktor Bastiani fragte sie nach dem bärtigen Mann, und ich steuerte bei, was mir von ihm in Erinnerung geblieben war. Die Blasse, die sich offensichtlich schämte, sagte, sie könne sich an keinen solchen Gast erinnern. Doktor Bastiani wurde wieder wütend und sagte etwas auf Italienisch. Ich fühlte, dass die Blasse jeden Moment in Tränen ausbrechen würde. Langsam hatte ich mich wieder in den Griff bekommen gehabt, nun bekam ich es wieder mit der Angst zu tun. Wie war es möglich, dass das Mädchen an der Rezeption nichts von einem Gast wusste, den ich heute zweimal in ebendieser Lobby gesehen hatten? Was waren das für Leute, die so geschickt vorgingen? Wer zog im Hintergrund der Vorfälle von Florenz und Rom die Strippen?

Wir standen alle drei an der Rezeption, vollkommen sprachlos, und wussten nicht, was wir tun sollten. Doktor Bastiani umklammerte sein Geißlein, das immer noch die beiden Manuskripte im Bauch hatte, mit beiden Händen und wusste nicht, was er anfangen sollte. Die blasse Rezeptionsangestellte sah uns an und wartete auf unsere nächste Reaktion.

Schließlich brach Elisa das Schweigen: „Ich rufe Kommissar Lorenzo an. Vielleicht weiß er etwas Neues." Sie kramte in ihrer Handtasche, bis sie die Visitenkarte Lorenzos gefunden hatte, gab diese der Blassen und sagte etwas zu ihr.

Das blasse Mädchen wählte die Nummer auf der Visitenkarte, gab Elisa diese zurück und den Hörer in die Hand. Elisa sagte etwas, wartete eine Weile, sagte wieder etwas und wartete wieder. Schließlich sprach sie wieder. Doktor Bastiani verfolgte erstaunt ihr Gespräch. Ich verstand nichts.

Elisa gab der Blassen den Hörer zurück und verkündete: „Lorenzo ist heute Morgen nach Rom aufgebrochen." Sie zuckte mit den Schultern und fügte hinzu: „Vielleicht kommt er auf der Suche nach uns hierher."

Doktor Bastiani erwiderte: „Es ist nicht klar, ob er hierherkommen wird. Auf jeden Fall können wir hier nicht bleiben. Ich fühle mich in diesem Hotel nicht mehr sicher. Kommissar Lorenzo hat auch die Telefonnummer deiner Tante. Wenn er will, kann er uns über sie finden. Überhaupt, vielleicht ist er ja zu ihr gefahren."

Ich fühlte mich ebenfalls weder in Rom noch in Italien mehr sicher. Meine Aufgabe hier war erledigt, und ich konnte mich jetzt von den beiden trennen und nach München zurückkehren. Wenn sie so weit waren, nach Iran zu fliegen, konnte ich nach Italien zurückkommen, damit wir gemeinsam nach Iran aufbrächen. Oder ich würde vor ihnen von München aus nach Iran fliegen und die beiden dann dort treffen.

Bevor ich einen sinnvollen Satz aus meinen Gedanken bauen konnte, sagte Elisa: „Gut, dann fahren wir zu meiner Tante, bis wir ein passendes Hotel gefunden haben."

Ich wollte einwenden: „Aber ich ..."

Doch sie unterbrach mich: „Du kommst auch mit uns mit."

Sie sagte dies so bestimmt und gleichzeitig sanft, dass ich nichts mehr erwiderte. Wenn ich eine Entscheidung getroffen hatte, brachte mich niemand so schnell von ihr ab. Allerdings sah ich kein Problem darin, jetzt mit zu Elisas Tante zu gehen oder in ein anderes Hotel, um dann in aller Ruhe von dort aus meine nächsten Schritte planen zu können.

Doktor Bastiani schlug vor: „Sehr gut. Dann geht ihr eure Sachen zusammenpacken, solange ich die Rechnung begleiche."

Elisa und ich fuhren nach oben. In meinem Zimmer sah ich mich um. Ich hatte nichts Besonderes dabei. Mein Rasierzeug, meine Zahnbürste und meine Kleidung packte ich in den kleinen Rucksack, den Elisa mir gegeben hatte. Dann setzte ich mich einen Moment in einen der Sessel und dachte nach. Meine Arbeit hier war beendet, und wahrscheinlich bereitete meine längere Anwesenheit in Italien Elisa und Doktor Bastiani nur Umstände. Zweifellos wollten die beiden sich irgendwie für die Mühen der letzten Tage revanchieren. Aber das ließ sich auf später verschieben. Es war am besten, wenn ich zunächst nach München zurückkehrte. Es wäre gut, wenn es mir, bevor ich Rom verließ, gelänge, noch einmal mit Doktor Bastiani über die persischen Textstellen der zweiten Handschrift zu sprechen. Allerdings war das auch nicht so wichtig oder unbedingt nötig. Ich stand auf, ging zum Fenster und blickte nach draußen. Ich bedauerte, dass mein Aufenthalt in Rom so kurz gewesen war und ich keine Gelegenheit gehabt hatte, die Stadt näher zu besichtigen. Dann ging ich nach unten.

Doktor Bastiani stand noch an der Rezeption und unterhielt sich mit dem Geschäftsführer des Hotels. In seiner freien Hand hielt er ein Scheckbuch. Mit der anderen umklammerte er den Hals des Geißleins. Ich ging zu ihm. Doktor Bastiani legte sein Scheckbuch auf den Tresen, unterschrieb und gab den Scheck der Blassen, die nicht mehr ganz so blass war. Sie lächelte, dankte und legte den Scheck in ein Heft. Ich händigte ihr meinen Zimmerschlüssel aus.

Der Geschäftsführer, der ebenfalls hinter dem Tresen stand, kam, als er mich sah, ein Stück näher und sagte auf Englisch:

„Seien Sie versichert, dass wir Ihr Paket finden und Ihnen zukommen lassen werden."

Doktor Bastiani schüttelte spöttisch den Kopf. Wir gingen zum Fahrstuhl. Doktor Bastiani schimpfte: „Idiot! Der weiß überhaupt nicht, was los ist ..."

Als wir uns von der Rezeption entfernt hatten, fuhr der Geschäftsführer fort, das blasse Mädchen zu tadeln.

Ich wollte mit Doktor Bastiani über meinen Entschluss, nach München zurückzukehren, sprechen, und setze an: „Doktor Bastiani ..."

Aber in diesem Moment stieg Elisa mit einem kleinen Koffer aus dem Fahrstuhl, und Doktor Bastiani unterbrach mich: „Einen Moment ..." Er gab Elisa das Geißlein und sagte: „Ich habe bezahlt. Pass bitte auf die Tasche auf, bis ich meine Sachen zusammengepackt habe und nach unten komme."

Er wandte sich wieder an mich: „Es wird nur ein paar Minuten dauern."

Als er in den Fahrstuhl stieg, deutete er auf das Geißlein und sagte etwas auf Italienisch. Elisa erwiderte ebenfalls etwas auf Italienisch und nickte bestätigend.

Wir setzten uns in die Hotellobby. Elisa legte ihren Zimmerschlüssel auf den Tisch und stellte die Tasche ihres Vaters auf die Knie. Sie wirkte aufgeräumt, und es gab keinerlei Anzeichen dafür, dass ihr Selbstbewusstsein angesichts der letzten Ereignisse gelitten hätte.

Ich fragte: „Jetzt, da ihr eure Visa bekommen habt, wann habt ihr vor, nach Iran zu fahren?"

Sie überlegte: „Ich weiß es nicht. Wenn diese Geschichte zu Ende ist."

„Meine Aufgabe hier ist abgeschlossen. Sobald ihr einen Entschluss gefasst habt, nach Iran zu fliegen, genügt es, mich in München anzurufen ..." Ich fühlte, wie sich mein Puls beschleunigte und es mir mit jedem Wort schwerer fiel zu sprechen. „Entweder ich komme hierher, und wir fliegen gemeinsam nach Iran, oder ich fliege schon früher und nehme euch dann dort am Flughafen in Empfang." Ich fand es selber schrecklich, wie unpersönlich und unemotional mein Abschied war.

Elisa nahm den Schlüssel, den sie eben noch auf den Tisch gelegt hatte, wieder hoch und drückte ihn fest. Sie sagte kühl: „Du hast noch gar nichts von Rom gesehen."

Sie schien eine so plötzliche Verabschiedung nicht erwartet zu haben. Es wirkte, als wäre das Selbstbewusstsein, das ich eben noch an ihr gesehen hatte, auf einmal völlig verschwunden. Ich bereute, was ich gesagt hatte. Wenn ich es nur zurücknehmen und mich anders ausdrücken könnte! Wie konnte ich nur mit jemandem in ihrem Zustand so umgehen? Aber es war bereits zu spät.

Elisa wollte wissen: „Wann fährst du nach München zurück?"

Ich blickte auf meine Uhr und dachte sofort, dass das ein Fehler gewesen sei, zeigte es doch nur, wie eilig ich es hatte, nach München zurückzukehren. „Ich weiß es nicht. Mit dem Nachtzug."

In diesem Moment stieg Doktor Bastiani mit seiner kleinen Reisetasche aus dem Aufzug, kam direkt auf uns zu und fragte Elisa: „Hast du deinen Schlüssel abgegeben?"

Ohne etwas zu sagen, streckte Elisa ihm den Schlüssel, den sie noch in der Hand gehalten hatte, entgegen. Doktor Bastiani lehnte seine Reisetasche gegen das Sofa, auf dem ich saß, und nahm den Schlüssel und dann das Geißlein von Elisa entgegen. Er bemerkte Elisas Verdruss und warf mir einen verstohlenen Blick zu. Dann ging er zur Rezeption, um die Schlüssel abzugeben.

5

Elisa, Doktor Bastiani und ich fuhren zusammen im Fahrstuhl nach unten ins Parkhaus. Seit den vorigen Augenblicken herrschte Stille und eine düstere Stimmung zwischen uns. Elisa durchbrach das Schweigen. Es war dabei offensichtlich, wie schwer es ihr fiel. Sie fragte ihren Vater traurig: „Wann sollen wir die Bücher zur Bank bringen?"

„Es ist am besten, wenn wir das jetzt gleich tun."

Die Fahrstuhltür öffnete sich, und wir stiegen aus. Ich hatte meinen Rucksack auf. Elisa trug ihre Handtasche auf dem einen Arm und zog mit dem anderen ihren Rollkoffer hinter sich her. Doktor Bastiani trug seine Reisetasche und sein Geißlein in den Händen. Wir gingen zwischen zwei Autos hindurch. Elisa wies in eine Richtung und sagte: „Ich habe das Auto dort hinten geparkt."

Elisas Auto war von Weitem erkennbar. Wir gingen nach rechts einen langen Weg zwischen geparkten Autos entlang. Nach einigen Schritten bemerkte ich, dass sich uns von hinten ein Auto langsam näherte. Nach etwa zwanzig Metern, als wir nicht mehr weit von Elisas Auto entfernt waren, beschleunigte das Auto hinter uns plötzlich und blieb nach einer scharfen Bremsung neben uns stehen. Die Beifahrertür wurde rasch aufgestoßen, und eine Person mit einer Waffe in der Hand sprang heraus. Während der Fremde die Waffe abwechselnd auf mich und Doktor Bastiani richtete, schrie er: „Stehen bleiben!"

Jedenfalls deutete ich sein Italienisch so. Etwas anderes hatte er in diesem Moment nicht sagen können. Wir erstarrten alle drei ebendort, wo wir standen – nicht nur wegen des „Stehen bleiben!", sondern auch wegen des scharfen Bremsens und der schnellen Bewegungen des Mannes.

Nun standen Elisa, Doktor Bastiani und ich nebeneinander da, der bewaffnete Mann zwischen uns und Elisas Auto. Ich erkannte den Mann am Steuer. Es war der Bärtige, der mich am Morgen verfolgt hatte. Während er mit der einen Hand das Steuer hielt, zog er aus seiner Brusttasche ebenfalls eine Waffe und richtete sie aus dem Auto heraus durch das offene Seitenfenster auf mich. Meine Kehle war völlig ausgetrocknet. Ich spürte das Pochen meines Herzschlags in der Schläfe und war nicht in der Lage, auch nur einen Muskel zu bewegen.

Der bewaffnete Mann, dessen Waffe auf Doktor Bastiani zeigte, trat näher an diesen heran. Elisas Rollkoffer stand ihm im Weg. Er nahm ihn, wahrscheinlich hauptsächlich, da er ihm den Weg versperrte, an sich, während er die Waffe auf Elisa richtete, und schmiss ihn durch die offene Tür ins Innere des Wagens. Elisa leistete ihm keinerlei Widerstand. Der bewaffnete Mann, der seine Waffe wieder auf Doktor Bastiani richtete, griff nach den Henkeln des Geißleins und zog. Doktor Bastiani war alle Farbe aus dem Gesicht gewichen. Doch seine Finger schienen sich fest um die Henkel des Geißleins geschlossen zu haben und ließen es nicht los. Der Mann sagte ruppig etwas. Elisa sagte ebenfalls ruppig etwas zu ihrem Vater. Zweifellos wollte sie von ihm, dass er diesen Männern gegenüber keinen Widerstand leistete. Ihr Verstand schien sich offensichtlich nicht verabschiedet zu haben. Ich verspürte einen merkwürdigen Druck auf den Fingern, als wären es meine Hände, die das Geißlein festhielten. Aber die Finger, die sich um die Henkel der Tasche schlossen, waren außerhalb meiner Kontrolle. Es schien, als wären sie sogar außerhalb der Kontrolle Doktor Bastianis, als hätten unbekannte Kräfte vergangener Epochen sie ineinander verschlungen.

Der Fuß des Manns am Steuer lag auf dem Gaspedal. Er ließ den Motor aufheulen, als ob er sich auf den Start eines Autorennens vorbereitete. Doktor Bastiani ließ die Tasche nicht los. Der bewaffnete Mann hielt die Pistole näher an Doktor Bastianis Gesicht und zischte etwas. In diese Auseinandersetzung hinein stieg plötzlich eine Frau aus dem Fahrstuhl. Sie ging zwischen den neben dem Fahrstuhl geparkten Autos hindurch, entdeckte, als sie auf den Weg trat, die Szene des Konflikts sowie die auf uns gerichteten Waffen und schrie unwillkürlich auf. Der Mann, der versuchte, Doktor Bastiani die Tasche zu entreißen, richtete die Waffe automatisch auf die Frau. In Sekundenschnelle, vermutlich ohne überhaupt nachzudenken, völlig unerwartet und mit einer unvorstellbaren Kraft schubste Elisa den bewaffneten Mann, der sich nun direkt vor ihr befand, in Richtung des Autos. Er verlor das Gleichgewicht, ließ das Geißlein los und fiel in den Wagen. Als die Tasche freikam, stürzte Doktor Bastiani, der diese mit aller Kraft festgehalten hatte, gegen das Auto hinter ihm.

Der Mann mit der Waffe versuchte, um Gleichgewicht ringend, sich mit der Hand, in der er die Pistole hielt, am Fahrersitz abzustützen. Ungewollt löste sich ein Schuss. Die Kugel schlug im Innern des Wagens gegen die Heckscheibe. Sofort verwandelte sich die Autoscheibe in einen Spitzenvorhang mit zarten Mustern. Dort, wo die Kugel eingeschlagen hatte, fand sich ein apfelgroßes Loch. Die Glassplitter der Heckscheibe flogen diamantsplittergleich weg und fielen in großem Abstand zu Boden.

In einer instinktiven Reaktion zogen wir alle, einschließlich des Fahrers, die Köpfe ein. In diesem Augenblick tauchte ein Polizeiwagen am Ende des Parkhauses auf. Der Fahrer bemerkte den Polizeiwagen und fuhr das Auto sofort an. Ich sah, wie der andere Mann mit Mühen seine Füße ins Innere des Autos zog und die Tür zuschlug. Ihr Auto war ein dunkelblauer Dreier-BMW. Der Polizeiwagen schaltete seine Sirene ein, erreichte uns und fuhr an uns vorbei. Ich erkannte Kommissar Lorenzo, der eine Waffe aus dem Beifahrerfenster heraushielt. Doch bevor er zielen konnte, bog der BMW am Ende des Parkhauses nach links ein und entschwand aus seinem Schussfeld. Das Blaulicht des Polizeiwagens strahlte oberhalb der geparkten Autos noch einige Augenblicke von den Wänden.

Ich kam wieder zu mir und half sofort zusammen mit Elisa Doktor Bastiani dabei aufzustehen. Er murmelte: „Es ist nichts passiert, es ist nichts passiert ..."

Dann hob ich Doktor Bastianis Reisetasche auf, die ihm aus der Hand gefallen war, und wollte ihm unter die Arme greifen. Er jedoch sprintete zu Elisas Auto und rief: „Steigt ein!"

Wir sprangen alle drei schnell ins Auto. Elisa startete sofort den Motor und fuhr rasch in die Richtung, in die die beiden anderen Autos gefahren waren. Wir fuhren aus dem Parkhaus. Gegenüber dem Parkhaus war ein Auto, offensichtlich von dem plötzlichen Auftauchen zweier Wagen aus dem Parkhaus überrascht, an einen Baum gefahren. Aber vom Auto Lorenzos und dem der Räuber war keine Spur zu entdecken. Elisas Aufmerksamkeit war auf das verunglückte Fahrzeug gerichtet, als plötzlich ein Auto von einem Parkplatz zur Rechten gefahren kam und hupte. Elisa bremste scharf und blieb stehen. Doktor Bastiani rief aufgebracht etwas. Ich wusste nicht, ob es an das Auto, das unvermittelt vom Parkplatz gefahren war, oder an Elisa gerichtet war. Plötzlich begann Elisa zu weinen. Ich war verwirrt und konnte nicht klar denken. Elisa brachte unter Schluchzen hervor: „Wir hätten alle drei umgebracht werden können. Meinetwegen wärt ihr beinahe gestorben."

Erst jetzt begriff ich, dass das, was eben passiert war, uns alle unser Leben hätte kosten können. Die Reaktion Elisas war zwar sehr mutig, aber auch unglaublich gefährlich gewe-

Montag

sen. Was hätten wir gegen zwei bewaffnete Männer ausrichten sollen, wenn Kommissar Lorenzo nicht plötzlich aufgetaucht wäre? Wir hatten ein furchtbares Erlebnis gehabt, und es war erstaunlich, dass wir alle drei bis hierhin so ruhig geblieben waren – so ruhig, dass ich die Ruhe nur mit einem instinktiven Schutzmechanismus erklären konnte. Jetzt, da sich die Situation normalisiert hatte, ergriff Angst und Schrecken von uns Besitz. Mir brach der kalte Schweiß aus. Doktor Bastiani versuchte, Elisa in ihrer Muttersprache zu beruhigen. Sie holte ein Taschentuch aus ihrer Handtasche und wischte sich die Augen ab.

Elisas Tränen machten mich sehr betroffen. Ich grämte mich, dass Elisa in diesen Tagen so schreckliche Dinge erleben musste. Wie gerne hätte ich sie auch irgendwie getröstet! Doktor Bastianis Tonfall war sehr sanft. Ich verstand zwar nicht, was er sagte, aber es war nicht schwierig, den Sinn zu vermuten. Als er einen Moment still war, sagte ich: „Es ist nur wichtig, dass es uns jetzt gut geht."

Doktor Bastiani blickte auf das Geißlein auf seinen Knien und sagte: „Aber wir müssen etwas unternehmen, damit so etwas nicht mehr vorfällt."

Was konnten wir schon tun?

„Die Polizei wird sie mit Sicherheit festnehmen", sagte ich, ohne selber daran zu glauben. Ich wusste nicht, was ich sonst sagen sollte. Was machte ich hier überhaupt? In einer fremden Stadt mit zwei Menschen, die ich gerade mal zwei Tage lang kannte, und mit bewaffneten Verbrechern konfrontiert? Es war an der Zeit, Rom zu verlassen.

Elisa beruhigte sich etwas. Sie wischte sich ihre Augen ab, putzte die Nase und fragte: „Was sollen wir jetzt tun?"

„Lasst uns nach Iran fahren!" War dieser Vorschlag wirklich aus meinem Mund gekommen? Ich konnte nicht glauben, dass ich das gesagt hatte. Versuchte ich so, Elisas vorigen Kummer wiedergutzumachen? Oder war hier wirklich eine unbekannte Macht am Werk, die mich stieß, wohin sie wollte, und mir Worte in den Mund legte?

Doktor Bastiani und Elisa sahen zunächst einander und dann mich an. Ich wollte zurücknehmen, was ich gesagt hatte, sagen, dass es ein sinnloser Vorschlag gewesen sei und ich ihn nicht hätte unterbreiten sollen, als Elisa reagierte: „Ja, am besten noch heute!"

Ihr Vater überlegte einen Augenblick. Er blickte noch einmal auf das Auto, das gegen den Baum gefahren war. Einige Leute hatten sich nun darum versammelt, und sprach: „Warum nicht? Wenn es einen Flug gibt. Wir haben ja das Visum." Er sah mich kurz an: „Und Sie sind ja Iraner."

Dann sprach er wieder in Richtung Elisas: „Wir ziehen uns für eine Weile raus aus diesem Chaos hier. Du ruhst dich dort ein bisschen aus, reist ein wenig, dann kommen wir zurück."

Er wandte sich wieder mir zu: „Sie können von dort aus zurück nach Deutschland."

Wieder an Elisa gewandt, fuhr er fort: „Wir fliegen von dort aus nach Paris und bleiben dort ein paar Tage."

Elisa steckte das Taschentuch in ihre Handtasche und versuchte zu lächeln, was ihr nicht wirklich gelang. Wollte Doktor Bastiani die Reise tatsächlich Elisa zuliebe unternehmen und war von der Suche nach der Parvak abgekommen?

Er ließ mir diese Illusion nicht lange und wandte sich wieder an mich: „Dort können wir unsere Nachforschungen in aller Ruhe fortsetzen."

Elisa warf ihm und mir einen Blick zu. Dann startete sie den Motor: „Sollen wir zum Flughafen fahren?"

Ihr Vater und ich stimmten jeder nur mit einem Kopfnicken zu, und Elisa warf einen Blick auf das Geißlein: „Was ist mit der Bank?"

Doktor Bastiani sah auf seine Uhr: „Ich denke, es ist bereits zu spät, um zur Bank zu gehen. Lasst uns zum Flughafen fahren und sehen, wann die Flieger gehen. Fahr los!"

Montag

Ich hatte das Gefühl, dass er sich nicht von seinen Manuskripten trennen wollte. Das Auto startete, und wir fuhren ein letztes Mal an unserem Hotel vorbei.

Der Mut Doktor Bastianis und Elisas war bewundernswert. Es war mir unvorstellbar, wie jemand den Entschluss fassen konnte, in ein fremdes Land zu reisen und einen Tag später bereits losfliegen konnte – und das auch noch, wenn dieses Land Iran war. Wann immer ich selbst beschloss, nach Iran zu fahren, dauerte es von diesem Entschluss bis zu meiner Ankunft dort mehrere Monate. Aber jetzt wollte auch ich so schnell wie möglich dieser Situation, über die mir jegliche Kontrolle entglitten war, entfliehen.

6

Am Flughafen, der sich vierzig Kilometer vor Rom am Ufer des Mittelmeers befand, gingen wir zum Schalter der Fluglinie Alitalia. Der erste Flug von Rom nach Iran, der Platz für drei Personen hatte, sollte um 21.00 Uhr starten – allerdings von Mailand aus, nicht von Rom. Wenn wir sofort nach Mailand flogen, würden wir den Flug nach Teheran erwischen. Auf dem Weg zum Flughafen hatten wir bereits darüber gesprochen und beschlossen, wenn es einen Flug geben sollte, noch am selben Abend nach Teheran zu fliegen. Unterwegs hatte ich Elisa nochmals gefragt: „Seid ihr euch sicher, dass ihr noch heute Abend nach Iran fliegen wollt? Wollte ihr euch nicht erst ein bisschen vorbereiten?"

Elisa hatte gefragt: „Was meinst du?"

Mit dem Hinweis, dass ihr Rollkoffer gestohlen worden sei, hatte ich geantwortet: „Du hast überhaupt nichts dabei. Willst du nicht erst noch ein wenig Kleidung aus Florenz holen oder welche kaufen?" Verschämt hatte ich über die Verschleierungspflicht in Iran aufgeklärt: „Außerdem brauchst du auch islamische Kleidung."

Mit beschlagener Stimme hatte sie erwidert: „Ich will einfach eine Weile weg von Italien ... Kleidung kann man überall kaufen. Islamische Kleidung findet man, denke ich auch, besser in Iran als woanders."

Da ich vermeiden wollte, dass seitens der Sittenwächter der Islamischen Republik ein Problem für Elisa entstand, hatte ich sie gemahnt, dass sie am Flughafen und bei der Einreise nach Iran bereits islamische Kleidung benötige.

Sie hatte gesagt: „Vielleicht können wir im Duty-Free-Shop etwas finden. Außerdem glaube ich nicht, dass sie mich wegen meiner Kleidung nach Italien zurückschicken würden."

Doktor Bastiani kaufte drei Tickets für uns und bezahlte sie mit einem Scheck. Dann ging er mit Elisa in einen anderen Teil des Flughafens, um Geld aus einem Bankautomaten zu ziehen. Ich nutzte die Gelegenheit, um zwei Anrufe zu tätigen. Zuerst rief ich meine Kollegin Rebecca an. Sie war eben erst von der Arbeit heimgekommen. Ich sagte ihr, dass ich auf dem Weg nach Iran sei und nicht wisse, wie lange meine Reise dauern würde; ein oder höchstens zwei Wochen. Sie war sehr überrascht und beschwerte sich, warum ich sie nicht früher von meinen Reiseplänen unterrichtet hätte. Ich versuchte ihr, soweit es möglich war, zu erklären, dass diese Reise aus einer Not heraus geboren worden sei, ich mich erst eben zu ihr entschlossen hätte beziehungsweise mich dazu hätte entschließen müssen. Schließlich akzeptierte sie unglücklich, die Sache irgendwie mit der Abteilungsleiterin zu klären.

Dann rief ich meine Schwester Forouzan in Teheran an. Zufälligerweise war meine Mutter auch gerade bei ihr. Es lässt sich nicht beschreiben, wie verwundert sie waren, als sie von meiner plötzlichen Reise nach Iran erfuhren, die ich auch noch von Italien aus antreten würde. Ich bat Forouzan darum, dass Haus auf meine Ankunft mit zwei ausländischen Gästen vorzubereiten. Forouzan wollte wissen, wer da bei mir sei. Ich erklärte, ein italienischer Wissenschaftler und seine Tochter, die zu Forschungszwecken nach Iran führen. Ich fügte hinzu, dass wir nachts am Flughafen ankommen würden, dass es aber nicht nötig sei, uns abzuholen, sondern wir eigenständig mit dem Taxi nach Hause kommen würden. Forouzan protestierte, dass das unmöglich sei, und sagte, dass ihr Ehemann Reza uns mit Sicherheit abholen werde. Ich wusste, dass es keinen Sinn hatte, darüber zu diskutieren, da sie ihren Willen sowieso durchsetzen würde. Daher stimmte ich ihrem Vorschlag zu.

In der verbliebenen Zeit bis zum Abflug nach Mailand gingen Doktor Bastiani, Elisa und ich in ein Kaffee im Flughafengebäude, um etwas zu essen und zu trinken. Doktor Bastiani und Elisa hatten seit dem Frühstück nichts gegessen, und nun war es bereits kurz vor Sonnenuntergang. Wir bestellten jeder ein Sandwich und ein Softgetränk. Es war ein großes, modern eingerichtetes Café mit fröhlich bunten, individuell bemalten Stühlen aus Metall und Plastik und einigen Werken von Kandinsky an den Wänden.

Die Türen des Cafés gingen in die Abflughalle hinaus, wo ebenfalls einige Tische und Stühle standen. Wir setzten uns lieber nach drinnen. Ich war gerade dabei, von der Luftverschmutzung in Teheran zu erzählen, als Elisa plötzlich auf einen Punkt hinter Doktor Bastiani und mir zeigte: „Seht mal, da!"

Hinter uns in einer Ecke des Cafés stand ein Fernseher auf einem hohen Tisch. Ich erkannte Kommissar Lorenzo, der gerade in ein Mikrophon sprach. Hinter ihm war ein Polizeiauto zu erkennen, das gegen einen Zeitungsstand gefahren war. Elisa legte ihr Sandwich auf dem Tisch ab, stand auf und ging zum Fernseher, um besser hören zu können, was Kommissar Lorenzo sagte. Nach dem Interview mit Kommissar Lorenzo wurden ein dunkelblauer Dreier-BMW sowie ein Nummernschild eingeblendet.

Elisa kam zu uns zurück und erzählte, dass es den Dieben gelungen sei, Kommissar Lorenzo zu entkommen, indem sie einen Fußgängerweg entlanggefahren seien. Lorenzo habe berichtet, dass sie in einem Auto des gezeigten Typs entkommen seien, gefährlich seien und vermutlich einer räuberischen Bande von Kunstschmugglern angehörten. Mühevoll schluckte ich den Bissen, den ich im Mund hatte, hinunter.

Doktor Bastiani regte sich auf: „Diese Idioten! Wie kommen sie denn auf diesen Blödsinn? Die haben keine Ahnung, worum es geht." Murmelnd fügte er hinzu: „Sie wollen die Werke zerstören, nicht schmuggeln."

Ich meinerseits war Kommissar Lorenzo dankbar, dass er am Tatort aufgetaucht war. Er hatte bestimmt seine Gründe, warum er nach Rom gekommen war, und auch für das, was er sagte. Wie gefährlich diese Typen waren, hatte ich am eigenen Leib erfahren. Keiner von uns dreien hatte Lust, noch länger über die Sache zu reden. Ich sah mich um. Im Café, in dem wir saßen, und im Flughafen schien alles normal und ruhig zu sein. Die Räumlichkeiten von Café und Flughafen erschienen regelrecht gemütlich. Meine Angst jedoch blieb. Ich war froh darüber, Rom zu verlassen. Zweifellos empfanden Doktor Bastiani und Elisa das Gleiche.

7

Der Flug von Rom nach Mailand war sehr kurz. Als wir in zehntausend Meter Höhe den Luftraum über Florenz verließen, hatten wir die bewaffneten Männer vollkommen vergessen. In dieser Höhe waren wir unseren Träumen und Wünschen näher. Ich sah Elisa an, die eine Zeitung las, und dachte über sie nach. Doktor Bastiani, der zwischen uns saß, hatte sein Geißlein auf dem Schoß und las die Übersetzung des Briefs Cosimo Bentoninis an Chaaje Nassir und sinnierte: „Es ist offensichtlich, dass das erste Manuskript Guiliani gehörte. Die Decodierungsschrift befand sich in Händen Cosimo Bentoninis, und er wollte sie Guiliani überbringen, damit dieser in der Lage wäre, sein Manuskript zu entschlüsseln." Doktor Bastiani zögerte und fuhr dann fort: „Wenn Cosimo Bentonini, der Verfasser des Briefs, ein Schüler Guilianis war und des Persischen mächtig, dann müssen beide Gelehrte gewesen sein. Ich bin mir sicher, dass ich in der Universitätsbibliothek etwas über sie herausfinden kann." Er hielt inne und fuhr dann fort: „Vielleicht sind die beiden nach Persien gereist und haben dort die Sprache gelernt."

Als ob ihm eben etwas eingefallen wäre, gestikulierte er dann mit dem Zeigefinger wild vor sich in der Luft: „Ich habe einen Freund an der historischen Fakultät der Universität

Bologna, der bestimmt etwas für mich über diese Personen herausfinden kann. Ich rufe ihn noch heute Abend von Mailand aus an."

Als Elisa das hörte, blickte sie von der Zeitschrift, die sie las, auf und sah zunächst ihn und dann mich an. Als ihr und mein Blick sich trafen, lächelte sie und wandte sich wieder ihrem Magazin zu. Sie hatte ihre natürliche spirituelle Ruhe wiedergefunden.

Doktor Bastiani fragte: „Glauben Sie, wir können in Iran den Ort finden, an dem Maamatiri gelebt hat?"

„Es ist nicht unwahrscheinlich, dass einer meiner früheren Kollegen aus der Parlamentsbibliothek etwas weiß. Wir können dort in der Bibliothek unsere Nachforschungen beginnen. Einer meiner früheren Kollegen forscht seit über dreißig Jahren an alten Handschriften und hat großes Wissen angesammelt. Falls er uns selbst nicht weiterhelfen kann, kann er uns sicherlich sagen, wo wir die benötigten Informationen finden können."

8

Auf dem zweiten Flug von Mailand nach Teheran versuchte ich ein wenig zu schlafen. Aber obwohl ich sehr müde war, nickte ich lediglich einige Male kurz ein. Es war nicht leicht, auf den engen, zu kleinen Sitzen des Airbus A320 der Alitalia einzuschlafen. In Mailand, bevor wir ins Flugzeug gestiegen waren, hatte Doktor Bastiani bei seinem Kollegen in Bologna angerufen. Dieser wusste auch nichts über Jacopo Guiliani oder Cosimo Bentonini, versprach Doktor Bastiani jedoch, am nächsten Tag in der Universitätsbibliothek Nachforschungen anzustellen. Er hatte gemeint, dass es ein Leichtes sein müsste, etwas über die beiden herauszufinden, da viel Forschung zur Epoche Papst Gregor XI. betrieben worden sei und viel Wissen über diese Zeit existiere.

Am Flughafen in Mailand hatte es auch keine besonderen Probleme gegeben, außer dass der Sicherheitsbeamte nach der Durchleuchtung des Geißleins verlangt hatte, die Tasche zu öffnen, und ein wenig erstaunt auf die Manuskripte geblickt hatte. Bevor er etwas fragen konnte, hatte Doktor Bastiani eine Erklärung zu den Manuskripten abgegeben, die den Sicherheitsbeamten anscheinend nicht überzeugt hatte, sodass er uns gezwungen hatte, uns an den Flughafenzoll zu wenden. Dort hatte Doktor Bastiani, nachdem er seinen Per-

Montag

sonal- und Universitätsausweis vorgezeigt und ein Formular ausgefüllt hatte, die Erlaubnis erhalten, die Handschriften aus dem Land auszuführen.

Wie mir Elisa übersetzt hatte, hatte der Beamte am Zoll Doktor Bastiani noch darauf hingewiesen, dass er am Flughafen in Iran die Einfuhr der Manuskripte angeben solle, da er sonst bei ihrer Ausfuhr Probleme bekommen könnte. Dann hatte der Beamte noch eine Frage gestellt, die Elisa vor Doktor Bastiani beantwortet und an mich gewandt übersetzt hatte: „Ich habe gesagt, dass die Manuskripte in persischer Schrift verfasst sind."

Ich sah auf die Uhr. Es war kurz nach drei Uhr nachts. Wir waren schon mehr als vier Stunden auf diesem Flug unterwegs. Die kleinen Bildschirme in unseren Vordersitzen zeigten unsere Flugstrecke an. Wir waren jetzt im Luftraum über Iran. Ich konnte noch nicht fassen, dass ich nach Teheran flog, obwohl ich vor drei Tagen noch überhaupt nicht an eine solche Reise gedacht hatte. Für Elisa war die Reise zweifellos noch unerwarteter und aufregender. Sie saß am Fenster, hatte die Augen geschlossen, aber schlief nicht. Immer wieder öffnete sie die Augen und warf einen Blick aus dem Fenster nach draußen. Es war dunkel, und wahrscheinlich konnte sie nichts erkennen. Doktor Bastiani, der zwischen uns saß, hatte, nachdem wir eingestiegen waren, ein wenig gelesen und döste nun vor sich hin. Im Flugzeug herrschte allgemeine Müdigkeit. Das Brummen der Flugzeugmotoren und der vom veränderten Luftdruck ausgelöste Druck auf den Ohren ließen alle Geräusche weit weg und undeutlich erscheinen.

In den letzten Jahren war ich viel geflogen: um meine Cousins und Cousinen in Schweden zu besuchen, um die Pyramiden in Ägypten zu sehen und einmal auch zum Urlaub nach Griechenland. Außerdem war ich einige Male nach Iran gereist. Die Grenze eines Landes hinter mir zu lassen und die Grenze eines anderen Landes zu passieren, hatte für mich immer etwas Erschreckendes. Aber die Grenze meines eigenen Heimatlandes Iran zu passieren, schreckte mich mehr als alle anderen Grenzüberschreitungen. Ich blickte wieder auf den kleinen Bildschirm vor mir. Man sah, dass wir Teheran bereits sehr nahe gekommen waren. Für wenige Augenblicke leuchteten die Lämpchen im Flugzeug auf, und kurz darauf kam die Durchsage, dass wir nahe Teheran seien und in Kürze der Sinkflug beginnen würde. Im Innern des Flugzeugs setzte geschäftiges Treiben ein. Die Passagiere wachten langsam auf und brachten ihre Sitze in die senkrechte Position. Von überallher war gedämpftes Gemurmel zu hören, vor allem von den Frauen, von denen keine islamische Kleidung trug und die nun Kopftücher und „Mantos", die weiblichen Kurven verdeckenden langen Mäntel und Tuniken, aus ihren Handtaschen oder Koffern holten und über ihre andere Kleidung anzogen. Elisa zog erneut das Magazin, das sie seit Mailand dabeihatte, aus der Tasche ihres Vordersitzes und begann es durchzublättern.

Die Frau, die neben mir auf der anderen Seite des Ganges saß, stand auf, nahm eine Tasche aus der Gepäckablage über sich und begann darin zu suchen. Sie warf einige Male einen Blick auf Elisa, die immer noch ihr italienisches Magazin durchblätterte. Ich sah Elisa auch noch einmal an. Nein, ihre Kleidung war wirklich überhaupt nicht islamisch! Die Frau, die neben meinem Sitz stand, zog einen blauen Manto aus ihrer Tasche, legte die Tasche auf ihren Sitz und zog den Manto über.

Ich nutzte die Gelegenheit und fragte: „Entschuldigen Sie bitte, wissen Sie, ob man am Teheraner Flughafen Mantos kaufen kann?"

Als ich ihren erstaunten Blick sah, wies ich mit dem Kopf in Richtung Elisa und erklärte: „Diese Italienerin ist eine Bekannte von mir, und sie hat weder Kopftuch noch Manto."

Natürlich hatte dieser Umstand bereits davor die Aufmerksamkeit der Frau erregt. Sie sah erneut Elisa und Doktor Bastiani an und sagte warnend und bedauernd: „In dieser Jeans und dieser engen Bluse werden sie ihr bestimmt das Leben schwer machen."

Sie war etwas kräftiger als Elisa und hatte, bevor sie den Mantel angezogen hatte, selbst eine enge Hose und Bluse getragen. Sie musterte Doktor Bastiani, der gerade aufgewacht war, und fragte: „Ist dieser Mann ebenfalls Italiener?"

„Ja, er ist ebenfalls Italiener."

„Vor der Passkontrolle gibt es keine Geschäfte."

Als ich das hörte, erinnerte ich mich auch wieder daran, dass es so war. Wie hatte ich nur selbst nicht daran denken können?

Die Frau musterte wieder Doktor Bastiani und Elisa und wollte wissen: „Sind die beiden ein Ehepaar?"

„Nein, Vater und Tochter."

Elisa bemerkte die Blicke der Frau und dass wir über sie redeten.

Die Iranerin sagte: „Einen Moment ..." Sie wandte mir den Rücken zu und begann wieder in ihrer Tasche zu suchen. Schließlich zog sie einen weiteren Manto und einen Schal daraus hervor und bot an: „Ich habe immer einen zusätzlichen Manto dabei. Den Schal kann sie als Kopftuch anziehen."

Dann streckte sie die Sachen Elisa hin und sagte auf Persisch: „Ich leihe Ihnen die Sachen, Sie können sie mir in Teheran zurückgeben."

Elisa sah mich verwundert an. Doktor Bastiani blickte den Arm vor sich an und dann das Gesicht, das an diesem hing. Ich erklärte Elisa, was die iranische Frau meinte. Als die Iranerin hörte, dass ich mit Elisa Englisch sprach, wechselte sie ebenfalls auf Englisch: „Geben Sie mir die Sachen in Teheran zurück."

Mich fragte sie: „Sie meinten, die beiden seien Italiener?"

„Ja, sie kommen aus Florenz."

Die Frau wandte sich wieder an Elisa und sagte zu ihr: „Kommen Sie, ich zeige Ihnen, wie Sie das Kopftuch aufsetzen können."

Ich war erleichtert, dass sich eine Lösung für das Problem des islamischen Hidschab für Elisa gefunden hatte. Elisa und die Iranerin gingen in den hinteren Teil des Flugzeugs. Als sie zurückkehrten, war Elisa im weit geschnittenen Manto und mit dem um ihren Kopf gewickelten Kopftuch kaum wiederzuerkennen. Die beiden Frauen stellten sich in den Gang und sprachen über die islamische Kleiderordnung. Ich tauschte meinen Platz mit Elisa, damit die beiden sich die verbliebenen Minuten des Flugs weiterunterhalten konnten. Die iranische Frau blieb bis nach der Passkontrolle bei uns. Beim Abschied bedankte sich Elisa noch einmal und ließ sich Anschrift und Telefonnummer der Frau geben um sich mit ihr in Verbindung setzen und ihr die Kleidung zurückgeben zu können. Ich gab ihr außerdem die Telefonnummer meiner Mutter. Der Name der hilfreichen Fremden war Parvin Saraabi, und zufälligerweise wohnte sie ebenfalls in München. Allerdings blieb keine Zeit, weiter darüber zu sprechen.

Dienstag

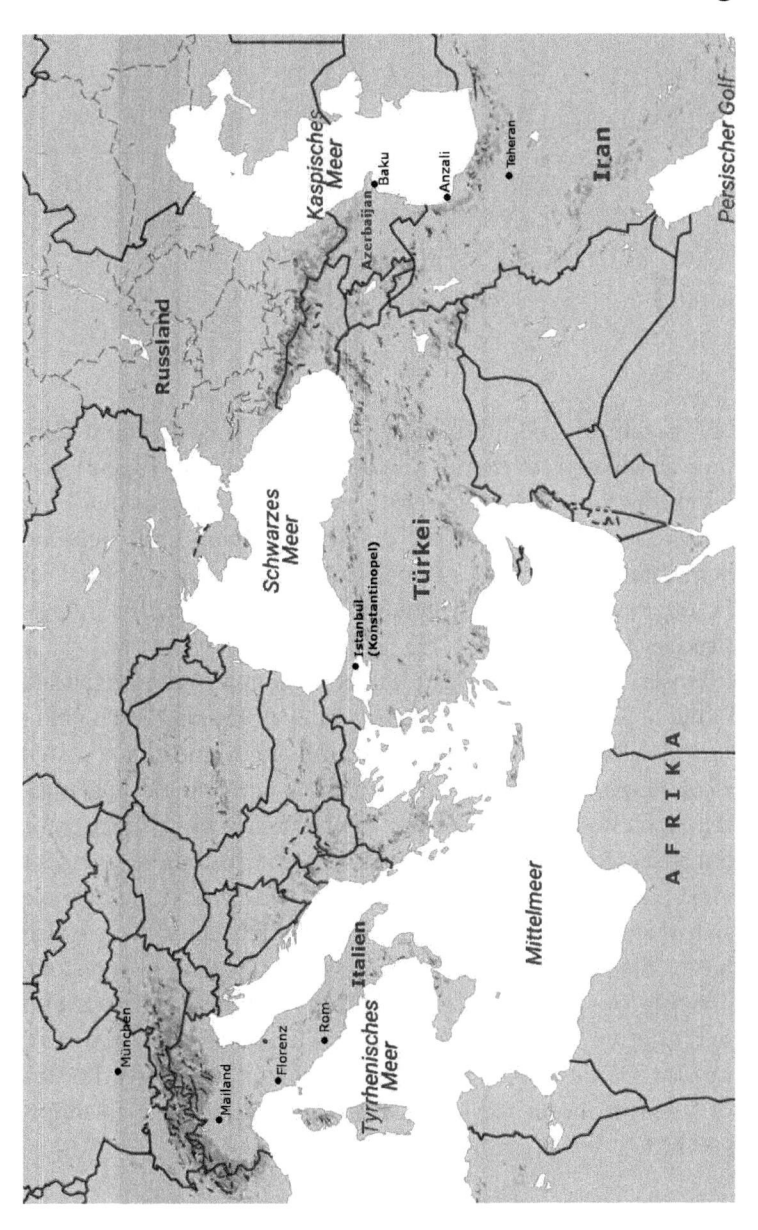

1

Ich wachte gegen Mittag auf. Die Nacht hatte ich in dem Zimmer geschlafen, in dem ich meine Kindheit und Jugend verbracht hatte. Ich war ausgeruht und fit. Wenn man den Flug und den Zeitunterschied zwischen Rom und Teheran bedachte, war ich nicht spät aufgewacht. Elisa schlief in Forouzans Zimmer und Doktor Bastiani im Zimmer meines Bruders Bahram.

Unser Flugzeug war um halb vier Uhr morgens gelandet. Obwohl es mitten in der Nacht war, war am Flughafen Teheran viel los gewesen. Forouzan und ihr Mann Reza waren zum Flughafen gekomen, um mich und meine ausländischen Gäste in Empfang zu nehmen. Ich hatte mich sehr darüber gefreut, Forouzan zu sehen. Sie bedeutete mir sehr viel. Neben ihrem Mann und ihren Kindern kümmerte sie sich auch um meine Mutter und erledigte alles für sie. Ich hatte die beiden Elisa und Doktor Bastiani vorgestellt. Obwohl es spät war, war Forouzan wie immer fröhlich und vergnügt gewesen. Im Vergleich zu ihr hatte Elisa in der zu großen Kleidung und durch die Müdigkeit der Reise, die sich deutlich in ihrem Gesicht abzeichnete, müde und erschöpft gewirkt.

Als wir aus dem Flughafen gekommen waren, hatte die Luft noch eine angenehme Wärme gehabt. Die Luftverschmutzung war jedoch sofort zu spüren gewesen. In Teheran war die Luft trockener als in Rom. Forouzan konnte kaum Englisch. Aber Reza, der Arzt war, sprach die Sprache sehr gut. Er hatte Doktor Bastiani ein wenig zu seinem Beruf befragt. Allerdings hatte ich ihm einige der Antworten erklären müssen.

Ich stand von meinem Bett auf und sah mir das Bücherregal an, das über meinem Schreibtisch an der Wand angebracht war. Meine Bücher standen noch genau so da, wie ich sie vor einigen Jahren einsortiert hatte. Ich zog den Diwan Hafez' heraus und blätterte ihn durch. Nachdem ich ein paar Verse gelesen hatte, legte ich ihn auf den Tisch. Dann ging ich zum Schrank und öffnete die Türen. Nur in einem kleinen Teil des Schranks waren noch einige meiner alten Kleidungsstücke aufgehängt. Der Rest dessen war mit verschiedenstem Kram gefüllt: Küchengeräte und Geschirr, einige Bilderrahmen, eine alte Stereoanlage, einiges an Bettwäsche und dergleichen lagen darin verstreut. Ich nahm einige Kleidungsstücke heraus und zog mich um. Die Sachen waren mir ein bisschen zu eng. Nicht, dass ich so viel zugenommen hätte. Aber früher war enge Kleidung üblicher gewesen, oder zumindest hatte ich sie früher lieber getragen.

Ich schloss den Schrank, ging zum Fenster, schlug den Vorhang zur Seite und blickte auf die Straße. Jedes Mal, wenn ich nach Iran kam, schien mir diese Straße älter geworden zu sein.

Unwillkürlich fiel mein Blick auf den Balkon und die Fenster auf der Straßenseite gegenüber. Sie hatten sich seit meiner letzten Reise – seit allen meinen vorigen Reisen – überhaupt nicht verändert. Immer noch dieselben Steine weißen Marmors, derselbe Fensterrahmen aus Aluminium, dieselben Vorhänge aus weißer Spitze. Das Fenster, aus dem mir damals Mahsa gewunken hatte.

Dienstag

Ich zog den Vorhang wieder vor und ging nach unten. Im Wohnzimmer, das gleichzeitig unser Esszimmer war und durch eine lange Theke von der Küche abgegrenzt ist, saß Doktor Bastiani auf einem Sessel am Fenster. Einige seiner Aufzeichnungen lagen über das Kaffeetischchen vor ihm verstreut. Er war dabei, sie durchzusehen und neu zu ordnen. Sein Geißlein stand neben ihm auf dem Boden. Elisa und meine Mutter saßen noch am Küchentisch. Forouzan hatte mit ihrem gebrochenen Englisch sowie Händen und Füßen das Frühstück bestreiten können. Alle hatten gefrühstückt, und nun war Forouzan dabei abzuräumen.

Sie teilte mir mit: „Der Herr Doktor und seine Tochter sind früh aufgewacht. Sie haben gesagt, dass wir dich nicht wecken sollen ..." Sie sah Elisa an: „Es scheint, als hätten sie es hier nicht bequem gefunden und nicht schlafen können ... Komm, setz dich, ich bringe dir einen Tee." Damit ging sie in die Küche.

Forouzan lebte nicht weit weg und sah normalerweise, nachdem Reza in die Praxis und die Kinder in die Schule aufgebrochen waren, bei meiner Mutter nach dem Rechten und half ihr mit dem Haushalt.

Ich setzte mich zu Elisa an den Tisch. Sie trug einen Schlafanzug Forouzans. Die Ärmel waren ihr zu kurz.

Als Elisa meinen Blick bemerkte, lachte sie: „Deine Schwester meinte, die islamische Kleidung ist nur für draußen ..." Sie zog etwas an den zu kurzen Ärmeln: „Den hat mir deine Schwester gegeben."

Forouzan, die von der Theke zwischen Küche und Wohnzimmer aus unser Gespräch mitbekommen hatte, fragte: „Ist ihr Koffer auf dem Flug verloren gegangen?"

Meine Mutter sagte: „Mein Liebling, frag sie, ob sie noch einen Tee möchten!"

Ich fragte die beiden, doch sie verneinten. Elisa lächelte meine Mutter an.

Da wandte sich meine Mutter an mich: „Was für ein nettes Mädchen! Hast du etwas zu berichten, mein Liebling?" Gestern mitten in der Nacht hatte sie mich dasselbe gefragt.

„Nein, Mama, wie ich heute Nacht gesagt habe, ist dieser Herr hier ein Professor an der Universität, der für einige Nachforschungen nach Iran gekommen ist. Seine Tochter hat er mitgebracht, damit sie Iran sehen kann. Ich bin lediglich ihr Dolmetscher und helfe Doktor Bastiani bei seinen Nachforschungen."

Während ich mein Frühstück aß, beantwortete ich die Fragen meiner Mutter und Forouzans zu Elisa und Doktor Bastiani und übersetzte einige Teile des Gesprächs für Elisa.

Ich hatte mein Frühstück so gut wie beendet, als Doktor Bastiani aufstand und sich zu uns an den Tisch setzte. Als Forouzan sah, dass sich Doktor Bastiani zu mir setzte, brachte sie uns beiden einen neuen Tee. Doktor Bastiani bedankte sich und fragte mich: „Wann können Sie den Freund, von dem Sie gesprochen haben, anrufen?"

Da ich noch nicht ganz wach war, begriff ich einen Moment nicht, was er meinte.

Er fuhr fort: „Der, von dem Sie sagten, dass er in der Bibliothek arbeite und vielleicht etwas über Maamatiri wisse."

Jedes Mal, wenn ich den Namen Maamatiri hörte, war ich mir sicher, dass ich ihn schon mal irgendwo gelesen hatte. Ich warf einen Blick auf die Uhr, es war fast zwölf. Ich überlegte, dass ich, wenn ich sofort anriefe, vielleicht jemanden in der Parlamentsbibliothek erreichen könnte, bevor alle zum Mittagessen gingen, und sagte: „Ich rufe gleich an."

Elisa beschwerte sich bei ihrem Vater: „Papa, lass Behrouz sein Frühstück aufessen!"

Doktor Bastiani hob abwehrend die Hände: „Nach dem Frühstück ... frühstücken Sie in Ruhe!"

Ich schluckte noch schnell einige Bissen hinunter, stand auf, nahm das Telefon und unser Telefonbüchlein von der Küchentheke und setzte mich wieder. Unser Telefonbüchlein ist min-

Dienstag

destens zwanzig Jahre alt. Viele der Einträge darin sind von meinem Vater geschrieben worden. Ein paar stammen auch von mir. Es stehen einige Nummern der Parlamentsbibliothek, vor allem der Abteilung, in der ich gearbeitet habe, in dem Büchlein. Ich wählte die Nummer meiner ehemaligen Abteilung. Doktor Bastiani beobachtete mich aufgeregt wie ein kleines Kind, das gleich ein neues Spielzeug bekommen soll. Eine Frau ging ans Telefon. Ich kannte sie nicht. Sicherlich war sie, nachdem ich gegangen war, eingestellt worden.

„Entschuldigen Sie, ich hätte gerne mit Herrn Doktor Fazilati gesprochen."

„Doktor Fazilati? ..." Sie stockte einen Moment. „Da rufen Sie ein bisschen spät an, mein Herr ..."

Ich blickte wieder auf meine Uhr: „Ist er schon zum Mittagessen gegangen?"

Die Frau am Telefon erwiderte lachend: „Entschuldigen Sie bitte, ich habe mir einen Scherz erlaubt. Herr Fazilati ist vor einem halben Jahr in den Ruhestand gegangen."

Ich hatte überhaupt nicht bedacht, dass auch in meiner Abwesenheit die Zeit verstrich, Leute alt wurden und in Rente gingen. Also bat ich: „Könnten Sie mir seine Telefonnummer oder Adresse geben?"

„Nein, so gut habe ich ihn nicht gekannt, Herr ...?"

„Ich heiße Behrouz Raamtin. Bis vor ein paar Jahren habe ich auch in der Bibliothek gearbeitet und bin dann nach Deutschland ausgewandert. Könnte ich mit Herrn Hosseyni sprechen?"

Herr Hosseyni arbeitete auch bei uns in der Abteilung, war um einiges jünger als Herr Fazilati und sicherlich noch nicht in Rente gegangen.

„Herr Raamtin?"

Am anderen Ende der Leitung wurde es einem Moment still, als ob meine Gesprächspartnerin über etwas nachdächte: „Aha, ja, ich habe Ihren Namen unter einigen Berichten gelesen. Herrn Hosseyni, Herrn Nemat Hosseyni?"

„Ja!"
„Er hat eine Weile nach Ihnen ebenfalls gekündigt."
Ach, stimmte ja, das hatte ich gehört, aber wieder vergessen.
Sie fragte: „Möchten Sie mit Herrn Koushki sprechen?"
Warum hatte ich nicht an Herrn Koushki gedacht? Er war tatsächlich ein sehr sympathischer Mensch. Ich stimmte zu: „Ja, vielen Dank, wenn Sie mich mit ihm verbinden würden?"
„Bleiben Sie einen Moment dran ..."
Den Geräuschen nach zu urteilen, legte meine Gesprächspartnerin den Telefonhörer auf dem Tisch ab und ging aus dem Zimmer. Ich hielt die Sprechmuschel ein Stück von mir weg und teilte Doktor Bastiani mit: „Er ist in Rente gegangen. Ich versuche, seine Privatadresse zu bekommen."
Nach ein paar Minuten waren wieder Geräusche vom anderen Ende der Leitung zu hören. Dann sprach Herr Koushki ins Telefon: „Guten Tag, Herr Raamtin! Das ist ja eine Überraschung! Wie geht es Ihnen?"
Nach der Begrüßung und einigen Höflichkeitsfloskeln beantwortete ich einige Fragen über die Situation in Deutschland und wie man dorthin migrierte. Schließlich gelangten wir zum Grund meines Anrufs: „Da ich schon mal in Iran bin, wollte ich Herrn Fazilati Hallo sagen. Da hieß es, er sei in Rente gegangen. Haben Sie zufällig seine Privatnummer?"
Herr Koushki hatte die Telefonnummer und gab sie mir. Ich erreichte Herrn Fazilati sofort, und auf Drängen Doktor Bastianis verabredeten wir, noch am selben Abend bei ihm vorbeizukommen.
Mir war es auch recht, wenn Doktor Bastiani seine Nachforschungen möglichst schnell beenden konnte, die nicht mehr als einige Gespräche mit dieser und jener Person umfassen würden. Dann würden wir uns den angenehmeren Seiten dieser Reise zuwenden können. In Gedanken hatte ich mir bereits verschiedene Pläne für die Reise geschmiedet. Da

Dienstag

Elisa an Architektur interessiert war, musste sie auf jeden Fall Isfahan sehen; eine Stadt, in der sich die schönsten Werke islamischer Architektur befanden, Architektur des iranischen Mittelalters. Danach mussten wir Schiraz besuchen und die Überreste der Stadt Persepolis, die etwa zur gleichen Zeit wie das Kolosseum erbaut worden war.

Forouzan fragte: „Was meintest du, worüber der Herr Doktor forscht?"

„Im Moment sucht er eine Pflanze, die früher als Heilmittel verwendet wurde. Aber da es nicht so einfach ist, diese Pflanze zu finden, geht es jetzt zunächst darum, etwas über einen Arzt herauszufinden, der diese Pflanze vor einigen Hundert Jahren angebaut hat."

Meine Mutter schlug vor: „Mein Lieber, geht doch zu dem Heilkräuterhändler Hadsch Sammad oder zu Maschhadi Abbas. Sie kennen alle Heilpflanzen."

Dann erzählte sie etwas über eine Krankheit, die Forouzan als Kind gehabt hatte und die dank der Heilmittel Hadsch Sammads abgeklungen war. Ich überlegte, mir die Übersetzung dieser Geschichte zu sparen. Aber sich bei einem Heilkräuterhändler zu erkundigen, war tatsächlich eine gute Idee. Die Heilmittel, die einige der iranischen Heilkräuterhändler führten, waren seit alten Zeiten in der traditionellen iranischen Medizin verbreitet. Es war gar nicht unwahrscheinlich, dass einer von ihnen, der sein Wissen von seinem Vater erworben hatte, die Parvak kannte. Ich besprach diese Idee mit Doktor Bastiani, und er meinte, dass wir dem auf jeden Fall nachgehen sollten. Wir unterhielten uns gerade darüber, als das Telefon klingelte. Ich wartete darauf, dass Forouzan den Hörer abnehmen würde. Seit ich nicht mehr in Iran lebte, rief mich niemand mehr hier an.

Doch Forouzan kannte die Person, die anrief, nicht: „Wer bitte? ... Ich kann Sie gerade nicht zuordnen? ... Mit wem? ... aha ... einen Moment bitte."

Meine Schwester deckte die Muschel des Hörers mit der Hand ab und erklärte: „Eine Parvin. Sie sagt, sie möchte mit Elisa sprechen."

Ich erklärte Elisa, dass der Anruf für sie sei, und erzählte Forouzan von unserer Begegnung mit Parvin Saraabi im Flugzeug. Elisa nahm den Hörer von Forouzan entgegen. Es stellte sich heraus, dass Parvin Elisa dazu einlud, sich zu treffen – zum einen, damit sie Elisa helfen könnte, Kleidung zu kaufen, und zum anderen, da sie ihr den Teheraner Basar zeigen wollte. Bevor Elisa antwortete, sah sie zunächst ihren Vater und mich an. Da wir keine negative Reaktion zeigten, verabredete sie sich mit Parvin.

2

Parvin holte uns in einem Peugeot 504 ab. Während wir zum Basar fuhren, fragte ich, welches Baujahr der Wagen sei, und erfuhr: „Der Peugeot 504 ist Baujahr 1976. Mein Vater hat ihn ein paar Jahre vor der Revolution gekauft."

Ich bemerkte: „Dafür ist er aber sehr gut in Schuss."

Parvin dachte einen Augenblick nach. Dann erzählte sie: „Mein Vater hat das Auto bis zwei Jahre nach der Revolution gefahren. Aber dann hatte er einen Herzinfarkt und hat es danach nicht mehr benutzt."

Elisa fragte: „War es ein schlimmer Herzinfarkt?"

„Seitdem ist seine eine Körperhälfte gelähmt. Meine Mutter hat ihn sehr gut gepflegt, ist dann aber vor drei Jahren gestorben. Daher komme ich inzwischen zwei, drei Mal im Jahr nach Iran, um ihn zu besuchen. Ich habe ein älteres Ehepaar eingestellt, das sich um ihn kümmert. Das sind sehr gute Leute."

Elisa sagte: „Oh, das tut mir sehr leid."

Parvin lächelte. Eine melancholische Stille breitete sich im Auto aus. Um die trübe Stimmung zu brechen, fragte Parvin mich nach einer Weile: „Was machen Sie in München?"

Ich erzählte ihr kurz von meinem Studium und meinem Beruf und fragte sie dann im Gegenzug, was sie dort machte.

Parvin hatte in München Psychologie studiert und arbeitete nun für das Jugendamt.

Wir waren inzwischen fast beim Basar angekommen, und ich wollte nicht noch weiter in Parvins Privatleben herumstochern.

Mit Mühe fand Parvin einen Parkplatz in einer der Gassen beim Basar. Um kurz nach drei Uhr nachmittags standen wir vor einem der Eingänge des Basars in der Straße des 15. Chordād.

Die traditionellen Basare in Iran, darunter der Teheraner Basar, kamen zweifellos dem Bild am nächsten, das Europäer vom „Orient" hatten. Der Teheraner Basar ist eine der Lebensadern der Stadt, die noch von früher übrig geblieben ist. Seine authentische Schönheit ändert sich nie: das Licht, das durch die Deckenöffnungen hindurch den feuchten, lehmigen Staub passiert, in der gewölbeartigen Atmosphäre des Basars wie Säulen hervorbricht, Lichtkegel auf den Ladentischen bildet und die dort ausliegenden Satinstoffe zum Leuchten bringt; die Klänge, die keine glatten Oberflächen für einen Widerhall finden und, bevor sie herausgehört werden können, auf Gegenstände aus verschiedensten Welten treffen und verschwimmen; die seltsamen Farben, für deren Zusammensetzung sich keine Relation findet; die unbekannten Düfte, die trotzdem nicht fremd erscheinen, als ob man das Wissen über sie von vergessenen Vorfahren geerbt hätte, Vorfahren, die vielleicht zu Zeiten Maamatiris gelebt und vielleicht genauso wie er den Zweig, von dem diese Düfte aufstiegen, unter der Nase gehalten und seinen Duft gerochen hatten.

Ich sagte zu Elisa: „Der Basar wird dir sicherlich sehr gefallen."

Parvin bestärkte meine Aussage: „Der Teheraner Basar ist sehr sehenswert. Aber zum Einkaufen gehen wir woandershin. Ich kenne ein paar gute Boutiquen."

Dienstag

Ich verabredete mit den beiden: „Also treffen wir uns genau hier um fünf Uhr wieder."

Parvin sah Doktor Bastiani an und meinte zu mir: „Der Basar ist bestimmt auch für den Doktor interessant. Wollen Sie nicht zuerst mit uns mitkommen und danach zu den Heilkräuterhändlern gehen?"

Zuvor hatten wir im Auto ausgemacht, dass ich Doktor Bastiani zu zwei Heilkräuterhändlern, die meine Mutter vorgeschlagen hatte, bringen würde, da sie ihre Läden nahe des Basars hatten, den Elisa und Parvin derweil besichtigen würden.

„Nein, wir müssen unbedingt zu diesen Heilkräuterhändlern. Falls wir früher fertig sind, kommen wir auch zum Basar. Vielleicht finden wir uns ja zufällig."

Natürlich wusste ich selbst, dass dies angesichts der Größe des Basars sehr unwahrscheinlich war. Aber ich wusste nicht, was ich Parvin sonst hätte entgegnen sollen.

Wir trennten uns voneinander. Elisa und Parvin betraten den Basar, und Doktor Bastiani, sein Geißlein und ich machten uns auf den Weg zur Paamenaar-Gasse. Mein Drängen darauf, das Geißlein zu Hause zu lassen, hatte keine Wirkung gezeigt. Er meinte, es sei ja möglich, dass Herr Fazilati die Manuskripte gerne sehen würde. Ich hatte den Eindruck, dass er die Manuskripte in seiner Nähe eher in Sicherheit wähnte.

Da ich mich in diesem Teil der Stadt selbst nicht gut auskannte, musste ich mir von diesem und jenem die Richtung zu den Heilkräuterhändlern Hadsch Sammad und Maschhadi Abbas weisen lassen. Niemand, den ich fragte, kannte jedoch die beiden. Ich bemerkte nach einer Weile, dass die meisten Leute, die hier unterwegs waren, überhaupt nicht aus Teheran kamen oder, wenn doch, aus anderen Vierteln dieser Millionenstadt stammten und sich daher wie ich in dieser Gegend nicht gut auskannten. Der Teheraner Basar ist eines der Handelszentren Irans und zieht Leute von überall aus Teheran und Iran an, um hier ihre kleinen und großen Einkäufe zu erledigen.

Doktor Bastiani fragte: „Kann man nicht in den Gelben Seiten nachschlagen, wo wir diese Heilkräuterhändler finden, oder bei der Telefonauskunft nachfragen?"

Diese Frage brachte mich zum Lachen, und ich erklärte ihm, dass es so etwas wie die Gelben Seiten, die in Europa verbreitet waren und in denen sich die Telefonnummern und Adressen von Firmen, Fabriken, Groß- und Einzelhändlern fanden, in Iran nicht gab. Darüber hinaus besaßen in diesem Viertel gar nicht alle Häuser und Geschäfte ein Telefon und auch nicht unbedingt eine eindeutige Adresse.

Ich beschloss, nur noch bei den Ladenbesitzern nachzufragen, die sich in der Gegend ja besser auskennen mussten. Zusammen betraten Doktor Bastiani und ich hauptsächlich Geschäfte, die Nähartikel, Seifen, Socken und allen möglichen Krimskrams führten, und erläuterten dort, dass wir die Heilkräuterhändler suchten. Keiner von ihnen hatte die Namen der von meiner Mutter erwähnten Händler gehört. Manche wiesen mir den ungefähren Weg zu anderen Heilkräuterhändlern, aber die von ihnen genannten Läden zu finden, war mindestens genauso schwierig, wie Hadsch Sammad und Mashhadi Abbas aufzuspüren. Es war schon Jahre her, dass ich in der Gegend gewesen war. Einige Geschäfte schienen neu oder inzwischen renoviert worden zu sein. Wahrscheinlich gehörten ihre Besitzer zu den nach Teheran neu Zugezogenen.

Doktor Bastiani wollte schon langsam die Hoffnung aufgeben, als ich einen alten Mann bemerkte, der am Ende der Paamenaar-Gasse neben einer Holzkiste saß und gebrauchte Uhren, einige edelsteinbesetzte Ringe, ein paar Feuerzeuge, eine Flasche Eau de Cologne und zwei hölzerne Pfeifen feilbot. Ich war mir nicht sicher, ob dieser alte Mann wirklich Teheraner war und dieses Viertel kannte. Dennoch beschloss ich, ihn ebenfalls zu fragen. Also blieb ich neben ihm stehen, und Doktor Bastiani stellte sich ebenfalls dazu. Der alte Mann

Dienstag

war vielleicht siebzig Jahre alt und trug einen sehr alten, aber mehr oder weniger sauberen grauen Mantel. Er trug einen schmalen Schnurrbart und einen gut rasierten Backenbart.

Da ich dachte, der Mann würde wahrscheinlich hilfsbereiter sein, wenn ich etwas kaufte, nahm ich einen der edelsteinbesetzten Ringe aus seiner Holzkiste und fragte: „Wie viel kostet der?"

Doktor Bastiani wollte wissen, ob ich wirklich vorhatte, den Ring zu kaufen. Als der alte Mann bemerkte, dass wir Englisch sprachen, musterte er uns kurz und fragte dann: „Was sucht ihr denn?"

Er sprach einen ganz ursprünglichen Teheraner Dialekt. Es ärgerte mich, dass ihm so schnell meine eigentliche Absicht klar geworden war. Ich legte den Ring an seinen Platz zurück und fragte: „Kommen Sie hier aus der Straße?"

Der alte Mann sah Doktor Bastiani an und erwiderte: „Ich komme hier aus der Gegend. Suchen Sie wen?"

„Wissen Sie, wo der Heilkräuterhändler Hadsch Sammad seinen Stand hat?"

Der alte Mann nickte: „Hadsch Sammad, Gott habe ihn selig, hatte sein Geschäft an der Ecke zur Marvi-Gasse. Aber es ist schon zehn Jahre her, dass er gestorben ist."

„Gibt es seinen Laden noch?"

Er blinzelte und äußerte voller Verachtung: „Ach was ... Seine Söhne haben den Laden direkt verkauft und das ganze Geld verpulvert. Jetzt sind beide Straßenverkäufer." Dann dachte er einen Augenblick nach: „Was wollten Sie von Hadsch Sammad?"

„Wir sind auf der Suche nach einem pflanzlichen Heilmittel. Man sagte uns, wir finden es entweder bei Hadsch Sammad oder beim Heilkräuterhändler Maschhadi Abbas."

Der alte Mann lachte und erwiderte: „Scheint so, als hätte die Person, die Ihnen den Tipp gegeben hat, keine Ahnung. Hadsch Sammad ist schon lange tot, und Maschhadi Abbas ist in der Imamzade-Yahya-Gasse."

Dann beschrieb er mir genau, wie wir zum Laden des Maschhadi Abbas kamen. Ich berichtete Doktor Bastiani von diesem Erfolg. Er freute sich sehr, dass wir zumindest einen der Heilkräuterhändler gefunden hatten, und wollte wissen, ob ich denn den Ring nun nicht kaufen würde. Ich warf noch einen Blick darauf. Der Ring war aus Messing mit einem roten Glimmerquarz als Stein. Der alte Mann bemerkte mein erneutes Interesse: „Das ist ein Aventurin-Quarz. Sehr selten, macht zehn Tuman!"

Nach einigem Feilschen kaufte ich den Ring für eben diese zehn Tuman und steckte ihn mir auf den Zeigefinger meiner linken Hand. Als wir uns anschickten zu gehen, zeigte der alte Mann auf Doktor Bastianis Geißlein und sagte: „Wenn Sie diese Tasche verkaufen wollen, ich nehme sie!"

Wir brachen zur Imamzade-Yahya-Gasse auf, ohne ihm das Geißlein verkauft zu haben. Ich erinnerte Doktor Bastiani daran, gut auf die Tasche aufzupassen, da es in Teheran viele Taschendiebe gab.

Wir mussten die Straße des 15. Chordād geradeaus Richtung Osten entlanggehen. Die Imamzade-Yahya-Gasse befand sich hinter der Kreuzung Sayyid Mostafa. Als wir die Kreuzung überquerten, zeigte ich auf den Baharestan-Platz und erklärte Doktor Bastiani: „Die Parlamentsbibliothek befindet sich hier ganz in der Nähe." Ich vermisste die Manuskripte der Bibliothek.

Auf der anderen Seite der Sayyid-Mostafa-Kreuzung befand sich ein viel dreckigerer und geschäftigerer Teil des Basars. Doktor Bastiani beobachtete interessiert, aber verstohlen die den Tschador tragenden Frauen, die durch die Gassen eilten. Dank der Beschreibung des alten Mannes fiel es uns nicht schwer, den Laden des Heilkräuterhändlers Maschhadi Abbas in einer der Gassen hinter der Imamzade-Yahya-Gasse zu finden. Es handelte sich um einen uralten Laden mit einer Tür aus Metall und verstaubten Fenstern, von denen einige von innen mit Zeitungspapier verklebt worden waren –

Dienstag

wahrscheinlich als Vorhangersatz und zum Schutz vor der Sonneneinstrahlung. Von außen ließ sich das Innere des Ladens kaum erkennen. Wir gingen hinein. Der Laden war sehr schmal, sodass die Kunden nur in einer Reihe zwischen dem Ladentisch, den Fenstern und der Tür des Geschäfts stehen konnten. Hinter dem Ladentisch standen ein älterer Mann mit weißem Stoppelbart und ein Jugendlicher. Der alte Mann, der einen zu groß geratenen Anzug trug, sprach gerade mit einem Kunden.

Der Jugendliche begrüßte uns, als wir eintraten: „Guten Tag, was kann ich für Sie tun?"

Ich warf einen Blick auf Doktor Bastiani. Mir wurde bewusst, dass wir nach einer Pflanze suchten, die in Wirklichkeit vielleicht nie existiert hatte. Dennoch fragte ich: „Führen Sie die Pflanze Parvak?"

Doktor Bastiani war damit beschäftigt, sich den Laden anzusehen.

Hinter den beiden Verkäufern standen einige Holzschränke von etwa zwei Metern Höhe an der Wand. Sie waren voller Schubladen, die alle exakt die gleiche Größe und Breite hatten, in etwa so groß wie ein Buch. Hinter den Schränken, vor den Schränken, auf dem Boden und auf dem Ladentisch, überall standen und lagen Säcke und Schachteln voller Heilkräuter. Die Lichtstrahlen, die durch die kleinen verstaubten Fenster fielen und vom Zeitungspapier, das sich inzwischen gelb verfärbt hatte, gedämpft in den Laden drangen, tauchten die Szene in ein sepiafarbenes Licht: die farblos gewordenen Blätter, die getrockneten Blüten und die Wurzeln, Zweige und Pflanzenstängel, die sich in den Säcken und Schachteln befanden, muteten in diesem Licht alt und unwirklich an, als wären sie nur einen Augenblick zuvor dem Fotoapparat des berühmten iranischen Meisterfotografen Reza entsprungen. Ich kannte von diesen Pflanzen und Heilkräutern lediglich das Gurkenkraut, Maisfasern, Stiele von Kirschen sowie Baldrian, die meine Mutter früher ab und an gekauft hatte.

Der junge Mann, der dachte, er habe mich nicht richtig verstanden, fragte noch einmal nach: „Was suchen Sie?"

„Die Parvak!"

Er sagte zu dem Älteren, der zweifellos der gesuchte Maschhadi Abbas war und nun ebenfalls auf uns aufmerksam geworden war: „Er möchte Parvak."

Maschhadi Abbas fragte mich nun seinerseits noch einmal: „Was möchten Sie?"

„Die Parvak!"

„Ich kenne kein Heilmittel dieses Namens. Wer hat es Ihnen verschrieben?"

Der Kunde oder Bekannte Maschhadi Abbass, mit dem er eben noch geredet hatte, trat ein Stück zur Seite, lehnte sich gegen den Ladentisch und begann, uns zu mustern. Ich erklärte, dass wir den Namen dieser Pflanze in einem alten medizinischen Buch gelesen hätten. Doktor Bastiani hatte begriffen, worüber wir redeten, zog das Bild der Parvak, das man ihm gemalt hatte, aus dem Geißlein hervor und hielt es Maschhadi Abbas hin.

Maschhadi Abbas nahm das Bild, betrachtete es eine Weile und fragte: „Wo wächst diese Pflanze?" Bevor ich ihm antworten konnte, wollte er außerdem wissen: „Wogegen ist sie gut?"

Der andere Kunde und der junge Mann verfolgten ebenfalls interessiert unser Gespräch.

Ich zeigte auf Doktor Bastiani: „Dieser Mann forscht zu alter iranischer Medizin. Wir suchen Antworten auf genau die Fragen, die Sie soeben gestellt haben."

Maschhadi Abbas hielt das Bild erneut vor sein Gesicht und betrachtete es eingehend. „Aber Sie müssen doch wissen, in welche Region diese Pflanze gehört. Jede Region hat ihre eigenen Zipperlein und ihre eigenen Heilmittel dagegen." Er sah das Bild noch einmal an und gab es dann dem Mann auf der anderen Seite des Ladentischs: „Mein Vater, mein Großvater und deren Väter waren alle in Rey und Varaamin Heil-

Dienstag

kräuterhändler und Ärzte. Wenn es so eine Pflanze in dieser Gegend gegeben hätte, dann würde ich sie bestimmt kennen." Dann wandte er sich an den anderen Mann vorm Ladentisch: „Maschhadi Hassan, kennst du diese Pflanze?" An uns gerichtet, erklärte er: „Maschhadi Hassan ist ein Kräutersammler, der uns die meisten unserer wilden Heilkräuter liefert."

Maschhadi Hassan betrachtet nun ebenfalls das Bild und zog die Augenbrauen hoch. Dann sprach er: „Nein, diese Pflanze kenne auch ich nicht." Damit gab er das Bild Maschhadi Abbas zurück.

Ich übersetzte für Doktor Bastiani, was die beiden gesagt hatten. Maschhadi Abbas wartete, bis ich fertig übersetzt hatte, und wollte dann wissen: „In welchem Buch haben Sie von dieser Pflanze gelesen? Wer war der Verfasser, und von wo stammte er?"

Ich erläuterte: „Wir besitzen nicht den persischen Originaltext. Es scheint aber so, als wäre der Name des Verfassers Chaaje Nassir Maamatiri gewesen."

Doktor Bastiani, der den Namen Maamatirirs verstanden hatte, warf mir einen fragenden Blick zu. Ich erklärte ihm, was Maschhadi Abbas gefragt hatte, und wurde mir in diesem Moment dessen bewusst, wie erstaunlich ähnlich die Gedankengänge des Heilkräuterhändlers und des italienischen Professors waren: Beide fragten, um der Parvak auf die Spur zu kommen, zunächst nach dem Ort, an dem Maamatiri gelebt hatte.

Maschhadi Abbas lachte und schüttelte den Kopf: „Das ist ja ein Gleichnis mit mehreren Unbekannten ... Sie kennen weder den Autor noch sein Buch noch den Ort noch die Pflanze." Dann lachte er noch lauter und meinte: „Na gut, dass ihr keinen Kranken habt."

Zunächst hatte ich angesichts der falschen Wortverwendung Maschhadi Abbas' und seiner Logik lachen müssen. Doch sein letzter Satz rief in mir die Erinnerung an Elisa und ihre Krankheit hervor, und das Lachen gefror mir im Gesicht. Ich übersetzte alles bis auf den letzten Satz für Doktor Bastiani. Dieser lachte ebenfalls laut auf, wodurch Maschhadi Abbas, sein Schüler und der Kräutersammler noch mehr lachen mussten.

Doktor Bastiani nahm Maschhadi Abbas, der ihm die Hand hinstreckte, das Bild der Parvak ab und verstaute es wieder in seinem Geißlein. Wir verließen den Heilkräuterladen. Als wir draußen waren, wirkte ich anscheinend sehr bedrückt, da Doktor Bastiani die Augenbrauen hochzog und mit den Händen in der Luft wedelte, als wollte er etwas von sich wegstoßen: „Kein Problem. Es war doch klar, dass dabei nichts herauskommen würde."

Während wir die dreckigen Gassen und Straßen voller Abgase passierten, für die ich mich vor Doktor Bastiani etwas schämte, wusste ich nicht, wie ich seine letzten Worte deuten sollte. War ich traurig, weil wir keine Spur von der Parvak gefunden hatten? Glaubte ich nun auch wie er an die Existenz und die magische Kraft dieser Pflanze? War ich wie er unvermeidlich auf der Suche nach diesem Heilmittel für Elisa? Hatte ich mir durch unsere kurze Bekanntschaft eine derartige Verpflichtung aufgehalst? Bekanntschaft? Freundschaft? Wer war Elisa für mich? Wie ständig in meinem Leben hatte ich mich von einer Welle mitspülen lassen, die ohne Vorwarnung von einem unbekannten Ort herangerollt war. Ich war gegenüber der Welle nicht willenlos, sie hatte mich nicht besiegt. Wann immer ich wollte, konnte ich an das nahe Ufer schwimmen. Aber ich spürte, dass mich die Welle irgendwie genau dahin bringen würde, wo ich hinmusste.

„Hatten wir uns hier verabredet?"

Doktor Bastianis Frage riss mich aus meinen Gedanken. Ich war den ganzen Weg wie automatisch gegangen. Ich sah auf meine Uhr und antwortete: „Ja, wir haben uns hier verabredet. Aber wir haben noch etwas Zeit. Die beiden kommen um fünf Uhr hierher."

Der edelsteinbesetzte Ring störte mich. Ich war es nicht gewöhnt, einen Ring zu tragen, also nahm ich ihn ab und steckte ihn in meine Hosentasche.

Doktor Bastiani fragte: „Um wie viel Uhr haben wir abgemacht, dass wir zu Ihrem Freund gehen?"

„Doktor Fazilati ist ab sechs zu Hause. Wir haben keine bestimmte Uhrzeit ausgemacht."

Es war sehr laut auf der Straße. Doktor Bastiani brachte seinen Kopf näher an meinen heran und fragte: „Was sagten Sie, wie heißt er?"

„Fazilati."

Ich bemühte mich, den Namen laut und deutlich auszusprechen.

Die Frühlingsluft war selbst im verschmutzten Teheran sehr angenehm. Auf dem offenen Platz vor dem Basareingang und der Schah-Moschee gab es nichts, wo man sich kurz hätte hinsetzen können: „Möchten Sie sich die Moschee ansehen, bis die beiden kommen?"

Während ich dies sagte, fiel es mir schwer, die Traurigkeit, die der Besuch in Maschhadi Abbas' Heilkräuterladen in mir ausgelöst hatte, zu verbergen.

„Kann man irgendwo einen Kaffee trinken?"

„Kaffee denke ich nicht, aber wenn Sie Tee möchten ..." Ich sah mich um.

Doktor Bastiani ging auf die Moschee zu und schlug vor: „Sehen wir uns die Moschee an."

Schweigend sahen wir uns die Moschee an. Doktor Bastiani stellte ein paar Fragen zum Alter und zu wichtigen Abschnitten der Moschee, die ich kurz beantwortete.

Bis Elisa und Parvin auftauchten, hatte ich meine Laune wieder einigermaßen im Griff.

Als wir uns trafen, erzählte Elisa: „Das war sehr interessant ..." Und an ihren Vater gewandt: „Babbo, du musst dir den Basar unbedingt ansehen. Er ist sehr sehenswert!"

Doktor Bastiani fragte: „Habt ihr euch die Moschee auch angesehen?"

„Ja, sie war sehr schön. Ich muss unbedingt ein paar Fotos machen. Parvin hat gesagt, sie leiht mir ihren Fotoapparat."

Ihr Lächeln sowie ihr fröhlicher und zufriedener Tonfall bewirkten, dass ich meine Traurigkeit auf der Stelle vergaß. Parvin wusste von Doktor Bastianis und meiner Verabredung und bestand darauf, Elisa nach dem Einkaufen mit zu sich zu nehmen. Sie meinte, dass wir nach unserem Treffen mit Doktor Fazilati ebenfalls zu ihr kommen sollten. Ich wollte ihrem kranken Vater nicht zur Last fallen und erwiderte: „Nein, Forouzan, meine Schwester, hat für heute Abend Vorbereitungen getroffen und erwartet uns."

Parvin wirkte gekränkt. Aus Höflichkeit fragte ich: „Warum kommen Sie nicht zu uns?"

Ohne zu zögern, nahm sie meine Einladung an. Das war seltsam. Anders als siebzig Millionen Iraner hielt sie sich nicht an die üblichen Höflichkeitsfloskeln. War sie nicht nach Iran gekommen, um ihren kranken Vater zu sehen, und nicht, um mit anderen Leuten Zeit zu verbringen?

Parvin schlug an Doktor Bastiani und mich gewandt vor: „Dann setzte ich Sie zuerst ab und gehe dann mit Elisa einkaufen."

Bevor ich etwas sagen konnte, bedankte sich Doktor Bastiani bei ihr: „Das ist sehr freundlich von Ihnen."

3

Doktor Fazilati lebte im Viertel Tehran-Nou. Es war kurz nach sechs Uhr, als wir bei ihm ankamen. Er öffnete uns selbst die Tür und führte uns in ein Zimmer, in dem sich nichts außer zweier Teppiche, einer alten Sofasitzgruppe und einiger Bücherregale befand. Zwei große Miniaturmalereien hingen in verzierte Rahmen eingefasst nebeneinander an einer der Wände. Obwohl es draußen noch nicht dunkel geworden war, waren die Vorhänge zugezogen. Auf einem Tischchen standen eine Schale mit Nüssen und einige Desserttellerchen. Doktor Fazilati war ein kleiner, schlanker Mann. Das wenige ihm am Hinterkopf verbliebene Haar war weiß. Sein frisch rasiertes Gesicht verbreitete einen angenehmen Geruch nach Eau de Cologne. Er war jemand, dessen fröhliche und positive Art ich immer bewundert hatte. Nie hatte ich ihn traurig, frustriert oder gestresst gesehen.

Ich stellte ihm Doktor Bastiani vor und erklärte, dass dieser in Italien auf dem Gebiet alter Handschriften Forschungen betreibe, kürzlich auf persische Textstellen in einem lateinischen Manuskript gestoßen sei, die einige Fragen aufgeworfen hätten, und nun hoffte, in Iran Antworten auf diese Fragen zu finden. Ich zog es vor, nichts über die Geheimschrift in den Manuskripten zu sagen. Es ging ja hauptsächlich um den Inhalt der Handschriften und nicht um die Art und Weise, wie sie geschrieben waren.

Doktor Fazilati, der noch der alten Schule angehörte, sprach kaum Englisch, beherrschte jedoch Französisch und versuchte, dies mit Doktor Bastiani zu sprechen. Da Doktor Bastianis Französisch allerdings nicht sehr gut war, gaben sie sich schließlich damit zufrieden, dass ich für sie übersetzte.

Er fragte nach meinem Leben und meinem Beruf in Deutschland. Ich erklärte ihm kurz meine Arbeit und das Thema meiner Dissertation. Ich wollte möglichst schnell zu unserer eigentlichen Angelegenheit kommen und berichtete ihm, dass Doktor Bastiani in einer italienischen Handschrift über alte Medizin auf einen gewissen Chaaje Nassir Maamatiri gestoßen sei und wissen wolle, ob er diese Person kenne.

Doktor Fazilati legte die Stirn in Falten, hob die Hand an seinen haarlosen Schopf und malte mit dem rechten Zeigefinger Kreise in die Luft, als ob er auf diese Weise seine unsichtbaren Gedankenströme in Bewegung setzte: „Chaaje Nassir ... Chaaje Nassir ... Chaaje Nassir Maamatiri ..."

Unwillkürlich beobachte ich die Bewegung seines Fingers, die plötzlich stoppte. Seine Stirn glättete sich: „Ja, ja, es ist mir eingefallen. Ich habe eine interessante Geschichte über diese Person gelesen."

Doktor Bastiani hatte angesichts des Tonfalls und Lächelns Doktor Fazilatis begriffen, dass Letzterer eine positive Antwort gegeben hatte, und sah mich in Erwartung der Übersetzung an. Ich wartete, dass Doktor Fazilati die eigentliche Geschichte erzählen würde, damit ich diese dann für Doktor Bastiani übersetzen konnte.

In diesem Moment rief jemand nach Doktor Fazilati, offensichtlich seine Frau. Er entschuldigte sich, ging aus dem Zimmer und kehrte mit einem Teetablett zurück. Er stellte das Tablett auf dem Tisch ab und fragte mich: „Möchte der Herr Doktor auch einen Tee, oder ist er es eher gewöhnt, Kaffee zu trinken?"

Dienstag

Ich antwortete, dass Doktor Bastiani auch Tee trinke. Mein Gesagtes unterstützend, nahm sich Doktor Bastiani ein Glas Tee vom Tablett.

Doktor Fazilati sagte: „Nehmen Sie auch von den Nüssen. Die sind noch von Nouruz übrig", und genehmigte sich ebenfalls ein Glas Tee.

Nachdem er den ersten Schluck genommen hatte, begann er mit der Geschichte von Chaaje Nassir: „Sicherlich weiß ich nicht, ob es sich um denselben Chaaje Nassir Maamatiri wie den aus Ihrem Buch handelt oder nicht. Aber das, was ich gelesen habe ..."

Er dachte einen Moment nach: „Ich erinnere mich im Moment auch nicht wirklich daran, wo ich das gelesen habe ..."

Wieder überlegte er einen Augenblick: „Vielleicht fällt mir das später ein. Ja, dort hieß es, Chaaje Nassir sei ein Arzt gewesen, der mit übernatürlichen Geheimnissen und okkulten Wissenschaften vertraut war. Einige Jahre nach dem Herrschaftsantritt Fath Ali Schahs soll eine der Konkubinen seines Harems krank geworden sein. Keiner der Ärzte am Hof oder in der Hauptstadt konnte sie heilen. Jemand erzählte Fath Ali Schah von Chaaje Nassir, der weit von der Hauptstadt entfernt in der Einsamkeit lebte, und beteuerte, dass dieser mit Sicherheit die Geliebte des Schahs würde heilen können. Der Schah gab also den Befehl, diesen an seinen Hof bringen zu lassen. Als der Schah Chaaje Nassir sah, der ein junger Mann, nicht viel älter als er selbst, war, hegte er zunächst nur wenig Hoffnung, dass dieser Arzt der Konkubine würde helfen können. Aber es gelang Chaaje Nassir, die Frau wieder gesund zu machen. Fath Ali Schah war sehr von den Heilkünsten beeindruckt und bot Chaaje Nassir die Stelle des Leibarztes an. Maamatiri lehnte diese Stellung jedoch ab, was den Zorn Fath Ali Schahs hervorrief. Er gab den Befehl, Chaaje Nassir in den Kerker zu werfen. Danach hörte niemand mehr etwas von Chaaje Nassir – bis zum Ende von Fath Ali Schahs Herrschaft ..."

Doktor Fazilati zog die Augenbrauen zusammen und fügte in einem anderen Tonfall eine Erläuterung hinzu: „Sie wissen, dass Fath Ali Schah sechsunddreißig Jahre lang herrschte!"

Dann setzte er in erzählerischem Tonfall die Geschichte fort: „Ja, am Ende seiner Herrschaft, also ungefähr dreißig Jahre später, erkrankte seine Lieblingsenkelin, die er zu besonderen Gelegenheiten immer bei sich hatte, an einer schweren Krankheit. Einer Krankheit, die zunächst mit einem leichten Schmerz in den Handgelenken begann, der sich schließlich so sehr verstärkte, dass die Gliedmaßen der Erkrankten gelähmt waren. Der Leibarzt zu jener Zeit, Bidel Schirazi, und ebenso alle anderen berühmten Ärzte der Region konnten kein Heilmittel finden ..."

Sorgfältig versuchte ich, Doktor Bastiani alle Details zu übersetzen. Er hatte seinen Hemingway in der Hand und notierte an einigen Stellen rasch, was ich sagte. Dabei bat er mich, ihm zu wiederholen, was Doktor Fazilati über die Merkmale der Krankheit der Enkelin Fath Ali Schahs gesagt hatte. Doktor Fazilati nahm ab und an einen Schluck von seinem Tee, den er immer noch in der Hand hielt.

„... dem Schah, der keine Hoffnung mehr auf die Heilung seiner Enkelin sah, fiel auf einmal Chaaje Nassir wieder ein ..."

Plötzlich unterbrach sich Doktor Fazilati. Er nahm sein Teeglas von der rechten in die linke Hand und hob wieder den Zeigefinger der Rechten: „Jetzt weiß ich es wieder! Ich habe diese Geschichte im Buch *Die Geheimnisse der Gelehrten* gelesen. Es gibt nur wenige Abschriften davon. Eine befindet sich in der Parlamentsbibliothek."

Er senkte den Zeigefinger wieder und fuhr mit seiner Geschichte fort: „Zwar war eine lange Zeit seit der Gefangennahme Chaaje Nassirs vergangen. Fath Ali Schah wusste, was für Zustände in den Kerkern und Verließen des Landes herrschten, und hegte also keine große Hoffnung, dass der Chaaje noch am Leben sei. Dennoch gab er den Befehl, ihn in

Dienstag

den Verließen ausfindig zu machen und, falls er noch leben sollte, zu ihm zu bringen."

Doktor Fazilati stellte sein Teeglas auf dem Tisch ab und führte eine Hand an seinen kahlen Kopf: „Auf jeden Fall war Chaaje Nassir nicht nur noch am Leben, sondern als man ihn zu Fath Ali Schah brachte, sah dieser, dass sich Chaaje Nassir in den letzten dreißig Jahren, seit sie sich gesehen hatten, überhaupt nicht verändert hatte ... weder hatte er Falten im Gesicht noch weiße Haare noch hatten die jahrelangen Qualen im Kerker seinen Rücken gebeugt. Der Schah war zu stolz, als dass er jemanden, der ihn vor Jahren abgelehnt hatte, nach dem Geheimnis dieser andauernden Jugendlichkeit gefragt hätte. Er versprach Chaaje Nassir jedoch, ihn freizulassen, wenn es ihm gelänge, seine Enkelin zu heilen. Außerdem versprach er, ihm einen Wunsch zu gewähren, was immer dieser auch sein möge."

Doktor Fazilati nahm wieder sein Teeglas und trank den letzten Schluck daraus. „Es gelang Chaaje Nassir, die Enkelin des Schahs zu heilen, was alle Ärzte am Hof erstaunte. Nachdem die Enkelin des Schahs gesund geworden war, ließ Chaaje Nassir seinen Wunsch durch deren Mutter ausrichten und verschwand. Er hatte sich lediglich gewünscht, man möge ihn aus der Erinnerung streichen. Zunächst hielt sich Fath Ali Schah an sein Versprechen und befahl, dass niemand am und außerhalb des Hofs über Chaaje Nassir sprechen sollte. Nach einer Weile jedoch gab er seiner Selbstsucht nach. Um hinter das Geheimnis der dauernden Jugend des Chaaje zu gelangen, gab er den Befehl, diesen zu suchen und zu ihm zu bringen. Seine Gesandten suchten überall nach Chaaje Nassir, fanden allerdings keine Spur von ihm. Es hieß, er sei nach Indien gegangen."

Als ich diese Sätze übersetzte, stand Doktor Fazilati auf, stellte die Teegläser auf das Tablett, sagte: „Ich bringe uns noch einen Tee", und ging aus dem Zimmer.

Ich äußerte gegenüber Doktor Bastiani, der gerade etwas in sein Notizbuch schrieb: „Es handelt sich hier um einen anderen Chaaje Nassir."

Doktor Bastiani erwiderte: „Nein, das ist genau derselbe Chaaje Nassir Maamatiri."

„Aber Fath Ali Schah hat am Ende des 18. und zu Beginn des 19. Jahrhunderts gelebt. Ihre Manuskripte stammen mit Sicherheit aus dem 14. Jahrhundert, sind also mindestens vier Jahrhunderte älter."

Doktor Fazilati kehrte mit frischem Tee zurück, stellte das Tablett auf dem Tisch ab und bot uns den Tee an. Doktor Bastiani nahm sich ein Glas und bat mich, Doktor Fazilati zu fragen, ob er wisse, von wo Chaaje Nassir Maamatiri gestammt habe.

Doktor Fazilati nahm sich ebenfalls einen Tee und antwortete: „Wissen Sie, damals waren alle, sogar die Leute am Hof, recht abergläubisch. Sobald jemand etwas vollbrachte, was man sich nicht erklären konnte, wurden diesem Jemand göttliche oder teuflische Kräfte angehängt. Menschen, die jünger wirkten, als sie waren, wurden mit vierzehnjährigen Jungs oder Mädchen verglichen. Wenn jemand älter wirkte, galt er oder sie als altersschwach und gebrechlich. Ich will damit sagen: Da Sie ebenfalls den Namen Chaaje Nassir Maamatiri in einer anderen Quelle gelesen haben, mag es sein, dass es ihn tatsächlich gegeben hat. Allerdings war er vermutlich lediglich ein gewöhnlicher Arzt. Vielleicht war er in medizinischen Fragen seiner Zeit voraus und sah ein wenig jünger aus, als er war. Ich habe außer in diesem Buch nirgends etwas über ihn gelesen und weiß daher auch nicht sicher, woher er kam. Aber wie Sie wissen, ist Maamatir ein alter Name der Stadt Babol."

Ich hatte doch gewusst, dass ich den Namen schon mal irgendwo gelesen hatte. Jetzt fiel es mir ein.

„... vielleicht stammte dieser Chaaje Nassir von dort und lebte dort, obwohl hier mit dem Namen nicht immer unbedingt ein Zusammenhang besteht. Manchmal gab man jemandem einen neuen Beinamen, wenn er von einem Ort an einen anderen zog oder woanders als an seinem Herkunftsort berühmt wurde. Oder man nahm den Geburtsort einer Person als Beinamen."

Als ich dies Doktor Bastiani übersetzt hatte, fragte er mich: „Wissen Sie, wo diese Stadt Babol liegt?"

„Ja, sicherlich, es ist eine große Stadt im Norden Irans am Kaspischen Meer."

Doktor Bastiani notierte dies, zog dann aus seinen Aufzeichnungen die Übersetzung des Abschnitts über die Parvak-Pflanze hervor und gab sie mir: „Bitte fragen Sie ihn auch nach Parvak und nach Rokaatek."

„Doktor Fazilati, in dem Manuskript, von dem ich gesprochen habe, steht außerdem: ‚*Parvak, ein tzwieg vom boume Hoom Sepid, wachset in Rokaatek unde muget stân al alleine. Nirgends in keyn veld siht man ihrer zweye mit eynand.*' Doktor Bastiani würde gerne wissen, ob Sie den Namen der Pflanze, Parvak, oder den ihres Wuchsortes, Rokaatek, vielleicht irgendwo gelesen haben."

Doktor Fazilati nahm einen Schluck Tee und dachte einige Augenblicke nach. Er hob eine Hand an die Schläfe. Plötzlich, als hätte er einen schwierigen Fall gelöst, lachte er auf und hob wieder den Zeigefinger: „Aah, bitte lesen Sie es noch einmal vor ..."

Ich las es ihm noch einmal vor: „*Parvak, ein tzwieg vom boume Hoom Sepid, wachset in Rokaatek unde muget stân al alleine. Nirgends in keyn veld siht man ihrer zweye mit eynand.*"

Doktor Fazilati lachte laut: „Aha ... Warten Sie ..." Er stand auf, ging um das Sofa, auf dem er gesessen hatte, herum und stellte sich vor eines der Bücherregale dahinter. Während er nickte, durchsuchte er einen Moment lang die oberen Regalbretter, bis er ein Buch herauszog und an seinen Platz zurückkehrte.

Dienstag

Ich wartete gespannt und hatte das Gefühl, dass auch Doktor Bastiani jede Bewegung Doktor Fazilatis mit Spannung verfolgte und noch aufgeregter war als ich.

Doktor Fazilati blätterte das Buch einige Male von vorne bis hinten durch, bis er fand, wonach er gesucht hatte, und vorzulesen begann: „Er erschuf im Vourukasha-Meer den Baum aller Samen, von dem alle Arten von Pflanzen wachsen und auf dem der Simourgh sein Nest hat. Jedes Mal, wenn er losfliegt, fallen die Samen des Baumes zusammen mit Wasser auf die Erde. Er erschuf dort in der Nähe einen Hoom Sepid, Feind des Todes, Lebensbringer für die Menschen, Spender des ewigen Lebens ..."

Doktor Fazilati las einige Abschnitte aus dem Buch, das er in den Händen hielt. Voller Vergnügen erzählte er uns, dass alten iranischen Legenden nach der „Baum aller Samen" die Mutter aller Pflanzen darstelle und auf ihm der sagenumwobene Vogel Simourgh lebe, der jedes Mal, wenn er von diesem Baum aufsteige, einige der Samen in der Luft verstreuen würde. Diese Samen fielen dann mit dem Regen zur Erde, und aus ihnen wüchsen die verschiedenen Pflanzen. Neben dem „Baum aller Samen" gebe es noch den „Hoom Sepid". Diese beiden Bäume und der Simourgh hätten außerordentliche, übernatürliche Kräfte. Sie seien der Legende nach Heilmittel für alle Krankheiten, machten Alte jung und schenkten Leben. Der Satz „Parvak ist ein Zweig des Hoom Sepid" musste ein Hinweis auf diese Legenden sein. Ich übersetzte Doktor Bastiani, was Doktor Fazilati gesagt hatte. Er hörte mir aufmerksam zu.

Doktor Fazilati fuhr fort: „Der Baum aller Samen, der Hoom Sepid und der Simourgh sind Legenden, die in der iranischen Mystik und Philosophie seit jeher benutzt wurden, um auf verschiedene Weisen die Entstehung der Welt zu erklären."

Nach diesen Erläuterungen blickte Doktor Bastiani auf das Buch in Doktor Fazilatis Händen und wollte wissen: „Was ist das für ein Buch?"

Dienstag

Ich fragte Doktor Fazilati danach, und er antwortete: „Das ist das Bundahischn, eines der heiligen Bücher der Zoroastrier. Es wurde etwa dreihundert Jahre vor Jesu Geburt geschrieben."

Doktor Bastiani sah sich seine Aufzeichnung an und fragte dann: „Wo befindet sich dieses ‚Vourukasha-Meer'?"

Ich stellte diese Frage, und Doktor Fazilati antwortete: „Viele Forscher glauben, es handele sich beim Vourukasha-Meer um das Kaspische Meer. Aber einige andere denken, dass es der Indische Ozean sei. Wiederum andere meinen, dass das Vourukasha-Meer reiner Mythos und Legende sei und nichts mit einem real existierenden Gewässer zu tun habe. Wissen Sie, bei Legenden handelt es sich normalerweise um Fantasien früherer Menschen und ihrer Sehnsüchte."

Als ich dies übersetzt hatte, hob Doktor Bastiani den Kopf vom Hemingway und sagte: „Meiner Meinung nach enthalten Legenden vergessene oder verlorene Wahrheiten. Sie sind die großen Entdeckungen der Menschen der Antike, eben jener Menschen, die Feuer und Eisen entdeckt haben und Bauwerke errichteten, zu denen die Menschen heute gar nicht mehr fähig sind."

Ich übersetzte, was er gesagt hatte, für Doktor Fazilati und fragte Doktor Bastiani: „Sie meinen, dass der Simourgh und der Hoom Sepid tatsächlich existierten? Mit ebenjenen übernatürlichen Attributen, die ihnen in der Legende zugeschrieben werden?"

Doktor Bastiani überlegte einen Moment: „Die Bedeutung von ‚natürlich' und ‚übernatürlich' entstammt unseren Köpfen. Wenn es eines Tages keine Glühwürmchen mehr gäbe, würden wir Insekten, die von sich aus leuchten, für übernatürlich halten. Wie könnte man die Existenz von Glühwürmchen beweisen, wenn sie eines Tages ausgestorben wären? Oder wenn Zitteraale ausgestorben wären, wer würde glauben, dass es einmal Fische gegeben hat, die Stromstöße erzeugen konnten?"

Ich übersetzte für Doktor Fazilati, was Doktor Bastiani gesagt hatte, und fügte selbst hinzu: „Doktor Bastiani hat sehr eigene Ansichten."

Ich wusste nicht, warum ich diesen letzten Satz meiner Übersetzung hinzufügte. Wollte ich damit sagen, dass ich wissenschaftlicher arbeitete? Oder dachte ich, Doktor Fazilati erwartete ein mystischeres, philosophischeres Gespräch? Jedenfalls war es ein sinnloser Satz gewesen, und Doktor Fazilati beschämte mich mit seiner Reaktion noch viel mehr. Er schloss das Buch, das er in der Hand hielt, hob die Hand an die Schläfe und äußerte: „Vielleicht ist das die Stärke der Europäer, dass sie ohne Angst vor Verdammung oder dem Brechen von Konventionen Ansichten haben und deren Beweis nachgehen können. Das ist Fortschritt. Trinken Sie noch einen Tee?"

Da wir verneinten, bot Doktor Fazilati uns noch einmal die Nüsse an.

Ich sah auf meine Uhr und sagte zu Doktor Bastiani: „Falls Sie keine Fragen mehr haben, können wir aufbrechen."

Doktor Bastiani überlegte einen Augenblick: „Doch, eine Frage habe ich noch. Fragen Sie ihn, ob er die Namen Jacopo Guiliani oder Cosimo Bentonini schon einmal gehört habe."

Doktor Fazilati kannte diese Namen nicht und wollte wissen, um wen es sich handelte. Ich erklärte ihm, dass Jacopo Guiliani wohl ein italienischer Arzt gewesen sei, der im Mittelalter mit seinem Schüler Bentonini zum Studium in das Gebiet des heutigen Iran gereist sei.

Doktor Fazilati sagte: „Ja, in jenen Zeiten war Iran Zentrum der Wissenschaft. Gelehrte kamen von überallher, um hier neues Wissen zu erlangen. Die Zahl der Europäer unter ihnen war natürlich aufgrund der geografischen Ferne und der damaligen Reisebedingungen sehr gering. Professor Schamaayeli ..." Er unterbrach sich, um einen erklärenden Satz hinzuzufügen: „... den müssten Sie eigentlich kennen. Er ist Professor der Teheraner Universität und kam häufig in die Parlamentsbibliothek ... falls Sie sich erinnern ..."

Dienstag

Ich bestätigte, dass ich mich erinnerte, und er fuhr fort: „Ja, er hat eine Weile zu den Gelehrten des Mittelalters geforscht. Wenn jemand die Personen, nach denen Sie suchen, kennen sollte, dann er ... Warten Sie, ich glaube, ich habe seine Telefonnummer."

Er stand auf, nahm ein dickes Notizbuch aus einem der Regale, blätterte es durch, bis er eine Nummer fand, und schrieb diese auf einen kleinen Zettel, den er mir mit den Worten gab: „Da Sie Untersuchungen auf dem Gebiet des Austauschs zwischen den Kulturen anstellen, sollten Sie unbedingt mit ihm sprechen."

Als wir uns von Doktor Fazilati verabschiedeten, sagte dieser in seinem gebrochenen Englisch zu Doktor Bastiani: „Herr Raamtin ist ein großer Buchkenner ..." Auf Persisch fügte er hinzu: „Es ist sehr schade, dass Sie gegangen sind. Es gibt wenige, die wie Sie das Lesen dieser Manuskripte meistern können."

Ich bin kein eingebildeter Mensch. Jedoch verspürte ich großen Stolz darauf, ein solches Lob von Doktor Fazilati bekommen zu haben.

Als wir zur Tür hinausgingen, fügte er noch hinzu: „Alle jungen Studierten sind von hier fortgegangen ..."

4

Auf den Straßen von Doktor Fazilatis Haus in Tehran-Nou bis zu unserem Haus im Viertel Narmak war entgegen meinen Erwartungen nicht viel los. Wir saßen auf der Rückbank eines Taxis, Doktor Bastiani hielt sein Geißlein in den Armen.

Ich versuchte, die Dinge, die Doktor Fazilati gesagt hatte, zu filtern und zu sortieren: „Immerhin wissen wir jetzt eines ..."

Doktor Bastiani, der in Gedanken versunken war, sah mich an.

Ich fuhr fort: „... und zwar, dass es sich bei Maamatir um Babol handelt und unser Chaaje Nassir vielleicht genau wie der andere von dort stammte."

Sehr leise, als ob er zu jemand anderem als mir sprechen würde, sagte Doktor Bastiani: „Das ist derselbe Chaaje Nassir."

Ich ging davon aus, dass Doktor Bastiani aus mangelnder Kenntnis der iranischen Geschichte falsche Schlüsse zog: „Aber die Geschichte, die Doktor Fazilati erzählt hat, spielte sich vierhundert Jahre nach der Abfassung Ihres Manuskripts ab."

„Ich weiß."

Dienstag

„Wollen Sie sagen, dass ... also ... Sie meinen, dass es sich um denselben Chaaje Nassir handelte und dieser über vierhundert Jahre gelebt hat?"

„Vielleicht sogar viel länger!"

Sollte ich lachen oder überrascht sein? Hatte Doktor Bastiani sich einen Scherz erlaubt? „Sie machen Witze!"

Doktor Bastiani holte seinen Hemingway aus der Brusttasche hervor und begann darin zu blättern. Er hielt das Notizbuch dicht ans linke Seitenfenster und die Heckscheibe, damit es von den Straßenlaternen draußen beleuchtet wurde. Ich wusste nicht, wonach er in seinen Aufzeichnungen suchte, bat den Taxifahrer aber darum, das Innenraumlicht anzuschalten. Er schaltete das Licht ein und sah uns im Rückspiegel an.

Doktor Bastiani bedankte sich, blätterte den Hemingway ein ums andere Mal vorwärts und rückwärts durch und erklärte schließlich: „Ich habe Ihnen diesen Teil des verschlüsselten Manuskripts bisher nicht vorgelesen, da ich geahnt habe, dass Sie ihm ablehnend gegenüberstehen würden: ‚*Als wir zu ihm kamen, war er über sechzig Jahre alt und sah aus wie ein junger Mann in den besten Jahren. All die Jahre, die ich bei ihm war, hat er sich nicht verändert, da er aus der Parvak-Pflanze ein Verjüngungsmittel herstellte.*'"

Ich sah Doktor Bastiani ungläubig an.

Er schlug den Hemingway zu und fuhr fort: „Denken Sie darüber nach: Guiliani schreibt, Chaaje Nassir sei nicht gealtert und habe ein Mittel zur Verjüngung entdeckt. In der Geschichte, die Doktor Fazilati erzählte, hat sich Chaaje Nassir in dreißig Jahren Gefangenschaft überhaupt nicht verändert. Außerdem ist es ihm gelungen, die Krankheit der Enkelin des Schahs zu heilen, deren Beschreibung sehr ALS ähnelt, wenn es sich nicht sogar um eben diese Krankheit handelte. Vermutlich gelang ihm die Heilung mit diesem aus der Parvak hergestellten Heilmittel."

Wie konnte ein so gebildeter Mensch wie Doktor Bastiani nur an derartige Theorien glauben?

Ich argumentierte: „Trotz der Ähnlichkeiten zwischen den beiden Personen denke ich doch, dass es sich um zwei verschiedene handelte. Vielleicht gehörte ja der Chaaje Nassir aus Doktor Fazilatis Geschichte sogar zu den Nachfahren des anderen Chaaje Nassir. Vielleicht liegen die fehlenden Veränderungen im Gesicht im fortgeschrittenen Alter ..., was sagt man ..." Wie hieß doch gleich das Wort, nach dem ich suchte? „Vielleicht war die Alterslosigkeit ein besonderes Merkmal, das sich in dieser Familie weitervererbte."

Als ob er meine Worte nicht gehört hätte, setzte Doktor Bastiani seine eigenen Erklärungen fort: „Denken Sie darüber nach: der Hoom-Sepid-Baum als Heilmittel gegen alle Krankheiten, als Mittel der Jugend und des ewigen Lebens. Und die Parvak ist einer seiner Ableger."

Ich hatte keine Lust, weiter über den Unterschied zwischen Legenden und der Wirklichkeit zu sprechen, da ich eben erst Doktor Bastianis Gedanken über Glühwürmchen und Zitteraale gehört hatte. Meiner Meinung nach konnte man unsere bisher gewonnenen Erkenntnisse sehr gut logisch erklären: „Falls es sich bei den beiden Chaaje Nassirs um dieselbe Person handeln sollte, könnte uns auch ein Fehler bei der Datierung Ihrer Manuskripte unterlaufen sein. Oder Doktor Fazilati hat sich geirrt, und die Geschichte spielte zur Zeit eines ganz anderen Herrschers, oder in den *Geheimnissen der Gelehrten* wurde ein Fehler gemacht."

Doktor Bastiani antwortete nicht mehr. Jedoch ahnte ich, dass sein Schweigen nicht bedeutete, dass er meinen Gedanken zustimmte. Es zeigte nur, dass er im Moment keine Hoffnung sah, mich von seiner eigenen Meinung zu überzeugen.

5

Als wir die Haustür öffneten, strömte mir der Duft nach Ghorme Sabzi in die Nase. Bevor Doktor Bastiani einen vermutlich negativen Kommentar über den Geruch abgeben konnte, erklärte ich ihm, dass es nach Bockshornklee rieche, der in einem bei Iranern sehr beliebten Gericht verwendet werde.

Die Szene, die mir im Wohnzimmer begegnete, wirkte fast lächerlich. Im Auge eines außenstehenden Betrachters hätte es sich um die Zusammenkunft einer Großfamilie zu einem besonderen Festtag handeln können. Ich dachte mir, dass die Stimmung bestimmt eine andere wäre, wenn die Anwesenden über Elisas trauriges Schicksal Bescheid wüssten.

Außer Forouzan und Parvin, die uns von hinter der Küchentheke, die Küche und Wohnbereich voneinander trennte, begrüßten, waren die anderen im Wohnzimmer verteilt. Elisa und meine Mutter saßen nebeneinander und sahen sich ein Fotoalbum an. Ich ahnte sofort, um welches Album es sich handelte. Reza saß an der Küchentheke und las Zeitung. Die neunjährigen Zwillinge Forouzans stürmten auf mich zu, als sie mich sahen. Erst jetzt, da ich sie sah, fiel mir ein, dass ich den beiden sonst immer ein Geschenk mitgebracht hatte, jedoch diesmal nichts für sie dabeihatte. Ich versprach ihnen, dass ich bei der nächsten Reise ihr Mitbringsel

Dienstag

nicht vergessen würde. Dann bot ich Doktor Bastiani an, sich zu setzen. Sofort, als er sich hingesetzt hatte, kam Parvin aus der Küche und setzte sich neben ihn. Sie trug merkwürdige Kleidung: eine weiße Bluse mit Knöpfen und gelben Blümchen, die am Ärmel vom Handgelenk über die Schultern bis zum Kragen einen mit kleinen orangenen Knöpfen zusammengehaltenen Schlitz aufwies. Ihre Oberarme und Schultern blitzten zwischen den Knöpfen hervor. Um ehrlich zu sein, verhielt sich diese Frau äußerst merkwürdig und ungewöhnlich. Sie sie zeigte sich so erfreut, Doktor Bastiani und mich zu sehen, als würden wir uns bereits seit unserer Kindheit kennen.

Ich setzte mich neben Elisa und meine Mutter. Elisa trug neue Sachen: eine Jeans und ein einfaches rosafarbenes T-Shirt. Selbst in dieser einfachen Kleidung versprühte sie einen unbeschreiblichen Charme.

Meine Mutter zeigte ihr Lieblingsalbum und erklärte in ihrem gebrochenen Englisch: „Ich, London ..." Dann zeigte sie auf ein weiteres Foto und sagte: „Ich, Paris ..."

Wenn es einem Gast in unserem Haus langweilig wurde, war es immer der erste Einfall meiner Mutter, um die Langeweile zu vertreiben, dieses Album zu zeigen. Ihre zehntägige Reise nach London und Paris, die sie noch vor der Revolution unternommen hatte, zählte zu den schönsten und wichtigsten Erinnerungen in ihrem Leben; zehn Tage, von denen sie acht Tage lang Kleidung und Mitbringsel gekauft und dann an den zwei verbliebenen Tagen an merkwürdigen unbekannten Orten Fotos gemacht hatte, an die sonst niemand denken würde: zum Beispiel ein Foto auf einer Londoner Straße, das, wenn nicht am Ende der Straße einer der roten Doppeldekkerbusse zu sehen gewesen wäre, auch aus jeder anderen Stadt in Europa oder anderswo stammen konnte, oder ein Foto vor einem Schaufenster in Paris voller großer und kleiner Puppen oder ein Foto vor einem rot blühenden Rhododendronstrauch in einem unbekannten Park.

Dienstag

„Ich, mein Mann, Eifel ..."

Bahram und ich machten uns immer über dieses Foto lustig. Es war abends vom Eifelturm hinunter aufgenommen worden. Außer einem Stück Geländer und einiger Lichtpunkte hinter meinen Eltern war darauf nichts zu erkennen. Jedes Mal, wenn sie das Foto zeigte, fragten wir sie, wie sie denn beweisen könne, dass es auf dem Eifelturm und nicht auf dem Balkon der Nachbarn gemacht worden sei.

Als ich mich hingesetzt hatte, sagte meine Mutter: „Liebling, erzähl ihr, dass wir zehn Tage unterwegs waren."

Elisa sah mich an und wartete darauf, dass ich ihr übersetzte, was meine Mutter gesagt hatte. Als ich geendet hatte, lächelte Elisa meine Mutter an. Meine Mutter seufzte in bedeutungsschwangerem Ton: „Ach, was für ein liebes Mädchen!" Dann fuhr sie in anderem Tonfall fort: „Übrigens, als du fort warst, hat einer deiner Freunde angerufen ..."

„Wer? Es weiß niemand, dass ich hier bin. Jemand aus Deutschland?"

„Ich weiß nicht, von wo ..."

Meine Mutter überlegte kurz: „Ich glaube, er sagte, er sei Herr Ahmadi! Ja, er sagte Ahmadi."

Ich kannte niemanden namens Ahmadi. Darüber hinaus wusste weder in Deutschland noch in Iran jemand außer Rebecca über meine Reise nach Iran Bescheid.

Elisa, die gerade erst aus der Europareise meiner Mutter auftauchte, fragte: „Behrouz, ist irgendwas?"

Die Sache war etwas verdächtig. Ich versuchte, mir meine Sorge nicht anmerken zu lassen, und antwortete Elisa: „Nein, es ist nichts ..."

Meine Mutter fragte ich: „Was wollte er denn?"

„Nichts. Er wollte wissen, wann du nach Iran kommst. Ich hab ihm gesagt, dass du gerade gestern Abend angekommen seist!"

In diesem Moment sagte Doktor Bastiani in Parvins Fragen hinein, von denen ich nicht wusste, welche Sachverhalte sie betrafen: „Herr Raamtin, könnten wir bitte bei diesem Universitätsprofessor anrufen?"

Er meinte Professor Schamaayeli. Es ärgerte mich ein wenig, dass Doktor Bastiani mir nicht einen Moment der Ruhe ließ. Zwar hatte er für meine Reise gezahlt und kam auch jetzt für alle Kosten auf. Dennoch wäre es angebracht gewesen, seine Arbeitsweise und sein Arbeitstempo etwas an mich anzupassen.

Ich stand von meinem Platz neben Elisa auf und ging zur Küchentheke, um den Anruf zu tätigen. Zugegebenermaßen fand ich das Leben Jacopo Guilianis überaus interessant und hatte auch Lust darauf, mehr über diesen außergewöhnlichen Menschen zu erfahren, der diese beschwerliche und vielleicht auch gefährliche Reise nach Iran auf sich genommen hatte, um neues Wissen zu erlangen. Ich wollte erfahren, ob er, wenn er tatsächlich nach Iran gereist war, auf irgendeine Weise in der historischen Erinnerung Irans vorkam.

So rief ich also Professor Schamaayeli an, stellte mich vor und erklärte, dass ich seine Nummer von Doktor Fazilati erhalten hätte. Er erinnerte sich an mich, was mich sehr freute. Ich berichtete ihm, dass ich mit einem italienischen Wissenschaftler unterwegs sei, der nach Iran gekommen sei, um Nachforschungen über zwei Personen namens Jacopo Guiliani und Cosimo Bentonini anzustellen, und dass die beiden anscheinend im 14. Jahrhundert von Florenz aus nach Iran gereist seien.

Professor Schamaayeli schlug vor: „Entschuldigen Sie, ich habe heute Abend Gäste und, den Geräuschen nach zu schließen, Sie ebenfalls. Kommen Sie doch bitte morgen zwischen zehn und elf Uhr in mein Büro an der Universität, damit wir über die Sache sprechen können."

Doktor Bastiani hielt es nicht länger neben Parvin aus und kam, während ich telefonierte, zu mir herüber. Als ich fertig war, blieb er unter der Ausrede, in Italien anrufen zu wollen, dort stehen.

6

Als ich meine Zimmertür schloss, fragte Reza mich: „Läuft da was zwischen Elisa und dir?"

Ich hatte Reza nach dem Abendessen, das Elisa und Doktor Bastiani zum Glück geschmeckt hatte, gebeten, einen Augenblick mit mir aufs Zimmer zu kommen.

„Nein. Ich berate Doktor Bastiani bei seinen Nachforschungen in Iran, und Elisa begleitet ihn auf dieser Reise. Das ist der einzige Grund, warum sie unsere Gäste sind."

Reza grinste: „Euer Verhalten und die Blicke, die ihr euch zuwerft, sagen aber etwas anderes!"

Iraner, die noch nie im Ausland waren, interpretierten das Verhalten von Europäern und uns Iranern, die im Ausland lebten, immer anders: „Nein. Wir verhalten uns nur so, wie man in Europa miteinander umgeht: mit Respekt und gegenseitiger Zuneigung."

Reza behielt nicht nur sein Grinsen im Gesicht, sondern es wurde auch noch breiter.

Ich sagte ihm: „Reza, ich habe eine medizinische Frage."

Reza wurde ernst – wie immer, wenn man ihn um einen ärztlichen Rat bat. Er war ein sehr guter Arzt und hatte sich in den letzten Jahren in Teheran einen Namen gemacht. Er setzte sich auf den einzigen Sessel im Zimmer und ich mich auf die Bettkannte.

„Ich wollte ein paar Informationen über die Krankheit ALS."

Reza warf mir einen besorgten Blick zu: „Dir geht es gut? ... Du bist nicht krank, oder?" Er sah mich intensiv an: „Es wirkt nicht so, als ob ..."

Ich unterbrach ihn. „Nein, mir geht es gut. Eine Freundin von mir hat vielleicht diese Krankheit. Deswegen wollte ich etwas darüber wissen."

„Eine gute Freundin? Ich weiß, dass du ein sehr emotionaler Typ ..."

Dieser Herr Grinsemann behandelte mich immer noch wie ein Kind.

Ich fiel ihm ins Wort: „Nein, keine Freundin, eine entfernte Bekannte von mir. Ich habe halt ab und an mit ihr zu tun. Ihre Mutter ist an dieser Krankheit gestorben."

Reza schwieg einen Moment. Er musterte mich eingehend und sagte: „ALS ist eine der schlimmsten Formen von Sklerose. Es ist eine schreckliche Krankheit, die ich meinem schlimmsten Feind nicht wünschen würde. Man kann die Krankheit nicht so leicht diagnostizieren, und wenn die Diagnose dann kommt, hat der oder die Erkrankte meistens nicht mehr lange. Man ist sich noch nicht sicher, wodurch ALS ausgelöst wird. Aufgrund der Krankheit, die normalerweise bei jüngeren Menschen und häufiger bei Frauen als bei Männern auftritt ..."

Ich musste fest schlucken und hatte das Gefühl, alle Farbe aus dem Gesicht verloren zu haben. So war es bei Elisas Mutter beim Ausbruch ihrer Krankheit gewesen.

„... funktionieren schließlich die Motoneuronen des Körpers nicht mehr. Es beginnt mit leichten gelegentlichen Schmerzen. Am Ende kann der Patient seine Muskeln nicht mehr bewegen. Diese Bewegungslosigkeit bewirkt, dass sich die Muskeln nach und nach auflösen. Die schlimmste Komplikation der Krankheit ist, dass auch die unbewusst gesteuerten Muskeln, so zum Beispiel der Lungenmuskel oder das Verdauungssystem, ausfallen können. Der Patient behält dabei seine Geistesleistung und bekommt bei vollem Bewusstsein den Verfall des eigenen Körpers und schließlich sein Ersticken mit, ohne etwas dagegen tun zu können ..."

Reza zögerte. Er starrte mir einen Moment in die Augen. Ich fühlte mich schwindelig. Reza fuhr fort: „... allerdings ist die Krankheit äußerst selten, und es gibt auch andere mit ähnlichen Symptomen ..."

Ich versuchte, Reza nicht direkt anzusehen, da er mich auf eine Art und Weise anblickte, als hätte ich selbst diese Krankheit.

„Die Krankheit ist übrigens nicht erblich. Jedenfalls ist das nicht nachgewiesen worden. Außerdem wird in Europa und Amerika viel Forschung betrieben, und es ist nicht ausgeschlossen, dass bald ein Heilmittel dagegen gefunden wird ..."

Reza stand auf und kam auf mich zu. Er legte mir den Arm auf die Schulter und fragte: „Soll ich dir ein Glass Wasser bringen?"

Es war schon spät, und ich war sehr müde. So versuchte ich, das Gespräch zu beenden: „Nein, danke, ich bin sehr müde. Ich denke, es ist besser, wenn ich mit runterkomme, Gute Nacht sage und dann schlafen gehe." Ich stand auf.

Reza fragte: „Möchtest du, dass ich dir eine Valium gebe, damit du heute Nacht gut schlafen kannst?"

„Nein, das ist nicht nötig."

Als wir aus dem Zimmer gingen, sagte Reza: „Magst du morgen für einen Check-up zu mir in die Praxis kommen?"

„Nein, ich bin wirklich nur sehr müde. Die letzten Tage war ich ständig unterwegs, und es gab keine Gelegenheit, sich auszuruhen."

Mittwoch

1

Es war noch vor acht Uhr, als ich aufwachte. Es ging mir sehr gut. Zwar hatte ich zunächst nicht einschlafen können, aber dann war mein Schlaf tief und erholsam gewesen. Ich stand auf und öffnete das Fenster. Die Luft in Teheran roch nach Abgasen. Ich blickte einen Moment zu Mahsas Balkon hinüber, dann schloss ich das Fenster wieder und sah mich in meinem Zimmer um. Der Gedichtband von Hafez lag noch von gestern auf dem Tisch. Ich setzte mich an meinen Schreibtisch, schlug das Buch auf, las zwei Verse eines Gedichts und schlug den Band wieder zu. Dann stand ich auf und stellte ihn wieder ins Regal zurück. Mir fiel der gestrige Anruf eines Unbekannten ein. Wer konnte es gewesen sein? Vielleicht hatte jemand aus München etwas von mir gewollt, in der Bibliothek angerufen, und Rebecca hatte die Nummer ... aber nein, Rebecca hatte meine iranische Nummer gar nicht. Ich überlegte, dass derjenige, wer immer es gewesen sein mochte, noch einmal anrufen würde.

Aus der Küche hörte ich das Geräusch eines Wasserhahns und aufeinanderschlagender Gläser. Ich zog mich um und ging nach unten. Elisa war in der Küche. Als ich hinunterkam, nahm sie gerade eine Tablette in den Mund und spülte sie mit einem Schluck Wasser aus dem Glas, das sie in der

Hand hielt, hinunter. Erst dann bemerkte sie mich: „Guten Morgen."

Ich erinnerte mich daran, dass ich Elisa am ersten Morgen in Florenz ebenfalls eine solche Tablette hatte nehmen sehen. Da ich zu diesem Zeitpunkt jedoch noch nichts von ihrer Krankheit gewusst hatte, hatte ich kaum darauf geachtet. Jetzt wusste ich von ihrem Leiden und hätte gerne darüber gesprochen. Jedoch wusste ich nicht, wie ich das Gespräch beginnen sollte, da sie selbst nichts dazu gesagt hatte; vielleicht wollte sie ja nicht darüber reden. Ich tat so, als hätte ich nicht gesehen, dass sie eine Tablette eingenommen hatte, und erwiderte: „Guten Morgen. Schläft dein Vater noch?"

Elisa hatte einen Kessel auf eine der Gasplatten gestellt und wartete darauf, dass das Wasser kochte, damit sie sich einen Kaffee machen konnte. Kaffeepulver hatte Forouzan gestern gebracht. Elisa trug noch ihren Schlafanzug. „Nein, ich denke, er ist wach. Ich vermute, deine Mutter ist Brot kaufen gegangen. Sie hat irgendetwas gesagt, was ich nicht richtig verstanden habe."

„Wie lange wart ihr gestern noch wach?"

„Kurz nachdem du schlafen gegangen bist, ist Forouzan mit ihrer Familie gegangen. Parvin ist auch nicht mehr lange geblieben. Wir sind auch nicht spät ins Bett."

Gestern hatte Elisa die meiste ihrer Zeit mit Parvin verbracht. Ich wollte wissen: „Triffst du dich heute auch mit Parvin?"

„Ja, Parvin meinte zu meinem Vater, dass sie uns abholen kommen, euch zur Universität bringen und mit mir Teheran ein bisschen besichtigen wird."

Ich vermutete, dass sich Parvin bereits als Teil unserer Iranreise sah. Sie war aus Deutschland gekommen, um ihre Familie zu sehen, verbrachte jedoch ihre ganze Zeit mit uns. Ich nahm ein gespültes Glas aus dem Abtropfsieb neben der Spüle, stellte es neben Elisas und sagte: „Ich trinke vor dem Frühstück auch einen Kaffee."

Mittwoch

Elisa gab zwei Löffel Kaffeepulver in mein Glas, nahm den Kessel von der Flamme und füllte heißes Wasser in unsere Gläser: „Parvin ist eine sehr nette Frau. Sie sagte, wenn wir nach Babol wollten, könnte sie uns dorthin bringen."
„Babol?"
Ich hatte geahnt, dass Doktor Bastiani nach Babol würde reisen wollen, aber nicht, dass er so schnell eine Entscheidung treffen würde. Ich wusste nicht, warum ich mir, als wir bei Doktor Fazilati gewesen waren, einen Moment lang Hoffnungen gemacht hatte, Doktor Bastiani würde einsehen, dass es sich bei der Parvak nur um eine Legende handeln konnte, und die Suche danach aufgeben.
„Mein Vater meinte, dass der Verfasser der persischen Texte in Babol gelebt habe, und möchte den Ort finden, von dem er stammte. Vielleicht wächst diese Pflanze – wie hieß sie noch gleich? – Parvak genau dort. Parvin sagte, sie werde uns ein Hotel reservieren."
Doktor Bastiani besaß wirklich überhaupt kein Taktgefühl. Natürlich hätte ich es ebenfalls gerne gesehen, dass der schöne Mythos um die Parvak der Wahrheit entsprach. War es jedoch richtig, Elisa solche Hoffnungen zu machen? „Aber wir haben noch keinerlei Beleg dafür, dass dieser Chaaje Nassir wirklich aus Babol stammte. Außerdem ist Babol eine sehr große Stadt. Ohne Anhaltspunkte kommen wir da nicht weiter. Wie können wir denn in einer großen, modernen Stadt, in der das heutige Leben pulsiert, nach ..." Ich wollte sagen: „nach einem Mythos suchen". Dann dachte ich jedoch, dass ich vielleicht zu streng mit Doktor Bastiani war. Selbst ich, der ich Elisa erst seit wenigen Tagen kannte, war ja bereit, ihretwegen jeder Legende zu glauben: „... nach ... nach einem unbekannten Arzt suchen, der vor ein paar Hundert Jahren gelebt hat, und nach einer Pflanze, die keiner kennt?"
Elisa nahm ihren Kaffee. Da er jedoch noch sehr heiß war, stellte sie ihn wieder zurück und erwiderte: „Du hast recht. Ich glaube auch oft, dass mein Vater nur einem Traum nach-

jagt. Aber jeder Traum braucht auch ein Ende. Jeden Traum, egal ob er gut oder schlecht ist, muss man zu Ende träumen. Sonst wird er einen nie loslassen."

Was Elisa da sagte, war sehr tiefgründig und zeigte, wie scharfsinnig ihre Gedanken waren. Ich wünschte mir lediglich, dass sie auch ein bisschen an sich selbst denken würde. Es war sie, die im Zentrum der Aufmerksamkeit hätte stehen sollen, und nicht ihr Vater.

„Aber ich glaube, dass Isfahan und Schiraz für dich interessanter wären. Auf alle Fälle waren diese Städte früher *die* Zentren iranischer Kunst und Kultur. Alle alten iranischen Kunstrichtungen, von der Architektur über die Malerei bis zur Dichtkunst, gelangten in diesen Städten zu ihrem Höhepunkt."

Elisa sah mich aus ihren charmanten Augen heraus an und erwiderte: „Parvin meinte, dass viele Iraner in ihrer Freizeit nach Babol und in die andere Städte dieser Gegend zwischen den hohen Bergen und dem Kaspischen Meer fahren würden. Sie sagte, die Landschaft dort sei sehr schön. Wenn mein Vater möchte, dass wir dorthin fahren, habe ich nichts dagegen. Ich freue mich darauf, die iranische Natur kennenzulernen."

Es war lobenswert, dass sie sich aufopferte. Dennoch versuchte ich es noch einmal: „Die Küste des Kaspischen Meers ist für Iraner interessant, weil der Großteil Irans trocken und staubig ist. Für jemanden, der die Mittelmeerküste und die grünen Alpen kennt, ist der Norden Irans nichts Besonderes. Ich befürchte, dass es dort für dich ... für euch ... dass es dort für dich und Doktor Bastiani anstrengend wird."

Sie erwiderte lächelnd: „Mach dir um mich keine Sorgen. Ich halte mehr aus, als man denkt. Allein der Spaziergang über den Bazar gestern hat genügt, die Ereignisse in Italien zu vergessen." Einen Moment hielt sie inne und starrte ihren Kaffee an: „Ich hoffe, dass mein Vater auf dieser Reise seinen alten Traum zu Ende träumen kann, egal ob gut oder schlecht." Wie um mich zu trösten, lächelte sie dann: „Wenn wir aus Babol zurück sind, fahren wir nach Isfahan und Schiraz."

Mein Beharren war vergeblich: „Wie du willst ..." Ich nahm meinen Kaffee, trank einen Schluck und verbrannte mir die Zunge.

Elisa wollte wissen: „Warst du schon in Babol? Wie weit ist es von Teheran dorthin?"

Ich war auch noch nie in Babol gewesen. „Babol ist nicht sehr weit. Ich vermute, so vier, fünf Stunden. Aber ich bin bisher leider noch nicht in diese Richtung ..."

In diesem Moment klingelte es an der Tür. Meine Mutter konnte es nicht sein, denn sie hatte einen Schlüssel. Ich ging in den Flur und hob den Hörer der Gegensprechanlage ab, um zu fragen, wer es sei. Es war Parvin. So früh am Morgen! Ich öffnete die Tür und teilte Elisa mit, dass es Parvin sei.

Elisa ging zur Treppe und sagte: „Ich ziehe mich eben um."

2

Parvin und Elisa standen im Türrahmen und warteten ungeduldig darauf, dass Doktor Bastiani sein Telefonat beenden würde. Er sprach mit seinem Freund an der Universität Bologna, den er gestern Abend nicht mehr erreicht hatte. Sein Kollege, der durch Doktor Bastianis Anruf geweckt worden war, teilte ihm die Ergebnisse seiner Nachforschungen über Jacopo Guiliani mit. Doktor Bastiani war während des langen Gesprächs sehr fröhlich und lachte viel. Er stellte Fragen, gestikulierte wild in der Luft, sprach im schnellen italienischen Tonfall. Er wurde einen Moment ernst und lachte dann wieder. Es schien als wären die Nachforschungen seines Kollegen erfolgreich gewesen. Elisa beobachtete ihn ungeduldig und sagte einmal etwas, woraufhin Doktor Bastiani den Kopf schüttelte.

Als er schließlich den Hörer auflegte, fragte ich: „Hat er etwas gefunden?"

Er blickte zu Elisa und Parvin und meinte: „Lassen Sie uns unterwegs darüber sprechen!"

An Elisa und Parvin gewandt, bat er „Einen Moment!", und eilte ins obere Stockwerk, um sein Geißlein zu holen. Dann brachen wir auf.

Auf der Straße sah ich mich aufmerksam um. Ein ganzes Stück von uns entfernt standen zwei Motorradfahrer am Straßenrand. Sie schienen Jugendliche hier aus dem Viertel zu sein. Seit ich gestern von dem Anruf des Unbekannten erfahren hatte, war ich etwas besorgt, obwohl es keinen vernünftigen Grund für diese Sorge gab. Selbst die bestorganisierteste italienische Mafia hätte in so kurzer Zeit nicht unsere Spur aufnehmen und ihre Schergen hinter uns herschicken können.

Im Auto erzählte Doktor Bastiani begeistert von seinem Telefongespräch: „Mein Kollege hat in den Memoiren eines Mönchs einen kurzen Bericht über Jacopo Guiliani gefunden. Guiliani selbst war auch ein Mönch und mit dem Verfasser der Memoiren eng befreundet. Sie lebten in einem Kloster in der Nähe von Florenz. Der Mönch berichtet in seinen Erinnerungen, dass Jacopo Guiliani sehr an der Medizin interessiert gewesen sei und die meiste seiner Zeit im Hospital des Klosters verbracht habe. Guiliani war nie mit dem zufrieden, was er im Hospital über die Medizin lernte, es war ihm nicht genug. Um mehr Wissen zu erlangen, wollte er nach Persien reisen. Damals war dies, wenn nicht unmöglich, so auf jeden Fall überaus schwierig, noch dazu für einen mittellosen Mönch. Zufälligerweise jedoch machte Guiliani die Bekanntschaft eines vermögenden Händlers namens Alemanno de' Medici."

Elisa drehte sich um und fragte ihren Vater etwas zu den Medicis. Er antwortete: „Die Nachfahren dieser Händlerfamilie de' Medici spielten später eine große Rolle in der florentinischen und italienischen Geschichte."

Ich nutzte die Gelegenheit und blickte aus dem Heckfenster nach draußen. In einigem Abstand zu uns waren ein paar weitere Autos auf der Straße unterwegs. Parvin hatte eine Strecke im Norden der Stadt gewählt, um uns zur Universität zu bringen, auf der weniger los war als im Stadtzentrum.

Doktor Bastiani fuhr fort: „Alemanno de' Medici litt bereits seit Jahren an einer Erbkrankheit. Er litt nicht nur selbst unter großen Schmerzen, sondern war als Kind auch Zeuge des großen Leids seines Vaters und seines Onkels geworden. Die italienischen Ärzte und Hospitäler, die zu dieser Zeit in Florenz immer verbreiteter wurden, konnten seine Schmerzen weder heilen noch lindern. Alemanno de' Medici hatte auch das Hospital des Klosters Jacopo Guiliani besucht und dort manchmal mit diesem gesprochen. Guiliani erzählte dabei mit so großer Begeisterung von den persischen Ärzten Ibn Sina und Razi, die damals unter den Namen Avicenna und Rhazes in Europa bekannt waren, dass schließlich auch de' Medici glaubte, dass, wenn ihn jemand heilen könnte, dies die persischen Ärzte wären. De' Medici versprach Guiliani, ihn auf seine Kosten mit einigen Händlern, die für ihn Teppiche aus dem Orient besorgten, nach Persien zu schicken, damit er dort die persische Heilkunst erlernen könne – unter der Bedingung, dass Guiliani ein Heilmittel für de' Medicis Krankheit finden würde ..."

Genauso wie andere historische Erzählungen hatte mich auch diese Geschichte in ihren Bann gezogen. Elisa und Parvin hörten ebenfalls interessiert zu. Parvin drehte sich, während sie das Auto steuerte, manchmal um und sah Doktor Bastiani an.

„Guiliani akzeptierte diese Bedingung. Leider verstarb de' Medici jedoch, bevor er sein Versprechen in die Tat umsetzen konnte. Er hatte allerdings einen Sohn namens ..."

Elisa sagte gleichzeitig mit ihrem Vater: „Salvestro."

Doktor Bastiani nickte bestätigend und fuhr fort: „Salvestro wusste von dem Versprechen seines Vaters und löste es ein. Ein paar Jahre nach dem Tod seines Vaters schickte er Jacopo Guiliani nach Persien."

Parvin hielt an einer Kreuzung an und bog dann nach links ab. Ich blickte mich erneut in der Umgebung und nach hinten um. Je näher wir der Universität kamen, desto dichter wurde

Mittwoch

der Verkehr. Falls uns jemand verfolgen sollte, so war es unmöglich, dies zu erkennen.

Doktor Bastiani erzählte weiter: „Der Mönch schrieb, dass Jacopo Guilianis Reise mehr als zehn Jahre gedauert habe. Er kehrte in seine Heimat zurück, als die Stadt Florenz und Papst Gregor XI. gerade in heftigem Konflikt miteinander lagen."

Doktor Bastiani wurde einen Augenblick lang still, als ob er das ganze Leid spürte, dass Florenz damals hatte erdulden müssen, und fuhr fort: „Wir wissen, was dann mit Jacopo Guiliani passierte. Ein Priester aus der Anhängerschaft des Papstes beschuldigte Guiliani nach dessen Festnahme und Anhörung der Apostasie und Zauberei. Er gab den Befehl, alle Bücher, Kräuter und sonstigen Gegenstände Guilianis zu verbrennen, die in seinen Augen des Teufels waren und mit Hexerei zu tun hatten."

Zur Erklärung fügte Doktor Bastiani hinzu: „Zu jener Zeit hielten Fanatiker in der Kirche Medizin für Blasphemie, da sie meinten, Krankheiten seien eine Strafe Gottes für sündige Menschen, die nur durch Buße und die Suche nach Vergebung durch Gott selbst geheilt werden könnten."

Ich wollte wissen: „Wenn man alle Habseligkeiten Guilianis verbrannt hat, wie ist dann das Manuskript erhalten geblieben, das ja offensichtlich aus seinem Besitz stammte?"

Doktor Bastiani überlegte einen Moment: „Cosimo Bentonini erwähnt in seinem Brief ebenfalls, dass man einige der Besitztümer Guilianis geplündert habe."

Das Schicksal Jacopo Guilianis war sehr interessant für mich. Wo in Iran waren er und Cosimo Bentonini wohl gewesen, und welche Erfahrungen hatten sie gesammelt?

Ich fragte Doktor Bastiani: „Haben Sie über Cosimo Bentonini auch etwas Neues erfahren?"

„Den Memoiren des Mönchs zufolge war Cosimo Bentonini ebenfalls ein junger Mönch, den Guiliani mit auf seine Reise nach Persien nahm. Aber er sei nie von dort zurückgekehrt."

„Aber wir wissen doch, dass er zurückgekehrt ist!"
„Ja, aber er hat seinen Brief in Bologna geschrieben. Vielleicht hat er es aufgrund des Konflikts nie zurück nach Florenz geschafft. Oder vielleicht ist ihm ein ähnliches Schicksal wie Jacopo Guiliani widerfahren ..." Nach einem Augenblick der Stille fügte Doktor Bastiani noch hinzu: „Vielleicht werden wir nie herausfinden, was mit ihm geschehen ist."

Es war noch keine zehn Uhr, als Parvin Doktor Bastiani und mich nahe der Fakultät für persische Literatur der Universität Teheran in der Qods-Straße absetzte. Wir verabredeten, uns in zwei Stunden vor dem Stadttheater im Daaneschdschu-Park zu treffen und gemeinsam in einem Restaurant, das Parvin in der Nähe kannte, zu Mittag zu essen. In der Zwischenzeit wollte Parvin Elisa den Golestan-Palast zeigen. Vor zweihundert Jahren hatte Fath-Ali-Schah in diesem Palast gelebt, heute war er ein Museum. Sie hatte ihren Fotoapparat mitgenommen, damit Elisa fotografieren konnte.

Als wir aus dem Auto ausstiegen, trug Doktor Bastiani sein Geißlein mit den Manuskripten darin unterm Arm. Um uns herum war alles ruhig und wirkte gewöhnlich. Es schien nicht so, als ob wir verfolgt würden. Dennoch ermahnte ich Doktor Bastiani, als wir auf den Gehsteig traten: „Passen Sie bitte gut auf Ihre Tasche auf!"

Doktor Bastiani trat ein Stück zur Seite und blickte sich um: „Niemand weiß, was in der Tasche ist ... Ich passe schon auf."

3

Als wir die Universität betreten wollten, mussten wir zunächst am bärtigen Wachmann vorbei, der am Tor der Universität stand. Ich fühlte mich vom Florenz des Mittelalters ins mittelalterliche Teheran versetzt. Er war jung, vielleicht etwas älter als zwanzig Jahre. Zunächst wollte er von uns wissen, wer wir seien und zu wem wir wollten. Dann rief er Professor Schamaayeli an. Dieser bestätigte, dass wir mit ihm verabredet seien. Vielleicht, weil er bisher noch nie mit einem ausländischen Besucher zu tun gehabt hatte, rief der Wachmann jedoch dann beim Sicherheitsdienst und einigen anderen Stellen der Universität an und erstattete über uns Bericht. Nachdem anscheinend keiner etwas dagegen hatte, dass wir das Universitätsgelände betraten, fragte er uns noch einmal, was wir von Professor Schamaayeli wollten. Er begriff nicht, was wir ihm erklärten. Dann nahm er unsere Personalien auf und verlangte schließlich, den Inhalt des Geißleins zu sehen. Doktor Bastiani wollte protestieren. Ich riet ihm, mit dem Wachmann zu kooperieren. Also stellte er das Geißlein auf den Tisch im Wachhäuschen, holte umsichtig das lederne Etui daraus hervor und legte es auf den Tisch. Dann nahm er die Manuskripte heraus und legte sie auf das Etui. Der Wachmann wollte die Bücher anfassen, wovon Doktor Bastiani ihn mit einer Geste abhielt.

Ich erklärte: „Dies sind sehr alte und wertvolle Bücher. Man sollte sie nicht anfassen."

Doktor Bastiani schlug vorsichtig die Bücher ein wenig auf. Der Wachmann wusste nicht so recht, was er kontrollieren sollte. Er warf einen Blick auf die merkwürdigen Schriftzeichen und Bilder von Pflanzen und sagte schließlich: „In Ordnung." Dann erklärte er uns kurz, wie wir zum Büro Professor Schamaayelis kämen.

Ich war mir sicher, dass sich Doktor Bastiani nur aus Höflichkeit mir gegenüber nicht über den Wachmann und die Universität beschwerte. Daher erklärte ich ihm: „Die iranischen Universitäten waren immer ein Bollwerk der Intellektuellen gewesen. Deswegen werden sie vom Regime streng kontrolliert. Aber uns dürfte nichts geschehen."

Das Büro Professor Schamaayelis befand sich im zweiten Stock. Als wir anklopften und eintraten, stand Professor Schamaayeli mit ernsten Gesicht von seinem Schreibtisch auf, der sich gegenüber der Tür und vor einem zum Universitätscampus hinausführenden Fenster befand, und begrüßte uns: „Bitte, kommen Sie herein."

Ich war erfreut, dass Professor Schamaayeli Englisch sprach. Wir traten ein. Er warf einen Blick hinaus auf den Flur und schloss dann die Tür hinter uns. Dann trat er einen Schritt auf uns zu, doch bevor etwas gesagt wurde, öffnete er erneut die Tür und blickte den Gang entlang. Er schloss die Tür wieder und kam nun auf uns zu. Nachdem ich Doktor Bastiani vorgestellt hatte, setzten wir uns auf das große Sofa, das an der rechten Wand des Büros stand. Vor uns stand ein niedriger langer Tisch. Auf der anderen Seite des Zimmers befanden sich eine Kommode sowie ein schmales Regal voller Bücher.

Professor Schamaayeli rollte seinen Bürostuhl vom Schreibtisch vor das Bücherregal und setzte sich uns gegenüber: „Es scheint, als hätte man Sie am Tor etwas aufgehalten. Das tut mir leid. In unserem Land gehen sie mit Wissenschaftlern um wie mit ..."

Mittwoch

Er unterbrach sich und rief in Richtung der Tür: „Ja, bitte?"
Als nichts geschah, erklärte er: „Ich dachte, es hätte geklopft."
Er blickte auf das Foto eines Geistlichen, das über dem Fenster angebracht war, und ließ seine Worte unbeendet. Nach kurzem Zögern fragte er, an Doktor Bastiani gewandt: „Gefällt es Ihnen in Iran?"

Doktor Bastiani erzählte, dass wir erst gestern angekommen seien und er noch keine Zeit gehabt habe, sich die Stadt anzusehen. Außerdem berichtete er ein wenig von seinem Forschungsgebiet und seiner Universität.

Meiner Einschätzung nach war Professor Schamaayeli um die sechzig Jahre alt. Er war glatt rasiert und trug sein noch kaum ergrautes Haar am Scheitel etwas länger, über den Ohren jedoch kurz. Mit seiner Metallrahmenbrille, im gut geschneiderten Anzug und gelb karierten Hemd wirkte er äußerst schick und nicht unbedingt dem islamischen Stil entsprechend gekleidet. Ich erinnerte mich daran, dass auch früher, als er die Parlamentsbibliothek besucht hatte, sein Modebewusstsein bewundert worden war.

Nachdem Doktor Bastiani geendet hatte, wollte Professor Schamaayeli von mir wissen: „Wie, sagten Sie gestern noch gleich, hieß der, der aus Italien ... beziehungsweise aus Florenz, Italien im heutigen Sinne gab es damals ja noch nicht ..."

„Er hieß Jacopo Guiliani. Sein Schüler, Cosimon Bentonini, begleitete ihn."

Doktor Bastiani ergänzte meine Erklärungen: „Ich habe ein Buch dabei, von dem ich glaube, dass es ein Werk dieser Person ist. Aber Teile davon sind auf Persisch ..." Er sah mich an: „Herrn Raamtin ist es gelungen, diese zu lesen und zu übersetzen."

Er holte das Manuskript, das von Jacopo Guiliani stammte, aus der Tasche, legte es auf den Tisch und fuhr fort: „Der größte Teil dieser medizinischen Abhandlung ist in einer Geheimschrift geschrieben."

Professor Schamaayeli nahm das Manuskript vorsichtig hoch und blätterte es durch: „Interessant, interessant."

Doktor Bastiani sprach weiter: „Wir haben nur sehr wenige Informationen über diese Person. Wir wissen, dass sie auf Kosten eines wohlhabenden Florentiners nach Persien reiste und hier anscheinend bei einem gewissen Chaaje Nassir Maamatiri eine medizinische Ausbildung erhielt. Nach seiner Rückkehr nach Florenz wurde dieser Gelehrte in einem Konflikt zwischen der Stadt Florenz und der Kirche getötet."

Professor Schamaayeli durchblätterte immer noch das Manuskript Guilianis und murmelte: „Interessant ... das ist äußerst interessant."

Ich wusste nicht, ob er das Manuskript meinte oder das, was Doktor Bastiani erzählte.

Schließlich legte er das Manuskript zurück auf den Tisch vor uns und stand auf. Er ging zu seinem Schreibtisch. Obwohl er die Namen bereits ein paar Mal gehört hatte, fragte er noch einmal: „Wie, sagten Sie, hießen diese Personen?"

Ich wiederholte: „Jacopo Guiliani und Cosimo Bentonini."

„Und wann sind sie nach Iran gekommen?"

Doktor Bastiani antwortete: „Wir wissen, dass sie um das Jahr 1375 herum nach Florenz zurückkehrten, zu der Zeit, als Gregor XI. das Interdikt gegen Florenz erließ und die Stadt exkommunizierte. Laut einem Dokument, von dem wir später gehört haben, waren sie mehr als zehn Jahre in Persien. Also müssten sie vor 1365 hierhergekommen sein."

Professor Schamaayeli dachte eine Weile nach und sagte dann: „Also ... um das Jahr 760 islamischer Zeitrechnung ... sehr interessant." Dann beugte er sich über seinen Schreibtisch, nahm einen Ordner sowie einen Kugelschreiber, kehrte zu uns zurück, setzte sich wieder hin und erklärte: „Ich forsche schon lange zu iranischen und ausländischen Gelehrten des Mittelalters. Vor allem interessiere ich mich für diejenigen, die von weither nach Iran gekommen sind, um Wissen zu erlangen, und für diejenigen, die aus Iran in ferne Länder gereist sind."

Er schwieg einen Moment. Dann legte er den Kugelschreiber auf den Tisch und öffnete den Ordner in seiner Hand: „Es ist interessant ... Wissen Sie, ich betreibe diese Forschung mehr zum Vergnügen. Meine eigentliche Forschung liegt auf einem anderen Gebiet. Für die Gelehrten des Mittelalters interessiere ich mich schon seit meiner Jugend. Inzwischen habe ich einiges an Angaben über sie gesammelt. Hier ist ein Teil davon ...", er hob den Ordner ein Stück an, „aber ich bin noch nicht dazu gekommen, ein Buch aus meinen Aufzeichnungen zu machen."

Er blickte auf die Baumkrone, die man aus dem Fenster heraus sah: „Die Zahl ausländischer Gelehrter, zu denen ich Dokumente finden konnte, ist sehr gering. Die meisten von ihnen kamen nach Iran, um sich auf dem Gebiet der Medizin, Astronomie, Alchemie oder manchmal auch der Philosophie fortzubilden. Ich spreche dabei vom damaligen Iranischen Reich, das von Buchara bis nach Bagdad reichte." Er rückte seine Brille zurecht und fragte noch einmal: „Sie sagten Guiliani und Bentonini?"

Doktor Bastiani nickte: „Jacopo Guiliani und Cosimo Bentonini."

Zur Bestätigung langsam nickend, nahm Professor Schamaayeli den Kugelschreiber vom Tisch und notierte etwas in seinen Aufzeichnungen. Dann streckte er Doktor Bastiani ein weißes Blatt entgegen und fragte: „Könnten Sie mir die Namen bitte hier in ihrer italienischen Schreibweise notieren?"

Doktor Bastiani schrieb die Namen auf und gab ihm das Blatt zurück. Professor Schamaayeli las die Namen und legte dann das Blatt auf den Tisch mit den Worten: „Diese beiden waren mir immer ein Rätsel."

Doktor Bastiani und ich sahen uns an. Wir wussten beide nicht, was er damit meinte. Doktor Bastiani fragte: „Sie kennen die beiden?"

Professor Schamaayeli durchblätterte den Ordner, nahm ein Dokument daraus hervor und bat mich zu übersetzen, was er vorlas. Doktor Bastiani holte eiligst seinen Hemingway aus der Brusttasche hervor und machte sich bereit, mitzunotieren. Professor Schamaayeli begann vorzulesen:

Wan die veigen Afrasiyaben warn vertriben ouz dem gebiete Amol da kam gegangen allez volk, die edelen und die burgaere unde bouwern, zesamene unde in groszer zal, ze huldigen dem trostbærenden herrn Mir Bozorg. Da ich also vor ime kam und ime die eren erbot alda warn ouch die zweyen rumischen hoch-Meystere Jaqub Gilaani unde Kaasem Ibn Tonini ouf irer fart nach Mamaitr zegegene, unde brachten manige reyche gaben und bezeuchten ir missefallen wider die veigen Afrasiyabene.

Professor Schamaayeli blickte vom Dokument in seiner Hand auf und wartete, bis ich meine Übersetzung beendet hatte. Dann berichtete er: „In zwei Dokumenten sind mir die Namen Jaqub Gilaani und Kaasem Ibn Tonini begegnet. Bis auf Tonini, das ich bisher für ein Wort auf Gilaki gehalten habe, also für ein Wort aus dem Dialekt, der am Kaspischen Meer gesprochen wird, handelt es sich bei diesen Namen um persische Namen. Aber in beiden Dokumenten hieß es, dass sie Römer seien. Dies habe ich nie verstanden. Gestern, als Sie am Telefon die Namen nannten, hatte ich gleich das Gefühl, dass eine Verbindung bestehen könnte. Jetzt ist mir klar geworden, dass es sich bei Jaqub Gilaani und Kaasem Ibn Tonini um persische Formen der Namen von ..." Er hob das Blatt vom Tisch hoch und las: „Jacopo Guiliani und Cosimo Bentonini handelt ..."

Zum ersten Mal, seit wir bei ihm waren, lächelte er: „Das ist sehr interessant."

Plötzlich verstummte er und spitzte die Ohren, als ob er etwas gehört hätte. Nach einigen Augenblicken lächelte er wieder, blickte auf das Dokument, von dem er vorgelesen hatte, und fuhr fort: „Hier ist von Mir Bozorg die Rede, der zu ebenjener Zeit, von der Sie sprachen, die Herrschaft der

Mittwoch

Afrasiyaben, auch Tschalavian genannt, in Māzandarān stürzte und die muslimische Marashi-Dynastie begründete. Mit seinen Söhnen begann er dann, weitere Städte in Māzandarān und Gilan einzunehmen und die lokalen Herrscher auszurauben. Er erstürmte zum Beispiel die Orte Amol, Babol und Firuzkuh."

Ich erklärte Doktor Bastiani, dass sich alle diese Städte in der Nähe des Kaspischen Meers befänden.

Professor Schamaayeli erzählte, an Doktor Bastiani gewandt: „Ich stamme selbst aus Māzandarān und interessiere mich sehr für die dortige Lokalgeschichte. Es war damals in Iran nach einem Herrschaftswechsel üblich, dass die Bevölkerung den neuen Herrschern huldigte, also ihnen die Treue schwor, um nicht deren Zorn zu erregen. Außerdem brachten Reisende, die ein Gebiet durchquerten, den dortigen Herrschern normalerweise Geschenke dar, um so für die Dauer ihres Aufenthalts bzw. ihrer Durchreise unter deren Schutz zu stehen. Daher erschienen Guiliani und Bentonini vor Mir Bozorg. Die Verweigerung der Afrasiyaben hat der Verfasser des Textes ihnen vermutlich aus Ehrfurcht vor Mir Bozorg angehängt."

Doktor Bastiani blickte von seinen Notizen auf und lächelte mich an, als er frohlockte: „Ich wusste doch, dass wir den beiden letztlich auf die Spur kommen."

Ich wollte von Professor Schamaayeli wissen: „Aus welcher Quelle stammt dieses Dokument?"

„Es ist ein Teil der Lebenserinnerungen eines Gutsherrn aus Amol, der Mir Bozorg direkt nach dessen Machtergreifung die Treue schwor. Die originale Abschrift des Manuskripts befindet sich in der Nationalbibliothek."

Doktor Bastiani wollte von Professor Schamaayeli wissen: „Sie sagten, Sie hätten die Namen von Jacopo Guiliani und Cosimo Bentonini in zwei Dokumenten gelesen. Was steht in der anderen Quelle über die beiden?"

Professor Schamaayeli durchblätterte erneut seinen Ordner und schlug eine andere Seite auf: „Die Namen dieser beiden Personen tauchen auch noch in einer anderen Handschrift auf. Von diesem Manuskript, einer medizinischen Abhandlung, sind leider nur die ersten Blätter, also eigentlich die Einleitung, erhalten geblieben. Vor einiger Zeit sind diese Blätter zufälligerweise in einer Abschrift des Schāhnāme in der Parlamentsbibliothek entdeckt worden. Der Verfasser erzählt in dieser Einleitung ein wenig von seiner eigenen Vergangenheit. Unter anderem berichtet er von seiner medizinischen Ausbildung in Māzandarān und einigen Erinnerungen an dort ..."

Professor Schamaayeli begann erneut vorzulesen, und ich übersetzte für Doktor Bastiani:

Des Mir Bozorgs unde seyner suone ir gevolge sæeten unvriden dieweyl si solh valsch zeugniß gaben daz dize scholære treybeten süenden unde braechten ungelücke üeber die lant unde schüereten rumor unde unrouwe ...

Professor Schamaayeli erklärte, dass es um den Ausbruch eines Aufstandes, einer Rebellion gehe:

... unde der gottesgeloube sey durch si geschwaechet. Unde so wuochsen kumer unde sorgen unde wan der scholere vile wurdent gepinet unde gequelt unde eteliche ler-geselle sint gemordet gar da sint wir in unsrer not gevlohn ouz der stat, unde eyn jeglicher gekeret in seyn weg unde seyner richtung.

Der Erwirdige Chaaje hiez mich füeren Jaqub Gilaani unde Kaasem Ibn Tonini nach Gilan von do si kunden varn nach Rume und selbiger nam seyn weg gen Turkestan. Also wir synt geflüecht von eyn stat nach eyn ander unde konten nicht rasten noch ruwen all die zeyt, unde eyn teyl weges wurden wir von iren knechten gevolget bis Enzeli. Von dorten sie beyde synt entvlohn unde gereyset nach Rume aldiweyl ich han genumen den wec nach Iraq.

Professor Schamaayeli nickte: „Das ist interessant ..." Das Vorgelesene erklärend, fügte er hinzu: „Offenbar hat es dort eine Schule oder Ausbildungsstätte gegeben, wo Menschen die Heilkunst erlernten. Einige der Anhänger Mir Bozorgs und seiner Söhne beschuldigten sie jedoch, Ungläubige und Apostaten zu sein, belästigten und quälten sie, töteten sie sogar. Schließlich flohen die Betroffenen. Guiliani und Bentonini konnten dank der Hilfe des Verfassers dieser Zeilen nach Anzali gelangen. Anzali war damals Ausgangspunkt für den Handel mit Baku, schloss im Osten an die Seidenstraße an und war deren Verbindungsstelle zum Westen. Von dort aus konnten die beiden in ihre Heimat zurückkehren. Es scheint, als ob die heutige Geschichte sich ..."

Plötzlich unterbrach sich Professor Schamaayeli und spitzte die Ohren: „Hat jemand geklopft?"

Ich antwortete: „Ich habe nichts gehört."

Professor Schamaayeli blickte auf das Bild über dem Fenster und ließ seinen Satz unbeendet. Dann starrte er uns an und wiederholte: „Das ist interessant."

Ich war sehr ergriffen und dachte darüber nach, wie gefährlich und ereignisreich das Leben von Jacopo Guiliani und Cosimo Bentonini gewesen war.

Nachdem Doktor Bastiani zu Ende notiert hatte, sprach er mich an: „Die Armen waren weder hier noch in ihrer Heimat sicher."

Dann bedankte er sich bei Professor Schamaayeli: „Vielen herzlichen Dank! Wir haben nun recht ausführliche Informationen über Guiliani und Bentonini. Mit ausführlich meine ich: eben so ausführlich, wie man es auf derartigen Forschungsgebieten erwarten kann. Eine Frage hätte ich jedoch noch."

Professor Schamaayeli nickte: „Bitte schön."

„Was wissen Sie über Chaaje Nassir?"

Als ob er nicht verstanden hätte, fragte Professor Schamaayeli nach: „Wie bitte? Welcher Chaaje Nassir?"

„Der Chaaje, der erwähnt wurde, der nach Turkestan gegangen ist. Handelt es sich bei ihm denn nicht um Chaaje Nassir Maamatiri?"

Professor Schamaayeli antwortete: „Bitte? ... Nein ... Ich weiß nicht. Der Verfasser nennt nirgends den Namen Chaaje Nassir Maamatiri. Er schreibt lediglich: Chaaje." Er blickte noch einmal auf das Geschriebene in seinem Ordner: „Chaaje bedeutet so etwas wie ‚Gebieter' oder ‚Herr'. Es beschreibt jemanden, der wahrscheinlich sein ... oder deren Lehrmeister war."

Doktor Bastiani berichtete: „Aus den Informationen, die wir haben, geht hervor, dass Guiliani und Bentonini mit jemandem namens Chaaje Nassir Maamatiri in Verbindung standen."

„Interessant ..., sehr interessant. Auf diese Weise entsteht eine Verbindung zwischen diesen beiden Fragmenten ... Warten Sie ..." Professor Schamaayeli begann, die Blätter in seinem Ordner zu durchsuchen. Als er die gesuchte Seite gefunden hatte, blickte er vom Ordner auf: „Mir sind zwei Personen dieses Namens begegnet." Er sah wieder auf den Text in seinem Ordner: „Der eine war ein Arzt, der zu Zeiten Timurs mit dessen Streitkräften mitzog. Hier handelt es sich vielleicht um eben den Chaaje Nassir, den Sie meinen und der dann wohl nach Turkestan gegangen ist. Timur lebte zur selben Zeit, und auch seine Kriege fanden in dem Zeitraum, den Sie nannten, statt."

Diesen Worten folgend, notierte Professor Schamaayeli rasch etwas auf dem Blatt Papier, auf das Doktor Bastiani die Namen Guilianis und Bentoninis geschrieben hatte.

Doktor Bastiani wollte wissen: „Wer war der andere Chaaje Nassir?"

„Das war jemand anderes, der mit den anderen genannten Personen nichts zu tun hat. Er war anscheinend ein Alchemist, der zu Zeiten Schah Abbas I. ..." Er überlegte: „... also ungefähr 250 Jahre später ... im 17. Jahrhundert lebte. Die Namensgleichheit ist interessant." Nach einem Moment des Nachdenkens zog er die Augenbrauen zusammen und fügte hinzu: „Hmm ... das ist merkwürdig!"

Mittwoch

Doktor Bastiani und ich sahen uns an. Professor Schamaayeli, der unseren Blick bemerkt hatte, erklärte: „Bisher hatte ich noch nicht darüber nachgedacht. Der Name der Stadt Maamatir änderte sich zu eben jener Zeit der Herrschaft Mir Bozorgs – zunächst in Baarforouschdeh und dann in Babol."

Dann überlegte er noch einen Augenblick. Ich verstand nicht, worauf er hinauswollte.

Er ergänzte: „Es ist merkwürdig, dass dieser Chaaje Nassir 250 Jahre nach der Namensänderung der Stadt Maamatir deren alten Bezeichnung als Beinamen erhielt." Dann zog er die Augenbrauen hoch und lachte laut: „Das ist interessant. Vielleicht war er ja einer der Nachfahren des anderen Maamatiri."

Doktor Bastiani wollte noch mehr über die beiden Chaaje Nassirs wissen. Professor Schamaayeli gab uns Signaturen und Daten einiger Handschriften, die Quelle seiner Kenntnisse waren. Dann zog Doktor Bastiani das Blatt mit der Übersetzung der Textstelle über die Parvak aus seinen Aufzeichnungen hervor. Er gab es mir und bat mich, den Text Professor Schamaayeli vorzulesen, damit er uns seine Meinung dazu sagte.

Ich las: *„Parvak, ein tzwieg vom boume Hoom Sepid, wachset in Rokaatek unde muget stân al alleine. Nirgends in keyn veld siht man ihrer zweye mit eynand ..."* Dann wollte ich von Professor Schamaayeli wissen, ob er eine Pflanze namens Parvak oder einen Ort namens Rokaatek in der Nähe von Babol kenne.

Zwar kannte er keine Pflanze namens Parvak, aber ebenfalls den Mythos des Hoom Sepids.

Zu Rokaatek sagte er: „In der alten Sprache Māzandarāns bedeutet *roka* ‚hoch' und *atek* ‚Steppe' oder ‚Ebene'. Wenn Sie denken, dass es sich bei *Rokaatek* um einen Ort handelt, dann befindet dieser sich vielleicht in den Bergen Māzandarāns. Babol selbst liegt nicht hoch, im Gegenteil sogar sehr flach. Die Berge sind allerdings nicht weit von Babol entfernt."

Doktor Bastiani wollte wissen: „Denken Sie, wenn wir nach Babol reisen, könnten wir herausfinden, wo Chaaje Nassir Maamatiri lebte, und auch den Ort Rokaatek finden?"

„Ich halte es für unwahrscheinlich, dass Sie herausfinden, wo Chaaje Nassir lebte, da von den früheren Strukturen Babols kaum etwas erhalten geblieben ist. Außerdem gibt es kein Dokument, das Auskunft über seine Herkunft geben würde." Er dachte einen Augenblick nach und fuhr dann fort: „Über Rokaatek weiß ich nichts. Vielleicht gab es tatsächlich einen Ort oder ein Dorf, das so hieß, und irgendein alter Mann oder eine alte Frau erinnert sich daran."

Doktor Bastiani war mit den Ergebnissen unseres Besuchs äußerst zufrieden und dankte Professor Schamaayeli vielmals, dass er uns seine Zeit geopfert hatte.

4

Der Daaneschdschu-Park, wo wir uns mit Elisa und Parvin verabredet hatten, befand sich in der Nähe der Universität. Doktor Bastiani und ich liefen die Enqelab-Straße entlang. Ich sorgte mich um das Geißlein unter Doktor Bastianis Arm. Seit wir die Universität verlassen hatten, beobachtete ich unsere Umgebung auf dem Weg zum Park aufmerksam. Auf der Straße war sehr viel los. Jedoch erschien alles gewöhnlich. Es gab keine Anzeichen für eine Unterbrechung oder Beeinträchtigung des normalen Verkehrsablaufs auf der Straße. Auch der Fußweg, obwohl an manchen Stellen sehr überfüllt, wirkte sicher. Es war klar, dass mich der Anruf des Unbekannten gestern in unnötige Angst und Aufregung versetzt hatte.

Doktor Bastiani sah, was Professor Schamaayeli gesagt hatte, als Bestätigung seiner Ansichten: „Haben Sie bemerkt, dass Chaaje Nassir Maamatiri zu verschiedenen Zeiten aufgetaucht ist? Er tauchte auf, als Guiliani in Babol ankam, dann Jahre später als Begleiter Timurs, wieder ein paar Jahre später zu Zeiten der Herrschaft Schah Abbas I. und dann wieder einige Zeit später zu Zeiten Fath Ali Schahs. Und vielleicht ist er immer noch am Leben!"

Er äußerte sich schon wieder auf eine Art und Weise, dass ich ihn auf einer wissenschaftlichen Stufe mit meiner Mutter einsortieren musste. Sie hing dem Aberglauben nach und glaubte an Dschinnen, Vorsehung und dergleichen. Ich wusste, dass es keinen Zweck hatte, mit ihm zu diskutieren, dennoch erwiderte ich: „Denken Sie nicht, dass es sich einfach um eine Namensgleichheit handeln könnte und es verschiedene Personen gewesen seien, die einfach alle Nassir geheißen hätten?"

„Glauben Sie denn wirklich, dass es so viele Nassirs gab, die alle aus Maamatir stammten, Mediziner oder Alchemisten waren und ungewöhnliche Fähigkeiten besaßen? Kennen Sie jemanden, der den gleichen Namen trug und etwas anderes tat?"

Im Gespräch mit Doktor Bastiani versuchte ich eine Erklärung für seine Ansichten zu finden. Als einzigen Grund sah ich nach wie vor den Tod seiner Frau an ALS an und die Tatsache, dass nun auch Elisa an dieser Krankheit litt. Aus der Verzweiflung heraus, diesen von ihm geliebten Menschen nicht helfen zu können, war er anfällig gegenüber Fantastereien geworden.

Ich argumentierte: „Jeder dieser Nassirs lebte in einem anderen Jahrhundert. Falls wir annehmen, dass alle diese Nassirs ein und dieselbe Person sind, müsste also diese Person mehrere Hundert Jahre gelebt haben. Meinen Sie nicht, dass wir uns damit sehr weit weg von der Realität bewegen?"

Es schien, als hätte auch Doktor Bastiani keine Lust mehr, noch weiter zu diskutieren. Er wusste, dass er mich nicht würde überzeugen können: „Stellen Sie sich vor ... stellen Sie sich doch nur einmal vor, dass alle diese Chaaje Nassirs ein und dieselbe Person gewesen seien. Ein großer Alchemist und Mediziner, der an einem Ort nicht weit von Babol eine Anzahl Schüler hatte, die er in aller Ruhe Alchemie und Medizin lehrte. Er entdeckte ein Heilmittel, mit dem sich viele Krankheiten heilen lassen. Bevor er jedoch seinen Schü-

Mittwoch

lern beibringen konnte, wie es hergestellt wird, geriet er seitens einiger Anhänger der Scharia und der Söhne Mir Bozorgs unter Druck und war gezwungen, Babol zu verlassen. Zunächst ging er nach Turkestan, gelangte dort in die Dienste Timurs und begleitete diesen auf seinen Feldzügen. Diese reichten bis Europa. Vielleicht ist Nassir an Timurs Seite sogar bis dorthin gekommen. Vielleicht blieb er sogar eine Weile in Europa. Dann kehrte er wieder nach Iran zurück und siedelte sich wahrscheinlich wieder in seiner Heimat Babol an, bis Fath Ali Schah ihn zu sich rief und einsperrte. Er blieb lange Jahre, ein durchschnittliches damaliges Menschenleben, im Kerker des Fath Ali Schah. Nachdem er freigekommen war, ging er nach Indien. Vielleicht ist er eines Tages nach Iran zurückgekehrt. Und vielleicht lebt er immer noch in der Nähe von Babol ..."

Wir hatten den Daaneschdschu-Park betreten. Doktor Bastianis Lippen umspielte ein zufriedenes Lächeln. Es war offensichtlich, dass ihm die Geschichte, die er sich zurechtgesponnen hatte, gefiel: „Was glauben Sie, was so eine Person für ein Mensch sein mag?"

Da es sinnlos war, mit Doktor Bastiani eine wissenschaftliche Debatte zu führen, versuchte ich, mich an seinen Fantastereien zu beteiligen: „Wenn es eine Person mit diesen Fähigkeiten und diesem Schicksal geben würde, müsste sie von ruhigem Wesen und friedvollem Auftreten sein. Ihre einzigartigen und unendlichen Erfahrungen müssten sie glücklich und vollkommen frei und unabhängig von anderen Leuten und Dingen gemacht haben. Sie hätte Zeit gehabt, sich in allen Wissenschaften zu bilden, und jedes Wort von ihr müsste voller Weisheit stecken." Unvermittelt musste ich lachen.

Doktor Bastiani lachte ebenfalls: „Ja, genau so müsste eine solche Person sein."

Im Park herrschte eine angenehme Ruhe, die es leicht machte, sich Fantasien hinzugeben. Teile der Wege im Park waren kürzlich gesäubert worden, und die Erde war noch feucht. Von Weitem sah ich Elisa und Parvin am Brunnen vor dem Stadttheater stehen und zeigte sie Doktor Bastiani, der sie noch nicht bemerkt hatte. Sie trugen beide blaue Mantos. Wenn ich Doktor Bastiani nicht auf sie aufmerksam gemacht hätte, hätte er sie bestimmt nicht bemerkt. Elisa sah uns ebenfalls und winkte. Ich muss sagen, dass jedes Mal, wenn ich Elisa nach ein paar Stunden wiedersah, eine unerwartete Freude und Begeisterung von mir Besitz ergriff, die ich mir selber nicht erklären konnte. Es war, als ob ich die ganze Welt und alles um mich herum vergessen würde und sich meine gesamte Aufmerksamkeit nur noch auf sie konzentrierte. Nun war ich ebenfalls darin vertieft, sie dabei zu beobachten, wie sie Fotos von dem kleinen runden Theatergebäude machte, das ein schönes Beispiel für moderne iranische Architektur war. Es freute mich, dass auch ich Anteil daran hatte, dass sie für ein paar Stunden oder Tage die letzten Ereignisse in Italien vergessen und ihre Zeit Dingen widmen konnte, die sie interessierten.

 Ich war noch völlig in Gedanken an die Fantastereien Doktor Bastianis vertieft und von der Freude über den Anblick Elisas abgelenkt, als ich nahe hinter uns die Geräusche eines Motorrads hörte. Instinktiv trat ich zur Seite und drehte mich um. Bevor ich überhaupt begreifen konnte, was vor sich ging, riss der Motorradfahrer, der sich uns von hinten genähert hatte, Doktor Bastiani das Geißlein aus den Armen, beschleunigte und hielt genau auf Parvin und Elisa zu. Ich reagierte sofort und lief hinter ihm her. Doktor Bastiani war genauso überrumpelt wie an dem Abend, als man seinen Mantel gestohlen hatte, und blieb wie angewurzelt stehen. Parvin und Elisa bemerkten nun auch das Motorrad. Elisa rannte darauf zu. Mich packte plötzlich das Entsetzen, sie könnte mit ihm zusammenstoßen. Unwillkürlich schrie ich: „Nein ...!"

Mittwoch

Der Motorradfahrer lenkte einen Schritt vor Elisa nach rechts, stieß jedoch mit ihr zusammen. Elisa stürzte hart zu Boden, allerdings verlor sie den Fotoapparat dabei nicht aus der Hand. Wieder hatte Elisas Kühnheit sie in Gefahr gebracht. Ich fragte mich kurz, ob diese Kühnheit ein Symptom ihrer Krankheit und ihres damit verbundenen Schicksals sein mochte; ein Zeichen dessen, wie wenig sie ihr Leben achtete. Der Motorradfahrer konnte sein Gleichgewicht halten. Er fuhr an einem Mülleimer vorbei und zwischen ein paar Bäumen hindurch. Schließlich bog er über eine kleine Brücke, die über das Bächlein neben der Straße führte, in die Vali-Asr-Straße ein, das Geißlein mitsamt den Manuskripten darin dabei fest vor sich geklemmt. Ohne zu zögern, sprang Elisa auf und rannte hinter ihm her. Ich nahm einige Schritte hinter ihr ebenfalls die Verfolgung auf. Als wir zur Straße gelangten, war das Richtung Norden fahrende Motorrad noch zu sehen. Zufälligerweise kam just in diesem Moment ein Polizeiwagen von Süden her angefahren. Ich streckte die Hände hoch, und der Wagen kam neben mir zum Stehen. Die Fenster des Autos waren heruntergekurbelt. Soweit möglich, erklärte ich den bärtigen Polizisten hastig, was geschehen war, und zeigte ihnen das Motorrad, das noch in der Ferne zu erkennen war. Elisa rief ebenfalls etwas auf Englisch, teilweise auch auf Italienisch, wollte die Tür zur Rückbank des Polizeiwagens öffnen und einsteigen, als der Polizist hinterm Steuer auf Englisch befahl: „Nein, nein!"

Er schaltete die Sirene des Fahrzeugs ein und fuhr los. Ich konnte nur noch sehen, wie das Motorrad und das Polizeifahrzeug die Kreuzung Vali-Asr-Straße/Enqelab-Straße passierten. Dann verlor ich sie nach einigen Augenblicken aus den Augen.

In diesem Moment erreichten uns Parvin und Doktor Bastiani. Elisa und ich schnappten noch heftig nach Luft.

Elisa starrte auf den Fotoapparat in ihrer Hand und sagte wütend: „Ich bin überhaupt nicht auf die Idee gekommen, ein Foto von ihm zu machen ... vom Gesicht des Motorradfahrers oder zumindest vom Nummernschild."

Ihr Manto war feucht und staubig geworden. Parvin klopfte ihn aus und fragte: „Ist dir nichts passiert?"

Ich stellte fest: „Ich glaube nicht, dass ein Foto eine Hilfe wäre."

Doktor Bastiani teilte ich mit, dass das Polizeifahrzeug hinter dem Motorradfahrer her sei. Aus Doktor Bastianis Gesicht war jegliche Farbe gewichen. Er wirkte so verzweifelt, dass ich glaubte, er würde jeden Moment in Tränen ausbrechen. Elisa, die seinen Zustand ebenfalls bemerkte, nahm ihn bei der Hand und führte ihn von der Straße weg auf den Gehsteig. Parvin und ich folgten den beiden zurück in den Park. Wir setzten uns gegenüber dem Theater auf eine steinerne Sitzbank. Einige Minuten schwiegen wir gleich einer geschlagenen Truppe.

Parvin teilte uns mit: „Ich habe das Gesicht des Motorradfahrers gut gesehen. Ich könnte ihn identifizieren."

Elisa redete mit ihrem Vater auf Italienisch. Ich wusste nicht, was ich sagen sollte. Zum einen schämte ich mich, dass meinen Gästen in Iran etwas Derartiges widerfahren war. Außerdem betrübte es mich, dass Elisa auch in Iran nicht vor diesen schrecklichen Dingen sicher war. Es erstaunte mich, wie es möglich war, dass jemandem innerhalb so kurzer Zeit an so weit voneinander entfernten Orten so ähnliche furchtbare Dinge passieren konnten.

Parvin bemühte sich ebenfalls, Doktor Bastiani zu trösten: „Machen Sie sich keine Sorgen! Bestimmt gelingt es der Polizei, ihn festzunehmen."

Doktor Bastiani schüttelte den Kopf. Er schien ihren Worten kaum Glauben zu schenken.

Elisa fragte: „Was sollen wir jetzt tun?"

Alles, was mir einfiel, war, auf eine Polizeiwache zu gehen. Sollte es den Polizisten gelingen, den Motorradfahrer zu fassen, würden sie bestimmt auf ihre Wache zurückkehren.

5

Auf dem Teheraner Polizeirevier 148 saßen Doktor Bastiani und ich vor dem Schreibtisch des Strafverfolgungsbeamten Hauptmann Ibrahimi. Elisa und Parvin saßen auf zwei von vier Stühlen, die an der Wand aufgestellt waren. Von der Wand über Hauptmann Ibrahimi starrten uns die Bilder zweier religiöser Führer des Landes an. Der Hauptmann war klein und trug ein kurzen, aber dichten Bart und Haare, die ungefähr ebenso kurz wie sein Bart waren.

Er blickte auf seine Notizen und sprach: „Teheran ist eine sehr unsichere Stadt ..."

Parvin und ich übersetzten abwechselnd für Doktor Bastiani und Elisa, was gesprochen wurde.

„Vor allem Ausländer sind immer gefährdet, weil Taschendiebe und Straßenräuber glauben, dass sie ausländische Devisen oder wertvolle Gegenstände mit sich führen."

Obwohl Hauptmann Ibrahimi einen Bart trug, war sein Verhalten uns und vor allem Parvin und Elisa gegenüber, die keine wirklich islamische Kopfbedeckung trugen, überaus freundlich und zuvorkommend. Dies zeigte, dass er nicht zu jenen fanatisch Religiösen gehörte, die allein aufgrund ihres Glaubens und ihrer Treue zur Islamischen Republik wichtige Posten bekleideten anstatt aufgrund ihrer beruflichen Fähigkeiten.

Ich sagte zu ihm: „Aber unsere Gäste sehen Iranern sehr ähnlich. Solange sie nicht sprechen, bemerkt keiner, dass sie nicht von hier sind."

Hauptmann Ibrahimi erwiderte: „Vielleicht ist Ihnen dies nicht bewusst, aber Ausländer und Iraner, die im Ausland leben, fallen hier sehr schnell auf. Man kann Ausländer an ihrer Kleidung, an der Art, wie sie sprechen, und sogar an der Art und Weise, wie sie sich bewegen und verhalten, erkennen." Er warf Elisa und Parvin einen Blick zu und fuhr fort: „Ich habe auch sofort erkannt, dass Sie Ausländer oder im Ausland wohnende Iraner sind. Diese Räuber und Banditen sind noch bessere Menschenkenner als wir."

Dann nahm er den Hörer des Telefons auf seinem Schreibtisch und wählte eine Nummer: „Kommissar Husseyni, vor etwa einer Stunde hat eine unserer Einheiten die Verfolgung eines Motorradfahrers aufgenommen. Bitte nehmen Sie zu allen Einheiten Kontakt auf, um herauszufinden, welche es war."

Als er aufgelegt hatte, bat Elisa Parvin darum, dem Hauptmann zu sagen, dass sie den Motorradfahrer würde identifizieren können. Parvin übersetzte und fügte hinzu, dass sie ebenfalls das Gesicht des Fahrers genau gesehen habe und, wenn nötig, ihn identifizieren könne. Hauptmann Ibrahimi bat die beiden, den Dieb zu beschreiben. Elisa beschrieb den Motorradfahrer als jungen, dünnen Mann mit schmalem Schnurrbart und lockigen Haaren. Parvin bestätigte, dass sie den Dieb ebenso in Erinnerung habe.

Hauptmann Ibrahimi sagte: „So ein Gesicht kann man leicht identifizieren." Er schrieb etwas auf und wollte dann von mir wissen: „Was war in der Tasche?"

„In der Tasche befanden sich zwei sehr wertvolle italienische Manuskripte und Aufzeichnungen Doktor Bastianis." Ich wies mit dem Kopf in dessen Richtung.

„Darf ich fragen, aus welchem Grund Sie diese Manuskripte mit sich führten und was Sie im Daaneschdschu-Park gemacht haben?"

Mittwoch

Ich erzählte ihm von unserem Treffen mit Professor Schamaayeli und von unserem Treffpunkt im Park. Auch gab ich ihm die Telefonnummer Professor Schamaayelis.

Während er sich unsere Angaben notierte, bemerkte der Beamte: „Eigentlich sind diese Straßenräuber mehr hinter Bargeld her oder Dingen, die sich schnell zu Geld machen lassen, zum Beispiel hinter Schmuck, Armbanduhren oder Fotoapparaten ..." Als ob ihm etwas eingefallen wäre, wollte er außerdem wissen: „Waren keine Reisepässe oder anderen Dokumente in der Tasche?"

Ich übersetzte Doktor Bastiani die Frage. Er fasste in seine Brusttasche und zog seinen Reisepass und seinen Hemingway daraus hervor: „Nein, es befanden sich nur die beiden Manuskripte, ein weiteres Buch und einige meiner Aufzeichnungen in der Tasche."

Er bat mich zu fragen, ob Hoffnung darauf bestehe, die Tasche zu finden.

Hauptmann Ibrahimi antwortete: „Wenn Sie Glück haben und die besagte Einheit den Motorradfahrer stoppen konnte, dann bekommen Sie Ihre Tasche schon heute zurück. Falls nicht ..." Hauptmann Ibrahimi unterbrach seine Notizen und sah Doktor Bastiani an: „... dann ist es unklar. Falls die Diebe ein bisschen Verstand haben und den Wert der Manuskripte erahnen, bringen sie diese früher oder später zu einem Antiquitätenhändler. Vielleicht kann man sie so schnappen. Ich werde Anweisungen geben, die Antiquitätenhändler der Umgebung in den nächsten Tagen zu beobachten."

Ich wollte wissen: „Was ist, wenn die Diebe keine Ahnung vom Wert der Bücher haben sollten?"

Hauptmann Ibrahimi zog die Augenbrauen nach oben und zuckte mit den Schultern: „Dann wird die Sache viel schwieriger. Ich möchte Ihnen keine falschen Hoffnungen machen."

Ich übersetzte das Gesagte für Doktor Bastiani. Dieser fragte: „Bitte sagen Sie ihm, dass dies kein zufälliger Diebstahl war, sondern ein im Voraus geplanter. Erzählen Sie ihm, dass bereits in Rom und Florenz versucht wurde, uns die Manuskripte zu stehlen."

Elisa und ich blickten uns an. Ich hatte den Eindruck, dass sie mit mir darin übereinstimmte, dass der Überfall und Taschenraub in Iran nichts mit den Vorkommnissen in Italien zu tun hatte, sondern reiner Zufall, reines Pech gewesen war. Dennoch übersetzte ich für Hauptmann Ibrahimi genau das, was Doktor Bastiani gesagt hatte.

Für einen Moment erschien ein Lächeln auf Hauptmann Ibrahimis Lippen. Bevor ich jedoch entscheiden konnte, ob es sich dabei um ein spöttisches oder ein normales Lächeln handelte, setzte er wieder seine ernste Miene auf und erwiderte: „Die Zahl solcher Überfälle ist in Teheran in letzter Zeit stark angestiegen. Die Wahrscheinlichkeit, dass der Taschenräuber zu einer internationalen Bande gehört, ist sehr gering. Straßenräuber sind häufig Drogenabhängige oder Arbeitslose, die aus Verzweiflung stehlen."

Ohne Doktor Bastiani etwas zu fragen, antwortete ich: „Der Wert dieser Bücher ist noch nicht geschätzt worden, aber zweifellos sind sie mehrere Tausend, wenn nicht gar mehrere Zehntausend Dollar wert."

Ich befürchtete, wenn ich einen höheren Betrag nennen würde, bekämen wir die Bücher, selbst wenn man sie finden würde, nicht zurück. Selbst die Nennung dieses geringen Betrags schien Hauptmann Ibrahimi den Fall kritischer betrachten zu lassen.

Er notierte wieder etwas und sagte: „Sie waren sehr leichtsinnig. Warum haben Sie den Daaneschdschu-Park als Treffpunkt gewählt?"

„Es gab keinen besonderen Grund ... Weil er nahe der Universität liegt." Ich blickte Parvin an: „Es war Frau Saraabis Vorschlag."

Nach dieser Antwort fragte Hauptmann Ibrahimi nach der Art der Bekanntschaft zwischen Parvin, mir und Doktor Bastiani, wann wir das letzte Mal Iran besucht hätten und warum wir dieses Mal nach Iran gekommen seien. Er stellte Parvin mehr Fragen als mir. Zum Beispiel wollte er wissen, warum sie von Mailand aus nach Teheran geflogen sei. Parvin wirkte besorgt darüber, dass sie so Rede und Antwort stehen musste.

Nachdem er sich das Gesagte notiert hatte, dachte Hauptmann Ibrahimi einen Augenblick nach. Dann fragte er: „Wer wusste darüber Bescheid, was sich in der Tasche befand?"

Ich antwortete: „Also außer Doktor Bastiani, seiner Tochter und mir wusste nur eine Person darüber Bescheid; nämlich Professor Schamaayeli, bei dem wir heute Morgen waren." Dann fiel mir etwas ein, und ich fügte hinzu: „Außerdem hat der Wachmann der Universität Doktor Bastianis Tasche inspiziert und die Bücher gesehen."

Hauptmann Ibrahimi wollte von Parvin wissen: „Und Sie, wussten Sie auch, was in der Tasche war? Hat Frau Bastiani Ihnen nichts hierzu erzählt?"

Bei dieser Frage erblasste Parvin: „Nein, bei Gott! Glauben Sie etwa ..."

Hauptmann Ibrahimi lächelte freundlich: „Um meinen Bericht zu vervollständigen, muss ich solche Fragen stellen."

Von mir wollte er wissen: „Weiß irgendjemand in Italien oder Deutschland, dass Sie nach Iran gereist sind und diese Bücher dabeihaben?"

„Nein, niemand ... Bloß eine Arbeitskollegin weiß, dass ich nach Iran gefahren bin. Aber sie weiß nichts von der Existenz der Manuskripte."

In diesem Moment fiel mir ein, dass der bärtige Italiener, der versucht hatte, die Manuskripte zu stehlen, im Fahrstuhl gehört hatte, wie Elisa und ich darüber gesprochen hatten, nach Iran zu fahren. Nachdem ich Hauptmann Ibrahimi dies gesagt hatte und Elisa es ebenfalls bestätigt hatte, mussten wir auch von den Vorkommnissen in Rom und dem Einbruch im Haus Doktor Bastianis berichten. Während dieses Gesprächs kam mir außerdem der Gedanke, dass, falls der bärtige Mann auch der Einbrecher in Doktor Bastianis Haus gewesen sein sollte, er anhand meiner Briefe, die sich in der dort gestohlenen Tasche befunden hatten, meine Identität herausfinden konnte, wusste, wer ich war und wo ich wohnte. War es also möglich, dass die Vorkommnisse in Italien und der Überfall in Iran so, wie Doktor Bastiani es sich ausmalte, miteinander zu tun hatten? Wenn man erst anfängt zu spekulieren, erscheint jedes Szenario möglich – wobei es sehr weit hergeholt erschien. Selbst wenn die italienischen Banditen wussten, wer ich war, so bedurfte es doch genügend Zeit und guter Planung, ein Visum zu bekommen und nach Iran zu reisen. Am Dienstag war ja außerdem die Botschaft wegen einer Konferenz geschlossen gewesen. Es hatte also keine Möglichkeit bestanden, ein Visum zu erhalten. Nein, die dortigen und der hiesige Überfall konnten nichts miteinander zu tun haben.

Ich fügte noch hinzu: „Jetzt fällt mir wieder ein, dass gestern jemand bei uns zu Hause angerufen hat und mich sprechen wollte; und das, obwohl, wie ich schon sagte, niemand über meine Iranreise Bescheid weiß."

In diesem Moment klingelte Hauptmann Ibrahimis Telefon. Er nahm den Hörer ab, legte ihn nach einigen Fragen und Antworten wieder auf und sagte: „Leider ist es dem Motorradfahrer gelungen, unserer Einheit zu entwischen ..." Sich entschuldigend, fügte er hinzu: „Motorradfahrer haben größeren Manövrierspielraum. Sie fahren über Gehsteige oder biegen in enge Gassen ein, und Autos können ihnen nicht folgen. Es war zu diesem Zeitpunkt auch keine unserer eigenen Motorradeinheiten in der Nähe. Aber unsere Beamten konnten das Nummernschild des Motorrads teilweise lesen. Es war ein Nummernschild aus Māzandarān ..."

Als er das Wort ‚Māzandarān' hörte, warf mir Doktor Bastiani einen bedeutungsvollen Blick zu, als wollte er sagen: „Schon wieder Māzandarān!"

Mittwoch

Diese Übereinstimmung kam derart unerwartet, dass ich ebenfalls erstaunt war. Schließlich wollte ich von Hauptmann Ibrahimi wissen: „Gut, und was sollen wir jetzt machen?"
„Ich habe Ihnen eine Anzeige vorbereitet."
Er legte mir das Blatt mit der Anzeige vor: „Bitte unterschreiben Sie. Wir werden den Fall weiterverfolgen."
Ich unterschrieb das Blatt.
Bevor wir das Amtszimmer Hauptmann Ibrahimis verließen, betonte Elisa noch einmal, dass sie den Motorradfahrer würde identifizieren können. Ibrahimi bat uns, einen Moment zu warten. Er nahm wieder den Hörer auf und wählte eine Nummer. An Parvin gerichtet, sagte er: „Bitte gehen Sie morgen mit Frau Bastiani zur Kriminalpolizei. Dort liegen die Akten über Teheraner Taschendiebe und Kleinkriminelle. Sie können sich deren Fotos ansehen. Vielleicht hat derjenige, der die Tasche gestohlen hat, bereits eine Vorgeschichte, und Sie können ihn dort identifizieren."
Wir verließen die Polizeiwache. Einige Minuten lang standen wir auf dem Gehsteig herum und wussten nicht, was wir tun sollten. Es wehte ein kühler und erfrischender Wind. Die zahlreichen Besucher des Polizeireviers, die an uns vorbeigingen, nahmen keine Notiz von uns.
In mir hatten die Worte Hauptmann Ibrahimis, die Tatsache, dass es sich um ein Māzandarāner Nummernschild handelte, und der Vorschlag, die Fotos Teheraner Taschendiebe anzusehen, eigentlich ein positives Gefühl hinterlassen. Allerdings schien es, als ob dies bei den anderen nicht der Fall gewesen wäre.
Doktor Bastiani schüttelte hoffnungslos den Kopf: „Auch mit der Teheraner Polizei kann man nichts anfangen!"
Parvin war anscheinend derselben Meinung: „Wenn die Polizei in der Lage wäre, derlei Diebe zu erwischen, dann gäbe es nicht so viele davon."
Elisa sagte, an ihren Vater gerichtet: „Wir finden die Manuskripte. Für solche Manuskripte findet man nicht an jeder

Straßenecke einen Käufer. Und sie lange versteckt halten kann man auch nicht."

Obwohl Elisas Worte ihre positive Einstellung zeigten, schwang in ihnen, ohne dass sie das wollte, dennoch ein Misstrauen gegenüber dem Erfolg der Arbeit der Teheraner Polizei mit.

Ich wandte ein: „Natürlich hat die Teheraner Polizei nicht die beste Erfolgsquote. Aber vielleicht haben sie dieses Mal um unseretwillen Glück", musste selbst über meine Worte lachen.

Elisa lachte ebenfalls laut: „Um unseretwillen kann man nur Pech haben."

Plötzlich hatte ich das Gefühl, mich seit Tagen zum ersten Mal richtig gut zu fühlen. Natürlich tat es mir sehr leid, dass die Manuskripte gestohlen worden waren. Aber nun, da sie weg waren, fühlte ich mich frei und beruhigt, als ob die Manuskripte mich seit München bis hierher geleitet und kontrolliert hätten. Jetzt, da sie nicht mehr da waren, konnte ich mein Schicksal wieder selbst in die Hand nehmen. Es war, als ob mir eine große Last und Verantwortung von den Schultern genommen worden wäre. Vielleicht hatte Elisa das gleiche Gefühl, da sie so unbeschwert lachen konnte. Ich weiß nicht, warum, aber es wirkte sogar so, als wäre auch in Doktor Bastianis Gesicht nicht mehr derselbe Kummer wie vor wenigen Minuten zu sehen.

Wir machten uns auf den Weg zu Parvins Auto, das nicht weit von der Polizeiwache entfernt stand.

Um Doktor Bastiani zu trösten, sagte Parvin: „Doktor Bastiani, sicherlich bemüht sich die Teheraner Polizei viel stärker, wenn Ausländer in einen Fall involviert sind."

Doktor Bastiani setzte ein dankbares Lächeln auf und lenkte ab: „Ich habe großen Hunger. Lasst uns etwas essen gehen." Er zögerte einen Moment, dann fügte er leiser hinzu: „Auf jeden Fall brauchen wir die Manuskripte in Babol nicht. Die Informationen, die wir brauchen, um die Parvak und den

Ort zu finden, an dem Mamaatiri lebte, haben wir." Mit der Hand schlug er auf seine Brusttasche, in der sich sein Hemingway befand.

Es schien, als hätte ich zu früh Erleichterung verspürt. Doktor Bastiani, Elisa und Parvin hatten gestern in meiner Abwesenheit die Reise nach Babol beschlossen, und anscheinend würden wir sie mit oder ohne die Manuskripte durchziehen. Natürlich wussten Elisa und Parvin nichts davon, dass es Doktor Bastiani eigentlich darum ging, einen ein paar Jahrhunderte alten Menschen zu finden, anstatt darum, die Hinterlassenschaften einer Person zu finden, die vor ein paar Jahrhunderten gelebt hatte.

Ich machte mir nur Sorgen um Doktor Bastianis Leid und Enttäuschung nach unserer Reise nach Babol, nachdem er begriffen haben würde, dass es weder den Chaaje gab noch die Parvak – oder falls es die Parvak geben sollte, dass sie nur eine gewöhnliche Pflanze war und nicht der Hoom Sepid, Heilmittel gegen alle Krankheiten, Verjüngungsmittel und Bringer des ewigen Lebens. Vielleicht war die Parvak auch eine Pflanze, an der die Leute in Babol jeden Tag vorbeikamen, die sie stehen ließen oder die sie neben anderen Blumen in ihrem Garten anpflanzten oder die sie herausrissen, damit sie die Schönheit ihrer Blumenbeete nicht minderte. Ich fürchtete mich nur davor, dass Doktor Bastiani zerbrechen würde. Um Elisa machte ich mir keine Sorgen. Ihr Schicksal stimmte mich unglaublich traurig. Aber sie war nicht auf der Suche nach der Parvak. Sie war nicht auf der Suche nach dem ewigen Leben. Sie sah das Glück darin, das Kaspische Meer und das Alborz-Gebirge zu sehen, den Teheraner Bazar zu besuchen und die Moscheen in Isfahan sowie die Gärten Schiraz, zu besichtigen. Aber wie sie gesagt hatte, gab es für Doktor Bastiani keinen anderen Weg: Er musste bis zum Ende seines Traums gelangen. Er musste dessen bitteres Ende erleben. Elisa begleitete ihn, um durch die schönen realen Gärten zu wandeln, durch die Doktor Bastianis Träume führten, um an seiner Stelle deren Schönheit zu erfühlen und zu erleben. Denn so würde sie ihrem Vater am bitteren Ende seines Traums diese Gärten zeigen können, ihr Glück darüber, sie gesehen zu haben. Ich konnte sie verstehen. Und ich war gewillt, sie in der kurzen verbleibenden Zeit durch die Gärten zu begleiten. Da sie nach Babol wollte, hatte auch ich Lust, dorthin zu fahren. Bei ihr zu sein, war es wert, das Steuer meines Lebens wieder dem Schicksal zu überlassen.

Nach einigem Hin und Her beschlossen wir, Parvins Auto stehen zu lassen und in ein Restaurant in der Nähe, an der Vali-Asr-Straße, zu gehen; in ein Restaurant, das von außen mit den dunklen Scheiben sehr schick und modern wirkte, innen aber mehr einer Krankenhauskantine ähnelte. Zum Glück war das Essen nicht schlecht. Während des Essens sprachen wir nur über Babol. Parvin erzählte die ganze Zeit über leidenschaftlich von Babol, ihrer Liebe zum Wandern und von ihren Wandererfahrungen in den Alpen, sodass wir anderen kaum Gelegenheit hatten, das Wort zu ergreifen. Elisa fragte sie nach den iranischen Gebirgen und dem Kaspischen Meer. Meiner Meinung nach gab Parvin keine hilfreichen Antworten. Schließlich legten wir fest, dass wir am nächsten Tag zunächst zur Kriminalpolizei fahren und im Anschluss mit Parvins Auto beziehungsweise dem Auto ihres Vaters nach Babol aufbrechen würden.

6

Am selben Nachmittag fanden Elisa und ich uns noch einmal im Daaneschdschu-Park vor dem Stadttheater wieder. Wir waren nur wenige Schritte von dem Ort entfernt, an dem ein paar Stunden zuvor das Geißlein des armen Doktors Bastiani Beute eines feigen Straßenräubers geworden war. Nachdem wir mittags das Restaurant verlassen hatten, hatte Elisa gesagt: „Das Stadttheater war sehr schön."

Angesichts dessen, dass dort die Manuskripte gestohlen worden waren, hatte keiner von uns den Mut aufgebracht, ihre Aussage zu kommentieren. Elisa fuhr fort: „Ich würde es gerne auch von innen sehen."

Schließlich hatte ich geantwortet: „Wir können heute Abend dort vorbeischauen. Vielleicht erlaubt man uns vor dem heutigen Programmbeginn, das Theater von innen zu besichtigen."

„Super, das müssen wir unbedingt machen!"

Daher fuhren Elisa und ich nach einer Erholungspause zu Hause mit dem Taxi wieder zum Daaneschdschu-Park. Doktor Bastiani hatte bereits bei Parvin im Auto mitgeteilt, dass er keine Lust habe, den Park noch einmal zu sehen. Parvin hatte sofort die Gelegenheit genutzt und ihn nach Darband zum Abendessen eingeladen. Kurz bevor Elisa und ich aus dem Haus gegangen waren, war Parvin, die sich ebenfalls zu Hause etwas ausgeruht hatte, vorbeigekommen und war mit Doktor Bastiani in Richtung Darbands, des schönen Teheraner Ausflugsziels an den Hängen des Alborz-Gebirges, aufgebrochen.

Vor dem Stadttheater war viel los. Die meisten der Menschen, die an der Kasse anstanden, um Tickets zu kaufen, oder auf dem gepflasterten Platz vor dem Theater in der kühlen frühlingshaften Luft des Parks warteten, waren jung, etwa im Alter Elisas und meiner Wenigkeit oder sogar etwas jünger.

Ich sprach mit dem Pförtner und erklärte ihm, dass Elisa eine italienische Architektin sei, sich gerne das Innere des Theaters ansehen würde und wir nicht gekommen seien, um das Stück zu sehen. Der Pförtner meinte, es sei ihm nicht erlaubt, jemanden ohne Ticket hineinzulassen. Um das Gebäude zu besichtigen, müssten wir tagsüber kommen und mit dem Theaterdirektor sprechen. Ich verhandelte eine Weile mit ihm. Es hatte keinen Zweck. Ich besprach mich mit Elisa, und da ich nicht sicher war, ob es einfach sein würde, das Gebäude tagsüber zu besichtigen, beschlossen wir, Tickets zu kaufen und so hineinzugehen.

Ich denke, eher mir zuliebe sagte Elisa: „Wir setzen uns auch hin und sehen uns das Stück an."

„Meinst du das ernst? Das Stück ist auf Persisch. Sicherlich wirst du dich langweilen."

„Nein, das ist interessant für mich."

Ich kaufte die Tickets, und wir betraten das Stadttheater. Als wir hineingingen, fragte ich den Pförtner, ob es in Ordnung sei, im Innern des Gebäudes Fotos zu machen, was er bejahte: „Ja, nur während des Stücks ist es nicht erlaubt, Fotos zu schießen."

Elisa begann, sich die Architektur im Inneren des Theaters anzusehen. Die bunten und sehr filigranen Fliesenarbeiten an den Wänden und Säulen, die Stuckverzierungen an der

Decke, die netzförmig verzweigten Glasfenster und auch das sonstige Innendekor waren in orientalischen Farben gehalten, die für Elisa bestimmt etwas Neues hatten. Das Teheraner Stadttheater stellte eine Mischung aus moderner und traditioneller iranischer Architektur dar. Mit Parvins Fotoapparat, den sie dabeihatte, machte Elisa Fotos einiger besonders schöner Ecken des Foyers des Schauspielhauses.

Ich hatte das Gefühl, dass wir neugierige Blicke auf uns zogen, und erinnerte mich an die Worte Hauptmann Ibrahimis, der gesagt hatte, Ausländer würden immer sehr schnell auffallen. Sicherlich konnten auch Elisas Fotografieren und unsere Unterhaltung auf Englisch der Grund für die Neugierde sein. Ich muss gestehen, dass ich mich unerwartet stolz fühlte, mit einer so schönen Frau wie Elisa unterwegs zu sein und das Interesse der jungen Leute zu erregen.

Die Zuschauer, die darauf warteten, dass der Gong ertönte und sich die Türen zum Saal öffneten, waren alle sehr gut gekleidet. Es war offensichtlich, dass sie einer besonderen Schicht der Teheraner Gesellschaft angehörten. Obwohl die Mädchen alle die obligatorischen Kopftücher und Mäntel trugen, hatten sie sich mit bewundernswerter Geschicklichkeit so gekleidet und zurechtgemacht, dass die Schönheit ein jeder trotz der islamischen Kleidung individuell zur Geltung kam.

Elisa bemerkte: „Iranische Frauen sind sehr schön."

Ich sah mir diejenigen, die in der Nähe standen, an.

Elisa wollte wissen: „Wie kommt es, dass du dich in keine von ihnen verliebt hast?"

Diese Frage hatte ich nicht erwartet. Nach kurzem Überlegen antwortete ich: „Doch, ich war einst in ein iranisches Mädchen verliebt."

Elisa senkte den Fotoapparat und hörte mir aufmerksam zu. Es war jetzt wohl der Augenblick gekommen, zum ersten Mal mit jemandem offen und ehrlich über Mahsa zu sprechen: „Sie hieß Mahsa. Kurz nach der Machtergreifung des

Islamischen Regimes zog sie mit ihrer Mutter in das Haus uns gegenüber. Ihr Vater war ein Offizier des vorherigen Regimes gewesen und im Zuge der Revolution hingerichtet worden ..."

Für einen Moment vergas ich die Menschen um uns herum, den Ort, an dem wir uns befanden, und begab mich zurück in diese unbeschreibliche Zeit: „Es war eine merkwürdige Zeit. Die Leute sahen Mahsa und ihre Mutter an, als hätten sie die Pest. Mahsa und ich verließen jeden Morgen ungefähr zur gleichen Zeit das Haus, um zur Arbeit zu gehen. Manchmal stieg sie sogar in denselben Bus ein wie ich. Jedenfalls sprachen wir eines Tages zum ersten Mal miteinander und redeten daraufhin jedes Mal kurz, wenn wir uns sahen. Da ihr klar war, dass die Leute über das Schicksal ihres Vaters Bescheid wussten, sah sie keine Notwendigkeit, etwas zu verbergen. Sie war sehr frei heraus und ehrlich, und schon bald wusste ich über alle Details ihres Lebens Bescheid. Die meisten der Verwandten und Bekannten von ihr und ihrer Mutter hatten Iran verlassen. Sie war sehr einsam. Immer noch fallen mir, wenn ich an sie denke, zuerst ihre traurigen Augen ein ..."

Während ich diese Worte sprach, hatte ich das Gefühl, als würde Mahsa hier neben uns stehen, mich mit ihren traurigen Augen anblicken und darauf warten, dass ich mein Geständnis ablegte: „Sie war stark darum bemüht, zu uns, zu Forouzan und mir, eine enge Beziehung aufzubauen. Aber wir litten so stark an einem engstirnigen Intellektualismus und dummen politischen Überzeugungen, dass wir ihre Freundschaft nicht akzeptieren konnten."

Elisa nahm den Fotoapparat von der einen in die andere Hand und wechselte ihre Haltung. Sie wirkte etwas blass.

Ich fuhr fort: „Nach einigen Wochen verließ ich nur noch aus der Hoffnung, sie zu sehen, das Haus. Jeden Morgen beobachtete ich aus meinem Zimmerfenster heraus ihre Wohnung und richtete es so ein, dass ich gleichzeitig mit ihr zur

Arbeit losging. Jeden Tag und jede Nacht dachte ich nur an sie. Allerdings brachte ich nicht den Mut dazu auf, mich über die Meinung der Gesellschaft, die Stimmung, die bei uns in der Familie vorherrschte, und nicht zuletzt über die Vorurteile in meinem eigenen Kopf hinwegzusetzen und ihr meine Liebe zu gestehen."

Elisa trat wieder auf der Stelle herum. Sie hob eine Hand an die Stirn und fragte fast gelangweilt leise: „Was ist dann passiert?"

„Ungefähr ein Jahr, nachdem Mahsa in unser Viertel gezogen war, kam ich eines Tages von der Arbeit heim, und meine Mutter gab mir einen Briefumschlag, den Mahsa für mich abgegeben hatte ..."

Dieser Brief befand sich nun in München in einer Kiste, in der ich meine Unterlagen aufbewahrte.

„Im Umschlag befanden sich einige Fotos und ein Brief von Mahsa. Sie schrieb, dass sie mit einem Ausreiseverbot belegt worden seien, sich nun aber eine Möglichkeit aufgetan habe, Iran zu verlassen, und sie noch am selben Tag hätten aufbrechen müssen. Außerdem schrieb sie, dass sie wisse, dass ich sie liebte. Sie hinterließ mir zwei ausländische Telefonnummern und meinte, dass ich nach einer Weile unter diesen Nummern ..."

Wieder trat Elisa auf der Stelle herum. Ihr war alle Farbe aus dem Gesicht gewichen. Innerhalb kürzester Zeit hatte ihr Gesicht einen geschwächten und kranken Ausdruck angenommen, sodass ich mir Sorgen machte und meine Erzählung unterbrach: „Elisa, geht es dir gut?"

Elisa drückte mir den Fotoapparat in die Hand: „Nein, Behrouz, mir geht es gar nicht gut ... Wo ist die Toilette?"

„Sollen wir einen Arzt rufen?"

„Die Toilette bitte ...!"

Ängstlich blickte ich nach links und nach rechts, bis ich das Hinweisschild zu den Waschräumen entdeckte. Ich führte Elisa dorthin. Bevor sie hineinging, bat ich ein junges Mädchen, das ebenfalls gerade zur Toilette wollte: „Entschuldigen Sie bitte. Dieser Dame aus dem Ausland geht es nicht besonders gut. Könnten Sie bitte ein Auge auf sie haben?"

Das Mädchen lächelte, nahm Elisa bei der Hand und sagte auf Englisch: „Geht es Ihnen gut? Kommen Sie!"

Die beiden gingen hinein, und ich blieb wartend gegenüber der Damentoilette zurück. Ich war aufs Äußerste besorgt, denn ich hatte keine Ahnung, was passiert war, ob Elisa einen Arzt benötigte oder nicht. Hätte ich sie ins Krankenhaus bringen sollen? Wie hieß ihre Krankheit? Falls ihr Zustand schlechter werden würde, in welches Krankenhaus sollte ich sie bringen? Doktor Bastiani war nicht zu Hause, ich konnte ihn nicht erreichen. Alles, was mir einfiel, war, Reza anzurufen. Aber wie? Ich ging auf den Pförtner zu und sagte, dass es der Frau, mit der ich unterwegs sei, nicht gut gehe und ich einen Anruf tätigen müsse. Er rief jemanden, der mich in ein Büro führte. Von dort aus konnte ich bei Reza anrufen. Er war noch in der Praxis. Als ich sagte, dass ich sein Schwager sei, stellte seine Sprechstundenhilfe mich zu ihm durch.

Ich erzählte ihm, was los war. Er sagte: „Mach dir keine Sorgen. Wahrscheinlich ist es nichts Schlimmes. Wo ist Elisa jetzt?"

Rezas Versuch, mich zu beruhigen, ohne dass er etwas von Elisas Krankheit wusste, ärgerte mich ein bisschen. Nochmals erklärte ich ihm, dass Elisa vollkommen bleich und in ihrem Gesicht abzulesen gewesen sei, dass es ihr überhaupt nicht gut ging. Nun befinde sie sich immer noch auf der Toilette, wo ich nicht hineinkönne. Ich sagte ihm, ich wolle nur wissen, was ich tun solle, falls Elisas Zustand sich verschlechterte.

Es schien, als höre Reza mir überhaupt nicht richtig zu: „Bleib du mal ruhig. Das ist von allem am wichtigsten. Einen Krankenwagen zu rufen, hat bei dem Verkehr um diese Uhrzeit keinen Sinn. Sie ins Krankenhaus zu bringen, ebenso wenig. Das Beste, was du machen kannst, ist zu warten, bis sie aus der Toilette kommt. Falls es ihr immer noch schlecht geht, dann bring sie mit dem Taxi hierher."

Das war ein sehr guter Gedanke. Schnell kehrte ich zu den Damentoiletten zurück. Elisa war noch nicht herausgekommen. Die Frauen, die aus der Toilette kamen sahen mich verwundert an. Ich wollte eben eine von ihnen fragen, wie es Elisa ging, als diese zusammen mit dem Mädchen von vorhin herauskam. Sie hatte sich eine Hand auf den Bauch gelegt und schwankte ein wenig. Mir schien sie sei noch blasser als vorhin.

Ich eilte auf sie zu und legte fest: „Ich habe Reza angerufen, wir fahren jetzt zu ihm."

Sie stimmte mit einem Kopfnicken zu: „Mir ist schlecht."

Das junge Mädchen begleitete uns bis zur Tür und fragte, ob sie noch bis zum Auto mitkommen solle.

„Nein, das ist nicht nötig. Vielen Dank, dass Sie uns geholfen haben!"

Sie versuchte, auf Englisch zu Elisa zu sagen: „Ich hoffe ...", brachte jedoch keinen Satz zustande und bat schließlich mich darum, Elisa gute Besserung zu wünschen.

7

Obwohl die normalen Besuchszeiten der Praxis längst vorbei waren, befand sich immer noch eine Patientin im Wartezimmer. Auf Elisas Bitte hin verließ ich das Untersuchungszimmer und setzte mich neben die wartende Frau. Nach einer Viertelstunde kam Elisa mit Rezas Sprechstundenhilfe aus dem Untersuchungszimmer, und die beiden gingen ins Behandlungszimmer. Einige Minuten später kam auch Reza aus dem Zimmer heraus. Bevor ich etwas fragen konnte, sagte er: „Gedulde dich, ich bin gleich fertig." Er bat die andere Patientin ins Untersuchungszimmer.

Kurz darauf hörte ich Geräusche von dort. Es hörte sich an, als würde Elisa sich übergeben. Nach etwa zehn Minuten kam die andere Patientin aus dem Untersuchungszimmer, in dem sie mit Reza gewesen war, und verließ die Praxis. Reza kam ebenfalls heraus und ging ins Behandlungszimmer.

Nachdem ein paar Minuten lang nichts passiert war, ging ich zur Tür des Behandlungszimmers und klopfte. Reza rief: „Hab ein wenig Geduld, Behrouz, wir sind gleich fertig."

Es machte mich wütend und besorgt, dass ich nicht wusste, was Elisa fehlte. Ich ärgerte mich auch darüber, dass Reza mir nichts mitteilte. Nach einer halben Stunde kamen sie schließlich heraus. Elisa hielt sich ein Tuch vor den Mund. Ihre

Gesichtsfarbe sah etwas besser aus. Ich vermutete, dass Reza ihr Medizin gegeben hatte.

Reza sagte zu Elisa: „Bitte, setzen Sie sich ..." Er zeigte auf den Stuhl neben mir. „Wartet einen Augenblick, ich fahre euch nach Hause."

Elisa setzte sich. Reza ging in sein Zimmer, um sich umzuziehen.

Ich fragte Elisa: „Geht es dir besser?"

„Ja, es geht mir viel besser."

„Ich komme gleich wieder."

Ich ging zu Reza ins Zimmer. Er war gerade dabei, seinen Schreibtisch zu sortieren.

Ich wollte von ihm wissen: „Müssen wir nicht ins Krankenhaus?"

„Ins Krankenhaus? Warum das denn? Geht es dir nicht gut?" Er grinste.

Wieder ärgerte ich mich über ihn. Als Reza meine Schwester geheiratet hatte, war ich gerade siebzehn Jahre alt gewesen. Heute wie damals behandelte er mich wie ein Kind. Sein Verhalten mir gegenüber hatte sich nicht geändert, und selbst in den schwierigsten Situationen nahm er mich nicht ernst: „Reza, mach bitte keine Witze!"

Reza lachte: „Es ist nichts Schlimmes. Wahrscheinlich hast du ihr etwas Schlechtes zu essen gegeben. Du hast sie vergiftet. Jetzt, da ihr Magen leer ist, wird es ihr bald besser gehen. Wo habt ihr denn zu Mittag gegessen?"

„Nur das? Eine Lebensmittelvergiftung? Sonst nichts?"

„Ja, was soll es denn sonst sein?" Er überlegte einen Moment: „Sich zu übergeben, kann natürlich auch einen anderen Grund haben ..." Er grinste: „Gibt es etwa Neuigkeiten?"

Ich schluckte meinen Ärger hinunter: „Elisa, Parvin und ich haben heute Mittag das Gleiche gegessen. Werden wir also auch krank werden?"

„Jeder Mensch ist unterschiedlich empfindlich ..."

Der Herr Grinsemann dachte einen Augenblick nach und fuhr dann fort: „... aber es ist auch nicht auszuschließen, dass ihr ebenfalls erkrankt. Trink, wenn du nach Hause kommst, ein halbes Glas Zitronensaft ..." Wieder lachte er.

„Reza, wir wollten morgen nach Babol fahren. Glaubst du, das ist in Elisas Zustand das Richtige?"

Anstatt meine Frage zu beantworten, wollte der Grinsemann wissen: „Babol? Ich wollte dich doch auch noch untersuchen. Wann kommt ihr zurück?"

„Reza, ich bitte dich, kannst du mir nicht einmal eine Frage richtig beantworten?"

Reza schwieg einen Moment. Dann wurde er tatsächlich ein wenig ernster: „Das Leben ist zu kurz, um es im Bett zu verbringen. Wenn es Elisa morgen früh gut geht, ist es kein Problem loszufahren."

Wieder grinste er bedeutungsvoll: „Mir scheint, dass du auch etwas unter Stress stehst. Fahrt mal in den Norden. Habt ein bisschen Freizeit und ruht euch aus. Das tut euch beiden gut ... Wir haben bei der Gelegenheit auch den Verband an ihrem Arm gewechselt."

8

Doktor Bastiani kehrte gegen Mitternacht gut gelaunt zurück. Meine Mutter und Elisa waren bereits schlafen gegangen, aber ich war wach geblieben, um ihm die Tür aufzumachen.

Bevor er gekommen war, hatte ich bei Rebecca angerufen. Glücklicherweise war meine Abwesenheit nicht zum Problem geworden. Sie hatte für mich Urlaub beantragen können. Wir hatten uns eine Weile unterhalten, und ich hatte ein wenig von den Dingen, die mir passiert waren, erzählt. Rebecca hatte es bedauert, noch nie in Iran gewesen zu sein, und gesagt, dass sie auf jeden Fall gerne einmal dorthin fahren würde.

Doktor Bastiani hatte Darband sehr gut gefallen. Als er hereinkam, sagte er: „Es ist sehr schön dort, nur etwas kühl, und Wein kann man auch nirgends trinken. Ich muss auch mit Elisa mal dorthin."

Ich berichtete: „Im Theater ist Elisa schlecht geworden. Ich habe sie zu Reza in die Praxis gebracht, der sie untersucht hat."

Besorgt fragte Doktor Bastiani: „Was war los? Was hat Reza gesagt?"

„Reza meinte, es sei eine Lebensmittelvergiftung gewesen. Geht es Parvin gut? Sie hat das Gleiche wie Elisa gegessen?"

„Ja, Parvin geht es gut. Wo ist Elisa jetzt?"

Ich zeigte auf die Treppe: „Sie schläft."

Doktor Bastiani ging zur Küchentheke und setzte sich. Ich gesellte mich zu ihm.

Er sagte: „In letzter Zeit ist Elisa sehr anfällig geworden und wird schnell krank."

„Denken Sie nicht, es wäre besser, die Reise nach Babol abzusagen?"

„Ging es ihr sehr schlecht?"

„Reza meinte, wir sollen abwarten, wie es ihr morgen geht."

Ich versuchte, ihn zu überreden, auf die Reise nach Babol zu verzichten: „Wäre es nicht besser, hier zu bleiben und nach den Manuskripten zu suchen?"

Doktor Bastiani überlegte: „Ich bin nicht Optimist genug, um die Hoffnung zu haben, dass die Manuskripte wieder auftauchen." Er zögerte einen Moment. Dann sagte er: „Auf der Polizeiwache hieß es, der Motorradfahrer komme aus Babol. Ich bin mir sicher, dass dies kein Zufall ist. Meiner Meinung nach hängt der Diebstahl irgendwie mit Babol und Maamatiri zusammen. Falls Hoffnung besteht, die Manuskripte zu finden, dann nur auf diesem Weg."

„Ich dachte, Sie seien überzeugt davon, dass die Inquisition der Kirche hinter den Manuskripten her sei."

„Zuerst habe ich das gedacht. Aber jetzt bin ich mir da nicht mehr so sicher."

Obwohl ich nicht erwartete, eine wissenschaftlich fundierte Antwort zu bekommen, wollte ich wissen: „Und was denken Sie dann jetzt?"

Doktor Bastiani tauchte wieder in seine Fantasiewelt ein: „Ich denke, dass irgendjemand oder irgendeine Gruppe, auch dahintergekommen ist, dass die Parvak nicht nur ein Heilmittel gegen viele Krankheiten ist, sondern außerdem ein Jungbrunnen, der das Leben verlängert. Daher versuchen sie, die Pflanze auf irgendeine Weise in die Hände zu bekommen.

Mittwoch

Diese Person oder diese Personen, wer immer sie auch sind, besitzen nicht nur in Italien, sondern auch in Iran Macht und Einfluss. Vielleicht steckt wirklich die Kirche hinter dieser Geschichte oder die Mafia oder eine Freimaurerloge ... Ich weiß es nicht ..."

Ich hatte das Gefühl, jedes Mal, wenn etwas Besorgniserregendes passierte, richteten sich Doktor Bastianis Gedanken mehr auf Maamatiri und die Parvak. Auch jetzt war zweifellos Elisas Übelkeit Auslöser seiner Überlegungen: „Allerdings ... Ich weiß auch nicht, woher sie über die Parvak Bescheid wissen. Die einzige weitere Abschrift des Buchs Guilianis, also das Voynich-Manuskript, ist ohne die Decodierungsschrift nicht zu entschlüsseln."

„Aber die Kirche ... die Mafia ... wie ... Selbst wenn jemand über die Parvak Bescheid weiß, dann helfen die Manuskripte demjenigen doch auch nicht weiter, die Pflanze zu finden. In ihnen ist nirgends der genaue Wuchsort vermerkt."

„Vielleicht gibt es noch weitere Quellen, die über die Parvak berichten, von denen wir nichts wissen ... Ich weiß ja selbst nicht ..., aber mein Gefühl sagt mir, dass die Manuskripte, die Parvak und Maamatiri irgendwie zusammengehören; und wenn wir das eine finden, werden wir auch die anderen finden."

„Sie sind wirklich überzeugt davon, dass Maamatiri noch lebt?"

„Bisher haben wir einige Dokumente zu seinem Leben gefunden, aber noch keines, das über seinen Tod berichten würde."

Wenn Doktor Bastiani sich auf diesen Weg begab, hatte es keinen Zweck mehr, mit ihm zu diskutieren: „Wäre es nicht viel einleuchtender, anzunehmen, dass Ihre Tasche auf der Suche nach Geld oder anderen Wertgegenständen gestohlen wurde und dieser Diebstahl überhaupt nichts mit Maamatiri oder den Dingen, die in Italien passiert sind, zu tun hat ...?"

„Die einleuchtende Lösung muss nicht unbedingt die richtige sein." Doktor Bastiani hatte immer einen passenden Spruch parat.

„Können wir uns nicht wenigstens darauf einigen, dass die Manuskripte aufgrund ihres Alters sehr wertvoll sind und deshalb gestohlen wurden? In diesem Fall müssten wir den Dieb in Italien suchen."

„Nein ... Nein ..., wir müssen nach Babol fahren. Wenn ..."

Dem Rest dessen, was Doktor Bastiani sagte, hörte ich nicht wirklich zu. Meiner Meinung nach war es egoistisch von ihm, selbst jetzt, da Elisa krank im Bett lag, nicht an ihr Wohl zu denken, sondern mythischen Dingen, die nur in seiner Fantasie existierten, nachzujagen. Das war egoistisch, auch wenn sich seine Fantasie nur aus dem Wunsch speiste, ein Heilmittel für Elisa zu finden.

Donnerstag

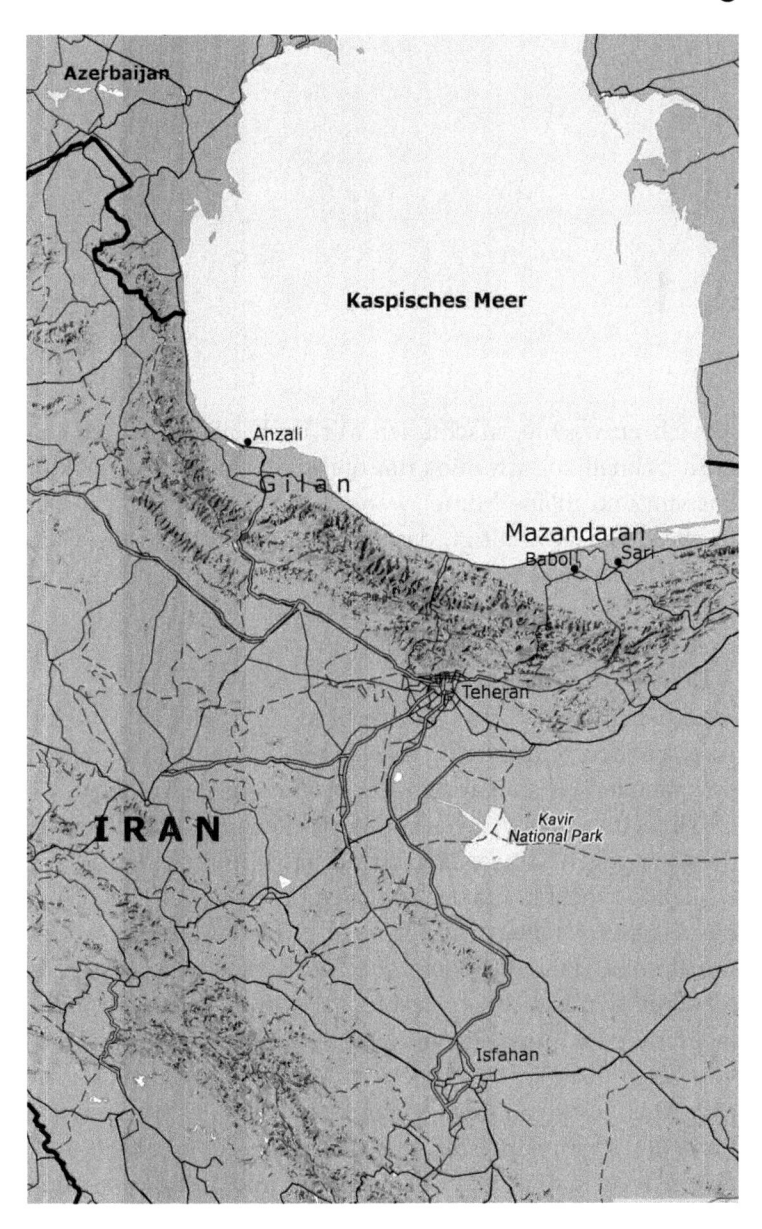

1

Als ich aufwachte, machte ich mir noch immer Sorgen um Elisa. Schnell zog ich mich um und ging nach unten. Doktor Bastiani und meine Mutter waren wach. Letztere war in der Küche damit beschäftigt, das Frühstück vorzubereiten. Doktor Bastiani saß am Esstisch und betrachtete seinen Hemingway.

„Ist Elisa noch nicht wach?"

Doktor Bastiani antwortete: „Doch, ist sie."

Er blickte von seinem Hemingway auf: „Es geht ihr gut. Aber sie möchte nichts frühstücken. Sie ist auf ihrem Zimmer und meinte, wir sollten sie rufen, wenn wir loswollten."

Wir hatten vorgehabt, so früh aus Teheran aufzubrechen, dass wir gegen Mittag Babol erreichen würden. Aber bis wir schließlich Teheran hinter uns ließen, war es bereits nach Mittag. Eigentlich hätten wir bereits am frühen Morgen zur Kriminalpolizei fahren wollen, aber da Parvin sich verspätete, schafften wir es nicht, vor zehn Uhr dort zu sein. Dort angelangt, sahen wir uns alle vier über eine Stunde lang die Fotos von Teheraner Straßenräubern an, von denen es sehr viele gab. Aber wir erkannten niemanden wieder. Als wir aus dem Büro der Kriminalpolizei herauskamen, war es bereits mittags. Parvin schlug vor, dass wir erst zu Mittag essen und dann aufbrechen sollten. Sie bestand darauf, in ein Restaurant zu gehen, das sie in Vanak kannte. Zugegebenermaßen war es ein sehr gutes Restaurant. Doktor Bastiani und auch Elisa, die weder am Vorabend noch zum Frühstück etwas gegessen hatte, schmeckten die Tschelo Kabābs ausgezeichnet. Von der Kriminalpolizei aus nach Vanak zu fahren, kostete uns jedoch aufgrund des starken Verkehrs auf dieser Strecke viel Zeit.

Kurz nachdem wir Teheran hinter uns gelassen hatten, fuhren wir auf die Heraz-Autobahn auf. Sie führte durch das Alborz-Gebirge und verband Teheran im Süden mit Māzandarān im Norden. Als wir die Berge erreichten, führte Parvin einen langen Monolog über die Schönheit des Alborz-Gebirges, die dort herrschende Trockenheit auf der Südseite und die fruchtbaren, grün bewaldeten Hänge auf der Nordseite. Sie sprach über die Höhe der Berge und begann, Vergleiche mit den Alpen anzustellen. Ich hatte keine Lust, ihr zuzuhören, denn ich war müde. Die ganze Nacht hatte ich an Elisa gedacht und nicht richtig schlafen können. Als Reza uns gestern zu Hause abgesetzt hatte, war es Elisa anscheinend bereits besser gegangen. Als wir aus dem Auto gestiegen waren, hatte Elisa die Hand nach mir ausgestreckt. Ich hatte ihr meine Hand gereicht und ihr aus dem Auto geholfen.

Reza war ebenfalls ausgestiegen: „Ich komme auch einen Augenblick mit hoch, um deiner Mutter Hallo zu sagen."

Für einige Schritte hatten Elisa und ich uns an den Händen gehalten. Ihre zarten Finger hatten sich um meine geschlungen und eine angenehme Wärme abgegeben. Normalerweise lösten Berührungen anderer nicht so schnell etwas in mir aus. Aber die Art und Weise, wie Elisa meine Finger mit ihrer Hand gedrückt hatte, hatten in mir plötzlich ein nie da gewesenes wildes Feuer der Liebe und Zuneigung entfacht. Es war in mir ein unheimliches Verlangen danach gewachsen, diese Hand zu küssen, die meine Hand so zart streichelte. Der Herr Grinsemann hatte uns angesehen, auf seine so eigene Art und

Weise gelächelt und in die Gegend geblickt. Auf dem Gehsteig war nicht viel los gewesen. Doch plötzlich war mir wieder eingefallen, dass wir uns in der Islamischen Republik befanden, wo es einem Mann nicht erlaubt war, auf der Straße die Hand einer Frau zu halten, geschweige denn, diese zu küssen. Langsam hatte ich meine Finger von Elisas gelöst. Als wir ins Haus getreten waren, hatte Elisa es vermieden, mir in die Augen zu sehen, und verkündet, dass sie nichts mehr essen, sondern gleich zu Bett gehen wolle, um sich auszuruhen. Sie hatte sich bei Reza bedankt und verabschiedet, um ins obere Stockwerk zu gehen. Bevor sie hinaufgegangen war, hatte ich sie gefragt, ob sie morgen nach Babol würde fahren können. Ohne mich anzusehen, mehr an Reza gewandt, hatte sie geantwortet, sie wolle auf keinen Fall den Plan mit der Reise nach Babol ändern.

Die ganze Nacht lang hatte ich über Elisa nachgedacht. War sie etwa enttäuscht von mir, da ich aus Feigheit meine Hand von ihrer gelöst hatte? Hatten ihre Finger wirklich voller Liebe zu meinen gesprochen, oder entsprang dieser falsche Eindruck bloß den verborgenen Wünschen meines Herzens? Warum vermisste ich sie jedes Mal, wenn ich nur für ein paar Stunden von ihr getrennt war? War ich in sie verliebt? Wäre diese Liebe überhaupt realistisch? War denn jemand in ihrer Situation überhaupt bereit dazu, sein Herz an jemand anderen zu hängen und die Schwierigkeiten einer Liebe zu akzeptieren? War es denn richtig, sein Herz an jemanden zu hängen, der in ihrer Situation war? Gab es einen Weg, ihre Krankheit zu heilen? Vielleicht konnte die Parvak ihr ja tatsächlich helfen. Um ihr zu helfen, durfte nichts unversucht gelassen werden. Keine Hoffnung, und wäre sie auch noch so klein, sollte aufgegeben werden.

Ich hatte das Gefühl, dass Elisa sich von mir zurückzog, sich mir gegenüber kühl verhielt. Diesen Eindruck hatte ich beim Mittagessen gehabt. Ich musste irgendwie mit ihr über gestern Abend sprechen. Im Auto war sie ebenfalls sehr still;

so still, dass Parvin nach ihren Ausführungen fragte: „Elisa, geht es dir noch nicht wieder gut?"

„Doch, mir geht es besser. Können wir irgendwo anhalten und etwas trinken?"

Parvin antwortete: „Ich befürchte, dass wir Babol nicht vor dem Dunkelwerden erreichen, wenn wir irgendwo anhalten. Ich habe ein paar Getränkte mitgebracht."

An mich gewandt, sagte sie: „Behrouz, die Getränke sind dort in dem grünen Karton."

Ich zog den grünen Karton aus einem Korb, den Parvin vor Fahrtbeginn zu meinen Füßen verstaut hatte. Parvin sah im Rückspiegel Doktor Bastiani an und fragte: „Santino, möchtest du auch etwas trinken?"

Santino! Wann war Parvin denn so vertraut mit Doktor Bastiani geworden? Doktor Bastiani bejahte dankend. Ich reichte Elisa und ihrem Vater die Getränke. Elisa nahm mir ihr Getränk ab und dankte, ohne mich dabei anzusehen. Wir durchquerten eine Schlucht, zu deren beiden Seiten die grünen hohen Berge des Alborz aufragten. Hier und dort waren einige Gipfel schneebedeckt. Ich sah den wirklich ungewöhnlich schönen Ausblick auf das Alborz-Gebirge und bedauerte es, dass ich, als ich noch in Iran gelebt hatte, nie in diese Gegend gefahren war. Die Schönheit unterschied sich wirklich vollkommen von den Alpen. Bloß zweimal hatte ich bisher den Weg über Tschalus genommen, der ebenfalls von Teheran aus ans Kaspische Meer führte. Aber dies war das erste Mal, dass ich nach Māzandarān fuhr. Die weniger als zweihundert Kilometer lange Strecke von Teheran nach Amol, der ersten Stadt in Māzandarān, brachten wir größtenteils schweigend hinter uns. Wir hielten nur einmal zum Tanken kurz hinter Amol und erreichten schließlich gegen Sonnenuntergang Babol.

2

Als wir nach Babol hineinfuhren, hielt Parvin am Straßenrand an, kurbelte das Fenster hinunter und fragte nach dem Hotel Ruyaan, das ihr in Teheran empfohlen worden war. Durch das heruntergekurbelte Fenster strömte der berauschende Duft von Orangenblüten ins Wageninnere. Nachdem wir ein paar Mal nach dem Weg gefragt hatten, erreichten wir schließlich das Hotel, in dem Parvin bereits vorher angerufen hatte. Es war ein Drei-Sterne-Hotel nahe dem Stadtzentrum von Babol. Natürlich war es ganz anders als das Hotel, in dem wir in Rom gewohnt hatten. Von außen war es sehr alt und wirkte ein wenig heruntergekommen. Im Inneren jedoch waren die Möbel neu und zum Glück die Zimmer sauber. Wir nahmen uns drei Zimmer im dritten Stock. Parvin und Elisa wollten zusammen in einem Zimmer übernachten. Doktor Bastiani und ich hatten jeweils getrennte Zimmer. Im dritten Stock befanden sich nicht mehr als acht Zimmer. Unsere lagen alle auf derselben Seite. Von unseren Zimmerfenstern aus konnte man die Berge des Alborz sehen.

Ich stellte meine Sachen im Zimmer ab und ging zurück in die Hotellobby. Sie war sehr klein, mit drei Einzelsesseln, einem kleinen, niedrigen Tisch und natürlich der Rezeption ausgestattet. Parvin sprach gerade mit dem Hoteldirektor. Als ich die Treppen hinunterging, lächelte sie und kam mit den Worten auf mich zu: „Der Hoteldirektor hat mir ein paar gute Restaurants empfohlen."

Ich blickte auf die Uhr und wandte ein: „Es ist noch etwas früh zum Abendessen."

„Wir können vor dem Essen ein bisschen in der Stadt spazieren gehen."

Ich hatte keine Lust auf Parvins Plappereien und lehnte ab: „Ich bin sehr müde, ich habe gestern erst sehr spät geschlafen."

Sie lächelte geheimnisvoll und fragte: „Hatten Elisa und du eine Meinungsverschiedenheit?"

Parvins Frage überraschte mich komplett. Zum einen bedauerte ich es, dass mein oder auch Elisas Verhalten einen solchen Eindruck bei Parvin hervorgerufen hatte. Zum anderen hatte ich nicht erwartet, dass Parvin, auch wenn sie etwas bemerkt hatte, mit einer solchen Offenheit ein derartiges Thema ansprechen würde. Ich fragte überrumpelt zurück: „Nein, wieso denn ...?" Ob Doktor Bastiani die Verstimmung zwischen uns auch mitbekommen hatte?

Parvin zog die Augenbrauen nach oben und unterdrückte ihr Lächeln.

Ich fuhr fort: „Ich weiß nicht. Es ist, als ob Elisa sich über mich geärgert hätte."

„Willst du, dass ich ..."

In diesem Moment kam Doktor Bastiani die Treppe herunter, und Parvin unterbrach sich. Er hatte sich umgezogen und trug nun statt eines Anzugs einen Strickpullover und eine Jacke. Als er uns erreicht hatte, wollte er wissen: „Bis wann sind die Geschäfte hier geöffnet? Falls noch die Möglichkeit besteht, lasst uns auf den Bazar gehen, vielleicht finden wir einen Heilkräuterhändler."

Doktor Bastiani dachte nicht einen Augenblick lang an etwas anderes als die Parvak und Maamatiri. Wenigstens einen Tag oder zumindest einen Nachmittag wollte ich

Donnerstag

anstatt mit Maamatiri und der Parvak mit Elisa verbringen, und wagte einen schwachen Einwand: „Ich ..."

Parvin unterbrach mich: „Santino, lass mich mit dir zum Bazar gehen. Behrouz ist heute sehr müde." Sie sah mich an und setzte fort: „Wie ich hörte, gibt es hier in der Nähe einen Park. Falls Behrouz und Elisa Lust haben, könnten sie ja dort ein wenig spazieren gehen."

Ich konnte es überhaupt nicht leiden, wenn sich jemand derart in meine Angelegenheiten einmischte. Aber ein Spaziergang im Park war keine schlechte Idee. Doktor Bastiani stimmte Parvins Vorschlag ebenfalls zu.

Parvin bat ihn: „Dann warte kurz, ich hole auch noch meine Jacke." Sie ging nach oben und kehrte wenige Augenblicke später mit einer roten Jacke zurück, die sie über ihren blauen Mantel zog, und erklärte: „Elisa duscht gerade. Ich habe ihr gesagt, dass wir gegen neun Uhr zurückkommen und dann gemeinsam zum Abendessen gehen." Bevor sie aus dem Hotel gingen, ermahnte mich Parvin: „Falls ihr rausgehen wollt, zieht euch warm an. Die Abende werden recht frisch. Ich habe Elisa auch eine Jacke mitgebracht."

Parvin wollte wirklich für jeden die Mutter spielen. Ich kam ein paar Schritte mit ihnen mit und kehrte dann ins Hotel zurück. Denn ich hatte beschlossen, zu Elisa zu gehen und sie zu fragen, ob sie ein wenig spazieren gehen wolle. Ich nahm mir vor, beim Spaziergang mit ihr zu sprechen. Vielleicht konnte ich das Missverständnis von gestern Abend aufklären. Also begab ich mich ins obere Stockwerk. Als ich jedoch vor ihrer Tür stand, zögerte ich. Vielleicht war sie noch unter der Dusche oder zog sich gerade um. Ich beschloss, noch eine Weile zu warten, ging in mein Zimmer und setzte mich auf das Bett. Die Möbel waren gute iranische Produkte. Im Vergleich zu europäischen Möbeln kamen sie nur schwer an drei Sterne heran. Ich stand auf und ging zum Fenster. Aus dem Fenster waren die grünen Berge des Alborz über den Häusern Babols zu erkennen. Ich dachte daran, dass

Elisa vielleicht auch gerade in ihrem Zimmer am Fenster stand und die Berge betrachtete. Ich wartete noch einen Moment. Dann verließ ich mein Zimmer und klopfte an Elisas Tür. Es kam keine Antwort. Ich wartete einen Augenblick, klopfte dann noch einmal und rief: „Elisa!"

Wieder hörte ich keine Antwort. Das war merkwürdig. Ich ging an die Rezeption und fragte den Hoteldirektor, einen Mann mittleren Alters mit grauen Haaren und einem kleinen Schnurrbart, nach der Dame, die meine Reisebegleitung war. Im typischen Dialekt Māzandarāns teilte er mir mit, dass sie vor wenigen Minuten das Hotel verlassen habe.

Ich verließ ebenfalls das Hotel. Es war kurz vor Sonnenuntergang. Der Ruf zum Abendgebet war von einer Moschee in der Nähe zu hören. Die Luft war ein wenig kühl, wurde jedoch durch eine milde Brise, die manchmal von Norden her wehte, wärmer und angenehmer. Ich spazierte ein wenig auf den Straßen in der Umgebung umher. Die meisten Geschäfte hatten noch geöffnet. Auf den Straßen Babols war mehr los, als ich vermutet hatte, ebenso auf den Gehsteigen. Es erschien mir sinnlos, in diesen Menschenmassen nach Elisa zu suchen.

Daher kehrte ich zum Hotel zurück. Der Hoteldirektor war nicht mehr da. An seiner Stelle saß ein junger Mann an der Rezeption, ordnete einen Stapel Papiere und schrieb etwas in ein großes Notizheft. Er grüßte, als er mich sah. Anscheinend führte er die Buchhaltung des Hotels. Ich wusste nicht, was ich tun sollte, und fühlte mich einsam wie ein Fremder in einem anderen Land – und das in meinem eigenen Heimatland und nur ein paar Minuten ohne meine Reisebegleitung. Ich setzte mich in die kleine Hotellobby. Niemand kam oder ging. Ich sorgte mich um Elisa. Falls sich ein Problem für sie ergeben sollte, so würde sie in dieser Stadt nur schwerlich jemanden finden, der ein paar Wörter Englisch spräche. Nach einer Weile hörte ich von oben eine Tür klappen. Der Hoteldirektor kam die Treppen hinunter und verschwand hinter der

Rezeption. Ich stand auf und ging zu ihm hin: „Entschuldigen Sie, ich habe eine Frage."

Der Hoteldirektor legte den Kugelschreiber, den er gerade aus einer Schublade geholt hatte, auf der Rezeption ab und sagte: „Ja, bitte?"

„Haben Sie schon einmal den Namen Rokaatek gehört? Es müsste sich dabei um den Namen eines Ortes in Babol oder der Umgebung handeln."

Der Mann kniff die Augen zusammen. Nach einigem Überlegen antwortete er: „Rokaatek ... nein, diesen Namen habe ich bisher noch nie gehört."

Er sah den jungen Buchhalter an, der ebenfalls sagte: „Ich kenne diesen Namen auch nicht."

Der Hoteldirektor wollte wissen: „Was ist das für ein Name? Er erscheint mir sehr seltsam."

„Wahrscheinlich handelt es sich um einen Namen in der alten Sprache Māzandarāns. Vielleicht bezeichnet er ein Dorf im Süden Babols in Richtung des Alborz-Gebirges. Kennen Sie ein Institut oder eine Person, die uns Auskunft zu Māzandarān geben könnte?"

„Warum gehen Sie nicht zur Tourismusbehörde? Das meiste über Māzandarān können Sie in Sāri, dem Zentrum Māzandarāns, erfahren."

„Nein, ich suche nicht nach Ausflugszielen oder Sehenswürdigkeiten, weswegen ich zur Tourismusbehörde müsste. Ich suche vielmehr nach jemandem beziehungsweise einem Institut, das sich mit alten Orten Māzandarāns oder der Stadt Babol auskennt ... Ich weiß nicht, zum Beispiel eine Universität, das Rathaus oder ein Museum ... oder jemanden, der sich in dieser Gegend ..., der sich in der Umgebung Babols gut auskennt."

„In Babol gibt es eine technische und eine medizinische Universität, außerdem eine freie Universität, die eben erst eröffnet wurde. Ich glaube nicht, dass Ihnen dort jemand helfen kann." Er schüttelte den Kopf: „Vergessen Sie auch das

Rathaus. Dort gibt es nur ein paar wenige Ingenieure und eine Handvoll Bauarbeiter. Sie müssen zur Tourismusbehörde. Auch wenn die Ihnen dort nicht helfen können, wissen sie aber vielleicht, an wen Sie sich wenden können."

Mir fiel ein, dass morgen Freitag war: „Morgen ist Freitag und überall geschlossen."

Der Hoteldirektor blickte auf seine Uhr: „Warten Sie ..." Er zog das Telefon zu sich heran: „Ich kenne jemanden in der Tourismusbehörde in Sārī. Er kommt aus Babol und ist selber auch Fremdenführer. Vielleicht ist er noch im Büro."

Der Buchhalter fragte: „Meinst du Mazyar?"

Der Hoteldirektor stimmte nickend zu und wählte eine Nummer. Nach wenigen Augenblicken ging jemand ans Telefon. Der Hoteldirektor sprach eine Weile Māzandarānisch mit seinem Gesprächspartner. Ich verstand davon lediglich ‚Hallo' und ‚Wie geht's?'. Dann reichte er mir den Hörer: „Er ist noch im Büro."

Ich nahm den Hörer und sprach mit dem Mann am anderen Ende der Leitung. Er hieß Mazyar Bechavar. Wie alle Menschen am Kaspischen Meer war er sehr zuvorkommend. Ich erzählte ihm ein wenig von meinen Mitreisenden und dem Grund unseres Besuchs in Babol. Er war überaus freundlich und wollte uns gerne weiterhelfen. Den Namen Rokaatek hatte er allerdings auch noch nie gehört. Er erklärte, dass er an den Wochenenden immer nach Babol fahre und auch morgen kommen würde. Er sagte, er werde versuchen, einige Auskünfte für mich einzuholen, und morgen im Hotel vorbeisehen. Ich bedankte mich bei ihm und legte auf.

Der Hoteldirektor wollte wissen: „Konnte er Ihnen weiterhelfen?"

„Rokaatek kennt er auch nicht, aber er will versuchen, bis morgen etwas herauszufinden."

Der Buchhalter sagte etwas im Dialekt und lachte. Der Hoteldirektor musste ebenfalls lachen. Da er meinen fragenden Blick sah, erklärte er: „Er hat nur einen Witz gemacht.

Dieser Mazyar hat einen über 90-jährigen Großvater, der früher Kutscher war. Jedes Mal, wenn er herkommt, erzählt er lustige Geschichten von seinem Großvater. Mein Kollege meint, ich sollte Sie zu diesem Großvater schicken." Wieder lachte er.

Mir fiel ein, dass Professor Schamaayeli gesagt hatte, vielleicht würde sich ein alter Mann oder eine alte Frau an die Namen erinnern, und ich stimmte zu: „Also, das ist auch kein schlechter Gedanke. Diese alten Greise kennen sich in der Umgebung bestimmt besser aus als irgendjemand sonst."

Der Hoteldirektor lachte und sagte: „Nein, das war nur ein Scherz. Mazyars Großvater ist dement und konnte außerdem nie lesen oder schreiben." Dann fügte er in geschäftstüchtigem Ton hinzu: „Mazyar kennt sich hier auch gut aus. Geben Sie ihm etwas Geld, und er zeigt Ihnen alles." Er lächelte: „Sie haben's ja – Gott sei Dank!"

Mir fiel auf, dass ich, obwohl ich vorgehabt hatte, den Abend ohne die Parvak und Maamatiri zu verbringen, trotzdem unwillkürlich wieder auf der Suche nach Rokaatek war. Die ansteckende Krankheit der Parvak-Suche hatte sich von Doktor Bastiani auch auf mich übertragen. Ich bedankte mich, ging wieder auf mein Zimmer und schaltete den Fernseher ein. Die Handvoll Programme, die es gab, zeigten nichts, was mich interessiert hätte. Ich überlegte, ob Elisa vielleicht zurückgekommen war, ging erneut zu ihrer Tür und klopfte. Wieder kam keine Antwort. Ich kehrte auf mein Zimmer zurück, öffnete die Tasche, die ich heute Morgen gepackt hatte, holte eines der Bücher, die ich mitgenommen hatte, heraus und las ein paar Seiten. Ich begriff jedoch nichts. Ich konnte mich nicht konzentrieren. Langsam machte ich mir nur noch mehr Sorgen um Elisa. Falls sie sich verirrt haben sollte, wie würde sie den Weg zurück zum Hotel finden? Was, wenn es ihr wieder schlecht würde? Ich klappte das Buch zu, ging wieder zu Elisas Tür und klopfte. Keine Antwort.

Oder war es möglich, dass sie zurückgekommen war, aber mir nicht öffnen wollte? Aber nein, woher sollte sie denn wissen, dass ich es war, der klopfte? Ich ging die Treppe hinunter. Der Hoteldirektor und der Buchhalter unterhielten sich. Ich ging zu ihnen und fragte: „Ist Frau Bastiani zurückgekommen?"

Der Hoteldirektor warf einen Blick auf das Schlüsselbrett hinter sich: „Nein, sie ist noch nicht zurück."

„Ich mache mir Sorgen ... Nicht, dass sie sich verlaufen hat."

„Bevor sie gegangen ist, hat sie sich eine Visitenkarte des Hotels von mir geholt. Wenn sie die irgendjemandem zeigt, zeigt der ihr den Weg zurück."

„Wissen Sie, es geht ihr nicht so gut. Ich habe Angst, dass es ihr auf einmal schlecht gehen könnte."

Der Hoteldirektor blickte auf die Uhr: „Machen Sie sich keine Sorgen. Es ist noch nicht lange her, dass sie weggegangen ist."

„Sie spricht kein Wort Persisch ... Sie hat auch kein iranisches Geld!"

Der Hoteldirektor kratzte sich am Kopf: „Viele Leute hier sprechen ein paar Brocken Englisch. Machen Sie sich keine Sorgen, sie ist ja kein Kind."

3

Es war dunkel geworden. Ich lief vor dem Hotel auf und ab. Der Hoteldirektor konnte natürlich Elisas Situation nicht begreifen. Ich überlegte, in welche Richtung ich an Elisas Stelle gegangen wäre. Ich entschied mich für nach links, da dort mehr los war und auch Doktor Bastiani und Parvin in diese Richtung gegangen waren. Nach etwa zweihundert Metern gelangte ich zu einer Straße, die wohl das Stadtzentrum darstellte. Die Leute erledigten eiligst vor Ladenschluss ihre Einkäufe. Die Straße war voller verschiedener Geschäfte. Von Obst- und Gemüseständen über Boutiquen bis zu Händlern für Autoteile reihte sich ein Laden an den anderen. Die Gehsteige waren vom Licht der Straßenlaternen und Geschäfte mehr oder weniger beleuchtet. Die Straße war nicht sehr breit, und ich konnte von meiner Seite aus auch die Gesichter auf der anderen Straßenseite erkennen. Sollte Elisa mir auf der anderen Seite entgegenkommen, würde ich sie trotz der islamischen Kleidung, die sie trug, zweifellos bemerken.

Ich gelangte zu einer Kreuzung. Auf der einen Seite befand sich ein Park. Wahrscheinlich war es derjenige Park, von dem Parvin vorher gesprochen hatte. Ich vermutete, dass Elisa im Park war, und ging hinein. Die Wege des Parks waren alle mit Lampen hell erleuchtet. Das war vermutlich das Einzige, was mir an iranischen Parks besser als an deutschen gefiel: Alle Wege und Winkel waren abends beleuchtet, und man versank dort nicht in der Dunkelheit. Im Park war nicht viel los. Die wenigen Leute, die auf den Wegen unterwegs waren, wirkten eher so, als würden sie durch den Park hindurchlaufen, als dass sie darin spazieren gingen. Es war etwas kühl. Ich hatte vergessen, meine Jacke, die ich aus Teheran mitgebracht hatte, mitzunehmen. In der Mitte des Parks befand sich ein großes Gebäude. Ich ging einmal darum herum. Nein! Elisa konnte sich nicht hier aufhalten. Es war in diesem Park zu wenig los, als dass eine junge Frau um diese Uhrzeit alleine darin spazieren gehen würde. Mir war etwas kalt geworden. Ich verließ den Park, ging aber zur anderen Seite hinaus. Ich musste nur am Ende des Parks nach links gehen, um wieder zur Haupteinkaufsstraße zu kommen und dort meine Suche nach Elisa fortzusetzen.

Ich lief eine Weile, bis ich bemerkte, dass ich anscheinend in die falsche Richtung unterwegs war. Denn in der Richtung, in die ich lief, wurden die Fußgänger nach und nach immer weniger, dafür fuhren mehr und mehr Autos. Ich kehrte in den Park zurück, um den richtigen Ausgang zu benutzen. Nach einigen Schritten erreichte ich wieder das große Gebäude in der Mitte des Parks. Ich ging einmal darum herum und verließ den Park auf der anderen Seite. Hier trat ich auf eine Straße, die schmaler als die vorige und mir unbekannt war. Ich fragte eine Person, die mir entgegenkam, nach dem Weg zum Hotel Ruyaan, da ich den Namen der Einkaufsstraße nicht wusste. Er kannte jedoch das Hotel nicht und konnte mir nicht weiterhelfen.

Es waren nur sehr wenige Fußgänger unterwegs. Ich musste zurück zur Einkaufsstraße finden und dort weiter nach Elisa suchen. Nun war ich mir ziemlich sicher, dass sie sich verlaufen hatte. Ich sah jemanden von gegenüber die Straßenseite wechseln. Als er bei mir angelangt war, fragte ich: „Entschuldigen Sie bitte, kennen Sie das Hotel Ruyaan?"

Der Mann setzte ein freundliches Lächeln auf und antwortete mit Māzandarāner Akzent: „Haben Sie sich verlaufen? Gehen Sie diese Straße weiter geradeaus, und an der zweiten Kreuzung biegen Sie nach rechts ab. Ein Stück weiter geradeaus kommen Sie zum Hotel Ruyaan."

Ich folgte dem Weg, den er beschrieben hatte. Etwa zweihundert Meter nach der ersten Kreuzung vermutete ich, dass die Angaben des Passanten falsch gewesen waren. Es war so gut wie gar nichts los. Die Straße kam mir überhaupt nicht bekannt vor und ähnelte auch kein bisschen der Umgebung des Hotels. Also kehrte ich um und ging auf der anderen Straßenseite bis zur Kreuzung zurück, an der ich eben vorbeigekommen war. Dort wusste ich nicht, wohin ich mich wenden sollte. Ich lief dieselbe Straße einige Male auf und ab. Mir war ziemlich kalt geworden, und ich beschloss, ein Taxi zurück zum Hotel zu nehmen. Falls Elisa noch nicht zurückgekehrt sein sollte, musste ich die Suche in eine andere Richtung fortsetzen. Vielleicht war es auch nötig, die Polizei einzuschalten.

Ich stellte mich an die Straße, bis ein Taxi neben mir hielt, und erklärte dem Fahrer, dass ich zum Hotel Ruyaan wollte. Er entgegnete, dafür bräuchte ich kein Taxi, ich müsse nur an der nächsten Kreuzung in etwa hundert Metern rechts abbiegen, dort sei das Hotel. Ich bedankte mich und ging auf dem Fußweg bis zur Kreuzung. Als ich nach rechts abbog, sah ich in der Ferne das Hotel Ruyaan. Anscheinend waren die Instruktionen des Passanten doch richtig gewesen. Nur der Weg, den ich zurückgenommen hatte, war ein anderer als der, den ich gekommen war. Ich war vom Hotel aus nach links losgelaufen und kam nun von der rechten Seite zurück.

Als ich ins Hotel hineinkam, sah ich Doktor Bastiani und Parvin sich miteinander unterhaltend in der Hotellobby sitzen. Besorgt fragte ich: „Ist Elisa zurückgekehrt?"

Doktor Bastiani antwortete: „Ja, sie ist nach oben gegangen. Sie kommt gleich runter."

Parvin blickte auf ihre Uhr: „Du bist ja so pünktlich wie die Deutschen. Es ist genau neun Uhr." Dann wollte sie in kritischem Ton wissen: „Aber wo warst du? Warum hast du nicht auf Elisa gewartet?"

„Auf Elisa gewartet? Ich habe, bevor ich los bin, ein paar Mal an eure Zimmertür geklopft. Aber Elisa war schon vor mir weg."

„Anscheinend hat man ihr an der Rezeption gesagt, dass du schon weg seist."

Ich wusste nicht, wann wir uns verpasst hatten: „Ist denn etwas vorgefallen?"

Parvin hatte anscheinend auf diese Frage gewartet und erzählte aufgeregt: „Die Sittenpolizei hat direkt vor Elisas Nase ein junges Pärchen festgenommen, das nebeneinander die Straße entlanggelaufen ist. Den armen Jungen haben sie noch ordentlich verprügelt. Elisa ist sehr erschrocken." Parvin schüttelte den Kopf und fügte auf Persisch hinzu: „Man schämt sich als Iraner ja richtig vor den Ausländern ob dieses Verhaltens. Ich habe versucht, Elisa zu erklären, dass es hier Männern und Frauen verboten sei, vor der Ehe eine Beziehung zu haben, und dass man da sehr vorsichtig sein müsse."

Doktor Bastiani erzählte: „Übrigens, Elisa hat bei Kommissar Lorenzo angerufen."

Ich wollte wissen: „Konnten sie die Räuber schnappen?"

Doktor Bastiani antwortete in ironischem Ton: „Nein, sie haben den Fall jetzt zu den Akten gelegt. Denn in Florenz sind zwei Morde passiert, und Morde haben für die Florentiner Polizei höhere Priorität!"

In diesem Moment kam Elisa die Treppe herunter. Als sie mich sah, lächelte sie und tadelte mich scherzhaft: „Du lässt mich einfach alleine und gehst los?"

Ich fühlte mich, als fiele die gesamte Anstrengung des Tages von mir ab.

Freitag

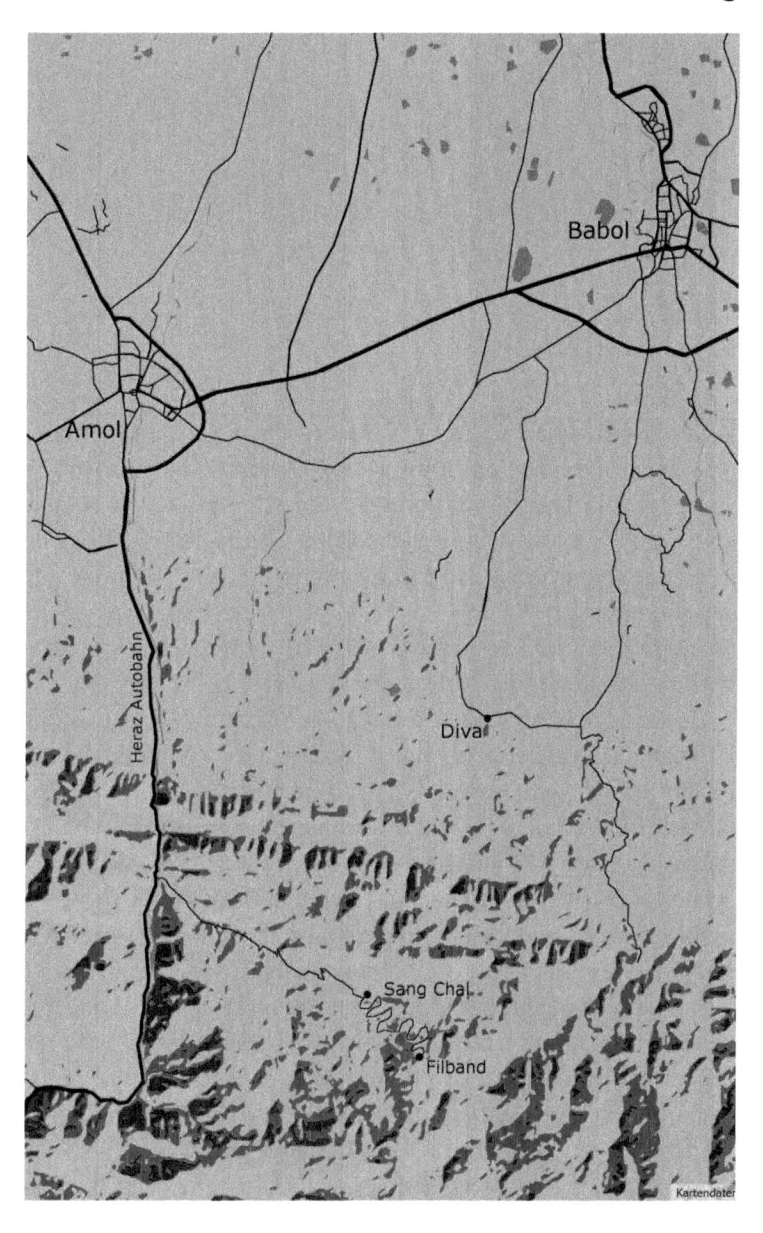

1

Voller Zuversicht und Energie wachte ich auf. Ich erhob mich, ging zum Fenster und öffnete es. Gestern Nacht hatte es geregnet. Ein kalter Wind wehte vom Alborz-Gebirge herein und verstärkte das frische, lebendige Gefühl in mir. Ich war in Gedanken an Elisa zu Bett gegangen und in Gedanken an sie aufgewacht. Es fiel mir schwer, auch nur für einen Moment ihr Bild aus meinem Kopf zu vertreiben. Auch jetzt wartete ich ungeduldig darauf, sie zu sehen.

Gestern beim Abendessen in einem Restaurant das, uns der Hoteldirektor empfohlen hatte, waren Elisas Verhalten und ihr Ton mir gegenüber völlig verändert gewesen. Ihre Blicke hatten einige Male so intensiv auf mir gehaftet und in meinen Augen nach den Tiefen meiner Existenz gesucht, dass ich verschämt den Blick hatte von ihr abwenden müssen.

Es hatte im Restaurant einige auf māzandarānische Art zubereitete Fischgerichte gegeben, die anders, als ich erwartet hatte, Doktor Bastiani und Elisa geschmeckt hatten. Während des Essens hatte ich von meinem Telefonat mit Mazyar Bechavar und unserer morgigen Verabredung berichtet. Parvin und Doktor Bastiani erzählten, dass sie nach einigem Herumfragen zu einem Heilkräuterhändler im alten Teil der Stadt Babol geschickt worden seien. Dieser habe auch noch nie von einer Pflanze namens Parvak gehört, ihnen aber einige Kräuter gezeigt, die seiner Meinung nach dem Bild der Parvak ähnelten. Keines davon sei jedoch das Richtige gewesen. Dass der Heilkräuterhändler sie alle im großen Mengen vorrätig gehabt habe, habe auch gezeigt, dass es sich bei ihnen nicht um die Parvak handelte. Denn den Beschreibungen Guilianis zufolge war die Parvak äußerst selten und schwierig auffindbar. Der Heilkräuterhändler habe sie noch an eine andere Person namens „Ramazan der Kräutersammler" verwiesen, der ihm früher pflanzliche Heilmittel gebracht habe und in einem Dorf nahe Babol zu finden sei. Dem Heilkräuterhändler zufolge kannte sich Ramazan besser als jeder anderer mit den Heilpflanzen der Gegend aus. Seit vor einigen Jahren sein Sohn an einer Krankheit gestorben sei, komme er nur noch selten in die Stadt.

Elisa hatte dem Bericht ihres Vaters über den negativen Ausgang seiner Nachforschungen gleichgültig zugehört. Sie hatte vorgetäuscht, dass die Niederlagen ihres Vaters ihren Optimismus und ihre Lebhaftigkeit nicht erschütterten. An ihrer Stelle war ich sehr enttäuscht gewesen. Es fiel mir schwer, mir eine Welt ohne Elisa vorzustellen; eine Welt ohne ihr beruhigendes Lächeln, ohne ihre schlichte, bescheidene Art, ohne ihre unendliche Liebenswürdigkeit.

Die Kälte kroch mir langsam in die Knochen. Ich schloss das Fenster und sah durch die Scheibe nach draußen. Die Gebäude, Bäume und Berge in der Ferne hatten durch den nächtlichen Regen einen durchscheinenden Glanz erhalten, wie ich ihn noch nie gesehen hatte; einen durchscheinenden Glanz, der Kraft und Hoffnung gab. Unsere Suche ging weiter. Es bestand noch Hoffnung. Vielleicht würde es uns gelingen, Rokaatek zu finden. Vielleicht befand sich Rokaatek auf einem der nahen Hügel, die ich vom Fenster aus sah. Vielleicht war vorige Nacht nach dem Regenguss auf einem dieser Hügel neben einem Stein eine himmelblaue Blume erblüht. Eine Blume mit olivfarbenen Samen, die die Farbe

Freitag

der Augen Elisas trugen. Eine Blume nur um ihrer Augen willen, damit diese mich weiterhin ansehen und die erloschenen Flammen meines Herzens aufs Neue entfachen würden. Eine Blume um meinetwillen. Eine Blume für uns.

2

Wir hatten abgemacht, zuerst Ramazan den Kräutersammler aufzusuchen, der an einem Ort namens Divaa lebte. Parvin und Doktor Bastiani hatten vom Heilkräuterhändler die Wegbeschreibung dorthin bekommen. Vielleicht würde er nicht nur die Parvak kennen, sondern auch wissen, wo Rokaatek lag. Falls nicht, vielleicht hatte ja Mazyar Bechavar Informationen zusammengesucht, die uns weiterhelfen würden. Falls seine Kenntnisse nicht ausreichen würden, gäbe es bestimmt auch noch andere Wege, Rokaatek zu finden.

Als ich nach unten ging, bemerkte ich einen jungen Mann, der an der Hotelrezeption stand. Der Hoteldirektor sah mich auf der Treppe, sagte etwas zu dem jungen Mann und wies mit dem Kopf in meine Richtung. Der junge Mann kam auf mich zu, verbeugte sich leicht und gab mir die Hand: „Guten Tag, Herr Raamtin. Ich bin Mazyar Bechavar."

Mazyar Bechavar war groß und besaß kurze, lockige Haare, die wie ein halbes Rechteck die obere Hälfte seines Gesichts einrahmten. Er hatte ein großes Kinn und zwei lange Falten, die sich von oberhalb seiner Nasenflügel bis zu seinem Mund zogen. Sie verliehen seinem Gesicht einen ernsten und groben Ausdruck. Ich schätzte sein Alter auf knapp über

Freitag

dreißig. Er trug einen braunen Anzug, darunter ein senffarbenes Hemd, und er hatte eine kleine Tasche dabei.

Ich hatte nicht erwartet, dass er uns so früh am Morgen aufsuchen würde, und erwiderte: „Guten Morgen, Herr Bechavar. Vielen Dank, dass Sie vorbeigekommen sind. Ich wollte Sie wirklich nicht so früh am Morgen Ihres freien Tages behelligen."

Herr Bechavar setzte ein Lächeln auf, das sein ganzes Gesicht erfasste: „Wir hier im Norden sind es gewohnt, früh aufzustehen. Ich komme jeden Freitag hier im Hotel vorbei."

Dann öffnete er den Reisverschluss seiner Tasche, holte einige Broschüren, ein paar Blätter und ein kleines Büchlein daraus hervor und streckte mir die Sachen entgegen: „Das sind Informationsmaterialien über Babol und Māzandarān, die ich von der Touristenbehörde für Sie mitgebracht habe."

Ich nahm entgegen, was er mir hinhielt. Er zeigte auf das kleine Büchlein und sagte: „Dies ist ein Buch über die Geschichte und Geografie Māzandarāns, das hier in Māzandarān gedruckt wurde. Sie können es gerne behalten."

Obwohl ich nicht erwartete, nützliche Informationen in den Drucksachen der Touristenbehörde zu finden, bedankte ich mich bei ihm. Jemand, der sich wie er gut in der Gegend auskannte, konnte für uns sehr hilfreich sein: „Herr Bechavar, ich habe noch eine andere Bitte an Sie."

Er nickte und sprach: „Bitte sehr, was immer Sie wünschen. Ich helfe sehr gerne."

„Man hat uns an einen Kräutersammler verwiesen, der in der Nähe von Babol ... an einem Ort namens Divaa lebt. Wir wollten nach dem Frühstück dorthin fahren. Falls Sie Zeit haben und uns den Weg zeigen könnten, wären wir Ihnen sehr dankbar ..." Ich wusste nicht, wie ich seine Bezahlung ansprechen sollte: „... nicht umsonst, versteht sich ..."

„Wann immer Sie wollen, ich stehe Ihnen zur Verfügung."

Herr Bechavar überließ mir die Festlegung seiner Entlohnung und stimmte dem Betrag, den ich nannte zu, der vielleicht etwas zu großzügig war, und meinte: „Divaa ist nicht weit von Babol, ungefähr dreißig Kilometer. Wann möchten Sie aufbrechen?"

„Wir wollten nach dem Frühstück losfahren."

„Dann bleibe ich hier bei Herrn Dschafari ...", er zeigte auf den Hoteldirektor, „... und Sie frühstücken in Ruhe."

Ich ging in das kleine Hotelrestaurant, das keine Fenster und nicht mehr als acht Tische besaß, setzte mich an einen von ihnen und bestellte Tee. Nach einigen Augenblicken brachte mir einer der Hotelangestellten eine Porzellan Teekanne voll heißem Tee und ein Glas samt Untertellerchen. Ich schenkte mir einen Tee ein und durchblätterte die Broschüren, die mir Herr Bechavar gegeben hatte. Wie ich vermutet hatte, handelte es sich dabei nur um Werbung für die geschichtsträchtigen Orte und die schöne Natur Māzandarāns. Die Broschüren waren voller hübscher Fotos der Küste des Kaspischen Meers und der Berge Māzandarāns, jedoch ohne Hinweise auf die Orte, an denen die Fotos gemacht worden waren. Das kleine Büchlein über die Geschichte und Geografie Babols war 110 Seiten lang und enthielt viele Bilder von Babol und der Umgebung. Natürlich bedurfte es mehr Zeit, das Büchlein zu lesen. Jedoch fanden sich weder im Inhaltsverzeichnis noch im Namensverzeichnis am Ende des Buchs die Namen Rokaatek, Chaaje Nassir, Jaqub Gilani oder Kazem Ibn Tonini. Als einzigen Namen, den ich kannte fand ich den von Mir Bozorg Marashi.

Ich hatte mir eben den zweiten Tee eingeschenkt, als Doktor Bastiani erschien: „Sind die Damen noch nicht da?"

Ich blickte auf meine Uhr. Es war noch vor halb neun, sodass ich bemerkte: „Noch haben sie sich nicht verspätet."

Wir bestellten einen Kaffee für Doktor Bastiani. Derselbe Hotelangestellte, der mir meinen Tee gebracht hatte, brachte auch eine Kanne für Doktor Bastiani, allerdings nur mit heißem Wasser darin. Dazu gab es ebenfalls ein Glas mit Untertellerchen und einige Päckchen mit Instant-Kaffeepulver.

Freitag

Doktor Bastiani lächelte: „Auch das ist besser als Tee."

Ich berichtete ihm, dass Mazyar Bechavar gekommen sei und uns auf der Suche nach dem Kräutersammler begleiten würde. Doktor Bastiani öffnete eines der Instant Kaffeepulverpäckchen, schüttete das Pulver in sein Glas und kippte heißes Wasser darauf. Während er umrührte, sagte er unvermittelt: „Herr Raamtin, ich bin Ihnen sehr dankbar, dass Sie für mich so große Mühen auf sich nehmen ..."

Das war das erste Mal, dass er sich bei mir bedankte.

Er fuhr fort: „Ich bin mir im Klaren darüber, dass so eine Hilfe nichts Alltägliches ist. Sie haben sich aufgrund meiner Wünsche sogar selbst in Gefahr begeben. Die Wahrscheinlichkeit, dass unsere Bemühungen nicht von Erfolg gekrönt sein werden, ist hoch. Auf jeden Fall weiß ich Ihre Anstrengungen zu schätzen und bin Ihnen sehr dankbar." Er zögerte einen Moment. Dann sagte er: „Ich wollte, dass Sie das wissen."

Der aufrichtige und liebenswürdige Dank Doktor Bastianis berührte mich sehr. Ich freute mich darüber, dass ich bisher zu seiner Zufriedenheit gehandelt hatte. Auch wollte ich gerne, dass er erreichte, wonach er strebte. Auch wenn seine Theorien zu Chaaje Nassir nur der Fantasie entsprangen, war es vielleicht doch möglich, dass die Parvak existierte. Die Existenz einer Pflanze mit außergewöhnlichen Eigenschaften war aus wissenschaftlicher Sicht denkbar. Vielleicht war es Chaaje Nassir auch tatsächlich gelungen, aus dieser Pflanze ein außerordentliches Heilmittel herzustellen. Vielleicht hatte er Anweisungen zur Herstellung dieses Heilmittel aufgeschrieben, bevor er Opfer der Vorurteile Mir Bozorgs wurde oder in einem der von Timur geführten Kriege gefallen war. Vielleicht hatte er sie in einem Manuskript aufgeschrieben, das nun auf dem Speicher eines Häuschens in einem Dorf in der Nähe Babols unter Schichten von Staub verborgen lag. Ob ich auch schon Illusionen und Fantasien nachhing? Hatte Elisa bewirkt, dass ich ebenfalls die Grenze zwischen Fantasie und Wirklichkeit überschritt? Konnte es denn nicht möglich sein, dass um Doktor Bastianis willen, nein, um Elisas willen, einmal in meinem Leben, in unserem Leben die Grenzen zwischen Fantasie und Wirklichkeit verwischen oder durchlässig werden würden, damit ein Element aus der Fantasiewelt in die wirkliche Welt herüberwechseln und unser Leben verändern konnte?

3

Wir waren alle erstaunt über Herrn Bechavars gutes Englisch und seinen sehr britischen Akzent. Als er sich Doktor Bastiani und Elisa vorgestellt hatte, hatte diese neugierig gefragt: „Wo haben Sie Englisch gelernt?"

Ich bin mir sicher, dass sie erwartet hatte, den Namen einer englischen Stadt zu hören, Herr Bechavar hatte jedoch geantwortet: „An der Universität in Sari." Sofort hatte er erklärt, dass Sari die Hauptstadt Māzandarāns sei.

Nach dem Frühstück brachen wir mit Parvins Auto und in Begleitung des Herrn Bechavar nach Divaa im Süden Babols auf. Babol war nicht sehr groß, und kurz nachdem wir die Stadt hinter uns gelassen hatten, fanden wir uns inmitten der wunderschönen Māzandarāner Landschaft wieder. Die gesamte Provinz Māzandarān ist ein schmales Band zwischen dem Kaspischen Meer im Norden und den Ausläufern des Alborz-Gebirges im Süden. Unterwegs erzählte uns Parvin einiges zur Natur Māzandarāns. Anscheinend war nicht alles ganz richtig. Auf jeden Fall verbesserte Herr Bechavar sie höflich. Nach einer längeren Fahrt entlang von Reisfeldern und grünen Hügeln erreichten wir Divaa, ein Dorf am Fuße des Alborz.

Freitag

Herr Bechavar sagte: „Man könnte sagen, dass Divaa die Grenze zwischen der Ebene und den Bergen ist. Hinter Divaa beginnt der Wald."

Mit einer Gasse nach der anderen schien Divaa ein großes Dorf zu sein. Der Wegbeschreibung zufolge, die Doktor Bastiani und Parvin gestern bekommen hatten, mussten wir, an der Siedlung angelangt, auf der Straße mitten durchs Dorf fahren, bis man mit dem Auto nicht mehr weiterkam. Dann sollten wir in der Nähe eines Flusses parken, und, diesem zu Fuß folgend, einen Hügel hinaufgehen, bis wir zu einer einsamen Hütte zwischen einigen Bäumen gelangen würden.

Die Gassen der Siedlung waren aus Lehm, voller Steinchen und an manchen Stellen ziemlich eng, sodass man mit dem Auto nur mit Mühe vorankam. Die Kinder, die in den Gassen spielten, unterbrachen ihr Spiel, als sie uns sahen, und musterten uns neugierig. Erwachsene waren weniger zu sehen. Wahrscheinlich arbeiteten sie auf den Reisfeldern oder waren mit der Ernte beschäftigt. Im Zentrum des Dorfes gelangten wir zu einer Abzweigung und wussten nicht, welchen Weg wir einschlagen sollten. Wir waren gezwungen anzuhalten. Herr Bechavar stieg aus, klopfte an eine Haustür und sprach eine Weile mit der Frau, die zur Tür gekommen war. Dann stieg er wieder ein und sagte, dass wir nach links müssten. Also fuhren wir in diese Richtung. Schließlich wurden die Häuser weniger. Wir fuhren durch einen Wald, bis wir an eine Stelle kamen, wo die Straße durch ein Flüsschen unterbrochen wurde. Zwar führte der Fluss einiges an Wasser, aber an bestimmten Reifenspuren war zu erkennen, dass größere Autos ihn durchqueren konnten. Wie der Heilkräuterhändler aus Babol gesagt hatte, parkten wir das Auto und stiegen aus. Dann liefen wir den Fluss entlang nach oben. Die Erde war nass und matschig und der Anstieg steil. Keiner von uns trug passendes Schuhwerk. Obwohl es recht kühl war, fingen wir bald alle an zu schwitzen. Wir hatten uns noch nicht weit vom Auto entfernt, als Doktor Bastiani sagte: „Vielleicht wächst die Parvak hier ganz in der Nähe."

Freitag

Dieser Optimismus Doktor Bastianis machte mir ein bisschen Sorgen. Ich befürchtete, dass sich sein Gefühl bald in große Trauer verwandeln würde. Elisa schien den gleichen Gedanken zu haben. Bis eben hatte sie noch gelächelt, nun wurde ihr Ausdruck ernst, und sie sagte müde: „Babbo, wenn es in Ordnung ist, dann gehe ich zurück zum Auto und warte dort auf euch. Meine ganzen Sachen sind voller Matsch."

Da ich seit gestern Abend mit ihr sprechen wollte, sah ich die Gelegenheit, mit ihr zurückzugehen, um ein bisschen mit ihr alleine zu sein. Doch bevor Doktor Bastiani oder ich etwas sagen konnten, verkündete Parvin: „Ich komme mit dir. Meine Schuhe sind für diesen Weg absolut ungeeignet."

Etwas beleidigt sagte Doktor Bastiani: „Ja, wartet ihr mal beim Auto. Ich denke nicht, dass unsere Angelegenheit lange dauern wird."

Elisa sah mich an. Plötzlich erkannte ich eine merkwürdige Rührung in ihren Augen. Parvin und Elisa blieben stehen. Mit ebendiesem Blick folgte Elisa mir einen Moment lang weiter – ein Blick, der mir sehr fremd war. War sie betroffen davon, dass sie mit ihrer Verweigerung mitzukommen aufdeckte, dass sie nicht an die Sache ihres Vaters glaubte? Oder schämte sie sich dafür, uns auf diesem Weg, den wir für sie gingen, nicht zu begleiten? War sie traurig darüber, dass sie vielleicht trotz eines inneren Wunsches nicht wie ihr Vater an die Existenz der Parvak, an die Existenz eines Heilmittels für ihre Krankheit, glauben konnte?

Ihre Traurigkeit steckte mich an. Warum war ich nur so erzogen worden, dass ich für alles einen mathematischen Beweis brauchte? Warum konnte ich nicht wie so viele andere Menschen an etwas glauben, allein weil es schön war? An etwas glauben, allein weil es menschlich war? Gab nicht ein solcher Glauben dem Leben erst einen Sinn und rechtfertigte unsere Bemühungen? Nahm nicht der Glaube an solche Träume dem Leben seinen Schmerz? Warum hielt ich mich selbst so zurück? Ich blickte zurück und sah, wie Elisa und Parvin um eine Kurve hinter den Bäumen verschwanden. Ging es denn um meine Träume oder um diejenigen Elisas? Ich setzte meinen Weg fort. Doktor Bastiani lief ein paar Schritte vor mir und kümmerte sich nicht darum, ob seine Schuhe und Hose matschig wurden oder nicht. Bisher hatte ich mich bemüht, so zu laufen, dass meine Kleidung nicht dreckig wurde. Nun gab ich ebenfalls dieses sinnlose Unterfangen auf.

Schließlich ließ die Steigung nach. Wieder spürte ich den sanften, kühlen Wind vom Gebirge her wehen. Nach zwei Kurven sahen wir ein einsames Häuschen unter den Bäumen stehen. Bechavar und Bastiani, die ein paar Schritte vor mir waren, gingen darauf zu. Ich folgte ihnen. Es war ein kleines Haus aus Lehmziegeln und mit einem Giebeldach aus Wellblech versehen. Vor dem Häuschen war ein kleines Stück, etwa einen Quadratmeter groß, mit Steinen und Ziegeln gepflastert. Vor der Eingangstür, die ein Stück höher als der Boden lag, lagen zwei große Steine anstatt einer Treppe. Wir gingen bis zum gepflasterten Stück. Herr Bechavar klopfte mit der Faust an die Tür und sagte: „Gott zum Gruße, ist jemand zu Hause?"

Wir warteten einen Moment. Da nichts geschah, klopfte Herr Bechavar noch einmal und rief. Man hörte ein Geräusch von innen. Es dauerte eine Weile. Schließlich öffnete sich die Tür, und darin erschien eine alte Frau. Sie, die bunte Kleidung und ein buntes Kopftuch trug, kniff die Augen zusammen, um Herrn Bechavar besser sehen zu können, und sagte etwas auf Māzandarānisch. Es schien, als seien wir, die wir ein Stück hinter Herrn Bechavar standen, vollkommen außerhalb ihres Blickfelds, denn sie beachtete uns gar nicht. Herr Bechavar sprach eine Weile mit ihr. Ich verstand nichts außer dem Namen Ramazan von ihrem Gespräch. Nachdem sie ihr Gespräch beendet hatten, bedankte sich Herr Bechavar bei der alten Frau und sagte: „Lassen Sie uns gehen."

Anscheinend bemerkte uns die alte Frau erst jetzt. Mit breitem Akzent fragte sie auf Persisch: „Kommt ihr aus Teheran?"
Bechavar antwortete: „Ja!", und bedankte sich noch einmal.
Ich wollte wissen: „Was hat sie gesagt?"
„Das Haus des Kräutersammlers ist ein Stück weiter. Wir müssen weiter nach oben."
Doktor Bastiani fragte: „Welche Sprache hat diese Frau gesprochen?"
Ich erklärte ihm, dass hier in der Gegend Māzandarānisch gesprochen werde, was mit dem Persischen verwandt sei, aber für Persischsprecher nicht so leicht zu verstehen sei.
Wir gingen zurück auf den Weg und weiter nach oben. Herr Bechavar ging voraus, und wir folgten ihm. Hinter der Hütte entfernte sich der Weg schließlich vom Flusslauf und stieg erneut steil an, sodass Doktor Bastiani nach Atem rang. Ich ging ein Stück vor ihm und blieb stehen, um auf ihn zu warten. Unsere Hosen und Schuhe waren voller Matsch. Bechavars Abstand zu uns vergrößerte sich. Wir blieben einen Augenblick stehen. Der sanfte Wind, der noch bis vor wenigen Augenblicken geweht hatte, hatte sich gelegt. Die Sonne war etwas höher gestiegen, und die Luft hatte sich ein wenig erwärmt.
Ich fragte Doktor Bastiani: „Sollen wir uns einen Augenblick hinsetzen?"
Er holte tief Luft und setzte seinen Weg fort: „Nein, wir sind bloß diesen Anstieg etwas schnell gegangen, das hat mir den Atem geraubt."
Wir setzten unseren Weg etwas langsamer fort, bis wir ans Ende der Steigung gelangten, wo der Boden etwas ebener wurde. Dort, nicht weit vom Weg, sahen wir ein weiteres Häuschen. Bechavar stand an der hölzernen Umzäunung des Hauses und sprach mit einer Frau. Sie schien ungefähr fünfzig Jahre alt zu sein, trug ein rosafarbenes Kopftuch und hatte sich ihren Tschador um den Rücken gewickelt. Sie hatte schwarze Gummistiefel an und eine Schaufel in der Hand.

Eine kleine Furche neben dem Zaun war offensichtlich gerade frisch ausgehoben worden. Als die Frau uns sah, zog sie an ihrem Kopftuch, steckte eine Haarsträhne, die sich gelöst hatte, darunter fest und wechselte die Schaufel von der einen in die andere Hand.

Als wir uns ihnen näherten, grüßte die Frau. Ich grüßte zurück, und auch Doktor Bastiani nickte zum Gruß und stützte sich dann mit der Hand auf dem Zaun ab. Da der Zaun nass war, zog er seine Hand wieder zurück.

Bechavar teilte uns auf Englisch mit: „Dies ist die Frau des Kräutersammlers. Sie sagt, dass er morgens zum Kräutersammeln aufgebrochen sei und so langsam zum Mittagessen zurückkommen müsste."

Die Frau bat uns: „Bitte, kommen Sie doch herein, er müsste gleich heimkehren."

Bechavar übersetzte für Doktor Bastiani, was sie gesagt hatte.

Ich sagte zu Doktor Bastiani: „Wenn Sie wollen, können wir auch hier warten."

„Nein, lassen Sie uns hineingehen und uns ein wenig hinsetzen."

Die Frau ging voraus, und wir folgten ihr in ein Zimmer, in dem ein Teppich und mehrere Kelims ausgebreitet lagen. Am Ende des Zimmers lagen eine gefaltete Decke und einige Kissen. An der Tür stand eine hölzerne Truhe. In einem Gefäß aus Holz neben der Truhe waren einige Kräuter zu sehen, die ich nicht kannte. Auf der einen Seite des Zimmers stand auf einem Tisch ein Samowar, aus dem heißer Dampf strömte. Neben dem Tisch lag ein Messingtablett voll brauner Samen auf dem Boden. Sie lagen an beiden Seiten des Tabletts gestapelt, und zwischen ihnen war ein Zwischenraum frei gelassen. Auf einem Regalbrett, das über dem Tisch mit dem Samowar angebracht war, befanden sich zwei Leinensäcke, die mit einer braunen Kordel zugebunden waren.

Bechavar war vor uns eingetreten und sagte lächelnd zu Doktor Bastiani: „Der Platz für die Gäste ist in solchen Zimmern auf der Decke und bei den Kissen."

Doktor Bastiani zeigte auf die Kiste neben der Tür: „Kann ich mich auf die Kiste setzen?"

Ohne die Hausbesitzerin zu fragen, antwortete Bechavar: „Wenn es Ihnen dort gemütlich ist, setzen Sie sich."

Doktor Bastiani setzte sich. Die Frau, die ihn auf der Kiste sitzen sah, nahm eines der Kissen, reichte es Doktor Bastiani und erklärte: „Legen Sie das auf die Kiste, damit Sie bequem sitzen."

Ich übersetzte es für ihn, und Doktor Bastiani nahm das Kissen, legte es unter sich und bedankte sich. Die Frau schüttelte den Kopf und verließ das Zimmer. Ich setzte mich ans Ende des Zimmers auf die Decke.

Bechavar, der sich noch nicht hingesetzt hatte und vor dem kleinen Fenster des Zimmers stand, teilte uns mit: „Da kommt er!"

Doktor Bastiani stand auf und ging zum Fenster. Er blickte nach draußen, ging wieder zurück und setzte sich auf seinen Platz. Nach einigen Augenblicken hörten wir Geräusche von draußen, und schließlich traten der Kräutersammler und seine Frau ein. Die Frau des Kräutersammlers trug ein Plastiktablett mit einigen Gläsern in den Händen.

Der Kräutersammler hatte einen kurzen, weißen Bart und schütteres, graumeliertes Haar. Sein Rücken war etwas gebeugt. Der grüne Kittel, den er trug, schien ihm ein wenig zu groß zu sein. Er besaß ein freundliches Gesicht, gab uns allen dreien die Hand und beugte dabei jedes Mal seinen krummen Rücken noch ein bisschen mehr. Dann sah er sich ein wenig im Zimmer um, als wüsste er nicht, wo er sich hinsetzen sollte. Er setzte sich dann neben der Kiste, auf der Doktor Bastiani saß, auf den Boden. Seine Frau setzte sich neben den Tisch, auf dem der Samowar stand, ebenfalls auf den Boden und begann, Tee einzugießen.

Ich erklärte dem Kräutersammler: „Wir kommen aus dem Ausland. Ich lebe in Deutschland, und dieser Herr hier ist Italiener."

Der Kräutersammler blickte Doktor Bastiani an und machte im Sitzen noch einmal eine kleine Verbeugung.

„Er ist Wissenschaftler und sucht nach einer Heilpflanze, die vermutlich hier in der Gegend wächst. Ein Heilkräuterhändler in Babol hat uns an Sie verwiesen und meinte, dass Sie diese Pflanze vielleicht kennen würden."

Die Frau des Kräutersammlers hatte die Gläser auf dem Tablett mit Tee gefüllt, stand auf und hielt uns das Tablett hin. Der Kräutersammler nahm sich ebenfalls ein Glas, verbeugte sich wieder und berichtete: „Alle meine Vorväter waren Kräutersammler. Ich habe diese Arbeit von meinem Vater gelernt und der von seinem. Sagen Sie mir, gegen welche Krankheit Sie ein Heilmittel suchen, und ich sage ihnen, welches Heilmittel gegen sie gut ist."

Ich erwiderte: „Nein, wir suchen nach einer bestimmten Pflanze. Sie heißt Parvak."

Der Kräutersammler schien verblüfft über unsere Frage: „Parvak?"

Seine Reaktion war so eindeutig, dass sie selbst Doktor Bastiani begriff, der unsere Sprache nicht verstand. Wir hingen beide unruhig an den Lippen des Kräutersammlers. Es war das erste Mal, dass es schien, als kenne jemand außer uns diesen Namen. Doktor Bastiani wollte von mir wissen: „Kennt er die Pflanze?"

Ich hakte nach: „Ja, Parvak. Kennen Sie diese Pflanze?"

Er sah seine Frau an, die wieder neben dem Samowar Platz genommen hatte: „Parvak ...", seine Stimme verlor alle Kraft: „Es gibt die Parvak nicht."

„Aber anscheinend kennen Sie diese Pflanze?"

Doktor Bastiani hatte den ungewöhnlichen Zustand des Mannes bemerkt: „Was sagt er?" Er holte den Hemingway

Freitag

heraus, zog das Bild der Parvak daraus hervor und hielt es dem Kräutersammler hin.

„Er sagt, dass es die Parvak nicht gibt!"

Doktor Bastiani zog die Augenbrauen zusammen. Der Kräutersammler blickte ihn an und schüttelte bestätigend mit dem Kopf: „Wo haben Sie dieses Bild her? Wo haben Sie die Parvak gefunden?"

Ich erklärte ihm, dass das Bild nach den Beschreibungen von Jaqub Gilani gezeichnet worden sei, woraufhin der Kräutersammler fragte: „Wächst die Parvak also in Gilan?"

Ich hatte den Namen Gilani nur genannt um zu sehen, ob er ihn gehört hatte. Nun erläuterte ich ihm, dass Jaqup Gilani, Kazem Ibn Tonini und Chaaje Nassir in der Nähe von Babol gelebt und vor einigen hundert Jahren die Parvak beschrieben hatten. Dann wollte ich von ihm wissen: „Woher kennen Sie die Parvak?"

Der Kräutersammler seufzte tief: „Vor einigen Jahren ist mein einer einziger Sohn sehr schwer erkrankt. Was wir auch versucht haben, nichts hat geholfen ..." Er sah seine Frau an: „Wir haben ihn sogar bis nach Sari gebracht. Aber auch die Ärzte dort konnten ihm nicht helfen und sagten, dass sie nichts für ihn tun könnten. Wir kamen wieder hierher zurück. Mein Vater meinte, nur die Parvak könne ihn retten."

Bechavar übersetzte, was er gesagt hatte. Der Kräutersammler blickte auf das Bild der Parvak, das er in der Hand hielt: „Das sieht genau wie die Pflanze aus, die er mir beschrieben hat. Ich hatte noch nie eine solche Pflanze gesehen." Er starrte weiterhin auf das Bild in seiner Hand und fuhr leise mit gebrochener Stimme fort: „Ich habe alle Berge und Ebenen Māzandarāns abgesucht. Ich habe von Firuzabad, über Sang-Tchal, von Galugah bis Marzikola gesucht. Aber diese Blume habe ich nirgends gefunden ..." Er wischte sich eine Träne ab, die aus seinen Augen gerollt war: „Mein einziger Sohn ..."

Ich sah Doktor Bastiani an, dessen Augen ebenfalls feucht geworden waren.

Am Ende seiner Übersetzung sagte Herr Bechavar: „Gott habe ihn selig."

Der Kräutersammler seufzte tief und verbeugte sich in Richtung Herrn Bechavars. Seine Stimme gewann wieder etwas an Kraft: „Wissen Sie, wo die Parvak wächst?"

Ich antwortete: „Wir wissen aus dem Geschriebenen von Gilani ebenfalls lediglich, dass die Pflanze in Māzandarān wächst." Ich dachte an Elisa: „Wir sind auch wegen einer Person, die krank ist, auf der Suche nach der Pflanze. Gilani schreibt, dass die Parvak in Rokaatek wächst. Wissen Sie, wo dieser Ort liegt?"

„Rokaatek? Nein, diesen Namen habe ich bisher noch nie gehört." Er zögerte einen Moment: „Wenn mein Vater noch alle beieinander hätte ... Er kannte sich überall aus."

Es erstaune mich, dass sein Vater noch am Leben war. Ich schätzte ihn selbst auf über sechzig Jahre alt. Dann übersetzte ich für Doktor Bastiani, was er gesagt hatte.

„Fragen Sie ihn, wo sein Vater lebt."

Ich fragte danach.

„Hier, ein Stück weiter unten am Weg. Bestimmt sind Sie auf dem Hinweg an seiner Hütte vorbeigekommen."

„Könnten wir mit ihm sprechen?"

„Mein Vater ist sehr alt und ist seit einigen Jahren nicht mehr bei Sinn und Verstand."

Ich erklärte dies Doktor Bastiani, der allerdings beharrte: „Ich möchte trotzdem gerne mit diesem Mann sprechen. Manchmal sind Menschen mehr bei Sinnen, als wir denken .... Ich meine das ernst."

4

Der Kräutersammler mit seinem gebeugten Rücken ging vor uns her. Er trug eine mit Halim – einem Weizenbrei mit Lammfleisch – und Ähnlichem gefüllte Schüssel mit sich. Ich blickte in den Himmeln. Ein paar weiße Wolken waren zu sehen, die jedoch die Sonne nicht verdeckten. Wir gingen denselben matschigen Weg, den wir gekommen waren, nach unten zurück. Am steilen Abhang, der uns auf dem Hinweg ins Schwitzen gebracht hatte, rutschte ich einmal aus und wäre hingefallen, wenn mich Herr Bechavar nicht festgehalten hätte.

Das Haus, in dem der Vater des Kräutersammlers wohnte, war ebenjenes Haus, vor dem wir die alte Frau gesehen hatten. Diese saß nun neben einem alten Mann auf den Stufen zur Haustür in der Sonne, die durch die Bäume schien. Der alte Mann hatte einen weißen Bart und trug einen schwarzen Filzhut. Er starrte auf einen Punkt zwischen den Bäumen.

Wir gingen zu ihnen hin und grüßten. Nach der alten Frau begrüßte uns der alte Mann ebenfalls, ohne uns jedoch anzublicken, und starrte weiter zwischen die Bäume. Der Kräutersammler sprach ein wenig im Dialekt mit den beiden und gab der alten Frau die Schüssel mit Essen, die er mitgebracht hatte. Die alte Frau stellte diese neben sich auf der Treppe ab.

Der Kräutersammler erklärte seinem Vater, wer wir waren und woher wir kamen. Die alte Frau sah Herrn Bechavar an und bemerkte: „Ich kenne die."

Der alte Mann nickte ebenfalls mit dem Kopf und wiederholte, was die alte Frau gesagt hatte: „Ich kenne die."

Die alte Frau meinte: „Kommen Sie herein, trinken Sie einen Tee!"

Nach einer kurzen Pause wiederholte der alte Mann einen Teil dessen, was die alte Frau gesagt hatte: „... trinken Sie einen Tee!"

Wir lehnten dankend ab. Da ich nicht wusste, wie ich das Gespräch beginnen sollte, äußerte ich: „Was für ein schöner Sonnenschein!"

Die alte Frau merkte an: „Gestern Nacht hat es stark geregnet."

Nach einer kurzen Pause wiederholte der alte Mann: „... hat es stark geregnet."

Ich fragte den alten Mann: „Wie alt sind Sie?"

Er zeigte keine Reaktion. Der Kräutersammler antwortete an seiner statt: „Ich bin dreiundsechzig Jahre alt. Ich hatte einen Bruder und eine Schwester. Mein älterer Bruder ist gestorben. Wäre er noch am Leben, wäre er heute fünfundsiebzig. Mein Vater ist um die hundert Jahre alt."

Ich übersetzte für Doktor Bastiani, was er gesagt hatte.

„Ich bin hundert Jahre alt." Diesmal plapperte der alte Mann die Worte seines Sohnes nach. Nach einer kurzen Pause fügte er noch hinzu: „Der Arzt ist mehr als zweihundert Jahre alt."

Doktor Bastiani wollte von Herrn Bechavar wissen: „Was sagt der alte Mann?"

Erstaunt fragte ich den alten Mann: „Wer ist über zweihundert Jahre alt?"

Wo ich nicht übersetzte, sprang Herr Bechavar mit der Übersetzung für Doktor Bastiani ein.

Der alte Mann gab keine Antwort. Sein Sohn erklärte: „Das Gedächtnis meines Vaters arbeitet nicht mehr richtig. Vor ein paar Jahren, ungefähr zu dem Zeitpunkt, als mein Sohn krank wurde, hat er angefangen, wie im Delirium zu sprechen. Damals erzählte er, dass er als Kind mit seinem Vater zu einem Arzt gegangen sei. Nach dem Besuch habe sein Vater ihm gesagt, dass dieser Arzt der älteste Mensch der Welt und über zweihundert Jahre alt sei."

Der alte Mann wiederholte: „Über zweihundert Jahre alt."

Der Kräutersammler fuhr fort: „Anscheinend wollte dieser Arzt gerne altern und sterben, konnte dies aber nicht."

Danach versuchten wir, dem alten Mann mehr Informationen über diesen Arzt und darüber, wo er gelebt hatte, zu entlocken. Aber es war aussichtslos. Der alte Mann sagte manchmal etwas, wenn andere redeten, oder wiederholte Teile des Gesagten. Aber ein direktes Gespräch mit ihm war unmöglich. Wir konnten von ihm keine Auskunft über die Parvak erhalten.

Auf unsere Bitte hin fragte der Kräutersammler: „Vater, weißt du, wo Rokaatek ist?"

Der alte Mann gab keine Antwort. An seiner statt sagte die alte Frau: „Moussa kennt alle Orte."

Ein paar Augenblicke später sagte der alte Mann: „Ich kenne alle Orte."

Der Kräutersammler fragte erneut: „Vater, wo ist Rokaatek? Weißt du, wo Rokaatek liegt?"

Da sein Vater nicht antwortete, erklärte er: „Früher hat er die Gegend hier wie seine Westentasche gekannt. Aber heute muss man ihm jedes Mal die Toilette zeigen."

Der alte Mann sagte: „Ich kenne alle Orte." Zum ersten Mal bewegte er sich, zeigte mit der Hand auf die Berge und sagte: „Er ist bei Filband." Wieder waren wir über ihn erstaunt.

Sein Sohn wollte wissen: „Vater, liegt Rokaatek bei Filband?" Der alte Mann antwortete nicht.

„Vater, was ist bei Filband?"

Der alte Mann antwortete wieder nicht, und was immer der Kräutersammler im Folgenden auch sagte, sein Vater plapperte nur noch einige Teile seiner Worte nach.

Herr Bechavar erklärte uns: „Filband ist ein Dorf in den Bergen des Alborz. Es ist die höchstgelegene Siedlung Māzandarāns. Man kann es von der Heraz-Autobahn aus erreichen." Er fragte den Kräutersammler auf Persisch: „Kann man auch von hier aus dorthin?"

„Ja, es dauert nicht länger als einen halben Tag ..."

Nach einigem Überlegen stellte er fest: „Von hier aus gibt es keinen mit dem Auto befahrbaren Weg dorthin."

Da wir keine Hoffnung hatten, noch mehr von dem Kräutersammler und seinem Vater zu erfahren, verabschiedeten wir uns, um uns auf den Weg nach unten zu begeben. Als wir aufbrachen, sagte die alte Frau: „Bleiben Sie zum Essen ..."

Nach einigen Schritten hörten wir den alten Mann wiederholen: „Bleiben Sie zum Essen ..."

5

Als wir an dem Ort ankamen, an dem Parvin ihr Auto geparkt hatte, winkten sie und Elisa uns von einem Felsen am Fluss aus zu, wo sie sich ein Stück vom Auto entfernt hingesetzt hatten. Elisas Schuhe, die sie offensichtlich im Flusswasser gewaschen hatte, standen neben ihr auf einem Stein. Ich kletterte über die Felsen am Flussufer zu ihnen hin. Als ich bei ihnen ankam, wollte Elisa wissen: „Und, habt ihr die Parvak gefunden?"

„Sowohl ja als auch nein!"

Parvin wartete nicht ab, was ich noch sagen würde, sondern stand auf und ging zu Doktor Bastiani und Herrn Bechavar hinüber, die am Auto standen.

Elisa fragte: „Sowohl ja als auch nein?"

Ich setzte mich neben sie auf einen anderen Stein. Das klare, reichliche Wasser des Flusses stürzte zwischen den Steinen hindurch und erfüllte die Luft mit seinem Rauschen. Elisa fragte noch einmal: „Was habt ihr herausgefunden?"

Zum ersten Mal hatte ich den Eindruck, als verfolge Elisa die Bemühungen ihres Vaters genau, auch wenn sie sich darum bemühte zu zeigen, dass sie nicht an die Existenz der Parvak glaube und es ihr egal sei, ob wir sie fänden oder nicht. War es vielleicht sogar möglich, dass sie insgeheim hoffte, dass die Parvak mit all den Besonderheiten, die Doktor Bastiani ihr zuschrieb, existierte? Natürlich konnte ich es vollkommen verstehen, wenn sie solch eine Hoffnung hegte. Ich bedauerte es selbst, dass ich nicht von Beginn an an den Erfolg dieser Reise geglaubt hatte. Jetzt, nach den Erzählungen des Kräutersammlers, konnte ich die Existenz der Parvak schier spüren.

„Der Kräutersammler hatte bereits von der Parvak und auch von ihren besonderen Eigenschaften gehört. Eine Weile hat er die Pflanze sogar selbst gesucht, konnte sie aber in ganz Māzandarān nicht finden."

Elisa blickte ein wenig traurig in Richtung ihres Vaters und Parvins, die am Auto standen und sich unterhielten. Leise, als ob sie zu sich selbst sprechen würde, sagte sie: „Wenn er schon nicht die Parvak findet, so hat er doch zumindest Parvin gefunden."

Lauter fragte sie dann: „Und was machen wir jetzt? Fahren wir zurück nach Babol?"

„Nein, so schnell gibt dein Vater nicht auf."

„Das weiß ich, aber was will er jetzt machen?"

„Außer mit dem Kräutersammler haben wir auch mit dessen hundertjährigem Vater gesprochen. Der war zwar geistig verwirrt und dement, aber aus dem, was er sagte, hat dein Vater geschlossen, dass sich Rokaatek, wo die Parvak wächst, in der Nähe eines Dorfes namens Filband befinden müsse. Dorthin will er jetzt fahren."

Ehrlicherweise muss ich gestehen, dass es mich auch freute, dass unsere Reise und unsere Suche weitergingen. Ich hatte das Gefühl, dass es dem Leben einen tieferen Sinn gab, etwas zu wollen und danach zu streben, es auch zu erreichen. Ziellos zu sein war schlimmer, als sein Ziel nicht zu erreichen. Vielleicht erschuf Doktor Bastiani aus diesem Grund aus jeder Niederlage ein neues Ziel.

Elisa und ich lauschten einen Moment schweigend dem Rauschen des Wassers. Dann begann Elisa: „Übrigens ..."

Aber in diesem Moment rief Parvin uns von Weitem: „Kommt, wir wollen losfahren!"

Ich stand auf. Aber Elisa rührte sich nicht. Ich sah sie an. Sie fragte: „Hast du sie angerufen?"

Ich begriff nicht, was sie meinte.

Sie erläuterte: „Hast du Mahsa angerufen? Du hast erzählt, dass sie dir eine Telefonnummer dagelassen hat."

Mir war gar nicht der Gedanke gekommen, dass sich Elisa meine Erzählung an dem Abend, als ihr so schlecht gewesen war, gemerkt hatte. Ich hatte nicht erwartet, dass wir noch einmal darüber sprechen würden. Es dauerte einen Moment, bis ich meine Gedanken sortiert hatte und mich daran erinnerte, was ich Elisa bereits erzählt hatte: „Mahsa hatte mir zwei Telefonnummern im Ausland hinterlassen und geschrieben, dass es wahrscheinlich eine Weile dauern würde, bis sie ihr Ziel erreichte. Ich sollte eine Weile warten und dann zu ihr Kontakt aufnehmen."

„Und, hast du Kontakt zu ihr aufgenommen?"

„Solange ich noch in Iran war, konnte ich mir weder die Liebe zu Mahsa eingestehen, noch konnte ich sie vergessen."

Es war mir unangenehm, Elisa so ehrlich über meine Gefühle für eine andere Frau zu berichten. Ich hatte Angst, sie zu verletzen. So starrte ich in den Lauf des Wassers und hatte nicht den Mut, Elisa anzusehen. Von ganzem Herzen wollte ich die Geschichte über Mahsa jemandem erzählen. Ich wollte außerdem keine Geheimnisse vor Elisa verbergen: „In Deutschland konnte ich mich schließlich von meinen ablehnenden Gedanken befreien. Aber ich fand auch nicht mehr die gleichen Gefühle für Mahsa in mir. Um mich bei ihr für mein Verhalten zu entschuldigen, das ich jetzt als falsch und gar unmenschlich betrachtete, beschloss ich, zu ihr Kontakt aufzunehmen. Es waren jedoch bereits ein paar Jahre seit der Geschichte vergangen, und die Nummern, die sie mir gegeben hatte, existierten nicht mehr."

Wir schwiegen wieder für einen Moment. Verstohlen blickte ich zu Elisa. Sie nahm ihre Schuhe vom Stein neben sich und begann sie anzuziehen. Ich hatte Lust, mich noch länger mit ihr zu unterhalten. Aber Parvin rief erneut nach uns. Elisa, die ihre Schuhe angezogen hatte, stand auf: „Gehen wir!"

Als wir auf den Steinen entlang des Flusses nach oben gingen, sagte Elisa: „Du musst sie finden und deinen Fehler wiedergutmachen!"

„Nein! Ich denke, das ist nicht mehr nötig. Sie hat sicherlich ein neues Leben begonnen und braucht keine Entschuldigung von mir." Meine Entscheidung war das Ergebnis langem Nachdenkens über dieses Thema: „Ich glaube, keine Fehler mehr zu machen, ist besser, als alte beheben zu wollen."

6

Wir fuhren auf Chausseen, die die Dörfer und Städtchen Māzandarāns miteinander verbanden, an Reisfeldern und Obstgärten vorbei Richtung der Heraz-Autobahn. Herr Bechavar kannte alle Orte der Gegend. Auf die Frage Elisas nach Filband hin erzählte er: „Filband ist ein sehr schönes Sommerquartier. Es befindet sich in großer Höhe und gilt als Dach Māzandarāns. Weiter oben gibt es keine Dörfer mehr. Bei gutem Wetter kann man von dort aus ganz Māzandarān bis zum Kaspischen Meer sehen."

Ich sah aus dem Autofenster nach draußen. Das Wetter war klar und sonnig. Ohne ihren Blick beim Fahren von der Straße abzuwenden, wollte Parvin wissen: „Ist es sehr weit weg? Wie lange dauert es, bis wir dorthin kommen?"

„Nein, es ist nicht weit. Von der Heraz-Autobahn zweigt eine Nebenstraße ab, die nach Osten zu einigen Siedlungen in den Bergen führt und in Filband endet." Dann überlegte er einen Moment und fügte hinzu: „Sicherlich, ein Teil des Weges ist sehr steil und kurvenreich. Ich denke, es wird zwei, drei Stunden dauern, bis wir dort ankommen."

Ich blickte auf meine Uhr – es war fast zwölf Uhr – und sagte zu Doktor Bastiani: „Allein für die Hin- und Rückfahrt müssen wir fünf bis sechs Stunden einberechnen. Dort wer-

Freitag

den wir auch einige Zeit verbringen müssen ..." Obwohl ich selbst nicht wusste, was wir dort eigentlich wollten und womit wir unsere Zeit dort verbringen würden, fuhr ich fort: „Es wird sehr spät werden, bis wir zurückkommen. Sollen wir nach Babol zurückkehren und morgen früh nach Filband aufbrechen?"

Ohne nachzudenken, antwortete Doktor Bastiani: „In Babol gibt es für uns nichts zu tun. Falls unsere Angelegenheit lange dauern sollte, übernachten wir eben dort."

Parvin erklärte: „Ich habe eine Tasche mit Kleidung im Kofferraum ..." Im Rückspiegel sah sie Herrn Bechavar an: „Kann man dort über Nacht bleiben?"

Herr Bechavar antwortete: „Filband ist ein kleines Sommerquartier. Dort gibt es keine Hotels oder Pensionen. Da es jedoch Ausflugsziel vieler Bergsteiger ist, sind die Leute dort an Fremde gewöhnt. Sie sind sehr gastfreundlich, und einige vermieten ihre Zimmer an Bergsteiger." Nach kurzem Zögern fügte er auf Persisch hinzu: „Keiner bleibt dort schutzlos und hungrig."

Parvin, die bereit war, für Doktor Bastianis Gesellschaft alles zu tun, fragte Elisa, die vorne neben ihr auf dem Beifahrersitz saß: „Eine Nacht kriegen wir irgendwie rum, oder?"

Es schien, als hätte Elisa kein Problem mit der Entscheidung.

Ich vermutete, dass die hygienischen Verhältnisse und das Essen dort nicht dem entsprechen würden, was Elisa und Doktor Bastiani gewohnt waren. Herrn Bechavar fragte ich daher: „Wir haben Sie überhaupt nicht gefragt, ob Sie Zeit haben. Müssen Sie denn morgen nicht zur Arbeit?"

„Machen Sie sich keine Sorgen. Ich rufe von unterwegs aus einen meiner Arbeitskollegen an und sage, dass ich morgen nicht komme." An Doktor Bastiani gewandt, fügte er lächelnd hinzu: „In Iran geht das sehr bequem."

Freitag

Ich sagte nichts mehr. Bevor wir auf die Heraz-Autobahn auffuhren, machten wir einen kurzen Stopp und aßen in einem Restaurant am Weg zu Mittag. Etwa eineinhalb Stunden nachdem wir aus Divaa aufgebrochen waren, erreichten wir die Nebenstraße nach Filband. Auf der engen, kurvigen Straße war nicht viel los. Je höher wir kamen, desto grüner wurden die Berge. Es war ein glücklicher Umstand, dass das Auto von Parvins Vater problemlos auf dem steil abschüssigen Weg vorankam. Wir hatten alle Fenster heruntergekurbelt und atmeten die frische, reine Gebirgsluft ein. Herr Bechavar erzählte etwas über jeden Landstrich, an dem wir vorbeikamen. Ab und an unterbrach er sich, um Parvin oder mich nach der englischen Entsprechung eines persischen Worts zu fragen, die wir meist allerdings auch nicht kannten. Auf jeden Fall machte er sich letztlich immer irgendwie verständlich und schien es zu genießen, von seinem Englisch Gebrauch zu machen.

Schließlich kamen Elisa und Parvin, die vorne saßen, auf das Leben in Deutschland und Italien zu sprechen, während Herr Bechavar weiter über Māzandarān sprach. Doktor Bastiani befragte ihn zum Alter und zur Geschichte der Dörfer. Herrn Bechavar zufolge waren einige der Städtchen und Dörfer mehr als tausend Jahre alt. Doktor Bastiani fragte nach der Geschichte Filbands. Herr Bechavar kannte jedoch keine geschichtlichen Quellen hierzu. Doktor Bastiani fragte ihn nach Chaaje Nassir, Guiliani und Bentonini. Doch auch Herr Bechavar hatte diese Namen noch nie gehört. Als das Gespräch auf Chaaje Nassir kam, spann Doktor Bastiani seine früheren Annahmen fort: „Nehmen wir an, nehmen wir nur mal an, dass der Arzt, den der Vater des Kräutersammlers gesehen hat, unser Chaaje Nassir ist. Also hat er, als er Fath Ali Schah entkommen und nach Indien gegangen war, dort eine Weile gelebt und die Kultur und Wissenschaft dieses Landes kennengelernt. Doch irgendwann bekam er Heimweh, kehrte nach Māzandarān zurück und ließ sich hier an einem abgelegenen Ort nieder. Er nahm seine Tätigkeit als Arzt wieder auf, und zu ebenjener Zeit lernte ihn dann der Vater des Kräutersammlers kennen. Da dieser Chaaje Nassir allerdings nur in seiner Kindheit gesehen hat, scheint es, als hätte der Chaaje aus irgendeinem Grund nicht lange in Māzandarān bleiben können und seine Heimat wieder verlassen. Danach gibt es keine Hinweise mehr auf ihn."

Ich war inzwischen von der Existenz der Parvak überzeugt und hatte beschlossen, jede Hilfe, sie zu finden, anzunehmen, ohne zu zögern. Aber ich hatte keine Lust, mich an den Fantastereien Doktor Bastianis über Chaaje Nassir zu beteiligen. Daher sagte ich: „Meiner Meinung nach wäre es besser gewesen, nach Sari zu fahren, um die Parvak zu finden. Dort hätte uns ein Botaniker, der sich auf diesem Gebiet auskennt, weiterhelfen können."

Doktor Bastiani erwiderte: „Jetzt fahren wir zuerst nach Filband, dann können wir noch nach Sari."

Die letzte Siedlung vor Filband, durch die wir kamen, war ein großer Ort namens Sang-Tschal. Die Straße führte mitten durch den Ort hindurch, indem sich Gasse an Gasse reihte. Nach Sang-Tschal säumten immer mehr Bäume die Straße. Ein Stück weiter oben standen sie jedoch wieder weniger dicht. Um drei Uhr nachmittags erreichten wir Filband. Filband war ein Dorf, bestehend aus einer Handvoll Häusern, die in unterschiedlicher Höhe am Berghang gebaut worden waren. Es war ein sehr ruhiges Dorf, in dem so gut wie niemand zu sehen war. Nach Sang-Tschal hatten wir auch kein weiteres Auto mehr erblickt.

Elisa fragte: „Wo sind denn die Dorfbewohner?"

Herr Bechavar antwortete: „Im Winter kann man hier aufgrund der Kälte nicht leben. Die Bewohner kehren erst zu dieser Jahreszeit langsam aus den niedriger gelegenen Ortschaften hierher zurück."

Freitag

Parvin fragte: „Okay, und was sollen wir jetzt machen?"
Einige Augenblicke herrschte Schweigen. Es schien, als fiele niemandem etwas ein.
An Herrn Bechavar gerichtet, überlegte ich: „Zunächst sollten wir uns eine Unterkunft suchen. Wenn wir Nachforschungen über den Ort Rokaatek anstellen wollen, müssen wir irgendwie mit den Bewohnern der Gegend in Kontakt treten." Dann wandte ich mich an Parvin: „Parvin, bitte parken Sie irgendwo. Ich denke, zu Fuß können wir einfacher jemanden finden."

Parvin stellte das Auto ab, und wir stiegen aus. Herr Bechavar und ich folgten der Straße ein Stück weiter nach oben. Wir gingen alle Richtungen ab, liefen in einige Gässchen hinein, und immer, wenn wir ein Stück gegangen waren und niemanden sahen, kehrten wir wieder um. Es schien, als wäre niemand in Filband. Schließlich sahen wir in einer der Gassen in der Ferne eine Frau in ihrem Hof Wäsche aufhängen. Wir gingen auf sie zu, und Herr Bechavar sprach sie im Dialekt an. Nach einem kurzen Gespräch kam die Frau aus ihrem Hof heraus näher auf uns zu und zeigte auf die andere Straßenseite. Ich folgte ihrem Fingerzeig und sah lediglich ein paar kleiner Häuschen.

Bechavar dankte ihr und sagte: „Sie kennt Rokaatek nicht. Ich habe sie gefragt, wo wir etwas zu trinken bekämen und eine Nacht bleiben könnten. Sie meinte: dort drüben in dem grünen Haus."

Herr Bechavar zeigte in die gleiche Richtung, die uns die Frau gewiesen hatte. Unter den verstreuten Häusern auf der anderen Straßenseite entdeckte ich eines mit grünen Mauern, das etwas größer als die anderen zu sein schien.

Wir kehrten zum Auto zurück. Die anderen standen neben dem Wagen. Parvin lehnte am Auto. Wir zeigten ihnen das grüne Haus und erklärten, dass wir dort unterkommen wollten.

Freitag

Parvin stieg ins Auto. Wir anderen gingen zu Fuß zum Haus. Eine niedrige Mauer, die aus zwei Reihen Zementblöcken bestand, umgab es. An einer Stelle der Mauer, die ein Stück höher war, war eine Messingtür eingehängt. Herr Bechavar klopfte mit den Fingerknöcheln ein paar Mal an die Tür und rief den Hausbesitzer.

Nach einigen Augenblicken kam eine Frau aus dem Haus, deren Kleidung wie die der anderen Frau, die wir hier gesehen hatten, mit einem Blumenmuster versehen war. Sie öffnete die Tür. Herr Bechavar sprach einen Moment mit ihr. Parvin parkte ihr Auto gegenüber dem Haus und stieg aus. Herr Bechavar deutete auf uns, wir gingen hinein und liefen auf das Haus zu. Es hatte eine wunderschöne Veranda, von der aus der Blick auf die Straße und die Ebene zeigte, bis weit in das Tal hinein. Die Veranda war etwa einen Meter über dem Boden angebracht und mit Holzlatten umzäunt. Von ihr führten einige Treppen in den Hof daneben. Von der Veranda und dem Zementmäuerchen aus konnte man einen großen Teil der Straße bis zur nächsten Kurve in etwa hundert Meter Entfernung überblicken.

Herr Bechavar berichtete: „Sie hat zwei Zimmer, die sie uns zur Verfügung stellen kann."

Die Frau sagte, wir könnten uns auf die Veranda setzen, bis sie uns Tee brächte. Also stiegen wir die Stufen zur Veranda hinauf und setzten uns dort auf ein niedriges Takht, ein typisches iranisches Sitzmobiliar. Im an die Veranda angrenzenden Zimmer lagen als einzige Einrichtung ein Teppich und einige Kissen. Dort saß eine alte Frau und sortierte Steinchen und anderes aus einem Bottich mit Reis heraus. Unsere junge Gastgeberin, die vielleicht etwa dreißig Jahre alt war, brachte uns Tee. Als sie Parvin das Teetablett hinhielt, wollte diese wissen: „Meine Liebe, wo sind denn die ganzen Dorfbewohner?"

„Sie sind noch nicht zurückgekommen. Wir sind immer die Ersten, die nach oben kommen. Wenn Sie in einem Monat herkommen, sind alle da."

Freitag

Sie sprach Persisch, aber in ihrer Antwort war es aufgrund ihres breiten Akzents schwierig, alle Wörter zu verstehen.

Herr Bechavar, den Doktor Bastiani mit seinem Rokaatek-Fieber ebenfalls angesteckt hatte, wollte von ihr wissen: „Kennen Sie einen Ort namens Rokaatek?"

„Nein, bei Gott, den kenne ich nicht."

Sie blickte ins Zimmer und sprach mit lauter Stimme mit der alten Frau, die dort den Reis sortierte. Anscheinend stellte sie ihr die gleiche Frage. Nachdem sie ihre Frage ein paar Mal wiederholt hatte, antwortete die alte Frau etwas, und unsere Gastgeberin übersetzte: „Sie kennt den Ort auch nicht."

Elisa saß am Rand des Takhts, blickte in die Berge und trank ihren Tee. Doktor Bastianis Aufmerksamkeit war auf unser Gespräch mit der Hauswirtin gerichtet. Er langte zu seiner Brusttasche, und ich wusste, dass er jetzt den Hemingway und das Bild der Parvak daraus hervorholen würde. Das tat er dann auch, zog die Zeichnung aus seinem Notizbuch und hielt sie der Frau hin.

An seiner Stelle fragte ich sie: „Kennen Sie diese Pflanze?"

Die Frau nahm ihm das Bild aus der Hand und betrachtete es eine Weile: „Nein, diese Pflanze wächst hier in der Gegend nicht. Vielleicht weiter unten. Hier oben ist es kalt, hier wächst nicht jede Blume."

Ich fragte: „Wer kennt sich in dieser Gegend gut aus?"

„Wir kennen uns hier alle gut aus. Im Sommer kommen wir hierher. Wenn es kalt wird, kehren wir nach Divaa zurück."

Herr Bechavar wollte wissen: „Wer sind die Dorfältesten?"

„Vielleicht weiß der Dorfvorsteher Omruni besser Bescheid. Aber meistens kommen die Bergsteiger zu uns."

Herr Bechavar fragte: „Wo ist das Haus des Dorfvorstehers Omruni?"

Die Frau, die noch mit ihrem Tablett neben dem Takht gestanden hatte, ging in Richtung der Straße und deutete auf ein Haus auf der anderen Straßenseite: „Sehen Sie dieses Haus dort? Das mit dem Kirschbaum davor?"

Ich entdeckte einige Häuser mit Bäumen davor. Doch aus dieser Entfernung fiel es mir schwer, einen Kirschbaum zu erkennen.

Sie fuhr fort: „Das ist das Haus des Dorfvorstehers Omruni. Aber er ist noch nicht aus seinem Winterquartier zurück."

7

Auf der Straße, die am Haus vorbeiführte, war überhaupt nichts los. In der ganzen Zeit, die wir dort saßen, überquerte lediglich ein Kleintransporter die Straße. Es war auch kaum eine Spur von Bewohnern oder Gästen des Dorfes zu finden. Nur einmal liefen zwei Männer, die beide je einen Sack in der Hand hielten, am Haus vorbei. Filband war wie eine Geisterstadt. Es war noch viel vom Tag übrig, jedoch breiteten Lethargie und Müdigkeit ihre Schatten über Filband aus und erfassten schließlich auch uns.

Doktor Bastiani war es zu anstrengend, auf dem Takht aus Holz zu sitzen. Er stand auf, ging ein wenig auf der Veranda umher und stieg dann die Treppen in den Hof hinab. Ich stand ebenfalls auf und folgte ihm. Wir gingen auf einem mit Ziegeln gepflasterten Weg, der um das Haus herumführte, auf die andere Seite des Gebäudes. Hier fand sich ein grüner Garten mit einigen Büschen, von dem aus man einen schönen Blick über die angrenzenden Hügel und Berge hatte. Die Luft war extrem klar, und in der Ferne sah man einige schneebedeckte Gipfel. Es herrschte eine magische Stille in Filband. Nur ab und zu hörte man das leise Zwitschern eines Vogels. Sogar der Wind hatte sich vollständig gelegt. Die vollkommene Stille und Klarheit verlangsamten meinen Geist. Vielleicht lag es daran, dass ich an Städte gewohnt war, aber diese Umgebung lähmte mein Denkvermögen und meine Vorstellungskraft.

Ich durchbrach die Stille: „Die meisten der Dorfbewohner sind noch nicht aus ihren Winterquartieren zurück. Und die, die da sind, sind alles Bauern und Hirten und können keine nützlichen Informationen für uns haben. Vielleicht können wir in Babol oder in Sari mehr in Erfahrung bringen."

Doktor Bastiani stand im Hof am Rand des Gartens, starrte auf den Ausblick vor ihm und antwortete nicht. Ich wusste nicht, woran er dachte. Vielleicht hatte er eine engere Verbindung zur Stille als ich. Vielleicht versetzte ihn diese Umgebung, die mir die Kraft zum Denken nahm, in eine urzeitliche Trance, in der alles offensichtlich wurde und sich die Knoten jedes Rätsels lösten; an einen Ort, dessen mit bloßem Auge erkennbares riesiges Ausmaß jeden noch so mutigen Menschen erschreckte.

Ich versuchte Doktor Bastiani aus den schmerzvollen Sphären der Stille und Wahrheit zu holen: „Hierzubleiben, ist eine sinnlose Zeitverschwendung. Wenn wir bald aufbrechen, können wir, bevor es dunkel wird, zurück in Babol sein."

Ohne Zweifel war Doktor Bastiani in seinen ätherischen Sphären der Stille hinter dem undeutlichen Duft der Parvak und dem unbekannten Verbleib Chaaje Nassirs her. Vielleicht spürte er dort deren greifbare Existenz, fand jedoch keine Anzeichen dafür, dass Stufen aus dieser Sphäre in die Realität führten. Vielleicht gelangte er zu der Einsicht, dass wir am Ende seines Weges angelangt waren und eine weitere Suche keinen Zweck hatte. Chaaje Nassir und die Parvak hatten zweifellos existiert und ähnliche Eigenschaften besessen wie die, die Doktor Bastiani ihnen zuschrieb. Doch wie alles andere waren sie am Lauf der Zeit aufgerieben worden, und ihre Rätsel lagen unter den schweren Steinen des Vergessens begraben. Nur ein großes Erdbeben könnte die Gesteinsschichten zur Seite bewegen und die Wahrheit darunter hervorbringen ...

Die bezaubernde Stille Filbands wurde von Motorengeräuschen aus der Ferne durchbrochen. Doktor Bastiani bewegte sich, kam zu mir zurück und starrte mich an. Das Motorrad, das sich näherte, war jetzt anscheinend vor unserer Unterkunft angelangt und fuhr daran vorbei den Berg hinunter. Doktor Bastiani wollte gerade etwas sagen, als auf einmal Elisas Schreie zu hören waren: „Babbo! ... Babbo! ..."

Ein großer Schrecken ergriff plötzlich Besitz von Doktor Bastianis Gesicht.

Elisa schrie erneut: „Behrouz! ... Babbo! ..."

Was konnte passiert sein? Bestürzt rannten wir zurück vors Haus. Elisa stand blass am Rande der Veranda und sagte, während sie nach unten deutete: „La motocicletta ... la motocicletta ..."

Ihr Vater rief: „Che c'è? Che c'è?"

Parvin und Bechavar standen neben Elisa am Rand der Veranda und wussten offensichtlich auch nicht, was los war. Elisa sagte auf Italienisch etwas zu ihrem Vater und dann auf Englisch zu uns: „Das Motorrad ... Das war derselbe Fahrer, der Papas Tasche geklaut hat."

Hatte ich richtig verstanden? War der Motorradfahrer, der in Teheran Doktor Bastianis Tasche geklaut hatte, jetzt hier in Filband?

Doktor Bastiani drängte Parvin: „Chiave della macchina! ... Die Autoschlüssel, die Autoschlüssel!"

Ich fragte Elisa: „Derselbe wie in Teheran? Der, der die Tasche geklaut hat?"

„Genau der!"

Parvin zog schnell ungeschickt ihre Autoschlüssel aus der Hosentasche. Wir standen noch unterhalb der Veranda, und sie warf uns die Schlüssel zu. Doktor Bastiani fing sie aus der Luft auf und eilte zum Auto.

Ich wollte von Elisa noch einmal wissen: „Bist du dir sicher?", und sah auch Parvin an.

Freitag

„Ich bin mir sicher, ich bin mir sicher ...!"
Parvin sagte: „Ich habe ihn nicht richtig gesehen."
Ich rannte zum Auto. Ich wollte Doktor Bastiani sagen, dass er mich fahren lassen sollte, aber er hatte bereits den Motor angelassen und gewendet. Er hielt kurz an, damit ich einsteigen konnte, und fuhr wieder los. Ich blickte nach hinten und sah, dass Elisa nun ebenfalls aus dem Innenhof des Hauses gerannt kam: „Anscheinend will Elisa auch mit uns kommen."
Doktor Bastiani ging nicht vom Gas: „Wenn wir warten, verlieren wir ihn vielleicht."
Er fuhr rasch den Berg hinunter, aber vom dem Motorrad war keine Spur. Wenn wir angehalten und den Berghang hinuntergesehen hätten, an dem entlang sich die Straße kurvenreich nach unten wand, hätten wir das Motorrad vielleicht sehen oder seine Motorengeräusche hören können.
Ich bemerkte: „Von dieser Straße zweigt kein anderer Weg ab. Der Motorradfahrer muss sicherlich auf dem Weg nach Sang-Tschal sein."
Doktor Bastiani sagte: „Ich wusste, dass der Diebstahl der Manuskripte mit der Parvak und Chaaje Nassir in Zusammenhang steht!"
Ich versuchte eine Erklärung dafür zu finden, warum der Handschriftenräuber nach Filband gekommen war. Vielleicht war er uns gefolgt. War denn dieser Motorradfahrer wirklich derselbe wie der in Teheran? Elisa hatte gesagt, dass sie beim Diebstahl in Teheran das Gesicht des Motorradfahrers gut gesehen habe und ihn würde identifizieren können. Ich glaubte nicht, dass ihr ein Fehler unterlaufen war. Aber was war Besonderes in Filband, das ihn hierhergelockt hatte? Es ergab keinen Sinn, die Sache mit Rokaatek und Chaaje Nassir zu verknüpfen. Zweifellos hatte er uns verfolgt, und jetzt verfolgten wir ihn. War das denn vernünftig?
Doktor Bastiani beschleunigte den Wagen mit den Worten: „Wenn wir in der Siedlung unten sind, wird es schwieriger sein, ihn zu finden."

Das Auto fuhr so schnell, dass ich befürchtete, uns würde in den scharfen Kurven der Straße ein schreckliches Unglück ereilen. Trotzdem sagte ich nichts. Ab und an wurde ein Stück der Straße weiter unten am Berghang sichtbar, der Motorradfahrer war jedoch nicht zu sehen. Wir ließen den bewaldeten Abschnitt der Straße hinter uns und erreichten Sang-Tschal. Dies war zwar ein größerer Ort, aber auch hier war nicht viel los. Wir fuhren langsam die Hauptstraße entlang, die durch den Ort führte, verlangsamten an jeder Gasse unser Tempo und blickten hinein. Nirgends war eine Spur des Motorradfahrers zu entdecken. Wir erreichten das Ende Sang-Tschals und fuhren aus dem Ort hinaus.

Ein Stück außerhalb Sang-Tschals gelangten wir zu einer Abzweigung. Doktor Bastiani hielt an und fragte: „Welchen Weg sollen wir nehmen?"

„Falls der Motorradfahrer geradeaus in Richtung der Autobahn nach Teheran gefahren ist, ist es unmöglich, ihn zu finden."

Doktor Bastiani überlegte einen Moment. Dann stellte er den Motor ab und stieg rasch aus dem Auto aus. Ich stieg ebenfalls aus. Er kletterte vom Kofferraum auf das Autodach und blickte beide Straßen entlang.

„Nichts zu sehen." Er kletterte vom Autodach hinunter und spitzte die Ohren. „Es sind auch keine Motorengeräusche zu hören. Steig ein!"

Wir stiegen ein, Doktor Bastiani startete den Wagen und wendete: „Ich glaube nicht, dass er in diese Richtung gefahren ist."

Wir fuhren wieder nach Sang-Tschal hinein. Zwei kleine Jungen spielten auf einer Gasse am Ortseingang. Als wir das erste Mal nach Sang-Tschal hineingefahren waren, hatten wir die beiden auch bemerkt. Doktor Bastiani hielt an. Ohne auszusteigen, fragte ich die beiden Kinder durch das offene Fenster, ob sie einen Motorradfahrer hätten vorbeifahren sehen. Die beiden schüttelten den Kopf.

Doktor Bastiani stellte fest: „Wenn der Motorradfahrer aus diesem Dorf herausgefahren wäre, hätten die beiden ihn gesehen."

Ich erwiderte: „Kinder sind in ihr Spiel versunken und achten beim Spielen nicht auf ihre Umgebung."

„Aber hier, wo so wenig Verkehr ist, zieht ein Motorradfahrer bestimmt ihre Aufmerksamkeit auf sich."

Wir fuhren die Hauptstraße und einige Gassen des Ortes ein paar Mal auf und ab und fragten auch bei einigen Leuten, denen wir begegneten, nach. Doch keiner hatte einen Motorradfahrer gesehen.

Eine Frau berichtete: „Ich habe seine Motorengeräusche gehört. Er kam von oben und ist nach unten gefahren. Hier hat er nicht angehalten."

Es wurde bereits dunkel. Eine Fortsetzung der Suche schien sinnlos. Gezwungenermaßen kehrten wir nach Filband zurück. Während wir den Berghang hinauffuhren, fiel die Aufregung der Verfolgungsjagd von uns ab.

Doktor Bastiani sagte: „Ich wusste, dass wir auf der Suche nach der Parvak-Pflanze auch die Manuskripte und ihren Dieb finden würden."

Ich war in einer merkwürdigen Stimmung. Bis vor einer Stunde hatte ich nicht gedacht, dass der Handschriftenräuber etwas mit der Parvak-Pflanze und ihrer Geschichte zu tun hatte. Aber jetzt kam ich ins Zweifeln: „Vielleicht hat sich Elisa bei dem Motorradfahrer geirrt ..."

Bevor ich meinen Satz weiterführen konnte, unterbrach mich Doktor Bastiani: „Sie wollen immer noch nicht glauben, dass all diese Ereignisse zusammenhängen: der Einbruch in Florenz, der Überfall in Rom, der Diebstahl in Teheran, die Parvak, Chaaje Nassir ..."

„Was denn für ein Zusammenhang? Meinen Sie denn, dass diese ganze Zeit über, in der wir glaubten, dem Handschriftenräuber auf der Spur zu sein, dieser eigentlich uns verfolgt

Freitag

hätte, uns beobachtet hätte und uns von Florenz bis hierher gefolgt wäre?"

„Nein! Er hat uns nicht verfolgt. Er ist wegen der Parvak nach Filband gekommen. Ich bin mir sicher, dass auch jemand anderes anhand der Manuskripte hinter das Geheimnis der Parvak gekommen ist und sich hierher aufgemacht hat, um sie zu finden. Wir müssen herausfinden, wer in den letzten Tagen nach Filband gekommen ist."

Obwohl sich Doktor Bastianis Ideen bereits ein paar Mal als falsch herausgestellt hatten, sagte er trotzdem immer, er sei sich sicher. Ich wandte ein: „Aber in den Manuskripten wird Filband nicht erwähnt, und Rokaatek kennt doch keiner."

„Die sind uns einen Schritt voraus. Bestimmt haben sie noch eine weitere Quelle mit Informationen, die uns nicht zur Verfügung stehen. Eine Quelle, die ihnen geholfen hat, vor uns hier anzukommen ..."

Ich konnte ebenfalls nur schwer glauben, dass das Auftauchen des Diebs in Filband reiner Zufall gewesen wäre. Außerdem glaubte ich nicht, dass sich Elisa beim Wiedererkennen des Diebs geirrt hatte. Sie war immer sehr verlässlich und auch unter den ungewöhnlichsten Umständen geistesgegenwärtig.

Nach einem kurzen Moment des Schweigens fuhr Doktor Bastiani fort: „Jetzt wissen wir zumindest, dass wir unserem Ziel sehr nahe sind. Wir müssen in Filband bleiben, bis sich alles geklärt hat." Er dachte einen Moment nach: „Bis wir die Parvak gefunden haben."

Ich sah ihn ungläubig an.

Er fuhr fort. „Vielleicht finden wir sogar Chaaje Nassir ..."

Doktor Bastiani blickte mich an. Durch seinen Blick wurden mir seine wahren Gedanken wie von einem Blitz erhellt. Plötzlich wurde mir klar, warum er an das hohe Alter, sogar an das ewige Leben Chaaje Nassirs glaubte. Seiner Meinung nach würde es der Erfahrung mehrerer Hundert Jahre bedürfen, um dieses Heilmittel, dieses Lebenselixier für Elisa herzustellen. Um seine Hoffnung aufrechtzuerhalten, musste er nicht nur an die Parvak, sondern auch an den langlebigen Chaaje Nassir glauben. Doktor Bastiani beschrieb Chaaje Nassir und die Parvak genau so, dass sie sein tiefstes Bedürfnis, sein tiefstes menschliches und geweihtes Bedürfnis, Elisa zu retten, erfüllen konnten.

Die Handvoll Lichter Filbands tauchten im Zwielicht des Gebirges auf, und ich versank in meinem Sitz.

8

Als wir zu unserer Unterkunft in Filband zurückkehrten, stand Elisa am Rand der Veranda und starrte auf die Straße. Parvin und Herr Bechavar saßen auf dem Takht. Parvin stand auf, als sie uns sah, und ging zu Elisa. Doktor Bastiani parkte das Auto, wir stiegen aus und begaben uns in den Hof des Hauses.

Bevor irgendjemand etwas sagen konnte, verkündete Doktor Bastiani laut: „Wir haben ihn aus den Augen verloren." Während er die Stufen zur Veranda hinaufstieg, hielt er Parvin ihre Autoschlüssel hin und sagte: „Wir müssen herausfinden, was er hier gemacht hat."

Auf der Veranda angekommen, fragte er Herrn Bechavar: „Können Sie unsere Gastgeberin bitte fragen, ob in den letzten Tagen Fremde nach Filband gekommen sind?"

Elisa antwortete: „Sie kennt den Motorradfahrer."

Doktor Bastiani und ich waren sehr verblüfft, als wir das hörten, obwohl es in so kleinen Dörfern, wo jeder jeden kannte, nichts Ungewöhnliches war. Wenn der Handschriftenräuber von hier stammte, war klar, dass unsere Gastgeberin ihn kannte.

Ich wollte wissen: „Kommt der Motorradfahrer hier aus Filband?"

Elisa erzählte, dass nach ihren Schreien und dem plötzlichen Aufbruch Doktor Bastianis und mir unsere Gastgeberin, die in der Küche gearbeitet hatte, ebenfalls sofort herbeigeilt sei, um zu sehen, was los sei. Herr Bechavar, der auch ganz überrascht gewesen war, habe Elisa und Parvin gefragt, was passiert sei, und die beiden hätten erklärt, dass der Motorradfahrer in Teheran Doktor Bastianis Tasche gestohlen habe. Als sie die Geschichte der Gastwirtin erzählt hätten, habe diese berichtet, dass ein paar Motorradfahrer, die in den letzten Tagen in Filband gewesen seien, zu einem Mann aus Filband, einem Doktor, gehörten.

Noch einmal wollte ich von Elisa wissen: „Und du bist dir sicher, dass es derselbe Motorradfahrer aus Teheran war?"

Elisa versicherte: „Ja, ich sagte doch, dass ich mir hundertprozentig sicher bin."

Parvin ließ verlauten: „Ich habe sein Gesicht nicht gesehen, aber von Körperbau und Statur her könnte er es gewesen sein." Als sei ihr plötzlich kalt geworden, fügte sie hinzu: „Lasst uns reingehen ..."; niemand folgte jedoch ihrer Aufforderung.

Herr Bechavar merkte an: „Dies ist wirklich ein außergewöhnlicher Zufall."

Doktor Bastiani erwiderte: „Das ist kein Zufall ..."

Herr Bechavar warf ihm einen fragenden Blick zu, den Doktor Bastiani nicht bemerkte. Stattdessen fragte dieser mich: „Sie hatten doch gesagt, dass es hier nur ein paar Bauern und Hirten gebe ..."

Ich war etwas überrascht über diesen Vorwurf Doktor Bastianis und wusste nicht, ob er ihn ernst oder als Witz meinte.

An Herrn Bechavar gewandt, sagte er: „Können Sie die Gastwirtin fragen, was dieser Doktor macht?"

Herr Bechavar erwiderte: „Anscheinend handelt es sich um einen der alten Grundbesitzer von Filband, der das meiste seiner Zeit in Teheran verbringt und ab und an in Filband vorbeikommt. Er hat mit den Dorfbewohnern nicht viel zu tun. Er gehört zu den wenigen, die auch manchmal im Winter nach Filband kommen." Er rief die Wirtin.

Parvin und Elisa setzten sich auf das Takht. Elisa trug eine Jacke, die ihr Parvin gegeben hatte und die ihr ein bisschen zu groß war. Sie schlug deren Enden zusammen.

Einige Augenblicke später kam unsere Gastgeberin aus dem Zimmer zu uns heraus auf die Veranda.

Herr Bechavar wollte von ihr wissen. „Wie heißt dieser Doktor, von dem Sie sprachen, und was macht er?"

„Sein Name? ... Der Doktor ..." Sie überlegte einen Moment. „Hmm, ... was war es ... Khan ... Bei Gott, mir ist es entfallen. Man nennt ihn den Doktor."

Herr Bechavar fragte: „Was für einen Doktor, was macht er?"

Die Frau zog die Augenbrauen zusammen. Anscheinend verstand sie nicht, wonach Herr Bechavar fragte.

Herr Bechavar setzte fort: „Ist er Arzt?"

Die Frau überlegte einen Moment: „Er ist Doktor ... Bei Gott, ich weiß es nicht. Er kommt sehr selten nach Filband. Meistens ist er in Teheran. Er reist auch ins Ausland."

Ich hätte nicht erwartet, in einem Dorf wie Filband auf jemanden zu stoßen, der auch ins Ausland reiste. Unter dem Eindruck Doktor Bastianis internationaler Verschwörungstheorie wollte ich wissen: „Wohin fährt er?"

Wieder zog die Frau die Augenbrauen zusammen, und ich fügte hinzu: „In welches Land? Fährt er auch nach Italien?"

„Sie sagten einen Ort ... Wo war das ...? Bei Gott, ich weiß es nicht ... Ich weiß nur, dass er auch ins Ausland reist."

Ich war völlig verwirrt und hatte das Gefühl, gar nichts mehr zu verstehen. Stimmte denn etwa Doktor Bastianis Hypothese einer internationalen Verschwörung? War ich denn so naiv gewesen? Aber die anderen schienen genauso erschrocken und verängstigt wie ich zu sein. Hatte uns denn gar niemand verfolgt, sondern derjenige, der hinter den Ereignissen die Fäden in der Hand hielt, stammte aus Filband, und wir hatten ihn nun zufällig gefunden? Oder hatte

Freitag

er uns durch eine geschickte Täuschung hierhergelockt? Hatten wir uns selbst in die Höhle des Löwen begeben? Ich spürte das Blut in meinen Schläfen pulsieren. Vielleicht wäre es besser, je eher wir Filband verließen.

Nachdem wir für Doktor Bastiani übersetzt hatten, was unsere Gastwirtin gesagt hatte, verlangte er: „Fragt ihn, wo dieser Doktor wohnt. Ich denke, wir sollten ihm einen Besuch abstatten."

Elisa wandte warnend ein. „Vater, dieser Mann kennt den Handschriftenräuber ..."

Ich stimmte ihr zu: „Wenn er mit so jemandem in Verbindung steht, könnte er selber gefährlich sein."

Doktor Bastiani erwiderte: „Wenn wir jetzt nicht zu ihm gehen, dann waren alle unsere Bemühungen bis hierher zwecklos. Wir müssen herausfinden, warum er seit Florenz hinter uns her ist ..." Er warf einen Blick auf Elisa und fuhr fort: „... und was er über die Parvak und die Manuskripte weiß."

Ich argumentierte: „Vielleicht wäre es besser, wenn wir die Polizei verständigen und mit dieser gemeinsam zu ihm gehen würden."

Doktor Bastiani wehrte ab: „Was sollen wir der Polizei denn sagen? Wir haben keinerlei Beweise in der Hand, dass diese Person etwas mit dem Dieb der Manuskripte zu tun hat ..." Nach kurzem Nachdenken fügte er hinzu: „Wenn der Handschriftenräuber uns etwas antun wollen würde, dann hätte er es längst getan. Er ist allein hinter der Parvak her."

Ich musste Doktor Bastiani zustimmen. Seitens der Polizei lagen uns keine rechtlichen Mittel in der Hand. Ich wollte, dass das Rätsel der Parvak und der Manuskripte gelöst wurde. Vielleicht bestand die einzige Möglichkeit, dies zu tun, darin, den ominösen Mann aufzusuchen. Das war eine gefährliche Idee, aber wir mussten es riskieren. Wir ließen uns von unserer Wirtin die Wegbeschreibung zum Haus des mysteriösen Doktors geben und beschlossen, dass Doktor Bastiani, Elisa und ich ihn aufsuchen würden.

Freitag

Parvin und Herr Bechavar wollten ebenfalls mit uns kommen. Aber Doktor Bastiani hielt sie davon ab: „Die Sache hat mit uns zu tun, also müssen wir sie lösen. Falls wir bis in einer Stunde nicht zurück sind, ist uns vielleicht etwas passiert, und Sie verständigen dann bitte irgendwie die Polizei."

9

Wir gingen die Straße von Filband weiter den Berg hinauf und spürten dabei die besorgten Blicke im Rücken, die uns Parvin und Herr Bechavar schickten, die auf der Veranda des Hauses standen. Nach einer längeren Strecke bogen wir, wie es unsere Gastgeberin beschrieben hatte, in den zweiten von der Hauptstraße abzweigenden Schotterweg ein. Langsam gingen wir den zwischen Bäumen hindurchführenden Weg weiter nach oben.

Die Sonne war gerade untergegangen, aber es war noch hell. Langsam kühlte sich die Luft ab, und ich zog den Reißverschluss meiner Jacke nach oben. Nachdem wir etwa zweihundert Meter zwischen den Bäumen hindurchgegangen waren, gelangten wir zum Ende des Weges, an dem wir ein großes zweistöckiges Haus stehen sahen, das hinter der Ziegelmauer des Hofs hervorragte. Um den Hof und das Haus herum wuchsen hohe Bäume. Die Architektur des Hauses ähnelte bis auf das Giebeldach überhaupt nicht den restlichen Häusern Filbands. Ich war kein Angsthase. Aber ich musste gestehen, dass ich kein gutes Gefühl hatte. Der Mann, den wir aufsuchen wollten, konnte Mitglied oder gar Kopf einer Verbrecherbande sein. Jemand, der, um nicht aufzufliegen, vor nichts zurückschreckte. Furcht ergriff mich. Aber uns

Freitag

blieb kein anderer Ausweg aus dieser Geschichte, wir mussten sie bis zum Ende erleben.

Wir gelangten zum schmiedeeisernen Tor des Hauses. Weder gab es eine Hausnummer noch einen Namen an der Tür oder noch eine Klingel. Für einen Moment standen wir reglos und stumm hinter dem Tor. Elisa sah mich an. Ich nahm all meinen Mut zusammen und klopfte ein paar Mal mit den Knöcheln gegen das Tor. Es vergingen einige Augenblicke, ohne dass etwas zu hören gewesen wäre. Über der Ziegelmauer war zu erkennen, dass im Haus ein Licht brannte. Nach einigen Minuten hämmerte Doktor Bastiani kräftiger mit der Faust an das Tor. Wieder vergingen einige Augenblicke, ohne dass wir im Haus eine Reaktion wahrgenommen hätten.

Elisa meinte: „Vielleicht ist niemand zu Hause."

In diesem Moment öffnete sich geräuschlos das Tor, und ein kräftiger großer Mann mittleren Alters erschien im Türrahmen. Ich schätzte ihn auf etwas über fünfzig Jahre, dabei glich sein Körper dem eines Sportlers oder Athleten. Ich erklärte: „Wir wollen zum Doktor."

Mit belegter und leiser Stimme wollte er wissen: „Wer sind Sie, und was wollen Sie vom Doktor?"

Er sprach ein sehr geschliffenes, akzentfreies Persisch. Sein Gesicht und seine traurige Stimme hatten etwas an sich, was meine vorige Angst völlig verfliegen ließ. Natürlich konnte ich nicht sagen, dass wir auf der Suche nach einem Dieb waren und den Doktor verdächtigten.

„Meine beiden italienischen Freunde und ich sind Wissenschaftler, die ein paar Fragen zu der Gegend hier haben. Wir dachten, vielleicht könnte uns der Doktor weiterhelfen."

Weder das, was ich gesagt hatte, noch, dass Elisa und Doktor Bastiani aus Italien kamen, schien den Mann zu beeindrucken. Als führte er tagtäglich solche Gespräche, fragte er: „Was für Fragen?"

Was konnte ich sagen? Durch das Tor hindurch war ein großer Garten mit bunten Blumen zu erkennen, die im farblosen Licht nach dem Untergang der Sonne kalt und leblos wirkten: „Wir forschen zu Pflanzen, die hier in der Gegend wachsen."

Der Mann wirkte traurig und deprimiert. Mit ausdruckslosem, müdem Blick fragte er: „Wie heißen Sie?"

„Ich bin Behrouz Raamtin. Dies hier sind Doktor Bastiani und seine Tochter."

Der Mann sah Elisa und Doktor Bastiani an. Mit ausdruckslosem Blick trat er zur Seite und sagte auf Englisch: „Kommen Sie herein ..."

Wir betraten den Hof.

„Bitte warten Sie hier." Er ging den gepflasterten Weg, der durch den Hof zum Haus führte, entlang und ging hinein.

Ich hatte nicht erwartet gehabt, dass jemand hier Englisch sprechen würde. Dieses Haus erschien mir sehr geheimnisvoll. Zu beiden Seiten des gepflasterten Weges befanden sich einige lange, schmale, parallel zueinander angelegte Beete. In diesen Beeten wuchsen die verschiedensten Blumen und Pflanzen – Pflanzen, die ich noch nie gesehen hatte. Unbewusst suchten meine Augen nach einer himmelblauen Pflanze, die die Parvak sein konnte. Wir liefen ein wenig zwischen den Beeten umher. Doktor Bastiani kannte nur wenige der Pflanzen. Die schönen Blüten beeindruckten Elisa sehr, und wir schienen für ein paar Minuten zu vergessen, wo wir uns befanden und weswegen wir hergekommen waren.

Elisa kniete gerade vor einer weißen vollen Blüte nieder, um an ihr zu riechen, als jemand auf Englisch sagte: „Diese Blume wächst hauptsächlich auf der japanischen Hauptinsel Honschu ..."

Wir erblickten alle drei einen jungen Mann, der aus dem Haus gekommen war: „... am Fuße des Fudjiyama."

Zuerst schätzte ich den jungen Mann auf dreißig Jahre. Er trug eine Jeans und ein Hemd, in dem ich ihn, hätte ich ihn ein paar Tage zuvor in Rom gesehen, für einen gut gekleideten Italiener gehalten hätte. Er ging zu Elisa hinüber, holte ein Schweizer Taschenmesser aus der Hosentasche und klappte eine kleine Schere aus: „Sie hält die schweren Wetterbedingungen in Filband gut aus." Mit der Schere schnitt er die Blüte ab und betrachtete sie: „Es ist erstaunlich, wie viel diese zarten Gewächse aushalten."

Dann gab er die Blüte Elisa: „Alle Blumen, die Sie hier sehen, habe ich von irgendwoher mitgebracht. Aus verschiedenen Ecken der Welt, aber alle von Orten, an denen ähnliche klimatische Bedingungen herrschen wie hier."

Elisa lächelte. Der junge Mann, der wahrscheinlich der ominöse Doktor war, fuhr, ohne auf ihr Lächeln zu achten, fort: „Keine zwei Orte auf der Welt haben die völlig gleichen klimatischen Bedingungen. Aber Honschu und Filband sind sich schon recht ähnlich, und diese Blume ist nicht so empfindlich. Manch andere Pflanze ist sehr empfindlich und verwelkt, wenn nur einen Tag lang die Sonne zu sehr scheint oder der Wind zu stark weht."

Elisa roch an der Blüte in ihrer Hand. Der ominöse Doktor fuhr fort, als würde er etwas Geschriebenes vorlesen: „Leider ist ihr Duft nicht der gleiche, auch wenn ihre Schönheit die gleiche ist. Wenn man eine Pflanze aus ihrer natürlichen Umgebung entfernt, verliert sie etwas von ihren Eigenschaften."

In seinen Worten lag keinerlei Gefühl. Er sagte einen Satz auf Italienisch und ging zum Haus. Elisa erwiderte ebenfalls etwas auf Italienisch. Ich vermutete, sie wollte von ihm wissen, ob er Italiener sei. Ohne ihr zu antworten, drehte sich Doktor Ominös um und sagte zu mir: „Sie verstehen ja kein Italienisch. Ich sagte, dass wir ins Haus gehen sollten, es wird kühl."

Ich fragte: „Woher wissen Sie, dass ich kein Italienisch verstehe?"

Ich warf Doktor Bastiani einen Blick zu. Dieser schien auch erstaunt darüber zu sein, dass der Mann italienisch sprach und mich zu kennen schien. Es gab keinen Zweifel mehr daran, dass er etwas mit dem Diebstahl der Manuskripte zu tun hatte. Ich vermutete, dass wir uns in diesem Moment alle drei darüber im Klaren waren. Aber keiner von uns brachte den Mut auf, es anzusprechen. Vielleicht fürchteten wir uns vor allem davor, jetzt einen Fehler zu machen und dadurch nie hinter das Geheimnis zu kommen, das endlich im Begriff war, sich zu lüften.

Wir folgten dem Doktor Ominös. Der starke Mann, der uns am Tor empfangen hatte, stand im Türrahmen des Hauses. Er ging nun hinein und trat ein Stück zur Seite, sodass Doktor Ominös an ihm vorbeikam. Im Flur blieb er einen Moment vor einem goldgerahmten Spiegel stehen und trat ein Stück an ihn heran. Er fuhr sich mit Mittel- und Zeigefinger durch sein kurzes, struppiges Haar an der Schläfe und sagte dann in seinem üblichen gefühlskalten Ton auf Persisch zu dem starken Mann: „Siehst du, Ehsan? Zwei weiße Haare."

Der starke Mann, der offensichtlich Ehsan hieß, sagte nichts und ließ den Kopf hängen. Ich bemerkte, dass sich ein Tränenschleier auf seine Augen gelegt hatte. Worum ging es? Vom Alter her gesehen, konnte der starke Mann der Vater des Doktor Ominös sein. Aber die Tränen, die sich in den Augen des starken Mannes gebildet hatten, lösten keinerlei Reaktion bei diesem aus.

Wir gingen ebenfalls am Spiegel vorbei. Als ich daran vorbeilief, blickte auch ich mich im Spiegel an. Ich wusste, dass auch ich ein paar weiße Haare hatte. Aber ohne darauf zu achten, konnte man sie nicht erkennen. Im Spiegel bemerkte ich Elisa, die hinter mir lief. Sowohl Furcht als auch Neugier zeichneten sich gleichzeitig auf ihrem Gesicht ab. Wir ließen den Flur hinter uns und kamen in ein großes Zimmer.

Einige Sofas im klassischen Stil mit Füßen aus Holz sowie zwei einfache Teppiche schmückten das Zimmer. Neben einem der Sofas stand ein Beistelltisch aus Holz. Das Zimmer war in gelbes Licht getaucht, das von einer dreiarmigen Deckenlampe

Freitag

stammte, deren messingfarbene Arme in bemalten Leuchtkugeln endeten. Auf der rechten Seite befanden sich zwei Fenster, die auf den Hof hinausgingen. Die von einer Laterne im Hof erleuchteten Blumenbeete waren von dort aus zu sehen. Auf der anderen Seite des Zimmers, gegenüber der Eingangstür, fiel ein Schrank aus Holz mit Türen aus Glas ins Auge. Hinter den Glastüren standen einige Reihen mit Büchern in ledernen Einbänden. Vermutlich handelte es sich um Handschriften und Antiquitäten. Als ich die Bücherregale sah, wurde mir alles klar: Wahrscheinlich war der mysteriöse Doktor Ominös ein Sammler alter Handschriften. Solche Leute hatten meist gute Kontakte und erfuhren schnell davon, wenn neue Werke entdeckt wurden. Er hatte irgendwie vom Auftauchen der Manuskripte Guilianis und Bentoninis erfahren und Maßnahmen in die Wege geleitet, diese stehlen zu lassen. Jedoch war mir noch nicht klar, welchen besonderen Wert die Manuskripte für ihn hatten.

Doktor Ominös ging zum Bücherschrank hinüber: „Sie sind nicht die ersten Italiener, die nach Filband kommen."

Er wies mit der Hand auf die Sofas, dass wir uns setzen sollten. Ich konnte keinerlei Gefühlsregung in seinem Gesicht erkennen – weder Freundlichkeit noch Feindseligkeit, weder Aggression noch Furcht, weder Besorgnis noch Freude. Das war äußerst beunruhigend. Man konnte überhaupt nicht einschätzen, was er als Nächstes tun würde.

Doktor Bastiani ging zu einem der Sofas nahe den Fenstern, setzte sich und sagte: „Jacopo Guiliani und Cosimo Bentonini waren ebenfalls hier, richtig?"

Elisa und ich gingen ein paar Schritte weiter in das Zimmer hinein und stellten uns neben die Sofas. Ehsan, der starke Mann, blieb im Türrahmen stehen und beobachtete den Doktor Ominös. Dieser ging zum Bücherschrank und versuchte, in dessen Glasscheiben sein Spiegelbild zu erkennen. Wieder fuhr er sich mit Zeige- und Mittelfinger durch die kurzen Haare. Ehsan, der uns gar nicht zu sehen schien und nur den

Doktor ansah, ließ erneut den Kopf hängen. Doktor Ominös öffnete die Türen des Schrankes, zog eines der Bücher zwischen den anderen hervor, schlug es auf und blätterte zu einer Seite, die er dann anstarrte. Ohne aufzublicken, sagte er: „Jacopo war sehr einfach gestrickt; zäh, liebenswürdig, ein bisschen naiv und bis an die Grenzen der Dummheit treu. Er hätte damals nicht nach Florenz zurückkehren sollen. Bereits seit Jahren hatte ihn dort jeder vergessen, und niemand erwartete seine Rückkehr."

Bei seinen Worten wurde mir seine Motivation, die Manuskripte zu stehlen, klar: Er interessierte sich für Geschichten über Personen, die eine Zeitlang in Filband gewesen waren, das vermutlich sein Geburtsort war. Daher wollte er die Manuskripte von Guiliani und Bentonini haben, die sich anscheinend tatsächlich eine Weile hier aufgehalten hatten, obwohl er nicht so begeistert über die beiden sprach wie Doktor Bastiani und keinerlei Gefühlsregung in seinen Worten zu hören war.

Doktor Bastiani schaute aus dem Fenster nach draußen. Es war dunkel geworden. Doktor Ominös klappte das Buch, das er in der Hand hielt, zu und fuhr, an Doktor Bastiani gewandt, fort: „Cosimo hingegen war sehr schlau und clever." Er warf einen Blick auf die Bücher im Schrank: „Er sprach besser Persisch als ein Isfahaner. Als er auf dem Rückweg nach Florenz von den dortigen Unruhen, vom Tod Guilianis und der Verbrennung von dessen Habseligkeiten hörte, änderte er sein Ziel und ging nach Spanien. Nach ein paar Jahren wurde er dort zu einem bedeutenden Händler und lebte bis an sein Lebensende behaglich in Wohlstand."

Elisa blickte mich fragend an. Es war klar, dass der mysteriöse Doktor diese umfassenden und wertvollen Informationen über die Leben Guilianis und Bentoninis aus Büchern bezogen hatte, die er persönlich zusammengesammelt hatte. Zweifellos fanden sich in seinen Büchern auch nähere Angaben zu Rokaatek und der Parvak. Jacopo Guilianis und

Freitag

Cosimo Bentoninis Schicksal war mir nicht so wichtig. Ich wollte lieber mehr über die Parvak erfahren. Auch wenn sie Elisa nicht heilen können sollte, so würde sie doch vielleicht wenigstens die vor ihr liegenden Schmerzen lindern können.

Ich fragte: „Wo liegt Rokaatek? Wissen Sie, wo man die Parvak finden kann?"

Doktor Ominös schloss die Glastüren des Bücherschranks. Während er langsam vom Schrank in Richtung der Fenster ging, sagte er, als würde er ein Gedicht aufsagen: „Parvak! Medizin des Lebens und des Todes. Ein Scherz der Natur oder ein Meisterwerk der Schöpfung? Das Leben, das die Parvak gibt, kann nur von ihr genommen werden ..."

Ich wusste nicht, ob er sich über die Parvak-Pflanze lächerlich machte oder sie pries. Aber sein Tonfall nahm gleich wieder denselben monotonen Klang an: „Die seltene und göttliche Kraft der Parvak lag in ihren Samen. Und jede Blüte brachte lediglich zwei davon hervor. Und jede Pflanze brachte nur alle paar Jahre eine Blüte hervor. Daher konnte man alle Sträucher der Parvak an den Berghängen des Alborz-Gebirges beziehungsweise der *Hohen Ebene* Rokaatek, wie Jacopo immer sagte, an einer Hand abzählen. Um eine Blüte zu finden, war jahrelange Geduld, jahrelanges Warten nötig."

Als Doktor Ominös beim hölzernen Beistelltisch angelangt war, legte er das Buch, das er immer noch in der Hand hielt, darauf ab und ging hinter Doktor Bastiani vorbei. Ehsan begab sich ebenfalls hinter Elisa und mir in Richtung des Fensters. Doktor Ominös brachte sein Gesicht nahe ans Fenster und starrte sein Spiegelbild an. Er fuhr sich mit Zeige- und Mittelfinger über die Stirn. Dann zeigte er Ehsan seine Stirn und sagte auf Persisch zu ihm: „Sieh mal, eine Falte!"

Zum ersten Mal sah ich ein kleines Lächeln in seinem Gesicht.

Ehsan seufzte einmal tief und sah stattdessen Elisa und mich an. Elisa roch an der Blüte, die sie in der Hand hielt.

Doktor Ominös setzte seine Erzählung fort: „Ein paar Jahre hintereinander wurde diese Region von einer starken, ungewöhnlichen Hitzewelle ergriffen. Infolge dieser verschwanden alle Sträucher der Parvak für immer. Einige ihrer Samen verblieben bei Leuten, die nicht wussten, was man damit anfangen konnte. Manche versuchten, die Parvak an anderen Orten zu züchten. Doch sie mochte an keinem anderen Ort außer Rokaatek wachsen."

Ich lauschte der Erzählung des Doktor Ominös wie ein Kind, das den magischen Geschichten seiner Großmutter lauschte, und war nicht dazu in der Lage, Wahrheit und Mythos voneinander zu trennen.

Ich murmelte: „Heißt das, dass die Parvak wirklich ..."

Der mysteriöse Doktor fuhr fort: „Die Parvak war genauso, wie Jacopo aufgeschrieben hat."

Doktor Bastiani richtete sich auf dem Sofa, in das er versunken war auf, und sagte ohne Überleitung: „Meine Manuskripte befinden sich bei Ihnen, richtig?"

Seine Frage erschreckte mich zutiefst. Es war eine unpassende und gefährliche Frage. Elisa sah mich ebenfalls ängstlich an. Doktor Ominös nickte Ehsan zu, der daraufhin das Zimmer verließ. Was führten sie im Schilde?

Doktor Ominös sagte: „Ich muss gestehen, dass Sie mich ein wenig überrascht haben. Ich hätte nicht gedacht, dass Sie so eine Hartnäckigkeit an den Tag legen und mich finden würden."

Also kannte er uns alle gut. Er ging wieder langsam hinter Bastianis Rücken vorbei in Richtung des Bücherschranks. Doktor Bastiani blickte ihm zunächst über die eine Schulter, dann über die andere hinterher. Als Doktor Ominös am hölzernen Beistelltisch vorbeiging, nahm er das Buch, das er zuvor daraufgelegt hatte: „Ich hatte die Hoffnung, die letzten Samen der Parvak zu finden, aufgegeben, bis ich Ihren Artikel in der Zeitschrift *Yale Classical Studies* las und begriff, dass Jacopos Buch gefunden worden war."

Freitag

In diesem Moment kehrte Ehsan ins Zimmer zurück. Er hatte Doktor Bastianis Geißlein unterm Arm und ging zu Doktor Ominös hinüber. Als Elisa die Tasche ihres Vaters sah, warf sie die Blüte, die sie in der Hand hatte, auf den ominösen Doktor, der wieder neben dem Bücherschrank stand, und schrie: „Sie dreckiger Dieb! ..."

Dann stürzte sie sich auf ihn. Ehsan stellte sich jedoch wie ein Wellenbrecher vor den Doktor, sodass Elisa an seiner Brust abprallte. Doktor Bastiani sprang auf. Mit seiner freien Pranke packte Ehsan Elisa fest am rechten Oberarm. Während sie sich zu befreien versuchte, schimpfte sie: „Ihretwegen wollte man uns töten!"

In einem herrischen Tonfall, den ich noch nie an ihm gehört hatte, sagte Doktor Bastiani etwas auf Italienisch zu Elisa. Es war klar, dass er sie aufforderte, sich zu beruhigen.

Doktor Ominös blickte Elisa an und erklärte völlig gleichgültig, ohne dass man auch nur das leiseste Anzeichen von Wut oder Zorn bei ihm hätte bemerken können, in seiner monotonen Art: „Glauben Sie mir, der Tod ist nicht das schlimmste Ereignis des Lebens. Der Tod ist sogar der einzige sinnvolle Teil des Lebens."

Ehsan sah den Doktor Ominös an und ließ auf dessen Zeichen hin Elisas Arm los. Elisa knetete mit der linken Hand ein wenig ihren rechten Arm und entgegnete dem Doktor Ominös etwas ruhiger als vorher: „Für Mörder ist der Tod das Sinnvollste ..."

An mich gerichtet, erklärte sie: „Wir müssen die Polizei rufen. Dieser Mann wollte uns umbringen." Wieder an ihn gewandt, zischte sie: „Sie verbrecherischer Dieb!"

Doktor Bastiani sagte wieder etwas auf Italienisch zu Elisa. Ich fasste sie von hinten am Arm, zog sie ein Stück zurück und sagte leise: „Beruhige dich, Elisa!"

Doktor Ominös schwieg einen Moment, bis Elisa still war. Dann äußerte er immer noch ruhig: „Könnte ich nur so wütend werden wie Sie ..." Er sah mich an und fuhr fort: „...

oder betroffen oder fröhlich. Aber bereits seit Langem lösen weder Zorn noch Zuneigung anderer etwas in mir aus, weder Schönheit noch Hässlichkeit."

Er wirkte tatsächlich, als wäre er jeglicher menschlichen Emotion entrückt. Er war wie eine steinerne Statue, nichts konnte sein Gesicht und wahrscheinlich auch nicht sein Innerstes verändern. Schweigen breitete sich aus. Nur Elisa murmelte einige Dinge auf Italienisch.

Doktor Bastiani setzte sich wieder hin. Nach einigen Augenblicken fragte er: „Die letzten Samen der Parvak waren die ganze Zeit bei mir, richtig?"

Elisa verstummte, als sie diesen Satz ihres Vaters hörte, und sah mich an. Ich begriff wie sie nicht, was Doktor Bastiani meinte. Verwundert sahen wir uns an und warteten auf die Antwort des Doktor Ominös. Auf dessen Zeichen hin brachte Ehsan das Geißlein zu Doktor Bastiani und stellte es neben ihm auf dem Sofa ab.

Doktor Ominös erzählte: „Jacopo gehörte zu den wenigen, denen es gelang, mehrere Blüten der Parvak zu finden. Er hatte vor, mit den Samen, die er gefunden hatte, die Pflanze in Florenz zu züchten und damit die Krankheit seines Gönners zu heilen. Um die Samen nach Florenz zu bringen, versteckte er sie im Einband seines Buchs, damit sie weder verloren gingen noch jemandem in die Hände fielen."

Jetzt erst begriff ich, warum die Einbände der Handschrift Jacopo Guilianis dicker als gewöhnlich waren. Obwohl ich dies bemerkt hatte, war mir kein Verdacht gekommen. Doktor Bastiani zog das Geißlein an sich heran und holte das Manuskript Jacopo Guilianis daraus hervor. Der lederne Einband der Handschrift war in der Mitte aufgeschnitten und der untere Teil abgetrennt worden.

Doktor Ominös strich sich mit Zeige- und Mittelfinger über die Stirn, als wollte er seine Stirnfalte spüren, und fuhr fort: „Jacopo sammelte Informationen über die Parvak und andere Pflanzen mit besonderen und geheimnisvollen Eigenschaften

Freitag

und schrieb sie in einer Geheimschrift, an deren Entwicklung auch Cosimo einen großen Anteil hatte, in seinem Buch auf. Damit die Geheimnisse aus Jacopos Aufzeichnung nicht offenbart werden würden, falls auf seiner Rückreise, die ein wenig unerwartet kam, etwas passieren sollte, schlug Cosimo vor, die Decodierungsschrift bei sich zu behalten und auf verschiedenen Wegen nach Florenz zurückzukehren." Doktor Ominös dachte einen Augenblick nach und urteilte: „Das war ein intelligenter Vorschlag, der sowohl die Samen als auch das Leben Cosimos rettete."

Wie gerne ich die Bücher lesen wollte, die Doktor Ominös als Quelle für diese umfassenden Informationen über Jacopo Guiliani und Cosimo Bentonini dienten! Jedes einzelne der Bücher in seinem Bücherschrank war sicherlich einzigartig, von unschätzbarem Wert und offenbarte versteckte, geheimnisvolle Abschnitte der Geschichte. Aber wozu brauchte er die Samen der Parvak, und was hatte er mit denen gemacht, die er Doktor Bastiani gestohlen hatte? Vielleicht konnte man aus den Samen tatsächlich ein Heilmittel für Elisas Krankheit herstellen.

Ich wollte wissen: „Wo sind die Samen der Parvak jetzt? Was haben Sie damit gemacht? Von Gesetzes wegen gehören sie Doktor Bastiani."

„Von Gesetzes wegen ...?"

Wieder betrachtete Doktor Ominös sich in der Glasscheibe des Bücherschranks: „Ich bin älter, als dass ich an irgendwelche Gesetze, Gebote, Religionen oder irgendetwas anderes gebunden wäre." Dann wandte er sich an mich: „Ich habe die letzten Samen der Parvak dazu genutzt, ein Leben zurück in seine natürliche Bahn zu bringen. Nur die Samen der Parvak selbst können ihre eigene Wirkung wieder aufheben."

Ich begriff nicht, was er meinte. Ehsans Augen waren erneut voller Tränen, und er ließ den Kopf hängen.

„Man hätte diese Samen in einem Labor zü..."

Doktor Ominös unterbracht mich: „Die Parvak ist bereits vor langer Zeit ausgestorben. Tote zum Leben zu erwecken oder Sterbende am Leben zu halten, ist genauso schlimm wie zu töten."

Wie konnte ein Mensch nur so denken? Sollten wir den Tod Elisas also einfach hinnehmen, ohne etwas dagegen zu unternehmen?

Ich schrie auf: „Sind Sie etwa ..."

Ehsan kam auf mich zu. Als ob er meinen Schrei nicht gehört hätte, sagte Doktor Ominös: „Entschuldigen Sie, aber ich fühle mich sehr müde."

Ich sah keinerlei Anzeichen von Müdigkeit in seinem Gesicht. Er ging zu Doktor Bastiani und streckte ihm das Buch hin, das er in der Hand hielt: „Bitte nehmen Sie dieses Buch mit den Aufzeichnungen Cosimos als Geschenk von mir an. Als Wiedergutmachung für den Schaden, den ihre Bücher genommen haben, und der Scherereien wegen, die für Sie entstanden sind."

Doktor Bastiani nahm das Buch aus seinen Händen.

Doktor Ominös ging langsam in Richtung der Tür. Bevor er aus dem Zimmer ging, zögerte er kurz und wandte sich an Elisa: „Ich hatte Vater Marconi lediglich gesagt, dass ich das Manuskript Jacopos benötige."

Ich erinnerte mich daran, dass laut Doktor Bastiani Vater Marconi die Bücher hatte kaufen wollen.

Doktor Ominös hielt einen Moment inne. Während er aus dem Zimmer ging, murmelte er: „Er hat seine eigene Art, seinen Freunden zu beschaffen, was sie brauchen." Damit ging er aus der Tür.

Doktor Bastiani sprang auf und rief: „Warten Sie!"

Aber die Tür hatte sich bereits hinter dem ominösen Doktor geschlossen.

10

Als wir das Haus des Doktor Ominös verließen, war es dunkel. Die Luft war klar und kalt und der Himmel voller Sterne. Zwar sah ich den Mond nicht, aber ich spürte, wie sein Licht das Dasein erhellte. Doktor Bastianis Versuche, noch weiter mit dem Doktor Ominös zu sprechen, waren von Ehsan abgewehrt worden und erfolglos geblieben. Jetzt hielt er sein Geißlein unter dem Arm und war in Gedanken versunken. Selbst in dieser Dunkelheit waren Furchen der Trauer auf seinem Gesicht zu erkennen. Elisa, die Augenblicke zuvor noch so wütend gewesen war, war jetzt ruhiger und gelassener als ihr Vater und ich. Ich war ebenfalls niedergeschlagen. Obwohl ich kein abergläubischer Mensch war, hatte ich an diesem Tag, der sich nun seinem Ende zuneigte, doch einige Male geglaubt, dass die Parvak tatsächlich mit ihren heilenden Kräften existierte, und es für möglich und greifbar gehalten, Elisa vor ihrer Krankheit retten zu können. Das durch ALS Elisas Leben ein Endpunkt gesetzt war, war für mich unerträglich erdrückend. Nein, ich hatte nicht an ein Wunder geglaubt. Aber ich hatte entdeckt, was mein Wunsch war. Zu sehen, dass sich dieser nie erfüllen würde, machte mich wütend. Mein Wunsch war es, dass Elisa ein Teil meines Lebens werden und bei mir bleiben würde.

Langsam gingen wir auf dem matschigen und nassen Weg zwischen den Bäumen hindurch, bis wir die Straße von Filband erreichten. Dort erblickten wir in der Ferne die sehr zarte Mondsichel neben einer Bergspitze. Elisa nahm die Hand ihres Vaters: „Vater, deine Bemühungen waren erfolgreich. Du konntest alle Geheimnisse der Manuskripte lüften ..." Sie lächelte und ergänzte: „Und ein Buch hast du auch noch umsonst dazubekommen."

Ich blickte Doktor Bastiani an. Es fiel ihm schwer zurückzulächeln. Elisa dachte auch jetzt mehr an ihren Vater als an sich selbst. Als wir in die Straße einbogen und zu unserer Unterkunft hinuntergingen, blieb ich einen Augenblick lang stehen. Elisa und ihr Vater blieben zwei Schritte vor mir ebenfalls stehen und sahen mich verwundert an.

Ich wies in die andere Richtung und sagte: „Wenn es euch recht ist, würde ich gerne noch ein paar Schritte gehen."

Doktor Bastiani antwortete: „Natürlich, machen Sie sich keine Sorgen. Wir finden den Weg schon. Wir Italiener gelten hier ja fast als Einheimische." Wieder versuchte er zu lächeln.

Ich bewegte mich den Berg hinauf und versprach: „Ich komme in einer halben Stunde wieder."

Ich hatte meinen Satz noch nicht zu Ende gesprochen, als Elisa zu mir aufschloss: „Ich komme mit dir ..." Sie sah ihren Vater an.

„In Ordnung, geh du auch mit. Ich bin müde. Kommt bald zurück." Dann ging er in Richtung des Hauses davon.

Als wir uns ein paar Schritte von ihm entfernt hatten, sagte Elisa über ihren Vater: „Bestimmt will er sich das Buch ansehen, das er gerade bekommen hat." Sie lächelte.

Ohne etwas zu sagen, versuchte ich, ihr Lächeln zu erwidern. Ich hatte einen Kloß im Hals, und es fiel mir schwer zu sprechen. Schweigend gingen wir die stille Straße hinauf. Ich versuchte, meine Gedanken etwas zu ordnen und zu begreifen, welches Ergebnis unsere Begegnung mit dem Doktor

Freitag

Ominös für Doktor Bastiani, für Elisa und für unsere Reise gebracht hatte.

Elisa bemerkte: „Für meinen Vater war diese Reise sehr gut und erfolgreich. Er verdankt diesen Erfolg größtenteils deiner Unterstützung und Zusammenarbeit."

Mühevoll schluckte ich den Kloß im Hals hinunter: „Ich habe nichts Besonderes getan."

Die Art, wie Elisa sich verhielt, offenbarte, dass sie nicht an ihr eigenes Schicksal dachte und froh über den Erfolg ihres Vaters war. Dies war schmerzhaft für mich und nahm mir die Fähigkeit zu sprechen. Sie dachte nicht an sich selbst, aber ich dachte nur an sie. Wir bogen in einen schmalen Weg ein, der von der Straße abzweigte, und gelangten zu einem Berggipfel. Man sah die vereinzelt verstreuten Lichter der Häuser Filbands und weiter unten in der Ferne die Lichter einer Küstenstadt. Hinter der Stadt begann die Schwärze des Kaspischen Meers, die in die Schwärze des Himmels überging. Wir standen nebeneinander und blickten in die Dunkelheit und in die Sterne. Ich hatte noch nie eine so klare Nacht erlebt. Der Nachthimmel war bis zum Meer unter uns über und über mit Sternen bedeckt. Im sanft wehenden Wind fühlte ich mich, als sei ich auch ein Teil des Himmels und säße zwischen den traurigen Sternen.

Elisa wollte wissen: „Wie hoch sind diese Berge?"

Anscheinend wollte sie mich zum Sprechen bringen. Ich drehte mich um und warf einen kurzen Blick hinter mich. Die dunklen Umrisse der Berge waren zu erkennen: „Der höchste Berg dieses Gebirges ist der Damavand. Er liegt etwa sechstausend Meter über dem Meer."

Immer beim Namen Damavand fiel mir der Bogenschütze Arash ein. Ich fühlte mich in diesem Moment so schwach und traurig, dass ich einen Helden wie ihn gebrauchen konnte: „Weißt du, nach einer der alten iranischen Legenden kesselte Turan, das mit Iran im Krieg lag, die iranische Armee in Māzandarān ein. Da die Iraner Widerstand als zwecklos erachteten, boten sie den Turanern Frieden an. Die Turaner stimmten zu. Um die Iraner jedoch zu demütigen, setzten sie als Voraussetzung für den Frieden fest, dass ein iranischer Bogenschütze einen Pfeil vom Damavand abschießen sollte. Wo immer dieser Pfeil zu Boden fiel, sollte fortan die Grenze zwischen Turan und Iran verlaufen ..." Die Geschichte von Arash verlieh mir Kraft. Ich spürte die Wärme von Elisas Blicken auf meinen Wangen und fuhr fort: „Ein Bogenschütze namens Arash nahm es auf sich, den Pfeil abzuschießen. Er stieg von Babol aus den Damavand hinauf ..." Ich verstummte einen Moment und dachte bei mir, dass Arash vielleicht an eben diesem Berggipfel, auf dem wir jetzt standen, vorbeigekommen war: „Von dort aus schoss er seinen Pfeil ab und verlor dabei sein Leben. Sein Pfeil flog eineinhalb Tage lang durch die Luft und ging Hunderte Meilen entfernt zu Boden. Dort, wo der Pfeil landete, war künftig die Grenze zwischen Iran und Turan."

Nach einer Stille sagte Elisa: „Das ist eine schöne Geschichte!"

Sie rückte ein wenig näher an mich heran. Ich spürte die Wärme ihrer Schulter an meiner, traute mich jedoch nicht, sie anzusehen. Ich wünschte mir, dass ich nur einen Augenblick lang ihre Krankheit vergessen und ihr sagen könnte, dass ich sie liebte und für immer mit ihr zusammen sein wollte, ob dieses „für immer" nun einen Tag oder hundert Jahre bedeutete. Eigentlich war ich nicht so empfindlich, dass ich mich nicht kontrollieren könnte, aber in diesem Moment füllten sich meine Augen ungewollt mit Tränen.

Elisa, die mich die ganze Zeit angesehen hatte, fragte: „Behrouz, du bist so sentimental, wieso weinst du?"

Ich konnte mich nicht mehr länger im Zaum halten und begann zu weinen. Unter Schluchzen sagte ich: „Ich weiß Bescheid!"

Erstaunt fragte Elisa: „Worüber weißt du Bescheid?"

"Über deine Krankheit! Dein Vater hat mir alles erzählt."
Elisa lachte: "Ich weiß ja nicht, was mein Vater dir für eine Geschichte erzählt hat, aber ich hab gesundheitlich überhaupt keine Probleme."
Unter Tränen stammelte ich: "Also, ... also stirbst du nicht?"
Elisa lachte laut: "Nein, ich denke nicht, dass ich so bald sterben werde. Obwohl ..." Sie versuchte, den gefühllosen Tonfall des mysteriösen Doktors nachzuahmen: "Der Tod ist nicht das schlimmste Ereignis des Lebens."
Erneut lachte sie. Unvermittelt zog ich sie in meine Arme und küsste ihre Wangen. Sie schlang ebenfalls die Arme um meinen Rücken. Meine Küsse der Freude verwandelten sich in lange Küsse der Liebe.
Nie war ich den Sternen so nahe gewesen.

Samstag

1

Es war kurz nach zehn, als ich aufwachte. Die anderen waren dabei zu frühstücken. Als Elisa und ich gestern zu unserer Unterkunft zurückgekehrt waren, hatten wir beide vor Kälte gezittert. Aus Freude und Aufregung hatte ich bis zum Morgen nicht schlafen können. Unsere Gastgeberin hatte für Doktor Bastiani, Herrn Bechavar und mich Matratzen im an die Veranda angrenzendem Zimmer ausgebreitet. In der Nacht war ich ein paar Mal aufgestanden, leise auf die Veranda hinausgegangen und hatte mir die Nacht, diese schönste Nacht meines Lebens, angesehen. Nachdem der Mond untergegangen war, hatte der Himmel voller Sterne über Filband noch weiter ausgesehen. Ich hatte keine Geduld gehabt, die Entfernung zu Elisa zu ertragen. Ungeduldig hatte ich auf den Sonnenaufgang gewartet und darauf, dass meine Mitreisenden aufwachen würden. Als es langsam hell wurde, war ich dann doch vor Müdigkeit eingeschlafen.

Ich gesellte mich zu meinen Reisebegleitern in das Zimmer, in dem Elisa und Parvin letzte Nacht geschlafen hatten. Bechavar unterhielt sich mit unserer Gastgeberin und übersetzte, was sie über Filband und Māzandarān erzählte, mit eigenen Einfügungen auf Englisch. Doktor Bastiani hörte ihm nicht wirklich zu, sondern scherzte vielmehr mit Parvin. Elisa blickte mich verstohlen an und lächelte mir zu.

Nach dem Frühstück machten wir uns bereit, zurück nach Babol aufzubrechen, und tranken noch einen letzten Tee auf der Veranda. Doktor Bastiani, der sein Geißlein neben sich gestellt hatte, griff noch einmal hinein und holte das Buch hervor, das Doktor Ominös ihm gegeben hatte. Er blätterte es durch, blickte eine der Seiten eine Weile an, klappte das Buch zu und steckte es wieder in die Tasche. Dann verkündete er: „Ich möchte auf jeden Fall, bevor wir fahren, noch einmal mit Chaaje ..." Er zögerte und setzte dann fort: „... mit dem Doktor ... wie hieß er denn?"

Ich sagte: „Doktor Ominös!"

Elisa lachte. Ihr Vater fuhr fort: „Ich muss ihn auf jeden Fall noch mal sehen. Er muss mir ein paar Sachen erklären." Er blickte in seine Tasche: „Ich habe auch ein paar Fragen zu Cosimo Bentonini."

Doktor Bastiani glaubte wirklich, dass Doktor Ominös der langlebige Chaaje Nassir sei. Aber seine Fantastereien ärgerten mich nicht mehr.

Elisa sagte: „Wenn ihr noch mal zu ihm geht, dann mache ich derweil ein paar Fotos von Filband und der Umgebung." Sie sah Parvin an: „Parvin, kommst du auch mit?" Dann zog sie aus ihrer Handtasche eine Pillendose, holte eine rosa Tablette daraus hervor und warf sie sich ein.

Parvin fragte: „Was nimmst du da für Tabletten?"

„Vitamine für die Stärkung des Haarwuchses."

Wenige Augenblicke später verließen wir das Haus, in dem wir die Nacht verbracht hatten. Ein Stück des Weges gingen wir gemeinsam, bis wir zu der Abzweigung gelangten, die zum Haus des Doktor Ominös führte. Bevor wir uns trennten, flüsterte mir Elisa leise ins Ohr: „Ich möchte von dem Berggipfel, auf dem wir uns geküsst haben, ein Foto machen!" Sie lachte und lief hinter Herrn Bechavar und Parvin her, die sie auf ihrer Tour durch Filband begleiteten.

Doktor Bastiani und ich gingen den bewaldeten Weg entlang. Als wir uns ein Stück von der Straße entfernt hatten, nutzte ich die Gelegenheit und wollte von Doktor Bastiani wissen: „Wieso haben Sie mir gesagt, Elisa sei an ALS erkrankt?"

Er sah mich erstaunt an: „Was? Elisa? Wann habe ich denn so etwas gesagt?"

Erinnerte er sich denn wirklich nicht daran?

„An dem Tag in Rom ... in der Hotellobby!"

„Ich habe nicht gesagt, dass Elisa an dieser Krankheit erkrankt sei. Ich habe gesagt, dass Elisas Mutter unter dieser Krankheit litt und daran gestorben ist."

„Aber Sie sagten, Elisa sei auch daran erkrankt."

„Nein, ich habe gesagt ..." Doktor Bastiani blieb für einen Moment stehen: „... es scheint, als hätten Sie mich missverstanden. Vielleicht wollte ich sagen, dass viele Krankheiten vererbbar sind und es deswegen möglich ist, dass Elisa sie auch bekommt."

„Aber ALS ist keine Erbkrankheit."

„Woher wissen Sie das?"

„Das hat Reza gesagt. Ich habe mit ihm über diese Krankheit gesprochen."

Doktor Bastiani lief wieder weiter: „Woher weiß Reza das denn? Man sollte nicht so sehr auf das hören, was Ärzte sagen."

Reza war ein sehr renommierter Arzt. Ich fing an: „Reza ..."

Doktor Bastiani unterbrach mich: „Ich will nicht sagen, dass Reza kein guter Arzt wäre. Ich meine damit nur, dass man den modernen Ärzten nicht zu sehr vertrauen sollte."

Ich wusste, dass eine solche Diskussion sinnlos war, und sagte nichts mehr.

Nach einer Weile fuhr Doktor Bastiani fort: „Auf jeden Fall ist die Wahrscheinlichkeit, dass Elisa an ALS erkrankt, viel höher als für Sie oder mich."

Samstag

Vielleicht war es ja ein Missverständnis zwischen uns gewesen. Jedenfalls konnte ich Doktor Bastiani nicht böse sein. Elisa war nicht krank, und ich war verliebt in sie. Das Leben war zu schön, um jemandem böse zu sein. Die Welt war schön. Filband und die Berge waren schön. Obwohl ich an verschiedenen Orten in Europa von Spanien bis Italien gewesen war, hatte ich noch nie einen so schönen Ort wie Filband gesehen. Ich bedauerte, dass ich nie hierhergekommen war, als ich noch in Iran gelebt hatte.

Als wir zum Tor des Hauses des Doktor Ominös gelangten, sahen wir, dass dort drei Autos hintereinander geparkt standen. Gestern Abend waren dort keine Autos gewesen. Wir gingen an den Autos vorbei und bemerkten, dass das Tor offen stand und von drinnen die leisen Gespräche mehrerer Personen zu hören waren. Wir klopften an das Tor. Nach wenigen Augenblicken hörten wir Schritte, und Ehsan erschien. Er wirkte nicht nur noch trauriger als gestern Abend, sondern seine Augen waren rot und verquollen. Er hatte ein blaues Taschentuch in der Hand.

Doktor Bastiani sagte: „Entschuldigen Sie. Falls der Doktor Zeit hätte, würde ich gerne einen Augenblick mit ihm sprechen."

Ehsan wischte sich mit einem Zipfel des Taschentuchs den einen Augenwinkel und sagte mit belegter Stimme auf Englisch: „Leider ist mein Vater ..." Er dachte eine Weile nach. Es schien, als würden ihm die Worte, die er sagen wollte, nicht einfallen. Daher wandte er sich an mich und setzte auf Persisch fort: „Der Doktor ist heute Nacht von uns gegangen."

Ich war vollkommen von dieser Nachricht überrascht und blickte Doktor Bastiani an. Er wirkte genauso erstaunt wie ich. Anscheinend hatte er begriffen, was Ehsan gemeint hatte. Ich sagte ihm, was geschehen sei, und drückte Ehsan mein Beileid aus.

Ehsan wischte sich auch den anderen Augenwinkel mit dem Taschentuch und sagte: „Es war sein eigener Wunsch.

Samstag

Nachdem er das Medikament, das er gestern hergestellt hat, genommen hat, ist er sehr schnell gealtert."

Ich übersetzte seine Worte für Doktor Bastiani. Ehsan hielt seine Stimme mühevoll im Zaum und fuhr fort: „Als er mich mitten in der Nacht gerufen hat, waren seine Haare komplett weiß geworden ... innerhalb weniger Stunden ... Obwohl er nicht erwartet hat, dass es so schnell gehen würde, hatte er keine Angst. Er hat sich sogar gefreut ..."

Es schien, als habe Doktor Ominös ein Medikament hergestellt, das, anstatt ihm das Leben zu schenken, ihn dieses gekostet hatte.

Ehsan wischte sich beide Augen mit dem Taschentuch ab und putzte sich dann die Nase. Mit belegter Stimme setzte er fort: „Es war sehr unerwartet ... nach all diesen ..."

In diesem Moment ertönte die Stimme einer Frau: „Onkel Ehsan!"

Ehsan wandte sich an Doktor Bastiani und sagte nun wieder auf Englisch: „Entschuldigen Sie, ich muss ..."

„Selbstverständlich ... mein Beileid!"

Ehsan ging zurück ins Haus und schloss das Tor hinter sich.

Einen Moment blieben wir still und unbewegt auf der Stelle stehen. Die leisen Gespräche der unbekannten Bewohner des Hauses vermischten sich mit dem flüchtigen Murmeln der Blätter in der kühlen Brise Filbands und ließen das Wäldchen traurig wirken. Doktor Bastiani schien fast bekümmerter als Ehsan zu sein. Er starrte eine Weile in die Blätter eines Baumes, dessen eine Hälfte Schatten auf den Hof des Hauses warf. Dann fragte er: „Sagte er: sein Vater?"

„Ja ... Ich weiß nicht, was er über seinen Vater sagen wollte!"

Einige Wochen später

Die Reise nach Iran war unvergesslich. Nach Babol fuhren wir nach Isfahan und blieben dort eine Woche. Elisa gefiel Isfahan sehr; Santino ebenfalls ..., ich meine: Doktor Bastiani.

Die eine Woche mit Elisa in Isfahan war die schönste Zeit meines Lebens. Elisa betrachtete den alten Bazar, die blauen Moscheekuppeln, die verwinkelten Brückenbögen sowie die schönen Plätze der Stadt, und ich betrachtete ihre olivfarbenen Augen und ihr schönes Lächeln. Sie war glücklich darüber, die orientalischste Stadt der Welt zu entdecken, und ich darüber, die Flammen der Liebe in ihren Augen zu sehen.

Nächste Woche musste ich meine Doktorarbeit über „Die Spuren östlicher Mythen in westlichen Kulturen" verteidigen. Die Bekanntschaft mit dem Schicksal Jacopo Guilianis und Cosimo Bentoninis haben mir eine verborgene Seite des west-östlichen Austauschs eröffnet, den ich davor nur in der Dichtung und Philosophie gesucht hatte. Professor Krügers Meinung nach haben die neuen Abschnitte meiner Doktorarbeit diese sehr bereichert.

Parvin ist vor einiger Zeit nach Italien umgezogen und lebt nun mit Santino zusammen. Santino hat vor, im Zusammenhang mit den Aufzeichnungen Cosimo Bentoninis eine Forschungsreise nach Spanien zu unternehmen.

Ich selbst werde nach Abschluss meiner Promotion auch nach Italien gehen. Doktor Bastiani hat mir eine Stelle in der Kulturerbe-Abteilung der Universität Bologna in Ravenna vermittelt. Meine Kollegen an der Bayrischen Staatsbibliothek, vor allem Rebecca, sind sehr traurig, dass ich gehe. Anscheinend mögen sie mich mehr, als ich gedacht hätte.

Letzte Woche haben Elisa und ich den Mietvertrag für eine Wohnung in Ravenna unterschrieben. Eines der Fotos, das Elisa in Filband geschossen hat, habe ich einrahmen lassen. Darauf ist ein grüner Berggipfel zu sehen, im Hintergrund

Einige Wochen später

die blassen Umrisse einiger Berge und ein schmaler, weißer Wolkenstreifen am ansonsten klaren Himmel. Ich habe einen blauen Rahmen für das Bild ausgesucht. Das Erste, was ich in der neuen Wohnung tun werde, ist, dieses Foto an die Wand zu hängen.

Wörterverzeichnis

Afrāsiyāben/Chalavi: Die Afrāsiyāb- oder Chalavi-Dynastie war eine kleine iranische Schia-Dynastie von Māzandarān und blühte in der spätmittelalterlichen Vor-Safawiden-Zeit.
Babbo: ital. „Papa"
Baum aller Samen: (Harvisptokhm) Dieser mythologische Baum ist die Quelle aller Samen, die auf der ganzen Welt gefunden werden.
Bundahischn: Bundahischn, auch Bundehesh oder Bundehesch (mittelpersisch: Urschöpfung oder Grundlegung) ist ein mittelpersischer Text über die Kosmogonie, Mythologie und Legenden der zoroastrischen Religion und gibt zugleich einen Teil der präzoroastrischen iranischen Glaubenswelt wieder.
Chaaje: früher in Iran verbreitete respektvolle Ansprache, in etwa: „Herr",
„Gebieter"
Che c'è?: ital. Was ist los?
Fath Ali Schah: Fath Ali Schah * um 1771; † 20. Oktober 1834 war der zweite Herrscher der Kadscharen-Dynastie in Persien.
Halim: ein Weizenbrei mit Lammfleisch
Hoom Sepid: ein mythologischer Baum, der nach zoroastrischem Glauben den Menschen das ewige Leben und Jugend beschert und die Toten zum Leben erweckt
Iran/Persien: Von der Bevölkerung selbst wird das Land seit jeher als „Iran" bezeichnet. Der Name „Persien" wurde von griechischen Historikern der Antike geprägt und leitet sich von der zentraliranischen Provinz Pars ab, von der aus die Achämenidenkönige im 6. bis 4. Jahrhundert v. Chr. ein Großreich schufen. Seit 1935 heißt das Land auf eigenen Antrag auch auf internationaler

Ebene offiziell „Iran". Zwar ist die Schreibweise mit Artikel „der Iran" bis heute im deutschsprachigen Raum weit verbreitet, korrekt ist jedoch die Verwendung ohne Artikel.

Khan: Herrschertitel, der auch als Ehrentitel geläufig ist

La motocicletta: ital. Motorrad

Manto: Sammelbezeichnung für Mäntel und andere Gewänder, die den islamischen Kleidervorschriften in Iran entsprechen

Marashi-Dynastie: Die Maraschiyan oder Maraschis waren eine iranische schiitische Dynastie, die von 1359 bis 1596 in Māzandarān herrschte. Die Dynastie wurde von Mir-i Buzurg, einem aus Dabudasht stammenden Sayyiden, gegründet.

Maschhadi: Titel, den man früher den Leuten gab, die nach Maschhad, zum Grabmal von Imam Reza (achter schiitischer Imam) gepilgert sind

Naschī: arabische Kursivschrift

Nastaʿlīq: Stilart der persischen Kalligrafie

Nouruz: persisches Neujahrsfest, das um den 21. März herum gefeiert wird

Schah: persischer Königstitel

Schah Abbas I. Schah Abbas, auch Abbas der Große * 27. Januar 1571 in Herat; † 19. Januar 1629 in Māzandarān) war ein persischer Herrscher aus der Dynastie der Safawiden. Er regierte von 1587 bis 1629 als Schah von Persien.

Schāhnāme: „Königsbuch", persisches Nationalepos des Dichters Abū ʾl-Qāsim Firdausī

Schekaste: Variation der Nastaʿlīq-Schrift

Simourgh: ein Fabelwesen der persischen Mythologie. Simourgh gilt als Königin der Vögel sowie Schutzvogel und soll übernatürliche Kräfte haben.

Takht: traditionelles iranisches Sitzmobiliar aus einem bettähnlichen Gestell aus Holz oder Metall, das mit Teppich und Kissen zum Sitzen ausgelegt wird.

Timur: Temür ibn Taraghai Barlas (von mitteltürkisch temür „Eisen"; * 8. April 1336 in Kesch; † 19. Februar 1405 in Schymkent) war ein zentralasiatischer Militärführer und Eroberer islamischen Glaubens am Ende des 14. Jahrhunderts.

Toman: Die iranische Währung Rial wird im Sprachgebrauch in Toman gerechnet. Ein Toman entspricht dabei zehn Rial.

Vourukasha-Meer: Vourukasha ist der Name eines himmlischen Meeres in der zoroastrischen Mythologie. Es wurde von Ahura Mazda geschaffen, und in seiner Mitte stand der „Baum aller Samen".

Danksagung

Nun ist mein Buch erschienen und somit einer meiner großen Träume in Erfüllung gegangen. Ich habe bestimmt viel und hart dafür gearbeitet, aber die Veröffentlichung dieses Buches wäre mit Sicherheit nicht möglich gewesen, wenn da nicht die vielen Menschen wären, die mich dabei unterstützt und eine solche Publikation erst ermöglicht haben. An dieser Stelle möchte ich mich herzlich bei diesen Personen bedanken.

Zunächst bedanke ich mich bei meinem langjährigen Freund, dem großen iranischen Dichter Mirza-Agha Asgari (Mani), und bei Khalil Rostamkhani, die die persische Erstfassung gelesen und mit ihren guten Ratschlägen dem Roman zu einer stimmigen Qualität verholfen haben.

Die deutsche Ausgabe wäre ohne sehr harte und kompetente Arbeit der Übersetzerin Frau Cornelia Hagemann und der Lektorin Frau Christiane Lober bestimmt nicht so fließend und angenehm zu lesen ausgefallen. Ich danke diesen beiden ganz herzlich. Auch der Mediävistin Frau Barbara Maria Zollner, die die „altertümlichen" Textteile des Romans in ein wunderschönes und für jedermann verständliches „Mittelhochdeutsch" übertragen hat, möchte ich gerne danken.

Großen Anteil an der Veröffentlichung des Buches haben auch all diejenigen, die mein Crowdfunding-Projekt unterstützt und die Fertigstellung finanziell ermöglicht haben, insbesondere meine sehr liebe Freunde Despina Leonhard, Elisa Santoni, Ladan Baghi und Stefan Talantopoulos. Euch allen gilt mein innigster Dank.

Last but not least möchte ich mich bei Ergün Cevik, der mit sehr viel Aufwand, aber in aller Ruhe und Geduld den sehr schönen Werbe-Clip für mein Crowdfunding-Projekt erstellt hat, sowie bei Nikolaus Deiser, der die Gestaltung und das Layout des Buches übernommen und fachmännisch erledigt hat, bedanken.

Zum Autor

Samsamoddin Rajaei ist in Teheran geboren und in verschiedenen Städten in Iran aufgewachsen. Bald nach der islamischen Revolution in Iran hat er wie viele andere junge Leute damals seine Heimat verlassen und lebt seit 1986 in Deutschland.

Er hat an der Ludwig-Maximilians-Universität in München Mathematik und Informatik studiert und arbeitet hauptberuflich als Informatiker.

„Parvak" ist sein erster Roman, der zunächst auf Persisch verfasst wurde und jetzt in deutscher Sprache veröffentlicht wird. Von ihm sind außerdem einige Gedichte in Print- und Digitalmedien erschienen.